막내 황녀님

막내 황녀님

I

사하 장편소설

해피북스
투유

히페리온 제국에는 세 번째 별이 떠오르지 않는다.

먼 옛날, 시황제는 늙은 현자에게 예언을 받았다. 오래되어 작금에는 전설에 가까워진 예언의 마지막 한 줄은 이러했다.

히페리온에 세 번째 별이 떠오르는 순간, 제국은 무한한 광영을 누리리라.

그 마지막 문장은 비단 히페리온 제국뿐만 아니라, 대륙에서도 모르는 자가 없었다. 그럴 수밖에 없는 것이, 히페리온 황실에는 건국 이래 단 한 번도 세 번째 별이 떠오르지 않았기 때문이다.

히페리온에서 태양은 황제를, 달은 황후를 그리고 별은 황자와 황녀를 상징했다. 세 번째 별은 셋째 황자, 혹은 황녀를 가리키는 말이었다.

히페리온의 황제들은 자신이 세 번째 별을 만들어보겠다며 자신만만해했다. 하지만 숱하게 대를 이어 내려와도, 황실에서 셋째를 보는 일은 없었다. 어떤 황제든 간에 전부 둘째에서 자식이 끊어졌다.

예언을 실현하고 싶어 안달한 몇몇 황제는 혼외자식을 보려는 시도까지 하였다. 그러나 둘째, 둘째, 죄다 둘째.

수백 년의 역사 속에서 황실 직계는 결코 둘을 넘지 못했다. 둘째의 장벽이 어찌나 굳건한지, 후대에 이르러선 예언이 아니라 저주일지도 모른다는 해석이 등장할 정도였다.

그러나 예언은 예언이었으니.

당대에 이르러, 드디어 황실에 세 번째 별이 떠올랐다.

히페리온 제국이 발칵 뒤집힌 것은 물론이요, 대륙마저 들썩거렸다. 그야말로 경사 중의 경사였다. 한 가지 중대한 문제만 빼면 말이다.

"응애."

히페리온 황실의 세 번째 별은 전생의 기억을 가지고 있었다.

✦◦❀◦✦

에니샤 로드고 히페리온.

태어나자마자 온 대륙에 돌풍을 불러일으킨 히페리온의 세 번째 별이자 막내 황녀님.

출생부터 비범한 막내 황녀님에게는 엄청난 비밀이 숨겨져 있었다. 바로 전생의 기억을 가지고 있다는 것이었다.

에니샤의 전생은 평범치 않았다. 대륙의 모든 마법을 탄생시켰다는 천공의 마도왕국 아르커스. 그곳을 다스리는 삼두회 중 하나이자, 모든 마법사 중에서도 가장 뛰어난 자만이 오를 수 있는 대법사. 최연소로 대법사의 자리에 올랐던 천재가 바로 에니샤의 전생이었다.

그런 대법사가 어쩌다 하루아침에 아기가 되어버렸는가.

에니샤는 모든 것이 송두리째 뒤집힌 그날을 떠올려보았다. 분명 뭔가 이상하긴 했다.

아르커스 대법사로서, 에니샤는 종종 격무에 시달렸다. 항상 피로하고 몸이 뻑뻑하긴 했지만, 그날따라 특히 미묘한 기운을 느꼈다. 꼭 집어 설명할 수 없는 이질감은 계속 신경을 긁어댔다. 덕분에 빨리 피로해져서, 평소보다 일찍 업무를 마무리할 수밖에 없었다.

에니샤는 날카로워진 신경을 가라앉히기 위해 욕조에 더운물을 받아 허브와 약재를 잔뜩 넣었다.

목욕물에 한참 묻혀 있으니 몸이 흐물흐물해졌다. 하지만 신경은 갈수록 뾰족해지기만 했다.

잠을 자면 조금 나을까 싶어 억지로 침대에 누워서, 막 깃털이불을 덮으려는 순간이었다.

"!!"

거대한 마법진이 침실 바닥 가득히 떠올랐다.

아무것도 느끼지 못했던 에니샤는 순간적으로 마력을 끌어올리며, 마법진 위에 적힌 문자를 읽어냈다.

마법진은 살해를 위해 만들어진 것이 아니었다. 마력 봉인을 바탕으로 다른 몇 가지 마법이 섞인 마법진이었다.

미처 대응할 새도 없이, 마법진은 에니샤를 중심으로 빠르게 다시 좁혀 들어갔다. 숨이 턱 막히는 감각과 함께 눈앞이 핑그르르 돌았다. 에니샤는 새까맣게 물드는 어둠 속에 잠겨들었다.

다시 깨어났을 땐, 단순히 기절했다가 정신을 차렸다고 생각했다. 그러나 자신이 난데없이 아기가, 그것도 히페리온 제국의 막내 황녀가 되었다는 사실을 깨달았을 때 에니샤는…….

꽤 나쁘지 않다고 생각했다!

마도왕국 아르커스를 사랑하지 않는 것은 아니었다. 하지만 자신을 이렇게 만든 배후가 무엇인지 짐작조차 가지 않는 상황이었다. 게다가 마지막 순간 마법진에 마력이 봉인된 상태였다. 지금 에니샤의 영혼에 남은 마력은 예전에 비하면 실낱에 불과했다. 이래선 대법사라는 이름이 부끄러울 정도였다.

그리고 결정적으로, 에니샤가 세 번째 별이라는 것이 가장 큰 문제였다. 그것이 히페리온에서 얼마나 큰 의미인지 대륙에서 모르는 사람이 없었다. 혹시 아르커스로 돌아갈 마음을 먹더라도, 히페리온에서 절대 놔주지 않을 터였다.

이것저것 마음에 걸리긴 했지만, 에니샤는 그냥 제국의 막내 황녀님으로 살기로 결심했다. 다시 대법사가 되어봤자 격무에나 시달릴 것이 뻔했고, 어차피 지금은 꼬꼬마 애기 신세이니 말이다.

그나저나 다른 건 다 그렇다고 쳐도, 어른이었다가 갑자기 애기가 된 건 너무 불편했다.

에니샤는 작게 한숨을 뱉었다.

"으애앵……."

한숨이라고 뱉은 것이 칭얼거리듯 흘러나갔다.

귓가에 들려오는 소리에 에니샤는 뒤늦게 아차 하였다. 그러나 이미 늦은 뒤였다.

"황녀님께서……!"

에니샤의 옆에 앉아 있던 시녀들은 즉각 반응했다.

"기저귀?"

"이상 없습니다."

"식사?"

"30분 전입니다. 트림까지 전부 하셨으니 배가 고프시지는 않을 겁니다."

"좋아. 그렇다면 지루하시거나 잠이 오시거나 둘 중 하나일 터. 우선 모빌 돌리고 침대 흔들어!"

시녀장의 말에 재깍 시녀 하나가 천장에 매달려 있던 모빌을 돌린 뒤, 흔들침대를 조심스럽게 살살 밀어주었다. 빙글빙글 돌아가는 모빌을 확인한 시녀장은 다른 시녀들에게도 지시를 내렸다.

"너희들은 장난감을 가져오너라. 황녀님께서 가장 즐기시던 것부터, 최근에 사들인 것까지."

"예, 알겠습니다."

겨우 응애 한 번에 주변에 앉아 있던 이들이 전부 부산하게 움직였다. 그동안 시녀장은 울지도 않는 에니샤를 어르고 달랬다.

"오구구, 우리 막내 황녀님. 지루하신가요, 잠이 오시는지요? 황녀님께서 좋아하시는 장난감부터 가져오겠습니다. 조금만 기다려 주시어요."

침대 옆에 착착착 장난감들이 배달되더니, 시녀들이 에니샤를 둘러싸고 이 장난감, 저 장난감 흔들어대기 시작했다.

"……."

미친다, 진짜.

에니샤는 우와아악 소리 지르고 싶은 마음을 꾹꾹 눌러 참았다. 지난번에 소리를 질렀다가 어떤 일이 일어났는지 잘 알고 있기 때문이었다. 온갖 사람들이 줄초상이라도 난 것처럼 구는 모습을 다시 보고 싶진 않았다.

에니샤는 경련이 일어나는 입술을 움직여서, 억지로 웃는 시늉을 해 보였다.

"까륵……."

그리고 방 안은 발칵 뒤집어졌다.

"어머머!"

"방금 황녀님께서……! 화가! 화가!!"

"예! 이미 그리고 있습니다!!"

에니샤는 환멸에 찬 눈으로 방구석을 바라보았다. 그곳에선 나이 지긋한 화가가 신들린 것처럼 붓을 놀리고 있었다. 흡사 예술의 신이 강림한 듯한 모습이었다. 그리고 그가 받은 영감의 원천은 방금 에니샤가 지은 부들거리는 경련 미소였다.

에니샤는 시녀들 몰래 속으로 한숨을 내쉬었다. 그래도 오늘은 그나마 나은 편이었다. 대부분의 경우 화가만 있는 것이 아니라, 시인과 악사들이 함께 방에서 대기했다.

교대로 돌아가며 하루 종일 에니샤를 관찰하는 그들의 임무는 단순했다. 에니샤가 손가락 하나, 발가락 하나 움직일 때마다 온갖 찬사와 미사여구를 붙이며 그림, 시, 음악 등등을 만들어내는 것이었다. 벌써 에니샤를 주제로 얼마나 많은 작품이 만들어졌는지 셀 수 없을 정도였다. 그 때문에 정신 사나워 죽을 지경이었다.

하지만 사실 이런 건 무시하면 그만이었다. 에니샤를 진짜 피곤하게 만드는 사람들은 따로 있었다.

시녀 하나가 조급하게 노크하며 방에 들어오더니, 비상사태를 선포했다.

"폐하께서 황녀님을 보러 오신다 합니다!"

그 말에 모든 시녀들은 빠르게 양옆으로 물러나 고개를 숙였다. 가장 신분 높은 시녀장만이 에니샤의 곁에 남았다.

얼마 지나지 않아 문이 열리고, 한 남자가 방 안으로 들어섰다. 붉은 망토 자락을 기다랗게 늘어뜨리고, 황금빛 굽이치는 머리카락과 잘 어울리는 금관을 쓴 남자였다. 그을린 갈색 피부에 태양처럼 불타는 주홍색 눈동자를 가진 그는 먼발치에서도 한눈에 들어오는 대단한 미남이었다. 참으로 멋들어진 외모지만, 차갑게 다문 입술과 사나운 눈매는 쉬이 다가가지 못할 분위기였다. 태생부터 지배자인 그는 황제 로드고 칼 히페리온. 수많은 피곤함 중에서도, 에니샤가 단연 최고로 피곤하게 여기는 사람이었다.

침대 앞에 멈춰선 로드고가 시녀장을 쳐다보았다. 시녀장은 옅게 몸을 떨며 감히 고개조차 제대로 못 들고서 예를 갖추었다

"히페리온의 태양이시여."

로드고는 무표정하게 그런 시녀장을 보았다가, 천천히 시선을 옮겼다. 그리고 에니샤와 눈이 마주친 순간. 로드고의 얼굴 위로 더 없이 환한 미소가 피어올랐다.

그가 꿀처럼 다정한 목소리로 속삭였다.

"아빠 왔다."

◆◆◆

히페리온 황실은 미친놈 소굴이었다. 히페리온의 세 번째 별이 된 주제에 이런 말을 하긴 조금 그렇지만, 에니샤는 할 말은 해야 한다고 생각했다.

황제 로드고를 선두로 하여, 직계 황족들은 전부 성격에 문제가 있었다.

히페리온 황족들은 외모와 성격이 크게 두 가지로 갈렸다. 태양을 따르는 경우 호전적이면서 화끈한 성격을, 달을 따르는 경우 차분하면서 냉정한 성격을 가지곤 했다.

에니샤는 누가 봐도 의심할 바 없는 로드고의 딸이었다. 하얀 피부는 다르지만, 풍성한 금발머리에 주홍색 눈동자는 로드고를 빼다 박은 듯했다.

성격도 대충 비슷한 것 같았다. 대법사 시절에도 시원시원하게 몰아치는 전투마법으로 이름 떨치던 에니샤였다. 그 성격을 그대로 지녔으니 자연스레 태양을 따르는 것으로 보일 터였다. 어쨌든 에니샤는 그러한데, 문제는 나머지 직계황족들이었다.

황제 로드고와 쌍둥이 황자. 두 명의 황자들은 각기 태양과 달을 따라 타고났다. 그들은 외모도, 성격도 더운물과 찬물처럼 완전히 상반되었다. 황자놈들이 얼마나 골 때리는지 설명하자면 사흘 밤낮도 모자랐다. 한마디로 다양한 종류의 미친놈들이었다. 그리고 황자 두 놈을 합친 것보다 더 막강한 사람이 바로 로드고였다.

"도통 정무에 집중할 수가 있어야지."

내 딸이 보고 싶어 아주 혼이 났다며 싱글싱글 웃는 모습에 에니샤는 대충 손 몇 번 흔들어주었다. 그랬더니 또 좋아가지고 어쩔 줄을 몰라 했다. 팔불출도 이만한 팔불출이 없었다. 예전에는 로드고의 이런 모습에 놀라 자빠지던 시녀들도 이제 그러려니 하고 태연히 넘겼다.

"아빠라는 말은 언제 할 수 있으려나."

로드고는 에니샤의 옆에 딱 붙어서 아빠, 아빠 하고 속닥거렸다.

그 모습이 애처로워서라도 아빠라고 한번 불러주고 싶었으나, 아직은 무리였다.

한참 동안 에니샤에게 붙어 있던 로드고가 스윽 고개를 돌렸다. 방금까지 찢어져라 벌렸던 입은 어느새 일자로 딱 달라붙은 채였다.

"보고하라."

"예, 폐하. 자리를 비우신 동안 황녀님께선……."

시녀장은 고개를 숙인 채 로드고가 없는 동안 에니샤가 어떻게 지냈는지 낱낱이 고해바쳤다. 무엇을 먹었고 잠은 얼마나 잤는지 징도는 아주 기본적인 정보였다. 미소를 지은 순간, 가장 많이 반응한 장난감, 뒤집기를 시도한 횟수 등등 온갖 시시콜콜한 것을 하나도 빠짐없이 들은 후에야, 로드고는 다음으로 넘어갔다.

"초상화는 어느 정도 완성되었지?"

로드고는 하루에 한 점씩 에니샤의 초상화를 그리라는 명령을 내려놓았다. 그에 따라 궁정화가들이 돌아가며 매일 작은 캔버스에 에니샤의 얼굴을 그려서 바쳤다. 화가는 미술 도구를 옆에 내려놓고서 공손하게 답하였다.

"마지막 마무리만을 남겨두고 있습니다."

로드고는 말없이 손을 까닥였다.

화가는 무릎걸음으로 다가와 여태 그리고 있던 그림을 소중히 내밀었다. 아까부터 신들린 듯이 붓을 놀리던 캔버스에는 아기천사처럼 환하게 웃고 있는 에니샤가 그려져 있었다.

에니샤는 속으로 오오, 하고 감탄했다. 아주 반짝반짝하다 못해 후광이 비치도록 그려놓은 것이, 누가 봐도 잘 그린 그림이었다. 하지만 로드고는 영 마음에 들지 않는 표정이었다. 그가 미간을 지긋하게 좁히며, 눈썹을 위로 치켜올렸다.

로드고에게서 낮게 내리깐 목소리가 흘러나왔다.

"이걸 지금 내 딸이라고 그린 건가?"

"송구합니다, 폐하!"

노기가 선연하게 드러나는 말에 화가는 바닥에 납죽 엎드렸다. 하지만 로드고의 분노는 쉬이 가라앉지 않았다.

"내 딸의 미모를 이 정도로밖에 표현하지 못하다니……! 길거리의 어린아이를 데려와 앉혀놓아도 이보단 잘 그리겠어."

솔직히 그건 아니라고 생각했다. 하지만 말할 수 없는 아기인 에니샤는 로드고의 의견에 반박할 수 없었다.

캔버스를 쥔 로드고의 손등 위로 핏줄이 솟아올랐다. 로드고는 당장이라도 길길이 날뛸 듯했다. 이대로 내버려뒀다간 또 멀쩡한 화가 하나 잘려나가겠다 싶었다.

에니샤는 바동바동하며 로드고를 불렀다.

"우앵!"

"에니샤?"

조그만 울음소리가 들리자마자, 로드고는 단박에 에니샤를 돌아보았다. 활활 타오르려던 불길이 언제 그랬냐는 듯이 사그라졌다. 집채만 하던 산불은 조그마한 난롯불이 되어 에니샤 옆에서 살랑살랑 흔들렸다.

로드고가 함빡 웃으며 말했다.

"우리 딸이 왜 아빠를 불렀을까."

가히 이중인격이라 할 만했다. 그러나 이 정도로 놀라기엔, 에니샤는 이미 로드고에게 완전히 적응한 뒤였다.

에니샤는 제 맘대로 움직이지 않는 손발을 바동거렸다. 로드고가 에니샤 앞에 이것저것 집어서 들이밀었다.

"이거? 저거?"

온갖 장난감을 들이밀던 로드고가 마침내 캔버스를 내밀었을 때, 에니샤는 있는 힘껏 웃음을 터뜨렸다.

"까!"

좋아 죽겠다는 듯이 까륵까륵 오기, 로드고가 손으로 입은 틈어

막았다.

얼마간 얼어붙어 있던 그가 낮은 목소리로 중얼거렸다.

"귀여워……. 내 딸이지만 너무 귀엽잖아……."

에니샤는 그냥 못 들은 척하였다. 이런 데 일일이 반응하다간 낯 간지러워서 살 수 없었다. 대신 캔버스를 향해 좀 더 적극적인 몸 짓을 해 보였다.

로드고가 에니샤에게 캔버스를 살며시 내밀어 보여주었다.

"마음에 들어?"

"웅꺄!"

손가락, 발가락을 포함해 움직일 수 있는 모든 부위를 꼼질대며 의사 표현을 하였다. 로드고는 흐물흐물 풀어지려는 입꼬리를 손 가락으로 꾹 눌러서 간신히 무표정한 얼굴을 만들었다. 그가 싸늘 한 표정으로 화가를 돌아보며 말했다.

"……다시 보니 나쁘진 않은 것 같군. 마저 그리도록."

"감사합니다, 폐하!!"

화가는 바닥에 이마를 찧으며 외쳤다.

다시 자리로 돌아간 그가 한층 더 불타는 시선으로 에니샤를 쳐 다보았다. 시선에 담긴 의미를 대충 해석하자면, '우리 황녀님께서 내 그림을 좋아해주셨어……!' 정도일 것이다. 하여간 멀쩡하던 사 람도 이 방에만 들어오면 다 이상해진다.

어쨌든 오늘도 사람 하나 살려냈구나.

에니샤가 필사의 애교로 구원한 사람들을 한 줄로 세우면, 아마 황성 한 바퀴는 거뜬히 휘감을 것이다.

격렬하게 움직인 탓인지, 갑자기 피곤이 몰려왔다.

"흐애애⋯⋯."

입에서 새어 나오는 짧은 소리와 함께 찢어져라 하품을 하니, 로드고가 배를 토닥여주었다. 커다란 그의 손으로 토닥임을 받으니 기분이 좋았다. 에니샤는 살살 밀려오는 졸음과 함께 눈을 감으며 생각했다.

나도 참⋯⋯ 이제 아기 다 됐구나.

적응하다 못해 그냥 아기였다.

"자는 모습도 천사 같단 말이지."

로드고의 팔불출 소리를 뒤로하며, 에니샤는 잠에 빠져들었다. 자고 일어나면 로드고가 사라져 있길 바라며⋯⋯.

❦

사실 로드고가 처음부터 이렇게 에니샤를 아낀 것은 아니었다. 에니샤가 막 태어났을 때, 로드고는 좋아하지도, 싫어하지도 않았다. 그냥 무관심했다.

황후가 무리한 출산으로 사망하였다는 소식에도 그는 별 반응을 보이지 않았다. 다만 에니샤가 무사히 탄생했는지, 그것만 확인하였다.

조그마한 핏덩이인 에니샤 앞에서, 로드고는 한없이 무심한 얼굴로 말하였다.

― 이 세집아이가 세 번째 별인기.

그는 포대기를 벗겨내어 물건 보듯 에니샤를 살펴보았다.

— 그토록 입이 마르게 떠들어대기에, 어디 뿔이라도 하나 가지고 태어나나 했더니…….

그러곤 피식 웃으며 한마디 하였다.

— 볼품없군.

아니, 이렇게 예쁘고 귀여운 아기한테……!

열 받아서 그에게 쏘아붙이고 싶었으나, 에니샤가 낼 수 있는 것은 우렁찬 울음소리밖에 없었다.

로드고에게 에니샤는 유용한 가치와 상징성을 지닌 존재, 딱 그정도였다. 자신의 대에서 세 번째 별이라는 위업을 달성했으니 운이 좋다고 생각할 뿐이었다. 실제로 탄생일 이후로는 에니샤를 보기 위해 찾아오는 일도 없었다. 아주 가끔씩 가뭄에 콩 나듯 오기는 했으나, 그것도 근처에 볼일이 생기면 온 김에 에니샤도 보고 가는 식이었다. 물론 에니샤에게 관심이 있어서라기보단, 황궁의 보물이 잘 보존되어 있나 확인하는 느낌이었다.

쌍둥이 두 황자도 로드고와 다를 바가 없었다. 그들은 어린 동생을 재미난 구경거리로 취급하였다. 동생을 보러 오는 일은 지루한 수업을 빼먹는 핑계일 뿐이었다. 전부 에니샤를 취급하는 태도가 개판이었다.

에니샤도 딱히 그들과 친해지고 싶은 생각은 없었다. 하지만 앞으로 히페리온의 황족으로 살아가려면, 여러 편의를 위해서라도 약간의 친분은 있어야 할 것 같았다. 마도왕국 아르커스에선 대법사로서 인기 절정을 달리다가, 여기 와선 보기 좋은 인형 취급당하는 것에 심술이 나기도 했다.

그리하여 에니샤는 히페리온 황실을 정복해주겠다는 포부를 다졌는데…… 그만 너무 심하게 정복해버리고 말았다. 지금 생각해보면 적당히 해야 했는데, 반응이 재미있어 심취한 것이 문제였다.

에니샤는 로드고가 자신을 보러 오는 순간을 기다렸다. 그와 마주칠 때마다, 울지도 않고 빤히 바라보았다. 만남은 길지 않았으나, 그때마다 항상 가만히 시선을 맞대었다. 그리고 세상에서 제일 귀여운 표정을 지으며 까륵 소리 내어 웃었다.

처음 에니샤가 그에게 웃어 보였을 때, 로드고는 눈썹을 찡그리며 중얼거렸다.

— ……희한하군.

그가 희한하다고 말할 수밖에 없는 이유가 있었다.

히페리온 제국은 본디 척박한 땅에서 시작한 작은 나라였다. 끊임없이 전쟁을 거듭하며 영토를 넓혀온 제국은 그 무엇보다 강한 힘을 숭상했다. 그런 히페리온을 이끄는 황제는 힘의 정점이라 할 수 있었다.

로드고는 잘생긴 미남자였다. 하지만 로드고를 처음 보는 사람들은 대개 그가 미남인지 추남인지 알지 못했다. 외모마저 가려질 정도로 강한 기세 때문이었다. 히페리온 황실의 상징인 불타오르는 듯한 주홍색 눈동자가 넘실거리면, 대부분의 사람이 고개조차 제대로 들지 못했다. 로드고와 오래도록 눈을 마주할 수 있는 자는 황족들밖에 없다는 말이 나돌 정도였다. 그러니 조그만 아기가 로드고를 똑바로 쳐다본다는 것은, 말도 안 되는 일이었다.

하지만 에니샤는 달랐다. 로드고를 볼 때마다 시선을 맞추고선 방긋방긋 웃어대었다.

로드고는 에니샤의 행동을 몇 번 지켜보다가 의사를 불러왔다.

— 정신병이 있는 것 같으니 확인하라.

미치지 않고서야 이럴 리가 없다는, 몹시 확고한 생각 아래 내린 판단이었다. 당연히 에니샤는 정상이었다.

황제의 부름을 받고 한달음에 달려온 의사는 조심스럽게 진찰 결과를 말했다.

— 황녀님께서는 그저…… 폐하를 많이 좋아하시는 듯합니다.

— 흐음.

로드고는 말도 안 된다는 눈으로 의사를 노려보았다. 그렇다고 있지도 않은 정신병을 만들어낼 수는 없었다.

의사가 벌벌 떨면서도 황녀님은 정상이시라고 끝까지 주장하자, 로드고는 에니샤를 빤히 들여다보며 중얼거렸다.

— 내가 좋다고?

내가 널 좋아하는 건 아니고, 네가 날 좋아하게 만들 생각이지.

에니샤는 속으로 그렇게 생각하며 방싯 웃었다.

로드고의 눈매가 가느스름하게 좁혀졌다. 로드고를 꼭 빼닮았으면서도, 그의 장점만을 가지고 온 에니샤는 어디에 내놓아도 천사 같다는 이야기를 들을 귀여운 아기였다. 저를 닮은 깜찍한 생명체가 뀨뀨꺄꺄 귀여움을 떠는 것이 로드고는 꽤 나쁘지 않았던 모양이었다.

그가 에니샤를 찾아오는 횟수는 느리지만 서서히 늘어났다. 그리고 로드고가 올 때마다, 에니샤는 열심히 귀여운 짓을 해댔다. 까르륵 웃음을 터뜨리면, 바늘 하나 들어갈 틈 없어 보이던 단단한 로드고의 눈매도 조금은 물렁해졌다.

조금씩 허물어져가던 로드고는 어느 순간부터 손에 뭔가를 하나씩 들고 왔다.

— 오다 주웠다.

아무것도 아닌 듯 툭툭 던져주는 것은 고가의 아기 장난감들이었다.

점점 횟수가 늘어나는 황제의 방문에 황녀궁 시녀들은 당혹스러워했다. 그들은 히페리온 황족의 성정을 잘 알고 있었다. 그렇기에 막내 황녀님께는 제국의 광영만 있을 뿐, 가족의 사랑은 없을 것이라 여겼다. 헌데 다른 누구보다 성질이 불같으면서도 냉정한 로드고가 이토록 자주 에니샤를 찾고 있었다.

참으로 기함할 일이었다. 황궁의 시중인들은 아무래도 세 번째 별이라 각별히 취급해주는 모양이라고 결론 내렸다. 하지만 로드고의 애정 표현은 날이 갈수록 늘어가기만 했다.

어느 날 로드고는 제도 최고의 장인이 섬세하게 바느질하여 만든 봉제인형을 달랑달랑 들고 와선, 에니샤의 옆에 툭 던져놓았다. 나이가 몇 개인데 봉제인형을 보고 좋아하겠느냐만, 그래도 에니샤는 지극히 사무적인 마음으로 격렬히 반응해주었다.

— 꺄앙!

로드고는 꼼틀대는 에니샤를 지켜보며 말했다.

— 세 번째 별이라 그러한가. 영리한 것 같단 말이지…….

그는 한참 동안 에니샤를 가만 바라보다가, 손을 뻗어서 뺨을 어루만졌다. 커다란 손에는 흉터와 굳은살이 가득했다. 조금만 거칠게 움직이면 여린 아기의 피부에 상처를 내겠다 싶을 정도였다.

손길을 가만히 받아들이자, 로드고는 느릿하게 물었다.

— 내가 이 손으로 무슨 짓을 저질러왔는지 아느냐?

사람 죽였겠지, 뭐.

에니샤는 심드렁하게 생각했다. 저 또한 대법사였기에, 황제라는 자리가 어떠한지 잘 알고 있었다. 황위는 그저 열심히 나라와 국민만을 생각한다고 해서 버틸 수 있는 곳이 아니었다. 그래도 자신은 양옆에서 받쳐주는 좌법사와 우법사가 있었다. 하지만 삼두체제인 아르커스와 달리 히페리온의 황제는 하나였다. 로드고는 여태 혼자서 모든 것을 끌어안았을 터였다. 성질이 둔감하여 잘 느끼지 못했다 하더라도, 외로움이 없지는 않았을 것이다. 에니샤가 파고들려는 틈이 그것이었다.

내가 너 외로운 거 다 알고 있다.

에니샤는 앙증맞은 두 손으로 로드고의 손가락을 꼭 움켜쥐었다. 그리고 핏줄이 튀어나온 손등을 쓰다듬어주었다.

에니샤의 손짓에 로드고는 한쪽 눈썹을 치켜올렸다. 그러나 밀어내거나 쳐내지 않았다. 가만히 받아들일 뿐이었다.

한참 동안 그렇게 손을 가져다 대고 있어서, 열심히 만지작거리던 에니샤는 그만 피곤해지고 말았다. 무릇 아기란 와다다 놀다가도 금방 잠에 빠지는 법이다.

에니샤는 후아앙 하고 조금 칭얼거리는 소리를 낸 다음, 로드고의 손에 기대어 곤하게 잠들었다.

후에 시녀들이 수군거리는 말을 주워들어보니, 로드고는 에니샤가 잠이 든 이후에도 계속 침대 곁에 머물렀다고 하였다. 그날을 기점으로, 로드고는 에니샤 앞에서 조금씩 경계를 무너뜨려가기 시작했다.

❦

로드고와 처음 엮였던 기억을 뒤로하고, 에니샤는 천천히 눈을 떴다. 누군가 저를 끌어안은 탓이었다. 벌써 깜깜한 밤이었다. 어둑한 방 안에는 촛불 몇 개만이 켜져 있었다. 에니샤가 우웅, 하고 깼다는 표시를 내자, 숨죽인 목소리가 들려왔다.

"황녀님……!"

에니샤를 끌어안은 이는 유모였다. 하얗게 질린 그녀의 얼굴이 이상하여 주변을 살피니 조용했다.

"……?"

에니샤에게는 언제나 최소 세 명 이상의 시녀가 붙어 있었다. 불침번을 서가며 귀하디귀한 막내 황녀님을 돌보는데, 지금은 고작 유모 하나뿐이었다.

유모가 다급한 목소리로 속삭였다.

"부디 울지 마셔요, 황녀님……!"

그녀는 에니샤를 포대에 끌어안고 빠르게 걸음을 옮겼다.

에니샤는 얌전히 품에 안겨서 생각했다.

뭐야, 또 암살자 왔구나.

강력한 군사를 바탕으로 한 히페리온 제국은 현 대륙의 최고 강자였다. 여러 나라를 발아래에 두고 공물을 받고 있기에, 히페리온에 앙심을 품은 이들이 많았다.

호시탐탐 히페리온을 꺾을 기회만을 노렸는데, 전설로만 남을 줄 알았던 예언마저 이뤄졌다. 히페리온에 무한한 광영을 가져다줄 세 번째 별이 태어난 것이다.

제국의 통치 아래에 있던 나라들은 그 소식에 발칵 뒤집혔다. 지금도 히페리온에게서 벗어나질 못하고 있는데, 세 번째 별마저 나타났으니 영영 제국의 지배를 받아야 할지도 모른다는 위기감을 느낀 것이다. 단순한 예언이라 넘기기엔, 그간 히페리온 황실을 뒤덮고 있던 둘째의 저주를 깨고 태어난 막내 황녀의 존재감이 너무 강력했다. 그리하여 에니샤는 탄생부터 지금까지, 수많은 살해 위협에 시달리고 있었다. 이렇게 심심하면 암살자가 찾아오곤 하는 것이다. 그래도 평소 같으면 침실까진 들어오지 못했을 텐데, 오늘의 암살자는 실력이 상당한 모양이었다.

황실은 에니샤 주변에 삼엄한 경비를 갖춰놓았다. 여태까지 무수한 암살 시도가 있었지만, 유모가 에니샤를 데리고 비밀 통로로 향할 정도로 위험한 암살자는 손에 꼽았다. 이만하면 꽤나 거금 들인 자객일 것이다.

유모의 품에서 태평한 생각이나 하고 있는데, 갑자기 그녀가 발을 우뚝 멈추었다. 어둠 속에서 피 묻은 단검을 번뜩이는 암살자가 앞을 가로막고 있었다.

유모가 비명을 내지르며 에니샤를 끌어안았다.

"안 돼……!"

이야, 내 앞까지 오다니 대단하네.

에니샤는 감탄하는 한편, 빠르게 머릿속으로 계산해보았다. 아직 마력이 거의 없다시피 하지만, 암살자의 발을 미끄러트릴 정도는 될 것 같았다. 이놈이 운 좋게 이곳까지 왔어도, 에니샤가 아주 잠깐만 시간을 벌어주면 곧 기사들이 달려올 것이었다.

에니샤는 없는 마력을 박박 긁어모았고, 암살자는 잠깐의 망설임도 없이 달려들었다. 시퍼런 단검이 어둠을 가르고 내려찍으려던 때였다.

"커헉!"

암살자가 두 눈을 부릅떴다. 그의 가슴팍에서 기다란 검 두 자루가 튀어나왔다가, 곧장 부드럽게 사라졌다.

단말마를 내지른 암살자는 그대로 피를 토해내며 즉사하였다. 나무토막처럼 쓰러진 암살자 뒤에는 두 소년이 서 있었다. 앳된 얼굴의 그들은 피에 젖은 검을 털어내며 투덜거렸다.

"뭐야, 여기 있었어?"

"그러게. 괜히 다른 곳만 찾았네."

선명한 주홍색 눈동자와 연하늘색 눈동자가 에니샤를 향했다.

에니샤는 두 사람에게 방싯 미소를 지으며 아는 체를 해주었다. 소년들이 각기 다르게 웃으며 인사했다.

"깼냐, 쭈글이."

"일어났니, 에니샤?"

히페리온 제국의 쌍둥이 황자였다.

쌍둥이 황자들은 각기 태양과 달을 그대로 빚어낸 듯한 외모였다.

첫째 황자 헬라드 로드고 히페리온은 갈색과 금색이 섞인 머리카락에 연한 갈색 피부, 선명한 주홍색 눈동자를 가지고 있었다. 로드고의 모든 것을 그대로 물려받은 듯한 헬라드는 유력한 차기 황제로 거론되곤 했다. 히페리온의 핏줄답게 괴물 같은 검술을 가진지라, 어린 나이에도 로드고를 따라 전쟁에 참전하였다. 전장에서 헬라드는 로드고와 마찬가지로 신적인 존재였다. 어린아이에 불과했으나, 적군들은 그를 결코 얕보지 않았다. 당연한 일이었다. 로드고와 꼭 닮은 주홍색 눈동자를 빛내며 살육하는 모습을 한 번이라도 본 자는, 모두 두려움에 떨 수밖에 없었다.

둘째 황자 로시엘 이멜레타 히페리온은 새까만 흑발을 가진 차가운 느낌의 미소년이었다. 긴 속눈썹이 촘촘하게 박힌 눈매 안에는 금방이라도 사라질 듯 색소 옅은 연하늘색 눈동자가 담겨 있었다. 죽은 황후 이멜레타의 이름을 받은 그는 어머니를 닮았다. 로시엘의 우아하면서도 냉랭한 분위기는, 짐승처럼 뜨겁게 끓어오르는 히페리온의 다른 황족들과 완전히 정반대였다.

아직 어린 소년들이지만, 황궁의 어느 누구도 그들을 함부로 대하지 못했다. 둘 다 미친놈이었기 때문이다.

에니샤도 황자들과 처음 만났을 때 첫인상이 아주 강렬했다. 그러고 보니 오늘과 비슷한 상황이었다.

에니샤가 태어나 백일이 지나기 전까지, 황자들은 근처에 얼씬도 하지 않았다. 시녀들이 나누는 잡담을 주워들어서 쌍둥이 황자가 있는 줄은 알았지만, 어떻게 생겼는지는 하나도 몰랐다.

그러나 처음 보는 순간, 에니샤는 그들이 첫째 황자와 둘째 황자임을 바로 깨달았다. 아직 로드고가 에니샤에 대한 애정이 없고, 의무감만 존재하던 시절. 그때는 지금보다 경비가 느슨했기에, 그날 에니샤는 정말로 죽을 뻔했다.

거액의 돈을 받고 매수된 시녀는 아무도 없는 틈을 타 에니샤의 얼굴을 베개로 짓눌렀다. 마력도 거의 없는 것과 마찬가지였기에 대항할 수단도 없었다. 있는 힘껏 발버둥 치던 몸에서 힘이 쭈욱 빠져나갔다. 두 번째 삶이 이리도 허망하게 끝나는 것인가, 씁쓸하게 포기할 때였다.

갑자기 앞이 환해지며 숨통이 확 틔었다.

— ······!

그리고 눈앞에 시녀의 얼굴이 보였다.

그녀는 고통과 공포에 차서 비명을 내질렀다. 그러나 시녀의 비명은 단말마에 그쳤다. 작은 손이 그녀의 가느다란 목을 붙잡고는 그대로 꺾었다. 뚜둑, 뼈가 꺾이는 소리와 함께 시녀는 시체가 되어 바닥으로 고꾸라졌다.

에니샤가 숨을 몰아쉬는 동안, 잔인한 광경과 어울리지 않는 조잘거림이 들려왔다.

— 헬라드, 우리 동생님은 살아 있어?

— 아직 살아 있다. 근데 쭈글쭈글한데.

— 쭈글쭈글······?

이리둥절하게 주변을 살피는데, 조그만 손 네 개가 요람 위에 다닥다닥 올라왔다. 그리고 작은 얼굴 두 개가 불쑥 튀어나왔다. 어둠 속에서도 안광이 감도는 주홍색과 연하늘색 눈동자를 보는 순간, 에니샤는 깨달았다.

이놈들이 그 쌍둥이 황자구나.

에니샤는 새삼 놀랐다. 어린 소년이 성인의 목을 꺾다니, 대체 얼마나 악력이 강하다는 소리인가.

히페리온 황실에는 괴물만 태어난다는 소문이 있다더니…….

에니샤는 요람에 올망졸망 달라붙은 황자들을 신기하게 쳐다보았다. 꼭 조그만 어린 짐승 같은 것이, 사자와 여우가 나란히 붙어 다니는 느낌이었다.

에니샤가 그들을 관찰하는 동안, 황자들도 에니샤를 관찰했다. 헬라드가 동글동글한 에니샤의 눈을 보더니 의아하게 중얼거렸다.

― 으음……. 원래 애기가 이렇게 안 우나?

― 그럴 리가. 저번에 네가 쳐다보기만 했는데 시동이 거품 물고 기절한 거, 기억 안 나?

로시엘은 헬라드의 말에 반박하며 함께 에니샤를 들여다보았다.

얼떨결에 에니샤는 그들과 한참 시선을 맞추었다.

기묘한 침묵이 세 사람 사이에 흘렀다.

에니샤는 어색함을 이기지 못하고 그만 살짝 웃어 보였다. 손을 꼼지락거리는 것을 한참 쳐다보던 로시엘이 미간을 자그맣게 찌푸리더니 중얼거렸다.

― ……조금 귀여운 것 같아.

― 그치?

헬라드는 곧장 로시엘의 말에 동의했다.

두 황자는 서로를 돌아보았다. 그리고 씩 웃으며 말했다.

― 재밌다.

그날을 기점으로 황자들은 부지런히 에니샤를 보러 들락날락거리기 시작했다. 그 뒤로 말썽쟁이 황자들 덕분에 온갖 일이 다 일어났지만, 결과적으로 에니샤에게 많은 도움이 되긴 했다. 오늘처럼 죽을 뻔한 것을 살려주기도 하고 말이다.

"귀여운 우리 에니샤."

로시엘이 유모에게서 에니샤를 받아들며 중얼거렸다. 피 묻은 검을 아무렇게나 바닥에 던져놓은 로시엘은 에니샤의 통통한 뺨을 만지느라 여념이 없었다. 헬라드가 익숙하게 로시엘의 검을 주워선, 제 것과 함께 슥슥 핏물을 닦아내며 에니샤를 건너보았다.

"보통 이쯤 되면 자지러지게 울어야 하는 거 아냐? 항상 생각하는 건데, 쭈글이는 도통 울질 않네. 살기 때문에라도 울 법한데……."

"우리 에니샤는 특별하니까."

살얼음이 낀 것처럼 냉랭하던 연하늘색 눈동자가 몰랑몰랑하게 녹아선 에니샤를 바라보았다. 에니샤와 열 살이나 차이 나긴 하지만, 저들도 소년인 주제에 에니샤를 부스러기 취급하곤 했다.

내가 말이야, 어? 지금은 이렇게 꼬맹이 모습 하고 있어도! 안에는 나이 먹을 대로 다 먹은 영혼이 들어 있다고!

에니샤는 열변을 토했으나, 입 밖으로 나오는 것은 언제나 그렇듯 쫑알거리는 소리밖에 없었다.

"꺄웅, 꺄우우!!"

그리고 에니샤의 꺄꺄 소리에 로시엘은 얼굴에 꽃이 피었다. 그가 좋아 죽겠다는 얼굴로 한숨을 내뱉었다.

"하아……. 우리 에니샤……."

로시엘이 참을 수 없다는 듯이 에니샤를 꽉 끌어안았다. 그러자 헬라드가 버럭 소리를 지르며 에니샤를 붙잡았다.

"야! 너만 안고 있냐?"

"에니샤도 너보다는 내가 좋을걸. 피나 좀 닦고 말하지 그래."

두 황자가 에니샤를 사이에 두고 네가 안느니, 내가 안느니, 하면서 유치하게 싸워댈 때였다.

요란한 발소리와 함께 우렁찬 고함 소리가 들려왔다.

"황녀님! 황녀님을 보호하라!!"

뒤늦게 기사들이 들이닥쳤다. 횃불을 환하게 들고, 흙 묻은 발로 뛰어 들어온 그들은 헬라드와 로시엘을 보자마자 우뚝 멈추었다.

기사들이 눈을 휘둥그레 뜨고서 더듬거렸다.

"화, 황자님……?"

로시엘이 눈매를 느릿하게 찌푸렸다. 에니샤를 대할 때와 달리, 한층 가라앉은 목소리로 중얼거렸다.

"아……. 조금 시끄럽네."

그의 말이 떨어지자마자, 사방이 숨소리조차 안 들릴 정도로 조용해졌다. 요란하게 등장했던 기사들은 눈알을 굴리며 서로 눈치만 살폈다. 성격이 예민한 로시엘이 제일 싫어하는 것 중 하나가 시끄러운 것이었다. 황궁 사람들은 로시엘의 '조금 시끄럽다'라는 말을 절대로 허투루 듣지 않았다. 그가 자신 앞에서 소란 피우던

자들을 어떻게 만들었는지 잘 알기 때문이었다. 그러나 예외도 있
는 법이었다. 로시엘의 유일한 예외인 에니샤는 작게 칭얼거리는
소리를 내며 바동바동했다.

"흐잉……."

아까부터 황자놈들이 양쪽에서 저를 잡아당기고 있는지라, 몸이
반쪽으로 찢어질 지경이었다. 둘 다 무식하게 힘만 좋아선, 연약한
아기를 배려할 줄 몰랐다. 에니샤의 칭얼거림은 정적 속에서 유난
히 크게 들렸다.

"뭐, 뭔데. 쭈글이, 왜 이러는 건데. 맘마 줄까, 맘마?"

헬라드가 당황해서 허둥지둥하는 동안, 로시엘이 잽싸게 에니샤
를 빼앗아 들었다. 에니샤를 완전히 품에 안은 로시엘은 입매를 슬
쩍 비틀어 올리며 말했다.

"맘마는 무슨. 네가 불편하게 만드니까 그런 거잖아. 그렇지, 에
니샤?"

그가 에니샤의 이마 위에 쪽 소리 나게 뽀뽀한 다음, 헬라드에게
고개를 까닥였다. 그러자 헬라드는 입을 삐죽거리면서도 앞으로
나섰다.

한 발짝 나서는 순간, 기세가 달라졌다.

"황궁의 호위가 쓰레기 같구나."

싸늘한 목소리가 사위에 깔렸다. 어린 소년이라고는 믿을 수 없
는 기백이었다. 기사들의 얼굴에서 핏기가 사라졌다. 헬라드는 그
들과 찬찬히 눈을 맞추며 말을 이어갔다.

"황실의 기사라는 놈들이 제 본분을 다하지 못하다니……. 황녀

가 히페리온 제국에서 어떤 의미인지 아직도 모르는가."

헬라드의 말이 끝나자마자, 기사들은 바로 무릎을 꿇었다. 헬라드는 그들을 오만하게 내려다보다가 입을 열었다.

"거기 너."

헬라드가 턱 끝을 까닥이며 명령했다.

"황녀가 어떤 존재인지 말하라."

가장 앞에 있던 기사가 곧장 바닥에 머리를 처박았다. 그가 애처로울 정도로 벌벌 떨면서 입을 열었다.

"히페리온이 오랫동안 염원해온 세 번째 별이자, 무한한 광영의 증거입니다."

"그렇지? 다들 잘 알면서 왜 그랬을까?"

헬라드가 고개를 갸웃거리며 말했다.

"궁금하네."

모르는 사람이 보기엔 일견 귀여워 보이는 행동이었으나, 기사들은 사형선고라도 떨어진 듯 사색이 되었다.

그들을 내려다보는 헬라드의 눈빛이 잔인하게 빛났다.

"어찌 처벌해야 좋을지……. 목숨을 바쳐도 모자랄 판인데……."

누구도 감히 입을 열지 못했다. 여기서 헬라드가 당장 검을 뽑고 날뛴다 하여도 이상하지 않을 상황이었다.

이거 말려야 하나, 에니샤가 고민할 때였다.

헬라드가 갑자기 활짝 웃으며 에니샤를 돌아보았다. 그가 꿀 떨어지는 목소리로 말했다.

"우리 에니샤가 결정하는 걸로 할까?"

아니, 아직 말도 제대로 못 하는 애한테 무슨 짓이야.

에니샤는 누군가 이성적인 반박을 해주길 바랐다. 로시엘이라든가, 기사들이라든가, 아무나 말이다. 하지만 로시엘은 재밌어하며 눈을 반짝일 뿐이고, 기사들은 애절한 눈빛으로 에니샤를 쳐다보았다.

에니샤는 속으로 크게 한탄하였다.

아…….여기 정상인 아무도 없어…….본의 아니게 판사 노릇을 하게 되다니.

에니샤는 당황하여 눈만 깜빡였다. 죄인에게 형량을 얼마나 선고해야 하는지 난감할 지경이었다.

기사들이 일을 제대로 못 한 것은 아니었다. 그들이 멍청이도 아니고, 로드고가 눈 벌겋게 뜨고 있으니 최선을 다했을 터였다. 하지만 오늘의 암살자는 실력이 너무 뛰어났다. 헬라드와 로시엘이야 인간 축에 끼워놓으면 안 되는 놈들이니 단칼에 해치웠다. 그러나 평범한 인간인 기사들은 죽을 각오를 해도 에니샤를 지키지 못했을 것이다.

어쨌든 에니샤가 죽을 뻔한 것은 사실이니, 적당한 형벌이 괜찮을 것 같았다. 작위 박탈했다간 남아나는 기사가 없을 테니, 며칠간 구금이라든가…….근데 이걸 어떻게 말하지?

에니샤는 입을 몇 번 열었다가 닫았다. 통통하고 짧은 혀로는 아무리 애써봤자 아직 '응꺄꺄우꺄꺄'밖에 나오지 않았다. 역시 '몸으로 말해요'인가.

어떻게 하면 좋을까 고심하던 에니샤는 일단 헬라드를 바라보았다. 헬라드는 잔뜩 기대에 찬 눈으로 에니샤를 보고 있었다. 그 표정을 보니 갑자기 회의감이 들었지만, 일단 열심히 해보기로 결심했다. 자신의 말 한마디에 목숨이 달랑거릴 기사들을 위해서 말이다.

에니샤는 비장한 마음으로 열 손가락을 펼쳤다. 작은 손가락들이 꼬물꼬물하다가 쭈욱 펼쳐졌다.

10일 구금 어때?

하지만 의사소통은 처참히 실패했다. 헬라드가 눈을 동그랗게 뜨며 물었다.

"손을 자를까?"

그의 말에 기사들이 소리 없는 비명을 질렀다.

아니야!

에니샤는 다급하게 손을 내저었다. 그러자 헬라드가 눈썹을 살짝 찌푸리며 다시 물었다.

"뭐? 팔을 자르라고?"

미친…….

속에서 욕설이 터져 나왔다.

기사들이 울 것 같은 눈으로 저를 바라보는 것이 느껴졌다. 에니샤는 바보 같은 헬라드를 위해서 천천히 고개를 내저었다.

이 정도면 아니라는 뜻을 알아듣겠지.

하지만 헬라드는 창의성이 아주 뛰어나 전혀 다른 쪽으로 알아듣고 말았다.

그가 킥킥 소리 내어 웃으며 말했다.

"아아, 목을 치라는 거였구나. 역시 우리 에니샤 화끈하네."

아니야! 그거 아니라고!

미치고 팔짝 뛸 지경이었다. 답답함에 숨이 턱턱 막혀서 발버둥을 치자, 물끄러미 보던 로시엘이 드디어 입을 열었다. 모양 좋은 입술이 벌어지는 것을 보며, 에니샤는 희망을 가졌다.

너만이라도 내 마음을 알아줘……!

하지만 에니샤는 로시엘을 너무 과대평가했다. 로시엘이 진지한 표정으로 한마디 거들었다.

"사지를 자르라는 것 같은데."

"아, 그런가? 내가 쭈글이 마음을 몰라볼 뻔했네."

헬라드가 머쓱하게 웃었다. 둘이서 큰일 날 뻔했다며 화기애애하게 웃는 모습이 가관이었다.

에니샤는 새삼 깨달았다. 저들이 나란히 미친 쌍둥이 황자라는 사실을 말이다. 그러나 깨달음에 잠겨 있을 때가 아니었다.

헬라드가 허리춤의 검집에서 검을 뽑아들었다. 작은 소년의 체구에 맞추어 제작된 검은 그리 길지 않으나, 이미 수많은 피를 머금은 것이었다.

헬라드의 검을 본 기사들이 눈물을 글썽이기 시작했다. 이대로 내버려뒀다간, 억울하게 죽은 기사들이 막내 황녀님을 원망하며 꿈에 한가득 나올 것 같았다.

다급한 에니샤의 마음과 달리, 헬라드는 여유롭게 검을 허공에 내두르며 말했다.

"걱정 마, 쭈글아. 이 오라버니께서 확실히 징벌할 터이니."

퍽퍽한 고구마를 100개쯤 입에 쑤셔 넣은 기분이었다. 결국 에니샤는 최후의 카드를 꺼내 들었다.

"흑……. 후웅……."

히끅거리는 소리에 헬라드도, 로시엘도 일제히 움직임을 멈추었다. 그들이 자신에게 초집중하고 있다는 사실을 확인한 뒤, 에니샤는 울음을 터뜨렸다.

"흐아아앙……!"

닭똥 같은 눈물이 뚝뚝 떨어지자, 헬라드와 로시엘은 순간 어찌할 바를 모르고 얼어붙었다.

"에, 에니샤……?"

로시엘이 다급하게 에니샤를 얼렀으나, 먹힐 리가 없었다. 에니샤는 방이 떠나가라 고래고래 울었다. 우렁차게 울어 젖히니 답답하던 것도 날아가고, 속이 다 시원했다.

"쭈글이 좀 달래봐!"

"왜 이러지?"

당황하는 로시엘과 함께 헬라드도 우왕좌왕하며 검을 붕붕 휘둘렀다. 에니샤는 그때마다 보란 듯이 우애애앵 하며 울어댔다. 그나마 눈치 빠른 로시엘이 헬라드에게 말했다.

"너 그거 넣어봐."

헬라드가 얼른 검을 검집에 집어넣었다. 에니샤는 언제 그랬냐는 듯이 울음을 뚝 그쳤다. 그러나 여전히 울망울망한 눈을 하고서 헬라드를 바라보았다. 헬라드는 무척 심장이 좋지 않은 표정으로 가슴을 움켜잡았다.

"윽……."

헐떡헐떡하던 그가 로시엘을 바라보며 말했다.

"쭈글이가 검을 싫어하나 봐…….."

그러나 로시엘은 이미 다른 세계에 가 있었다.

"아휴, 우리 에니샤. 눈물이 퐁퐁 났어요?"

그는 목에 맨 크라바트를 풀어 에니샤의 눈물을 닦아주느라 여념이 없었다.

헬라드가 배신감에 찬 눈으로 외쳤다.

"너, 내가 한눈파는 사이에 에니샤랑……!"

두 황자는 다시 에니샤를 붙들고 싸워대기 시작했다. 당연히 기사들은 안중에도 없었다.

에니샤는 반으로 찢어질 것 같은 몸을 하고서 생각했다. 제가 이한 몸 바쳐서 황실의 평화를 지키고 있다고 말이다.

✦◦✦◦✦

암살자 때문에 에니샤가 죽을 뻔한 사건 이후, 황실의 경비는 더욱 강화되었다. 정확히 말하면 에니샤가 있는 황녀궁의 경비가 말이다. 로드고가 머무르는 본궁보다도 더 삼엄한 경비에 일부 사람들은 과보호라며 혀를 내둘렀다. 그러나 사정을 아는 이들은 과하기는 무슨, 아주 잘했다며 칭찬을 아끼지 않았다. 황족과 가까운 고위 귀족일수록 에니샤가 어떤 존재인지 잘 알고 있기 때문이었다.

그리고 에니샤는 봄비 맞은 새싹마냥 무럭무럭 자랐다. 몸이 자랄수록, 깊숙이 봉인되었던 마력들도 조금씩 돌아오고 있었다.

처음 마력이 봉인되었다는 사실을 알았을 때는 솔직히 눈물을 조금 찔끔했다. 에니샤에게 마법은 인생의 전부였다. 최후의 순간에 당했던 마법진은 대법사인 에니샤조차 흔적을 느끼지 못할 정도로 음험했다. 마력은 단단히 봉인 당했고, 두 번 다시 마법을 쓰지 못할 수도 있다는 생각에 하늘이 무너지는 듯했다. 하지만 마력은 타래에 한 올, 한 올 감기는 실처럼 미약하나마 꾸준하게 회복되었다. 어느 정도 마력이 모이면 간단한 마법은 시전할 수 있을 것이다. 그러다 보면 봉인을 깨기 위한 시도 또한 할 수 있을 터였다.

에니샤는 급하게 생각하지 않기로 결심했다. 어차피 콩만 한 아기가 온갖 마법을 획획 부려봤자 좋을 것이 없었다. 첫째 황자인 헬라드가 어린 나이에도 전쟁터에 끌려다니는 것을 보면서 더욱 그 사실을 체감했다.

역시 천재는 힘들어…….

에니샤는 당분간은 놀고, 먹고, 자는 생활을 만끽하기로 결심했다. 그러나 에니샤가 아주 속 편하게 사는 것만은 절대 아니었다.

"내 딸에게 바치는 찬사가 이것뿐인가?"

로드고는 시인이 바친 종이를 처참하게 구겼다. 에니샤를 위한 찬가를 적어 바친 종이였다. 겁에 질려 빌빌거리는 시인 앞에서 로드고가 으르렁거렸다.

"길거리의 맹인을 데려와도 이보다는 더 잘 표현하겠구나."

또 시작이구나.

에니샤는 속으로 한숨을 폭 내쉬었다. 그간 로드고 밑에서 구른 예술인들은 바로 납작 엎드리며 가진 재주가 미약하여 어쩌고저쩌고 하면서 에니샤에게 잽싸게 구조 신호를 보냈다. 그러면 에니샤가 알아서 적당히 로드고를 구워삶아서 상황을 무마하곤 했다. 그런데 지금 눈앞의 시인은 이번에 로드고가 새로이 데려온 자였다. 아무것도 모르는 초짜이니 어찌할 바를 모르고 저러는 것이었다. 황실 시인으로서 탄탄대로를 꿈꾸던 시인은 자신이 이런 처지에 처할 줄은 꿈에도 몰랐으리라.

어쨌든 젊고 유망한 시인을 살려주기 위해, 에니샤는 제가 나서기로 하였다. 마침 그간 열심히 연습했던 비장의 무기를 시험해보고 싶던 차였다. 지금이 기회였다. 에니샤는 배 속 깊숙한 곳부터 호흡을 가다듬으며 기를 모았다가, 찡얼찡얼 하는 소리를 터뜨렸다.

"우웅······!"

칭얼거리는 소리에 로드고의 얼굴이 번개처럼 돌아갔다.

"에니샤?"

조건반사처럼 저를 바라보는 로드고에게 에니샤는 일단 방싯 미소부터 지었다. 그 순간 로드고는 이미 눈이 풀렸으나, 아직 끝이 아니었다. 에니샤는 까륵 웃음과 함께 그를 향해 양팔을 뻗으며 외쳤다.

"빠빠!"

로드고가 눈을 부릅떴다. 그가 믿기지 않는다는 듯이 입을 벙긋 벙긋하다가, 천천히 말하였다.

"······이거 지금 아빠라고 말한 것 같은데."

제가 말해놓고도 믿을 수가 없는지 시녀들에게 조급히 질문하였다.

"너희들 생각은 어떠하지? 분명 아빠라 하였어. 그렇지 않느냐?"

이미 답은 정해져 있고 너는 대답만 하라는 태도였다. 여기서 아빠가 아닌 것 같은데요, 하는 순간 목이 숭덩 날아가리란 것은 누구나 아는 사실이었다.

"축하드립니다, 폐하. 황녀님께서 드디어 말이 트이셨나 봅니다."

일제히 고개를 조아리며 축하 인사를 올리는 시녀들을 위해, 에니샤는 '빠빠!' 하고 한 번 더 반복해주었다.

로드고가 손으로 이마를 짚었다. 그는 한참 동안 미간을 구긴 채, 심각한 표정을 하였다.

얘가 왜 이러지?

기뻐서 어찌할 바를 모르리라고 생각했는데 의외의 반응이었다. 하지만 에니샤는 아직 로드고의 팔불출 기질을 제대로 모르고 있었다. 굳어 있던 로드고가 숨을 깊이 몰아쉬고는, 마침내 무겁게 입을 열었다.

그는 엄숙한 목소리로 선언하였다.

"오늘을 국경일로 선포한다."

로드고는 진지했다. 그는 에니샤가 자신을 처음 아빠라고 부른 날을 국경일로 삼고, 간소하게 사흘간 축제를 벌이려 하였다. 물론 로드고의 기준으로 간소한 축제지, 밑의 사람들에게는 날벼락이나 다름없었다.

모든 귀족이 힘을 모아 말리고 또 말려서 간신히 국경일은 없던 일로 했다. 막내 황녀에 대한 로드고의 팔불출을 알면서도 필사적으로 반대한 이유는 단 하나였다. 에니샤가 아직 할 일이 많이 남았기 때문이다.

아빠라 부른 것은 시작일 뿐이었다. 기면 기는 대로, 걸으면 걷는 대로 또 국경일과 축제를 남발해댈 것이 분명했다. 상식적인 인간이라면 절대 하지 않을 일이었다. 그러나 에니샤의 일이라면 히페리온 황족들은 미친놈이 되므로, 충분히 가능한 일이었다.

귀족들의 판단은 지극히 옳은 것이었다. 그 뒤로 에니샤가 뭘 할 때마다 로드고가 깊은 한숨을 쉬며 "국경일……" 하고 중얼거렸기 때문이었다. 아마 그때 말리지 않았으면, 제국은 1년 365일 국경일이 되어버렸을지도 몰랐다.

그러나 로드고는 그 정도로 포기할 사람이 아니었다. 그는 계획을 수정하였다. 많은 축제와 국경일을 만드는 대신, 단 하루에 모든 것을 쏟아붓기로 말이다.

◈◈◈

히페리온 황실의 세 번째 별은 제국에서 모르는 사람이 없었다. 그러나 정작 그녀를 직접 만나본 사람은 손에 꼽았다. 그간 안전을 위해 막내 황녀를 철저히 숨겨왔기 때문이다.

황녀궁에 드나드는 예술인과 시녀들 덕분에 소문은 무성했으나, 실물을 본 귀족은 단 한 명도 없었다. 피도 눈물도 없을 것 같던 히페리온의 남자들이 그렇게 팔불출처럼 군다는 막내 황녀님이다. 그녀가 대체 어떤 아기인지, 모두 궁금증만 쌓여갔다. 어찌나 궁금하였는지, 수도 귀족들 사이에선 황녀궁에 출입하는 화가에게 몰래 거금을 주고 황녀의 초상화를 그려보게 하는 것이 유행처럼 번질 정도였다. 잡티 하나 없이 꿀처럼 진하고 풍성한 금발 곱슬머리, 살짝 치켜 올라간 눈매 속에 잘 익은 홍시처럼 사랑스러운 주홍색 눈동자, 그리고 하얗고 통통한 뺨을 가진 황녀님을 그림으로 본 귀족들은 더더욱 실물을 보고 싶어 하였다. 그러나 안으로만 싸고도는 탓에 머리카락 한 올조차 구경할 수가 없었다.

대체 언제쯤이면 황녀의 얼굴을 볼 수 있을지 모두가 목매던 때였다. 아무도 예상치 못한 순간에 막내 황녀님과의 만남이 이루어졌다. 한 달에 한 번 있는 정무회의 날이었다.

고위 귀족들은 황제 로드고로부터 필히 참석할 것을 명령받았다. 중대 발표가 있는 듯한 분위기에 귀족들은 모두 긴장하였다. 그간 얌전하던 로드고가 혹시 또 어디 불쌍한 왕국 하나 짓밟으러 가지는 않을까 싶었던 것이다. 전쟁이 벌어질 가능성을 점치며, 귀족들은 모두 회의실에 착석하였다.

기다란 직사각형 탁자 가장 안쪽에는 등받이 높은 황금 의자가 놓여 있었다. 화려하게 양각하여 보석으로 꾸민 그것은 황제의 보좌였다. 그 양옆에는 조금 작은 의자가 하나씩 위치하였는데, 첫째 황자와 둘째 황자의 자리였다. 황자들이 정무회의에 참석하는 것 또한 흔치 않은 일이었다.

오늘따라 아무것도 없이 깔끔한 탁자 위에는 두툼한 붉은색 벨벳이 덮여 있었다. 자리에 앉은 귀족들은 서로 긴장한 눈으로 쳐다보았다. 심상찮은 분위기에 불길함을 느낀 탓이었다. 벨벳의 천이 참으로 붉고 짙은 것이, 핏물을 한가득 흘려도 전혀 티가 나지 않을 것 같았다.

설마…… 아니겠지…….

모두가 같은 생각을 했으나, 입 밖으로 꺼내지 않았다. 그때 황좌를 제외하고 가장 상석에 앉은 공작이 천천히 수염을 쓰다듬으며 중얼거렸다.

"오늘이 마지막인가……."

그 말에 옆자리의 후작이 와륵 얼굴을 일그러트리며 외쳤다.

"어찌 그리 말씀하십니까! 희망을 가지십시오."

그런데 갑자기 말석에서 흐느끼는 소리가 들려왔다. 중년의 귀족이 손수건을 꺼내 눈물을 훔쳐내며 홀쩍였다.

"저는, 저는…… 유서도 쓰지 못하였습니다……."

아들놈한테 인사도 제대로 못했다며 숨죽여 우는 그를 귀족들은 침통한 얼굴로 바라보았다. 옆에 앉은 다른 귀족이 그의 어깨를 토닥이며 위로해주었다.

"아직 모르는 일일세. 어둠 속에도 빛은 있다 하지 않는가."

장례식장 같은 분위기가 되어가던 그때, 회의실 문이 열렸다.

"황제 폐하께서 드십니다."

시종의 외침과 함께, 로드고가 위풍당당한 걸음으로 입장하였다.

"두 분 황자님께서 드십니다."

뒤이어 쌍둥이 황자, 헬라드와 로시엘이 들어섰다. 그러나 귀족들은 황자들이 들어오는 줄도 몰랐다. 그들의 시선은 전부 로드고의 오른팔에 고정되었다. 황제는 근육질 체구에 어울리지 않게, 조그마한 여자아이를 한 팔로 안고 있었다. 금방이라도 날개가 퐁 하고 튀어나와도 어색하지 않을 것처럼 사랑스러운 아기였다.

반짝반짝 빛이 나는 아기는 금빛 속눈썹이 촘촘한 눈으로 주변을 둘러보았다. 무려 로드고의 품에 안겨서도 무서운 기색 하나 없었다. 오히려 세상 편한 얼굴이었다.

로드고는 어딘가 우쭐한 표정으로 귀족들을 주욱 둘러보더니, 탁자의 가장 끝에 아기를 올려놓았다. 헬라드와 로시엘은 아기의 양옆에 자리하고서, 혹시나 아기가 떨어지진 않을까 매의 눈으로 살폈다. 아기를 올려놓고, 로드고는 성큼성큼 걸어 반대편 끝, 황좌에 자리하였다.

귀족들은 당최 이게 무슨 상황인지 알 수 없었다. 그들이 얼떨떨하게 눈만 끔뻑이던 때였다. 믿을 수 없는 소리가 들려왔다.

"에니샤."

세상의 온갖 달콤한 것으로 만들어낸 듯한 목소리의 주인은 로드고였다. 귀족들은 일제히 로드고를 돌아보았다가, 못 볼 꼴을 봤다는 듯이 눈을 질끈 감았다. 제국의 태양, 전장의 살육자, 짐승, 깡패, 나쁜 놈 등등 온갖 흉악한 수식어를 다 갖다 붙여도 아깝지 않은 남자가 저런 표정으로⋯⋯.

그러나 거기서 끝이 아니었다.

"에니샤, 아빠한테 와보렴."

귀족들은 동시에 입을 떡 벌렸다. 재차 들려온 목소리에서 꿀이 떨어지는 것은 둘째치고, 도저히 믿을 수 없는 호칭이 귀에 들어온 탓이었다.

아빠? 아빠라니?

그렇다면 지금 저 탁자 위에 있는 것이 소문의 막내 황녀님이란 말인가.

귀족들은 모두 넋이 나간 얼굴로 탁자 위의 아기를 바라보았다. 뺨이 포동포동한 아기가 금빛 고수머리와 주홍색 눈동자를 반짝였다. 그러고 보니 에니샤는 막내 황녀의 이름이기도 하였다.

얼굴은 보지 못했어도 이름을 모르는 이는 없었다. 그런데도 귀족들이 감히 막내 황녀님이라 추측하지 못한 이유는 하나였다. 로드고의 핏줄이라고는 믿을 수 없을 정도로 귀엽고 사랑스러웠기 때문이다.

막내 황녀님은 까르르, 맑은 웃음을 터뜨리더니 작게 소리쳤다.

"아빠!"

그리고 자그마한 두 손으로 탁자를 짚으며 앙금앙금 기어가기 시작했다.

에니샤가 붉은 벨벳 위를 기어서 로드고에게 가는 동안, 귀족들은 홀린 듯이 아기 황녀님의 앙금앙금을 지켜보았다. 통실한 엉덩이를 흔들며 열심히 기어간 황녀님이 마침내 로드고 앞까지 와서 팔을 뻗었을 때, 그는 기다렸다는 듯이 에니샤를 안아 들었다. 그리고 두 황자가 차분히 걸어와 각자의 자리에 착석하였다.

로드고는 에니샤를 안은 채 엄숙한 얼굴로 귀족들을 바라보았다. 그러다 젊은 귀족 하나를 지목하여 물었다.

"어떠한가?"

"그, 그것이!"

입은 열었으나, 막상 무어라 말해야 할지 알 턱이 없었다. 젊은 귀족은 로드고의 눈치를 살피며 기어들어 가는 목소리로 말했다.

"잘 기시는 것 같습니다……?"

다행히 정답이었던 듯, 로드고는 흡족하게 웃어 보였다. 그가 에니샤를 다시금 고쳐 안으며 말했다.

"우리 애가 천재인 것 같군."

두 황자가 로드고 양옆에 앉아서 아주 지당하다는 듯이 고개를 끄덕였다. 그리고 회의실에는 정적이 내려앉았다.

설마 막내 황녀님이 기는 거 자랑하려고 귀족들 소집하고…… 탁자에 물건 다 치우고 카펫 깔아놓고…… 그런 건 아니겠지……?

아닐 거야.

귀족들은 애써 속으로 부정했으나, 그들의 생각은 진실이었다.

로드고는 짙은 눈썹을 치켜올리며 말없이 소감을 강요했다. 덕분에 상석의 공작부터 시작하여 가장 말석의 자작까지, 전부 막내 황녀님을 찬양하는 말을 한마디씩 해야 했다.

그렇게 한 바퀴 돌아가며 말하고 나자, 모두 진이 빠져버렸다. 하지만 영혼이 탈출한 귀족들과 달리 황족들은 쌩쌩하였다.

로드고가 느릿하게 입술을 비틀어 올리며 말했다.

"황녀의 첫 생일을 기념하여 연회를 열 생각이니라. 제국의 모든 귀족들을 초청하여 황녀를 공식적으로 보이는 첫 번째 자리가 되겠지."

방금 로드고가 막내 황녀를 어떻게 대하는지 아주 잘 지켜본 귀족들은 입도 벙긋하지 않고 그의 말을 경청했다.

로드고는 찍 소리 못 하는 귀족들 앞에서 천천히 한쪽 눈썹을 치켜올렸다.

"일전에 그대들 덕분에 황녀의 경사를 기념하지 못하였는데……."

막내 황녀가 아빠라고 말한 날을 국경일로 지정하자는 소리에 결사반대했던 일을 말하는 것이었다.

로드고가 이 정도로 팔불출일 줄 알았으면 그냥 찬성했을 터였다. 귀족들이 지나간 과거를 후회하며 회귀라도 하고 싶다고 속으로 피눈물 흘릴 때였다.

"그러니 그만큼 황녀의 첫 번째 생일을 화려하게 축하해야 하지 않겠는가?"

로드고가 에니샤를 안지 않은 반대쪽 팔을 쭉 뻗어 탁자를 가볍게 내려쳤다.

"제국의 모든 귀족 가문, 대륙의 모든 나라에 황녀의 생일을 알리고 초청장을 보내도록 하여라."

그가 주홍색 눈동자를 빛내며 말했다.

"유례없는 생일연회를 치를 것이다."

✦◈✦

천공의 마도왕국, 아르커스. 마법사들의 천국이라 불리는 그곳은 하늘에 떠 있는 인공 섬으로 아주 작은 소국이었다. 그러나 대륙의 어느 나라도 쉬이 무시하지 못하는 국가였다. 모든 마법은 아르커스에서 유래했다는 말이 있을 만큼, 대륙에 큰 영향력을 끼치기 때문이었다.

마법으로 만든 인공 섬 아르커스는 충만한 마력의 집합체였다. 왕국의 마법사들은 마력 덕분에 노화를 겪지 않았다. 20, 30대 정도의 외모에서 시간이 멈춘 채, 주어진 수명을 살다 죽는 것이다.

아르커스는 세 명의 마법사가 삼두회를 이루어 왕국을 다스렸다. 외교와 경제를 담당하는 좌법사, 행정 전반을 담당하는 우법사, 그리고 마력과 마법이 가장 뛰어난 대법사. 왕정으로 비유하자면 세 명의 왕이 나라를 다스리는 셈이다.

그중에서도 대법사는 모든 마법사의 존경과 사랑을 받았다. 자신의 이름을 버리고 오직 대법사라는 칭호로 불리며, 아르커스를 위해 모든 것을 희생하는 자. 대법사는 왕국의 중심축이자 아르커스를 대표하는 상징이었다. 그런데 그 대법사가…… 하루아침에 사라졌다.

"녹시타."

좌법사 벨루안은 낮은 목소리로 녹시타를 불렀다.

침대 위에 엎드려 있던 남자가 천천히 고개를 들어올렸다. 회색빛이 도는 암녹색 머리카락이 부스스 흩어졌다. 축 늘어진 눈매 속에 담긴 진한 녹색 눈동자가 벨루안을 향했다. 그의 눈 밑이 새까매진 것을 보니, 또 한숨도 못 잔 모양이었다.

녹시타가 멍하니 앉아 있다가, 벨루안이 잡아당기는 것을 따라 겨우 일어났다. 치렁치렁한 소매가 손을 덮고 길게 늘어졌다. 그러나 일어선 것도 잠시, 녹시타는 곧장 침대에 드러누워 버렸다.

참다못한 벨루안이 멱살을 잡고 짤짤 흔들자, 겨우 한다는 소리가 이거였다.

"……귀찮아."

녹시타가 입이 찢어져라 하품하더니 맥없는 목소리로 말했다.

"대법사도 없는데 일하기 싫어. 대법사 찾아줘."

"노력하고 있다고 했잖아!!"

"더 노력해."

벨루안은 뒷목을 잡았다. 이놈이 우법사만 아니었어도, 진즉 왕국의 가장 높은 첨탑에 목을 매달았을 것이었다.

바람에 이리저리 흔들리는 목 매달린 녹시타를 잠시 상상해보다가 이내 고개를 내저었다. 녹시타는 귀찮았는데 잘됐다면서 아무 저항 없이 죽을 놈이었다.

벨루안은 보라색 눈동자를 번뜩이며 그에게 소리쳤다.

"대법사가 돌아와서 이 꼴을 보면 퍽이나 좋아하겠다!"

그러자 녹시타가 눈을 느릿하게 깜빡이더니 입을 열었다.

"마력의 흔적이 잡히질 않아. 아르커스 내부에 없는 것은 확실하고, 대륙 곳곳에 조사관들을 파견하여 수색하고 있는데도 조그만 파편조차 느껴지질 않지."

그답지 않게 또렷한 목소리로 길게 잇는 말이었다.

녹시타는 벨루안을 지긋하게 쳐다보며 물었다.

"대법사는 정말 살아 있을까?"

"……"

벨루안은 순간 아무 말도 할 수 없었다. 침묵하는 그의 모습에, 녹시타는 다시 침대에 얼굴을 파묻었다. 웅얼거리는 작은 목소리가 흘러나왔다.

"시체라도 찾아줘. 그녀가 죽었다 하여도…… 내가 되살려낼 거야."

벨루안은 아랫입술을 깨물었다가, 나직하게 말하였다.

"아직 확정 내리지마."

"……."

"히페리온 제국에서 생일 연회 초대장이 왔어. 네가 한번 가봐."

"……그거 네 담당이잖아."

녹시타의 말대로, 외교는 좌법사인 벨루안이 총괄했다. 우법사인 녹시타는 낯을 많이 가리고 밖에 나가길 싫어하여, 왕궁에 틀어박혀서 행정 업무 전반을 담당하곤 했다. 그러나 지금은 상황이 좀 달랐다.

"너 요새 아무것도 안 하니까 좀 가!"

서류에 도장 하나 안 찍는데 우법사는 무슨, 음식만 축내는 식객이나 다름없었다. 벨루안은 녹시타의 손에 억지로 초대장을 쥐여주며 다다다 말을 이어갔다.

"히페리온의 세 번째 별이 최초로 공개 석상에 모습을 드러내는 거야. 아무리 우리가 아르커스라고 하지만, 세 번째 별이라는 막내 황녀는 경계할 필요가 있어. 가서 염탐 좀 하고 와. 그리고……."

벨루안이 잠시 망설이다, 조심스레 말하였다.

"히페리온 황궁에서 전에 없던 마력의 기운이 느껴진다는 보고가 있었어."

"……!"

반쯤 감겨 있던 녹시타의 눈이 또렷해졌다. 벌떡 몸을 일으키는 그를 보며 벨루안은 한숨을 쉬었다.

"황성은 아무나 함부로 드나들 수 없으니……. 머리 식힐 겸, 네가 가서 대법사의 마력이 느껴지는지 탐색해봐."

녹시타가 재빠르게 초대장을 읽어 내렸다. 대법사가 갑작스럽게 흔적도 없이 사라진 뒤로 한 번도 보지 못했던 의욕적인 모습이었다. 역시 대법사가 엮인 일에는 빠릿빠릿한 녹시타였다.

벨루안이 팔짱을 끼고서 단언했다.

"난 절대 그녀가 죽었다고 생각하지 않아."

벨루안은 저를 올려다보는 녹시타에게, 그리고 스스로에게 다짐하듯이 말했다.

"반드시 찾아낼 거니까……."

❧❦❧

막내 황녀를 위한 생일연회는 온 대륙에 소식이 퍼져나갔다. 제국의 황제가 작정하고 벌이는 연회였다. 그 규모와 화려함이 어느 정도일지 짐작조차 가질 않았다.

"이번 연회는 참으로 기대가 되어요."

"네에, 저도요. 각국의 사신들이 어떤 선물을 가져올지 궁금하기도 하고."

"듣자 하니 자드카르에선 어린 왕자를 함께 바친다던데……."

"맞아요. 왕위 다툼에서 밀려난 왕자가 볼모로 온다 하더라구요."

"어머…… 가엾어라."

에니샤는 시녀들이 옆에서 수군수군하는 걸 들으면서 속으로 한숨만 쉬었다.

제국은 오랜 세월 동안 정복전쟁을 거듭해왔다. 히페리온 황실의 짐승 같은 핏줄들은 전장에서 탁월한 재능을 보였고, 그 결과 당대에 이르러선 히페리온에 조공을 바치는 국가가 열 손가락을 넘어가는 지경이었다. 그런 제국에 쌓아놓은 금은보화가 얼마나 많겠는가. 대륙을 들쑤시며 성대한 연회를 벌이는 것 정도는 가뿐하다.

에니샤는 연회를 어떻게 구워 먹고 삶아 먹든 별 관심이 없었다. 지금 자신이 처한 상황이 제일 문제였다.

"……."

흑역사를 떠올린 에니샤는 잠시 자그마한 손으로 얼굴을 덮었다. 로드고가 정무회의 때 귀족들 앞에서 자신의 화려한 앙금앙금을 선보였던 기억이 아직도 선명했다. 막내 황녀를 자랑하지 못해서 안달 난 로드고였다. 이번 생일연회 때는 무슨 짓을 저지를까 무서웠다.

일단은 열심히 걷기 연습을 하는 중이었다. 물건을 짚고 일어서거나 기는 것은 이제 능숙했다. 하지만 아무런 도움 없이는 한 발짝도 걷기 어려웠다. 붙잡을 것이 없으면 갓 태어난 아기사슴처럼 휘청휘청하다가 자꾸 풀썩 쓰러졌다.

연회 때까지는 잘 걸을 수 있도록 연습할 생각이었다. 로드고가 허튼 짓을 하면 잽싸게 도망갈 수 있도록 말이다.

요람 위에 누운 에니샤가 온갖 상념에 빠져 있는 동안, 시녀들의 수다는 절정에 달했다.

시녀 하나가 목소리를 잔뜩 낮추더니, 엄청난 고급 정보를 털어 놓았다.

"아르커스에서도 참석하겠다는 뜻을 전하였다 하더라구요!"

"맙소사!"

모두 일제히 경악에 찬 감탄사를 터뜨리는 가운데, 에니샤도 입을 벌렸다. 아르커스는 폐쇄적인 성향이 강해서, 어느 나라에 사절단을 보내는 일이 극히 드물었다.

왜 뜬금없이 오고 그러지. 아직 들키면 안 되는데.

마음이 갑자기 초조해졌다. 마력이 거의 없으니 알아볼 리는 없겠지만, 만에 하나 아르커스에서 에니샤가 대법사임을 알게 된다면……

그때부터 개싸움 시작이다.

아르커스의 대법사와 히페리온의 세 번째 별. 아르커스와 히페리온, 어느 쪽에서도 양보할 수 없는 존재였다. 당연히 에니샤를 놓고 난리가 날 터였다. 불덩이가 날아다니고 성이 무너지는 광경을 잠시 머릿속에 그려본 에니샤는 몸을 부르르 떨었다.

에니샤의 기척에 수다에 푹 빠져 있던 시녀들이 일제히 일어나 요람으로 몰려왔다.

"황녀님, 일어나셨나요?"

그녀들이 새삼 뿌듯한 얼굴로 에니샤를 바라보며 말했다.

"역시, 다들 제국의 세 번째 별에 두려움을 느끼는 것일까요."

"아무래도 그렇겠지요."

나도 내가 두렵다…….

에니샤는 침울한 마음을 감추고 시녀들에게 손을 뻗었다. 그리고 그녀들의 도움을 받아, 아장아장 걷기 연습을 시작했다.

열렬한 환호와 함께 걷고 넘어지며 방을 한 바퀴쯤 돌았을 즈음이었다.

"러츠펠트 백작부인께서 도착하셨다 합니다!"

다른 시녀의 보고에 다들 갑자기 부산해졌다. 시녀장이 에니샤의 옆에서 조곤조곤 설명해주었다.

"황녀님. 오늘부터 제국어를 배우실 예정입니다. 러츠펠트 백작부인께선 제국에서 가장 뛰어난 학자 중 한 분이시니 좋은 선생님이 되어주실 겁니다."

선생님이라고?

에니샤는 울상을 지었다. 걷기 연습하기도 바빠 죽겠는데, 배우긴 뭘 배운단 말인가. 엄밀히 말해서 에니샤를 가르칠 만한 사람이 있을지도 의문이었다. 전직 대법사로서 그 어려운 마법 수식까지 척척 계산해내던 에니샤였다. 제국어는 무슨, 각종 외국어에 고어까지 다 꿰고 있는 형편이었다. 되레 에니샤가 가르쳐주어야 할지도 몰랐다.

"후옹……."

우울한 소리를 내자, 시녀장은 얼른 에니샤를 달랬다.

"걱정 마세요, 황녀님. 부인께선 쉽고 간단하게 가르쳐주실 거예요!"

그러나 그녀는 아무것도 몰랐다.

에니샤는 회의감에 차서 생각했다.

얼마나 멍청한 척해야 하지……?

⚜

러츠펠트 백작부인은 수도 사교계에서 명망 높은 여인이었다. 우아하고 고상한 그녀는 대륙에서 가장 명예로운 교육 기관인 헤르노어 아카데미를 수석으로 졸업한 학자였다.

그녀의 교육은 어린 딸을 가진 부모들에게 인기 높았다. 어찌나 인기가 좋은지, 웬만한 고위 귀족이라도 쉽게 그녀를 교사로 고용하지 못할 정도였다.

그녀는 자신의 직업에 굉장한 자부심을 가지고 있었고 자존심도 강했다. 아무리 높은 귀족의 청탁이라도, 학생이 제 마음에 차지 않으면 단칼에 수업을 거절했다. 그러나 러츠펠트 백작부인도 이번 청탁만큼은 학생이 어떤지 따질 수가 없었다.

"에니샤 로드고 히페리온……."

그녀는 주름진 눈매를 좁혔다. 잠시 멍하니 바라보다가, 안경을 고쳐 쓰고 편지를 다시 들여다보았다. 하지만 상아빛 고급스러운 종이에 적힌 문장은 그대로였다. 히페리온 제국의 막내 황녀, 에니샤 로드고 히페리온의 교육을 담당해달라는 내용이었다. 우아하지만 끝이 사납게 날아가는 필체는 황제 로드고의 것이었다.

로드고가 친필 서신을 보내다니.

러츠펠트 백작부인은 하늘이 노래지는 듯했다. 여기서 거절하는 순간 바로 목이 날아가는 것이었다.

수업 첫날. 러츠펠트 백작부인은 만반의 준비를 했다. 희끗한 머리카락을 단정하게 빗어 넘기고, 좋은 옷과 장신구를 골라 착용하였다.

백작저의 분위기는 장례식장과 같았다. 침통해하는 시중인들과 남편인 러츠펠트 백작이 어린아이처럼 엉엉 우는 것을 뒤로하고, 그녀는 황성으로 향했다. 마차 안에서 백작부인은 잘게 떨리는 손을 움켜쥐고서 온갖 신에게 닥치는 대로 기도를 올렸다.

그녀가 마지막 기도를 마쳤을 때, 마차는 황성의 본궁에 도착했다. 그리고 러츠펠트 백작부인은 황제 로드고를 알현하게 되었다.

방 안에 들어서는 순간, 그녀는 온몸이 옥죄이는 듯했다. 연회장에서 먼발치로나 보았던 황제였다. 이렇게 가까이서 보는 것은 처음이었다.

머리를 조아린 채 덜덜 떠는 그녀에게 로드고가 말하였다.

"고개를 들라."

묵직한 목소리에 담긴 기운에 몸이 움츠러들며 절로 힘이 빠졌다. 그녀는 조심스럽게 얼굴을 들어올렸다.

날렵한 장신의 체구를 가진 로드고는 언제든지 뛰쳐나갈 준비가 된 짐승과 같았다. 위압스러운 주홍색 눈동자와 눈이 마주치는 순간, 러츠펠트 백작부인은 얼른 시선을 아래로 내리깔았다. 도저히 눈을 마주할 자신이 없었다.

로드고는 그녀의 무례를 지적하지 않았다. 그는 이런 상황이 무척 익숙한 듯, 그저 할 말을 이어갔다.

"서신으로 미리 전하였듯이, 오늘 부인을 부른 것은 황녀의 교육을 부탁하기 위함이네."

부탁이라 말하지만, 명령이라는 사실은 누구나 알고 있었다. 긴장감에 입이 바짝바짝 마르다 못해 타들어가는 백작부인을 앞에 두고, 로드고는 여유로이 말했다.

"사실 별로 가르칠 것도 없으리라 생각하지만…… . 우리 애가 워낙 영특해서 말이지."

그가 비죽 웃으며 자신만만하게 덧붙였다.

"히페리온의 세 번째 별이지 않나."

참으로 오만한 말이었다. 히페리온 황족들이 범인들과 다르게 뛰어나다는 사실은 익히 들어 알고 있었다. 하지만 아무리 그래도, 태어나서 사계절도 보내지 못한 아기이지 않은가. 멋모르는 핏덩이의 능력을 과신하여도 너무 과신하고 있었다. 성장기에 부모의 과도한 기대로 인해 발달을 망치는 아기들도 많았다. 전쟁밖에 모르는 무식한 황제 로드고라면 충분히 그런 짓을 저지를 수 있었다. 러츠펠트 백작부인은 제국의 소중한 막내 황녀님께 불상사가 벌어지지 않도록, 자신이 잘해야겠다고 속으로 다짐하였다.

로드고는 직접 황녀의 교육을 참관하기 위해, 함께 황녀궁으로 향하였다. 황녀궁으로 향하는 러츠펠트 백작부인의 머릿속에 온갖 생각이 폭풍처럼 몰아쳤다. 피도 눈물도 없다는 철혈황제 로드고를 팔불출로 만들어버린 막내 황녀님이었다. 그녀의 교육을 담당하게 되다니 참으로 영광스러운 자리였다. 다만 황녀님의 성정이 어쩌할지……. 히페리온 황족들의 개차반 같은 성정은 이미 황제 로드고를 비롯하여, 헬라드와 로시엘 황자들이 몸소 증명한 전례가 있었다. 황녀님도 그런 성정이라 생각하면, 벌써부터 눈앞이 캄캄했다. 어쩌면 차라리 남편과 함께 짐 싸들고 타국으로 야반도주하는 것이 더 나았을지도 몰랐다.

러츠펠트 백작부인은 집에 써놓고 온 유서를 생각하며 마음을 다잡았다. 하지만 그녀의 걱정은 막내 황녀님을 보자마자 눈 녹듯이 사라졌다.

가장 먼저 눈에 들어온 것은 보송보송한 금빛구름 같은 머리카락이었다. 천진난만하게 빛나는 눈동자와 마주치자 심장이 두근거렸다.

로드고를 발견한 황녀님은 담뿍 미소 지었다.

"아빠! 아빠아!"

제법 정확한 발음으로 아빠를 부르며 아장아장 걸어오는 황녀님. 비록 시녀들이 도와주지 않으면 두어 걸음 만에 곧장 철퍼덕 엎어지긴 하지만, 어떻게든 로드고에게 가보겠다고 몇 번이고 일어났다. 넘어져도 울지도 않고 방싯거리며 되레 까르륵 웃음을 터뜨렸다.

홀린 듯이 황녀님을 구경하던 그녀는 확신에 차서 생각했다.

황녀님 안에 길 잃은 가련한 천사가 빙의한 것이 틀림없어……! 그렇지 않고서야 이렇게 사랑스러울 리 없다.

러츠펠트 백작부인은 저도 모르게 로드고를 돌아보았다. 저런 남자에게서 이런 황녀님이 나왔다니 믿기지 않았다. 그리고 로드고의 얼굴을 보고 두 번째 충격을 받았다. 보는 것만으로도 사람을 기죽이던 남자는 온데간데없었다. 그는 입이 찢어져라 헤벌쭉 웃고 있었다.

"그래, 아빠 여기 있다."

에니샤가 시녀의 손을 잡고 저에게 걸어올 때까지 인내심 있게 기다리다, 품에 폭 끌어안는 그는 세상을 다 가진 듯했다. 대륙을 제패해도 이만큼 행복할 수 없겠다 싶을 정도였다.

황녀님이 로드고의 품에 얼굴을 부비자, 그는 에니샤를 소중히 끌어안았다. 아주 둘만의 세상이었다.

러츠펠트 백작부인은 애써 놀란 마음을 추스르며, 자신의 본분을 떠올렸다. 황녀님은 확실히 또래 아이들보다 발달이 빨랐다. 간단한 아빠라는 단어뿐이지만 발음이 정확하고, 벌써부터 걸음마를 연습하는 것도 대단했다. 로드고의 자랑이 아주 거짓말은 아닌 것 같다고 생각하며, 미리 챙겨온 교구들을 꺼냈다.

오늘 가져온 교구는 황녀님 나이에 맞는 것부터, 그보다 나이 많은 아이들을 위한 것까지 다양했다. 로드고에게 앞으로 교육을 어떻게 진행할지 단계별로 설명하기 위해서 일부러 높은 수준의 교구까지 가져온 것이다.

조심스럽게 로드고의 눈치를 살피자, 그는 황녀님을 끌어안은 채 고개를 까닥였다. 러츠펠트 백작부인은 황녀님과 로드고 앞에 교구를 늘어놓았다. 막 설명을 시작하려던 때였다.

"우웅?"

고개를 갸웃거리던 막내 황녀님이 바동바동하여 로드고의 품에서 벗어났다. 그러더니 앙증맞은 손으로 교구 하나를 답삭 집어 들었다.

간단한 단어와 조사들이 새겨진 나뭇조각들이었다. 제일 높은 단계의 교구 중 하나로, 대여섯 살은 되어야 맞출 수 있었다. 황녀님이 배우기엔 너무 어렵지만, 교구에 흥미를 보이는 것은 좋은 일이었다.

앞으로 열젠히 하시면 언젠간 저 교구도 배우실 때가 오리라.

러츠펠트 백작부인은 부드럽게 미소 지었다.

그러나 상황은 그녀가 전혀 예측하지 못한 쪽으로 흘러갔다. 황녀님이 낱말 조각들을 집어서 하나씩 배열하기 시작한 것이다.

처음에는 우연이라 생각했다. 하지만 조각들이 나란히 배열되어 갈수록 러츠펠트 백작부인은 입을 벌렸다. 황녀님이 까르 웃으며 손을 멈추었을 때, 조각들은 완벽한 문장 하나를 이루었다.

"……!"

러츠펠트 백작부인은 턱이 빠져라 입을 벌렸다. 그녀는 뒤늦게 경망스러운 행동임을 자각하고 손으로 입을 가렸다. 허나 이미 표정을 다 내보인 뒤였다.

백작부인의 얼굴을 본 황녀님은 왜인지 몸을 움찔하였다. 그러더니 뭔가를 망설이다, 이번엔 그보다 더 어려운 교구를 집어 드는 것이 아닌가.

문법과 구두점 등을 학습하는 교구였다. 오늘 가져온 교구 중에서 가장 어려운 것이었다. 하지만 황녀님은 이번에도 한 치의 오차 없이 완벽하게 문장을 만들어냈다. 남성형과 여성형 명사를 구분

하고, 구두점까지 땅땅 찍어서 배열한 문장이었다.

옹기종기 늘어선 나뭇조각들을 눈앞에서 보면서도 믿을 수가 없었다. 너무 경악한 나머지 아무 말도 못 하고 있자, 황녀님이 울상이 되었다.

"흐잉……."

여태껏 지켜보던 로드고가 칼같이 말했다.

"뭔가 잊은 것 같은데."

날아드는 매서운 시선에 러츠펠트 백작부인은 자동반사적으로 답했다.

"훌, 훌륭하십니다!"

그녀는 당황한 마음을 추스르며 뒤늦게 횡설수설 말을 덧붙였다.

"이 정도 수준이면 최소 다섯 살, 아니 여덟 살, 어쩌면 그 이상으로 언어발달을 이루신 것입니다. 자세하게 검사를 해보아야 확실한 결과가 나오겠지만……."

눈앞이 핑글핑글 돌아가는 그녀의 말을 자르고, 로드고는 질문했다.

"그래서?"

러츠펠트 백작부인은 멍하니 답하였다.

"황녀님께서는 다시없을 신동이십니다……."

그러나 놀라고 충격받은 것은 그녀뿐인 듯했다. 로드고는 아주 당연하단 듯이 씩 웃어 보였다.

"그것 보아라. 내 뭐라 하였나."

봤지? 내 딸이 이 정도야.

그가 딱 그런 표정을 하고서, 의기양양하게 말하였다.

"다 안다고 하지 않았던가."

러츠펠트 백작부인은 꿀 먹은 벙어리가 되어선 고개만 끄덕였다.

망했다. 완전 망했다.

에니샤는 자신의 앞에 수북이 쌓인 책들을 망연자실하게 바라보았다. 이게 다 그놈의 빌어먹을 교구 때문이었다.

러츠펠트 백작부인이 등장했을 때, 에니샤는 이미 적당한 기준선을 잡아놓은 뒤였다. 또래 아이들보다 잘났지만, 아주 뛰는 천재는 아닌 정도. 어디 가서 빼놓지 않고 똑똑하다는 소리 들을 수준. 약간만 천재인 설정을 유지하려 했으나, 불행하게도 에니샤의 거짓말은 처참히 실패했다.

에니샤의 잘못이라기보단, 환경의 문제였다. 에니샤가 보아왔던 아르커스의 아기들은 너무 똑똑했다. 머리 좋은 마법사들이 낳은 아기들이었다. 전부 태어난 지 몇 년 지나면 말하고, 책 읽고, 글 쓰고, 여하튼 다 해냈다. 아르커스 사람들은 특별했고, 에니샤는 그중에서도 가장 특별한 사람이었다. 그런 탓에 천재 기준을 너무 후하게 잡아버린 것이다. 솔직히 러츠펠트 백작부인이 교구들을 펼쳐놓았을 때, 에니샤는 헛웃음이 나려는 것을 간신히 참았다. 이 정도는 아르커스 아기들이 발로 맞추는 수준이었다.

에니샤는 오랜만에 동심으로 돌아가 열심히 나뭇조각으로 문장을 만들어냈다. 그런데 백작부인이 어이없다는 표정으로 쳐다보는 것이 아닌가.

역시 너무 쉬운가?

그래도 자존심이 있지, 똑똑하단 소리는 듣고 싶은 에니샤였다. 눈치껏 더 어려운 걸 집어다 슬금슬금 맞췄다.

이 정도면 괜찮겠지……?

하지만 그게 함정이었다. 백작부인이 졸도할 것 같은 얼굴을 하더니, 갑자기 다시없을 천재라며 호들갑을 떨기 시작했다.

에니샤는 그녀에게 심한 배신감을 느꼈다.

진작 빨리빨리 감탄했어야 할 것 아냐!

어쨌든 덕분에 로드고는 몹시 기고만장했고, 에니샤는 러츠펠트 백작부인이 추천한 동화책들을 잔뜩 선물받게 되었다.

동화가 웬 말인가. 마법책이나 주면 좋을 텐데.

마법책이면 열심히 읽어볼 것 같았다. 제국의 마법이 어떠할지 궁금하니까 말이다. 물론 아르커스에 비할 바는 아니겠지만, 대륙에서 가장 강한 대국이니 마법을 연구해볼 가치는 있을 터였다. 얼른 쑥쑥 자라나서 마법책도 읽고, 하고 싶은 것 다 하고 싶었다.

에니샤는 속으로 툴툴거리면서도 얌전히 앉아서 시녀들이 읽어주는 동화를 들었다. 대륙 사람들이 얼마나 멍청한지 모르겠지만, 지금부터는 각별히 조심할 생각이었다.

평범한 아기로 산다는 건 정말 힘들구나…….

아기의 인생을 고찰하며 깊은 생각에 빠져들 때였다.

"황자님들께서 오셨습니다."

시녀의 보고가 끝나기 무섭게, 헬라드와 로시엘이 각기 문을 한 쪽씩 기운차게 열어젖히며 등장했다.

"에니샤!"

"쭈글아, 뭐 하냐!"

시녀들이 뒤로 물러나며 고개를 조아렸다.

헬라드와 로시엘이 손을 대충 내젓자, 그녀들은 다시 몸을 바로 하였다. 황자들이 꿀단지라도 묻어놓은 것처럼 하도 황녀궁을 들락거려서, 웬만한 예절은 다 생략하도록 지시해놓은 터였다.

"뭐야, 이 책더미는?"

헬라드가 동화책의 산을 보며 진절머리 난다는 얼굴을 해 보였다.

"폐하께서 선물하신 것입니다."

"쭈글이가 이런 걸 읽어? 애는 밖에서 뛰어놀아야지."

옳소! 매우 옳소!

에니샤는 속으로 격렬하게 찬성하였다.

로시엘이 그런 에니샤의 마음을 읽기라도 한 듯 다정하게 웃었다. 그가 에니샤 앞에 무릎을 굽히고 앉아선, 눈높이를 맞춘 채 물었다.

"같이 산책 나갈까?"

헬라드가 그 옆에 쭈그려 앉아서 말했다.

"황자궁 정원에 맛있는 것도 차려놓았다고."

불쌍한 시녀들을 달달 볶은 모양이었다.

시녀들이 차려놓은 정성을 봐서라도, 에니샤는 산책을 나가주기로 하였다.

까륵 웃으며 손을 내밀자, 헬라드가 자연스럽게 안아들었다.

황자들은 에니샤를 데리고 황자궁의 정원으로 향하였다. 햇볕도 따뜻하고 바람도 살랑거리는 것이, 과연 산책하기에 참 좋은 날씨였다.

비단양말을 신은 발 위를 시원한 바람이 감싸고 지나갔다. 헬라드의 품에 안겨서 발을 바동거리자, 로시엘이 귀엽다는 듯 양말 위에 달린 리본을 만지작거렸다.

에니샤는 여태 신발을 신은 적이 거의 없었다. 어딜 나가기만 하면 로드고와 쌍둥이 황자가 앞다투어 품에 안았기 때문이다. 걸음마 연습한다고 볕 좋은 날 황녀궁 정원에서 시녀들 손잡고 아장아장 걸은 것을 빼면, 거의 땅을 밟을 일이 없다고 봐도 무방했다.

물론 신발은 지네처럼 많았다. 아니, 지네가 신어도 다 못 신을 만큼 많았다. 아기라서 금방 크는지라 제대로 신어보지도 못한 신발들이 황녀궁에 그득하게 쌓여 있었다.

하여간 다들 날 너무 좋아해서 난리라니까.

그래도 나름 편한 구석이 있어서 아주 나쁘진 않았다.

그들과 함께 황자궁에 도착하니, 과연 모든 준비가 다 되어 있었다. 커다란 나무 그늘 밑에 부드러운 천을 크게 깔고, 소풍처럼 아기자기한 다과를 갖춰놓았다.

헬라드는 조심스럽게 에니샤를 천 위에 올려놓았다.

"쭈글아. 한번 걸어봐."

에니샤는 힘차게 발을 내딛었으나, 딱 한 발짝 걷고 바로 엎어졌다.

지켜보던 로시엘이 에니샤가 넘어지기 직전에 솜씨 좋게 받아 들었다.

아……. 이게 다 머리에 든 게 너무 많아서 그래……. 머리가 무거워서…….

에니샤는 혼자 그렇게 변명하였다.

두 황자는 에니샤를 앉혀놓고 일단 간식부터 먹였다. 나무 그늘 사이로 듬성듬성 들어오는 햇볕 아래서, 에니샤는 잘게 다진 사과를 냠냠 먹었다.

로시엘이 작은 숟가락으로 떠먹여주는 동안, 헬라드가 사과를 껍질째 와삭 베어 물며 말했다.

"쭈글이 생일선물 뭐 해줄 건데? 이제 연회 얼마 안 남았는데."

로시엘은 섬세하게 에니샤의 턱받이를 챙겨주며 답했다.

"글쎄……."

헬라드가 씨익 웃더니 로시엘의 옆구리를 쿡 찔렀다.

"저어기 콴테아 군도 쪽에 적당한 섬 하나 점령해서 쭈글이 주는 건 어때?"

"나쁘진 않은데 반대. 정벌 나간 동안 에니샤랑 떨어져 있어야 하잖아."

"아아."

질문이고 대답이고 전부 이상했지만, 헬라드와 로시엘은 서로 충분히 납득한 듯했다.

에니샤는 한심한 눈으로 그들을 쳐다보다가 손을 까닥였다. 그러자 헬라드가 재깍 다음 사과를 바쳤다. 그가 잘게 다진 사과를 한 숟갈 가득 떠서 내밀었다.

숟가락을 왕 하고 입에 넣고서 오물거리자, 다시 대화가 이어졌다.

"이번에 자드카르 공국에서 보내는 왕자 말이야. 공왕의 적자라던데."

"그래?"

"에니샤보단 나이가 많다고 하는데, 그래도 어리지. 왕위 싸움에 밀려서 볼모로 내다 버리는 모양이야."

두 황자가 일제히 에니샤를 돌아보았다. 그들의 미묘한 눈빛은 정확히 동일했다. 머리부터 발끝까지 하나도 닮은 구석이 없는 황자들이었지만, 이럴 때는 쌍둥이구나 싶었다.

"혹시나 쭈글이에게 접근하는 일이 없도록 해야겠군."

"엉뚱한 생각은 하지 못하도록 말이야."

황자들이 무슨 뜻으로 저리 말하는지 알 것 같았다. 자드카르의 왕자는 에니샤와 나이 터울도 적당하고, 신분도 알맞았다. 왕자가 에니샤를 꼬셔서 황족과의 혼인이라도 노릴까 봐 경계하는 것이다. 하지만 그럴 일은 없을 터였다.

일단 적자가 제국에 볼모로 온다는 건 왕위 싸움에서 완전히 밀렸다는 뜻이다. 공국은 오히려 왕자가 제국에서 죽기라도 하기를 바랄 터였다. 그쪽 정치 싸움에 제국을 이용하는 것이다. 히페리온 또한 그 사실을 다 알면서도, 겉보기에는 좋으니 왕자를 받아들였다. 아마 황궁에 온 어린 왕자의 처지는 시동만도 못하게 비참해지리라. 공국과 제국, 어느 쪽에서도 왕자를 돌보지 않을 터이니 말이다.

우리 좌법사 벨루안이 이런 외교 싸움은 참 잘했는데……

에니샤가 다시금 손을 까닥이고, 다음 사과를 기다릴 때였다. 저만치서 반짝거리는 것이 걸어왔다. 햇빛 아래 눈부시게 빛나는 남자는 로드고였다.

시종들을 저만치에 물려둔 로드고가 홀로 나무 그늘 아래까지 걸어왔다.

"이곳에 있었군."

"……폐하."

에니샤를 다리 위에 앉혀두고 있던 로시엘이 눈썹을 찌푸렸다. 로시엘과 헬라드는 아버지에게 예를 보이는 대신, 바짝 경계태세를 갖추었다. 로드고 또한 인사를 받을 생각은 없어 보였다.

그는 아무런 인사 없이, 대뜸 에니샤부터 안아 들었다. 눈 뜨고 에니샤를 뺏긴 황자들의 기세가 대번에 사나워졌다. 하지만 로드고는 단 한마디로 그들을 제압했다.

"억울하면 황제 하든지."

두 황자는 싸늘하게 식어 내린 표정으로 로드고를 노려보았다. 역시 히페리온 황실의 가족관계는 개판이었다. 사랑으로 보듬기는커녕, 동물의 왕국처럼 약육강식으로 정해지는 서열이었다. 서열 싸움에서 한참 벗어나 있는 방관자이자, 진정한 실세인 에니샤는 흥미진진하게 구경이나 하였다.

황자들의 모습에 로드고가 한쪽 입꼬리를 비죽 올리며 말했다.

"에니샤의 생일연회 때도 그런 식으로 행동할 생각은 아니겠지?"

헬라드와 로시엘은 언제 그랬냐는 듯 기운을 갈무리했다. 그리곤 동시에 방긋 웃어 보였다. 성격은 뭐 같아도 미모만큼은 대단한 황자들이었다. 둘이서 웃고 있으니 주변이 환해지는 느낌이었다. 하지만 웃음은 오래가지 않았다.

금세 다시 무표정해진 황자들 앞에서, 로드고가 에니샤의 머리를 쓰다듬으며 말했다.

"히페리온의 이름에 부끄럽지 않게 하라. 생일연회는 제국의 위세를 만천하에 떨치는 선전이기도 하니 말이다."

"명심하겠습니다."

"물론 연회의 가장 큰 목적이자, 최우선시해야 할 것은……."

로드고가 더없이 진중한 목소리로 말했다.

"우리 에니샤의 귀여움을 온 대륙에 자랑하는 일이지만."

그 말에 황자놈들은 또 고개를 끄덕이며 맞장구를 쳐댔다. 방금까지 으르렁거리던 기세는 어디 가고, 콩가루 집안이 에니샤로 하나 되는 광경이었다.

그들을 지켜보며, 에니샤는 다른 의미로 혼자 고개를 끄덕끄덕했다.

역시 황실에서 정상인은 나뿐이구나…….

그러나 이것은 아직 맛보기에 불과했다.

무엇을 상상하든 그 이상을 보게 되리라.

대륙에서 유명한 명언이었다. 이 명언이 자신의 생일연회에 딱 들어맞을 줄은, 에니샤는 꿈에도 몰랐다.

히페리온 황실은 본래 참으로 메마른 집안이었다.

역대 황족들은 모두 가족애가 없었다. 사랑이 없는 정도가 아니라, 서로 가족이 맞는지 의심될 정도로 감정이 없었다. 그저 부모와 자식 관계로 태어났으니, 상대에게 해야 할 책임만 다한다는 것이 전부였다. 이러한 현상을 두고, 평생 히페리온 황족을 연구해온 학자는 완전한 약육강식을 위한 본능이라고 말하기도 했다. 황족들은 인간의 범주에서 벗어난 힘과 재능을 타고난다. 그들 중에서도 가장 강한 자가 황위에 오르도록 하기 위해, 서로의 심장에 망설임 없이 칼을 꽂을 수 있도록 가족애를 품지 않는다는 것이다. 실제로 황실의 역사 속에서 동생이 형을, 아들이 아버지를 살해하여 황위에 오른 사례는 심심찮게 등장했다. 화려한 겉모습과 달리, 황실 내부는 언제든 허물어질 수 있는 모래탑이었다. 그러한 황족들의 전통 아닌 전통은, 이번 대에도 똑같았다.

황제 로드고는 지배와 정복에만 막대한 관심을 기울였다. 황후 이멜레타가 세 번째 별을 낳다가 산통으로 사망하였지만, 황후의 예를 갖춰 국장을 치러주었을 뿐이다. 그녀를 그리워한다든가, 슬퍼하는 모습은 일절 없었다.

쌍둥이 황자들 또한 부모에게 아무런 관심이 없었다. 그나마 쌍둥이로 태어난 덕인지 황자끼리는 붙어 다녔지만, 어디까지나 특이한 경우였다. 실제로 황후가 사망하였을 때도 쌍둥이들은 눈물 한 방울 흘리지 않았다. 지금 당장 로드고가 죽었다는 소식을 들어도 그래요? 하고 반문하는 것이 고작일 터였다.

그러나 제국의 세 번째 별이자 막내 황녀, 에니샤가 혜성처럼 등장하였으니. 가족애 없는 황실의 전통과 본능은 와장창 깨어졌다. 황제와 황자들이 에니샤에게 보이는 막대한 애정은 전례 없는 일이었다. 제국민들은 이 또한 세 번째 별이 불러일으킨 기적이라고 칭송하였다. 다만 그 기적이 무척 과하다는 게 문제였다.

"……."

펄럭.

펄럭펄럭.

기다랗게 펼쳐지는 초상화를 바라보며, 에니샤는 할 말을 잃었다. 지금 자신이 뭘 보고 있나 싶었다.

시녀장이 활짝 웃으며 에니샤에게 말했다.

"황녀님! 어떠하십니까? 저는 참으로 놀랍습니다."

놀랍긴 놀라웠다. 에니샤에게 보여줄 것이 있다며 신나 하더니, 시녀 여럿이서 웬 커다란 종이를 가져왔다. 성인 남성보다도 훨씬 큰 그것을 펼치자, 어마어마하게 큰 초상화가 나타났다. 바로 에니샤의 초상화였다.

"그간 황녀님의 초상화를 그리던 화가들이 몇 개월 동안 달라붙어 그린 것입니다."

시녀장이 자랑스럽게 늘어놓는 설명을 한 귀로 흘리며, 에니샤는 어안이 벙벙하여 초상화를 바라보았다. 예쁜 드레스를 입은 에니샤가 환하게 웃는 얼굴이 그려진 초상화였다. 금과 보석을 갈아 색을 표현한 초상화는 방 안에서도 홀로 빛이 번쩍거렸다. 예술성을 떠나서, 그 존재만으로도 돈지랄의 극치를 달리는 그림이었다.

"막내 황녀님께 받은 은혜를 조금이라도 갚아야 한다며, 이렇게 나마 보은하게 해달라고 어찌나 열과 성을 다하던지……. 물론 황녀님의 미모를 전부 표현하진 못하였지만……."

시녀장이 혼자 감격해서 손수건을 꺼내더니 눈물을 콕콕 찍어내었다.

화가들이 많은 은혜를 받긴 했다. 로드고한테 죽을 뻔한 것을 에니샤가 몇 번이나 살려줬으니 말이다. 어쩐지 요새 화가들이 안 보인다 했더니, 이런 짓을 하고 있었구나 싶었다.

시녀장이 말하길, 이 초대형 초상화는 황성 앞에 걸린다고 한다. 그리고 수도 광장에 간이 시설을 설치해, 그간 황녀궁을 드나들었던 예술가들이 에니샤를 표현한 작품들을 전시한다 하였다. 그림과 시를 걸고, 조각상도 놓고, 심지어 하루에 세 번씩 에니샤를 주제로 한 연극과 연주회까지 예정되어 있었다.

우리 아이 성장일기 같은 느낌인가…….

에니샤는 두 손으로 얼굴을 가렸다. 잠시 그 광경을 상상해본 것만으로도 낯부끄러워 죽을 지경이었다. 대체 어느 나라에서 딸이 생일이라고 이런 짓을 한단 말인가. 그러나 에니샤를 제외한 모든 사람들이 진지했다.

제국을 찾은 사람들이 모두 막내 황녀의 귀여움을 볼 수 있도록 하라!

로드고의 엄중한 선포와 함께, 황궁의 모든 사람은 성전에라도 임한 것처럼 비장하게 생일연회를 준비했다.

사실 이건 빙산의 일각에 불과했다. 멀쩡한 연회장을 다 때려 부수고 내부 장식을 싹 갈아치운 것, 황녀의 생일을 기념하여 주화를 발행한 것, 생일 선물을 주겠답시고 수도에서 제일 잘나가는 장인들을 죄다 납치하다시피 황궁에 끌고 온 것 등등.

참고로 끌려온 장인들은 전부 밤낮으로 에니샤를 위한 물건들을 만들고 있었다. 심지어 연회를 준비할 요리사가 부족하자, 귀족가에서 주방장을 데려오기도 했다. 물론 부탁을 빙자한 협박이었고, 귀족들은 울면서 눈 뜨고 코 베였다. 에니샤가 아는 것만 해도 이 정도니, 모르는 것은 얼마나 더 심할지 짐작하기도 어려웠다.

연회가 얼마 남지 않은 지금은 광기마저 느껴질 정도였다. 과연 연회장에서는 무슨 일이 벌어질까 두려움에 떨며, 에니샤는 걸음마 맹연습에 돌입했다. 이제 두 발짝 정도는 가능했지만, 이걸로는 영 부족했다. 제발 로드고가 너무 민망한 짓만 벌이지 않기를 기도하며, 에니샤는 연회를 맞이하였다.

히페리온 제국의 세 번째 별, 에니샤의 생일연회가 시작되었다.

생일을 기념하는 연회가 황성에서 일주일 동안 열리고, 수도에선 약 보름간 축제가 벌어졌다.

붉은색과 주황색 바탕에, 금색으로 사자와 검을 그린 제국기가 곳곳에 내걸렸다.

황녀의 생일연회를 구경하기 위해 멀리 지방에서, 그리고 외국에서 찾아온 이들이 수도를 꽉꽉 메웠다.

전례 없는 엄청난 특수를 맞이하여, 수도의 상인들은 그동안 준비한 것들을 꺼내놓았다. 이른바 '막내 황녀님 기념상품'이었다. 그림이나 엽서부터 시작해서 사소한 군것질거리까지. 온갖 것에다 막내 황녀님을 갖다 붙였는데, 모두 불티나게 팔려나갔다.

사람들은 황성 앞에 내걸린 거대한 초상화를 구경하고, 광장에서 전시회와 연주회, 연극들을 즐겼다.

시끌시끌하게 축제와 연회를 치르고, 드디어 황녀의 첫 생일이었다.

에니샤는 이른 아침부터 단장을 시작했다. 기나긴 시간 동안, 에니샤는 얌전히 몸을 내주었다. 꾸벅꾸벅 졸고 있자니 알아서 살살 꾸미고 만져서, 많이 힘들지 않고 버틸 만했다.

에니샤의 머리카락을 손질하던 시녀가 조용히 속삭였다.

"아유……. 황녀님께선 참 순하시기도 하지."

왜 그런지 알아? 이 안에 다 큰 아가씨가 들어있어서 그래.

속으로 그런 생각이나 하며 시간을 죽이고 있으니, 어느새 단장이 끝났다.

"황녀님, 이쪽을 보셔요!"

"우리 황녀님 너무 예쁘셔……."

에니샤는 저를 보며 감탄하는 시녀들 속에서 심드렁하게 눈을 깜빡였다. 최고급 품종의 마르시엘라 장미 수백 송이를 학살하여 만든 장미향유를 조금씩 바르고, 그 위에는 재봉사들의 영혼을 갈아서 만든 드레스를 입었다. 잘 보이지 않는 구석구석까지 촘촘하게 프릴과 레이스를 달아 화려한 드레스는 에니샤의 몸에 부담이 가지 않도록 가벼운 직물로 만들었다. 머리에는 금강석과 홍옥으로 장식한 자그마한 금관을 쓰고, 발에는 어린 송아지 가죽을 부드럽게 무두질한 구두를 신었다. 에니샤가 입고 걸친 것들을 머리부터 발끝까지 더하면, 과장 않고 성 하나는 사겠다 싶을 정도였다.

이렇게 열심히 치장한 이유는, 오늘 에니샤가 황성 연회에 초대받지 못한 이들을 위해서 제국민들에게 얼굴을 보이기 때문이었다.

아직 어린 에니샤가 수도를 순회하기는 힘들었다. 그러므로 황성 앞에 모인 사람들에게 얼굴을 한 번 내비치는 행사를 가질 예정이었다. 짧은 시간이지만 수많은 이들 앞에 나서는 것이었다.

암살 시도 또한 분명히 있을 터라, 로드고가 단단히 방비를 해둔 모양이었다. 그중 하나가 제국에 있는 마법사들을 모두 모아서, 연회 기간 내내 에니샤의 경호를 서게 한 것이었다. 제국의 마법사들을 볼 수 있는 좋은 기회인지라, 에니샤는 내심 기대하고 있었다.

에니샤가 준비를 끝냈을 즈음, 로드고와 황자들이 황녀궁을 찾았다. 손수 에니샤를 데려가기 위함이었다.

그들이 일찍 찾아왔는데도, 예정 시간보다 조금 느리게 이동할 수밖에 없었다. 황제고 황자들이고, 전부 에니샤를 보자마자 돌처럼 굳어서 움직이질 않았기 때문이다.

로드고가 탄식을 내뱉었다.

"내 딸이 너무 귀여워……."

헬라드와 로시엘 또한 비슷한 반응이었다. 세 남자는 그 자리에 서서 희엽없이 에니샤를 구경하기만 했다.

옆에서 시종장이 땀 뻘뻘 흘려가며 눈치 보는 것이 가엾어서, 에니샤는 로드고를 살짝 재촉해주었다.

"아빠아."

발딱 일어나서 두 발짝 걸어간 다음 그의 다리춤에 답삭 안겼다.

로드고는 그제야 에니샤를 안아 들었고, 헬라드와 로시엘은 뒤를 따랐다.

에니샤는 로드고의 품에 안긴 채, 황녀궁을 벗어나 기나긴 복도를 걸었다. 환하게 빛이 쏟아지는 곳이 보였다. 어둑한 실내에서 그곳으로 발을 내딛자, 눈부신 햇빛이 쏟아졌다. 그리고 잠깐 눈을 질끈 감았다 뜬 순간. 우레 같은 함성이 쏟아졌다.

"와아아아!!"

"황녀님! 황녀님!!"

수천의 군중이 운집하여 내지르는 함성이 천지를 울렸다.

혹여나 여린 고막이 다칠세라, 헬라드와 로시엘이 양옆에서 에니샤의 귀를 한쪽씩 막아주었다.

로드고의 품에 안긴 채, 자신을 향해 열렬히 환호하는 사람들에게 업무용 미소를 방싯 지어주던 때였다. 에니샤는 사람들이 들고 있는 큼직한 현수막을 발견하였다.

우유빛깔 황녀님! 사랑해요 황녀님!

막내 황녀님 꽃길만 걸어주세요

우리 황녀님이 대륙에서 제일 귀여움

자랑스레 펄럭이는 현수막은 한둘이 아니었다.

말문이 막힌 채 그 광경을 보고 있자니, 자연스럽게 열심히 펄럭대고 있을 초대형 초상화가 떠올랐다.

문득 에니샤는 그런 생각이 들었다. 어쩌면 황실만 비정상인 게 아닐지도 모른다고…….

✦✧❧✧✦

헬라드와 로시엘은 쌍둥이였다. 한날에 태어났지만, 헬라드가 먼저 빛을 보았기에 형이 되었다. 물론 단 한 번도 형이라고 불러 준 적은 없지만, 로시엘은 그가 첫째 황자이고 자신보다 형이라는 사실 정도는 인지하고 있었다.

두 황자는 히페리온 황족답지 않게 서로 친한 편이었다. 아무래도 쌍둥이로 태어난 영향이 큰 듯하다고, 황자들은 그렇게 생각했다.

쌍둥이이긴 하여도 둘은 정반대였다. 뚜렷하고 활발한 헬라드와 조용하고 정적인 로시엘은 언제나 달랐다. 헬라드는 검에 폭 빠져서 잘 때도 검을 끌어안고 잘 정도이지만, 로시엘은 몸을 움직이는 일 자체를 싫어했다. 싫어하는 것치고는 검술이 훌륭하나, 언제나 적당한 선을 유지할 뿐이었다. 고요한 것을 좋아하는 로시엘은 행정이나 제국법에 관심이 많았다. 머리부터 발끝까지, 쌍둥이라곤 믿기지 않을 정도로 극명히 다른 황자들이었다. 그런데 그런 황자들이 처음으로 일치한 것이 있었으니, 바로 막둥이 여동생이었다.

제국의 세 번째 별인 에니샤는 탄생부터가 모든 사람의 주목을 받았다. 황자들은 에니샤를 무척 궁금해했지만, 백일이 지나기 전까지는 곁에 얼씬도 할 수 없었다. 황족들의 기운이 너무 강하기 때문에, 제대로 기운을 죽이지 못하는 어린 황자들은 접근을 금지하였기 때문이다.

그리고 드디어 백일이 지나고, 금제가 풀렸을 때. 쌍둥이는 함께 나란히 황녀궁을 찾아갔다. 작게 꼬물거리는 생명체를 관찰하는 것은 재미있는 일이었다.

토실토실하고 귀여운 아기는 로드고를 닮아 있었다. 끝이 조금 치켜올라간 눈매나, 고집스레 다문 입술이 그러했다. 지금은 볼이 빵빵해서 그저 귀엽기만 하지만, 젖살이 빠지면 고양이상의 대단한 미인이 될 것 같았다.

헬라드와 로시엘은 막냇동생이 아주 마음에 들었다. 재미있는 장난감이 생긴 기분이었다. 하루하루 쑥쑥 변해가는 장난감은 매일이 새로워서, 질리지가 않았다. 시녀들 몰래 말랑말랑한 볼을 잡아당기며 놀고, 손가락으로 배를 콕콕 찌르며 괴롭혔다. 하지만 황녀는 단 한 번도 울지 않았다. 언제나 까르르 웃을 뿐이었다. 그게 좋아서, 황자들은 마치 놀이라도 하듯이 황녀궁을 찾아갔다. 가끔씩 암살자가 나타나면 장난감이 죽지 않도록 안전하게 구해주기도 하였다. 그때까지만 해도 그냥 재밌고 즐겁다는 정도였다.

그러던 어느 날이었다. 황녀궁에 놀러온 황자들은 암살자를 죽였다. 제국의 세 번째 별은 다른 나라에 몹시 위협적인 존재라, 암살 시도가 끊이질 않았다. 때문에 암살자를 죽이는 것은 종종 있던 일이었지만, 그날따라 자객이 여럿이어서 피를 꽤 많이 보았다.

— 헬라드.

에니샤를 보러 신나서 뛰어가던 헬라드를 로시엘이 조용히 불렀다.

— 이런 모습으로 보러 가면 안 될 것 같은데.

아기는 약하니까…….

조용히 덧붙이는 말에 헬라드는 제 꼴을 내려다보았다. 양손에서 피가 뚝뚝 흐르고 있었다.

— 그래도 여기까지 왔는데!

고민하던 헬라드는 양손을 얼른 옷에 문질러 닦았다. 피가 완전히 닦이진 않았지만, 흐르지는 않았다. 신나서 앞서가는 헬라드의 뒤를 로시엘은 한숨 쉬며 조용히 따랐다. 오늘은 장난감이 기겁하며 경기를 일으키겠구나 싶었다. 생각해보니 그건 그것대로 또 재미있을 것 같긴 했다.

헬라드가 짓궂은 미소를 지으며 요람 위로 불쑥 고개를 내밀었다. 소란스러웠던 탓인지, 장난감은 눈을 뜨고 있었다. 하지만 울지 않았다. 커다란 눈으로 로시엘과 헬라드를 바라보다가, 더없이 반갑다는 듯 웃어주었다. 그게 귀여워서, 헬라드는 무심결에 손을 뻗었다.

— 헬라드!

덜 마른 핏물을 하얀 뺨 위에 묻히고 나서야 실수를 깨달았다. 피비린내가 독하니 이제 자지러지게 울어도 할 말이 없었다. 황급히 손을 뒤로 빼던 때였다. 손바닥에 반도 안 차는 작은 손이 답삭 소매를 붙잡아왔다. 그리고 아쉬움 가득한 눈으로 올려다보는 것이 아닌가.

순진무구한 눈망울에는 애정이 담겨 있었다. 가지 말라고 속삭이는 듯한 눈빛이 다정했다.

— …….

헬라드와 로시엘은 그대로 얼어붙었다가, 서로를 마주 보았다.

뭐지? 얘 뭐지?

머릿속에 의문이 가득 떠올랐다. 여태 쌍둥이를 바라보는 이들이 내비친 감정은 오직 두려움이나 공포, 외경심뿐이었다. 이런 몰랑몰랑한 감정은 처음이었다. 생소함과 이질감이 맞물리며 마음에 틈을 내었다. 벌어진 틈을 따라 마음이 흔들린 순간, 쌍둥이 황자는 동시에 생각했다.

아, 얘는 우리가 지켜줘야겠다.

ﷻ

에니샤는 열심히 방긋방긋 미소를 지었다. 저 밑에 있는 사람들에게 잘 보일지는 모르겠다만, 최소한 무서워하지 않고 기뻐한다는 표시 정도는 내고 싶었다. 사실 에니샤가 웃지 않고 울부짖었어도 우리 황녀님은 우는 모습도 귀여워……! 하면서 좋아했을 것 같지만 말이다.

짧은 만남의 시간이 거의 끝나갈 즈음이었다.

“…….”

군중들에게 열심히 에니샤를 자랑하던 로드고가 눈을 살짝 찌푸

80

렸다. 미미하게 미간이 구겨지는 순간, 공기를 날카롭게 가르는 소리와 함께 양쪽에서 두 발의 화살이 날아들었다.

"!!"

사람들의 비명 소리가 쟁하게 귓가를 울렸다.

그러나 화살이 날아드는 동시에, 푸르스름한 마법진이 생성되며 에니샤 앞을 가로막았다.

화살이 마법진에 부딪히자 둔탁한 소리가 울렸다. 마법진은 이내 빛을 다해 스러졌고, 화살은 바닥으로 투둑 떨어졌다.

눈앞에서 벌어진 암살 시도에 사방이 조용해졌다. 그 싸늘한 분위기 속에서 에니샤는 흥미롭게 눈을 빛냈다. 화살은 마법을 통해 초장거리에서 쏘아 보낸 것이었다. 암살을 목적으로 했으니 강한 힘을 담았을 것이고, 웬만한 방어막 정도는 뚫고 들어갔을 터였다. 하지만 마법진은 방어마법이 시전되는 순간, 화살을 너끈히 막아냈다.

마법진의 구조는 아르커스에 비하면 수준이 떨어졌다. 하지만 마법진 여러 개를 중첩시켜 비슷한 결과물을 얻어냈다. 질보다 양으로 승부한 것이었다.

온갖 정성을 기울여서 열심히 마법진을 만들었을 그들을 생각하니 마음이 짠해졌다.

그나저나 내가 마력이 없기는 없구나.

대법사 시절이었다면 저 정도는 진즉 간파했을 터인데, 마력이 바닥이니 마법진의 존재조차 눈치채지 못했다. 예전의 명성을 생각하니 부끄럽기 짝이 없었다.

갑자기 몰아치는 자괴감에 에니샤는 우울한 기색을 감추지 못하고 그만 눈매를 늘어뜨렸다.

"……."

에니샤가 축 늘어지는 것을 가까이 있던 로드고가 모를 리 없었다. 가뜩이나 무섭던 로드고의 얼굴이 더욱 험악해졌다.

로드고가 손을 까닥이자, 화살이 날아온 궤적을 따라 빛의 선이 그어졌다.

그는 낮은 목소리로 황자들을 호명하였다.

"헬라드, 로시엘."

에니샤는 눈을 동그랗게 떴고, 아래에 모여 있던 군중들은 비명을 질렀다. 두 황자가 동시에 발을 박차더니, 아래로 뛰어내렸기 때문이었다.

허공으로 빠르게 떨어지는 황자들의 망토자락이 요란히 펄럭였다.

사람들이 기겁하며 사방으로 흩어졌다. 그러나 군중들 위로 낙하하기 전에, 황자들의 발밑에 마법진이 생성되었다. 황자들은 마법진 속으로 빨려 들어가듯 사라졌다.

갑작스레 벌어진 일에 사람들은 뭐가 어찌 돌아가는지 모르고 우왕좌왕하였다. 하지만 그리 오래 기다릴 필요는 없었다. 숫자로 열을 세기도 전에, 로드고의 양옆에 마법진이 다시 생성되었다. 그 속에선 각기 암살자를 하나씩 손에 든 황자들이 솟아났다.

그들은 로드고 앞에 암살자들을 패대기쳤다. 이미 암살자들은 사지가 단단히 결박되고, 입에 재갈까지 물려져 있었다.

"으읍! 으으읍!"

자결할 시간도 없었나 봐…….

에니샤가 공포에 질려 버둥대는 그들을 딱한 눈으로 쳐다보는 동안, 세 남자는 무표정하게 바닥에서 꿈틀대는 암살자를 바라보았다.

한 명도 감당하기 힘든 시선이 셋이었다. 아무리 훈련받은 암살자라도 공포를 느낄 수밖에 없는지, 암살자들은 재갈 밖으로도 새어 나올 만큼 비명을 질러댔다.

로시엘이 눈매를 가늘게 좁히며 속삭였다.

"시끄럽네. 에니샤 놀라겠어……."

그러자 헬라드가 암살자의 등 위에 가볍게 발을 얹으며 말했다.

"비명 지르지 마."

동시에 로드고가 에니샤의 얼굴을 부드럽게 제 품으로 눌렀다. 로드고의 가슴팍에 얼굴을 묻자마자, 뒤이어 뚜둑 소리가 들렸다. 척추를 부러뜨린 것이었다.

암살자는 소리도 못 지르고 그대로 눈을 뒤집으며 기절하였다. 동료가 처참하게 당하는 꼴을 본 나머지 암살자는 죽을힘을 다해 소리를 죽였다. 사방이 쥐죽은 듯 가라앉았다.

쌍둥이 황자들은 이내 자세를 바로 하여 로드고의 양옆에 가지런히 자리하였다.

에니샤는 빼꼼 고개를 들어 올려 주변을 살폈다. 로드고와 황자들의 표정이 더없이 살벌했다. 에니샤 앞에서는 여태껏 한 번도 보인 적 없는 표정이었다.

정적 속에서 로드고가 느릿하게 입을 열었다.

"제국의 세 번째 별을 노리는 자들이여, 들어라."

모든 시선이 로드고를 향하였다.

로드고는 좌중을 찬찬히 훑었다. 저 속에 분명 오늘의 암살에 연루된 자들이 있으리라.

발밑의 군중을 내려다보며, 로드고가 말하였다.

"어떤 수단과 방법을 동원하더라도, 별이 지는 일은 없을 터이니."

묵직한 목소리로 섬뜩한 말을 내뱉었다.

"허나 그 대가는 피와 살로 치르게 되리라."

목소리는 사방을 향해 선명하게 뻗어나갔다. 수백이 넘는 사람이 몰려 있음에도 더없이 적막한 탓이었다.

어느 누구도 입을 열지 못하는 가운데, 로드고는 천천히 입꼬리를 끌어올리며 선언했다.

"똑똑히 보아라. 앞으로 제국이 무슨 짓을 저지르는지."

✦◈✦

로드고의 선전포고는 상상 이상의 파문을 불러일으켰다.

여태까지도 암살자가 많긴 했지만, 전부 조용하게 처리되었다. 이렇게 대놓고 암살자를 처분하며 공개적으로 경고한 것은 처음이었다. 모르긴 몰라도, 여태 신나게 암살자를 보냈던 놈들은 오늘 꽤나 놀랐을 것이다. 로드고가 무슨 일을 벌일지는 모르지만, 생일연회 중에는 움직이지 않을 것이니 그동안 열심히 살길을 모색해야 할 터였다.

잠시 얼굴을 내비친 것을 끝으로, 에니샤는 빠르게 황녀궁으로 퇴장하였다. 편한 옷으로 갈아입고 이대로 저녁까지 푹 쉬다가, 연회가 시작되기 전에 다시 단장을 할 예정이었다.

"황녀님, 낮잠이라도 한숨 주무시지요."

시녀의 손길을 따라 폭신한 요람에 몸을 누인 에니샤는 기다랗게 하품을 하며 눈을 감았다.

검은 시야 속에서 아까 보았던 풍경이 떠올랐다. 환호성을 지르는 군중들 너머, 탁 트인 시야 속에 펼쳐졌던 황성의 풍경. 쏟아지는 햇빛 아래 높은 첨탑을 가진 탑상저택들이 눈부시게 반짝거렸다. 커다란 사륜마차가 언제든지 나다닐 수 있도록 넓고 잘 포장된 도로가 사방으로 뻗어나가는 모습도 인상적이었다. 확실히 제국은 많은 발전을 이룬 강대국이었다.

그러나 아쉬운 부분도 분명 있었다. 에니샤가 대법사로서 지닌 월등한 지식은 제국에 큰 도움이 될 것이다. 고등마법은 아르커스 고유의 것이니 제하더라도, 정치나 행정 부분에서 변혁을 이뤄낼 수 있으리라. 정말 세 번째 별은 히페리온에 무한한 광영을 가져다 줄지도……. 에니샤는 그렇게 생각하며 잠에 빠져들었다.

⊰◦✦◦⊱

연회는 에니샤의 생일을 축하하기 위한 것이지만, 그 외에도 여러 복잡한 이해관계가 얽혀있었다. 그저 단편적인 유흥이 아니라, 현 히페리온 제국의 권력을 다시금 각인시키는 수단이기도 한 것이다. 거기에다 딸바보의 욕심까지 더해졌으니, 연회는 이래도 괜찮을까 걱정스러울 만큼 화려해졌다.

"……!!"

로드고의 품에 안겨 연회장에 들어선 에니샤는 기겁하였다. 천장에는 거대한 크리스털 샹들리에가 기다랗게 늘어져 있었다. 휘황찬란하게 번뜩이는 샹들리에는 머리 위로 떨어지면 즉사할 크기였다. 벽에는 황금을 정교하게 세공한 촛대가 가득 늘어서서 내부를 대낮처럼 밝혔다. 고개를 위로 들어보니 황금과 보석으로 장식된 천장이 보였다. 구석구석까지 일일이 천장화를 그려 넣은 모양새는 입이 절로 벌어졌다. 고개를 아래로 내리자, 매끄러운 바닥의 중심에서 연회장 전체로 맞물리듯 이어지는 커다란 무늬를 볼 수 있었다. 색색의 대리석 조각을 맞추어 만들어낸 것이었는데, 심심하면 무늬의 선만 따라가도 반나절이 후딱 지나겠다 싶을 정도였다. 발을 들이기도 황송한 연회장은 미친 듯이 호화로웠고, 그냥 돈지랄의 상징이었다. 제국 재정이 파탄나면 그건 다 연회장 때문이라고 에니샤는 단언할 수 있었다.

우렁찬 나팔소리와 함께 로드고와 쌍둥이 황자, 그리고 막내 황녀가 등장하자 연회장의 모든 사람이 양옆으로 갈라져 예를 표했다.

로드고와 쌍둥이들은 익숙한 듯 그 사이를 성큼성큼 걸어 지나갔다. 세 개의 망토가 연회장 바닥에 기다랗게 끌렸다.

연회장의 가장 안쪽에는 계단 세 칸 정도 높이로 단을 쌓아올리고 황금의자를 놓았다. 가운데 커다란 의자와 양옆의 작은 의자 둘은 당연히 로드고와 황자들의 자리였다.

사자가 양각된 의자에 앉은 로드고가 거만하게 등을 깊숙이 기대었다. 그러곤 에니샤를 제 무릎 위에 사뿐히 올려놓았다.

얼떨결에 황제의 자리에 앉은 에니샤는 자연스럽게 로드고와 함께 아래를 내려다보았다. 여기 앉으니까 없던 거만함도 생기는 기분이었다.

에니샤는 괜히 로드고를 따라 턱을 치켜올려보았다.

"금일 황녀의 탄생일을 축하해주기 위해 모인 귀빈들에게 감사를 표하오."

로드고가 객들에게 간단히 의례적인 인사말을 하였다.

그는 짤막짤막하게 몇 마디를 이어간 후, 손을 내저었다. 잠시 멈추었던 음악이 다시 연주되고, 연회장은 다시금 웃고 떠드는 소리로 덮여나갔다.

로드고는 에니샤의 머리를 쓰다듬으며 양옆의 황자들과 이야기를 나누었다.

"에니샤가 걷는 것을 보여주어야 하는데. 근래에는 무려 두 발짝이나 걷더군. 이 어린아이가."

로드고의 말에 로시엘이 차분하게 반박했다.

"그러지 말고 교구로 문장 만들기 하는 것을 보여줘야 했습니다. 일전에 제가 보았는데, 천재라는 말이 부족할 정도입니다."

로시엘을 이어 헬라드가 진지하게 첨언했다.

"그냥 에니샤가 웃는 모습만 보여줘도 전부 넘어갈 텐데……."

듣고 있던 에니샤는 좌절하였다.

연회는 딸 자랑을 위해 이용당했을 뿐인가…….

갑자기 이곳에서 탈출하고 싶은 강렬한 충동이 솟구쳤다.

에니샤는 로드고의 무릎에서 미끄러지듯 바닥으로 내려섰다. 그간 필사적으로 갈고 닦은 걸음마로 하나, 둘 그리고 세 발짝을 떼려는 순간이었다.

"에니샤."

로드고가 커다란 손으로 에니샤를 가뿐하게 집어 들어선 다시 무릎에 앉혔다.

"위험하다. 여기 얌전히 앉아 있거라."

그러면서 좀 더 품에 깊숙하게 안아버리는 것이 아닌가.

역시 세 걸음으론 무리였다. 아무래도 오늘 로드고의 무릎에서 벗어나지 못할 모양이었다.

빠르게 현실을 받아들인 에니샤는 대신 맛있는 냄새가 나는 쪽으로 고개를 돌려보았다. 온갖 곳에서 끌려온 요리사들이 만들어 낸 음식들이 연회장 한쪽을 가득 채웠다.

껍질이 바삭하고 속은 육즙으로 가득한 새끼돼지구이, 작은 멧새를 브랜디에 푹 담가서 요리한 것, 병아리콩과 거세한 수탉구이 등등.

제국의 연회 풍습에 따라, 사람들은 딱딱한 정찬 예절을 갖추는 대신 자유롭게 음식을 덜어 먹으며 이야기를 나누었다.

에니샤는 생굴에 레몬과 샴페인을 곁들여 먹는 걸 좋아하지만, 아기의 몸인 지금은 꿈도 꿀 수 없기에 구경만 열심히 했다. 대신 에니샤 앞에 놓인 것은 육질이 연한 고기와 채소 조금, 그리고 과일들이었다. 맛있는 음식들은 눈으로만 맛보며, 로드고가 입에 넣어주는 고깃덩이를 서러운 마음으로 우물거렸다.

로드고는 에니샤의 볼록한 뺨을 손가락으로 툭툭 건드리며 웃었다.

"자아, 에니샤. 이제 너를 위한 선물을 받아보자꾸나."

황자들이 양옆에서 의자 팔 받침대에 매달려서 재잘거렸다.

"우리 선물은 나중에 줄게."

"그래, 쭈글아. 원래 이런 건 맨 마지막에 줘야 한다고."

눈을 빛내는 황자들의 모습에 에니샤는 불안해졌다. 그냥 받지 않고 싶다만, 쌍둥이들은 이미 선물 줄 생각에 마음이 빵빵하게 부풀어 있었다. 참고로 로드고가 준 선물은 지금 에니샤가 몸에 걸치고 있는 모든 것이었다. 조그만 금관부터 드레스, 장신구, 신발, 하다못해 양말 한 짝까지 전부 그의 선물이었다. 이것만 해도 한 살짜리 아기의 생일 선물로는 차고 넘치는데, 다른 나라들은 대체 무엇을 줄지 궁금하긴 했다.

"황녀님의 탄신일을 온 마음을 다해 축하드립니다."

연회가 한껏 무르익자, 히페리온의 귀족들과 외국 사신들이 하나씩 앞으로 나서서 에니샤의 생일을 축하하고 선물을 내밀기 시작했다.

선물을 바치는 순서는 딱히 정해져 있지 않은 듯했다. 워낙 대륙 전체에서 몰려들다 보니, 오늘 연회에 참석하지 못하고 늦게 오는 나라들도 많았다. 그래서인지 순서를 딱딱 매기기도 어려워서, 대충 눈치껏 나서서 선물을 바치는 분위기였다.

온갖 귀한 것들이 속속 등장하여선, 연회장 한쪽에 휑하니 비어 있던 곳에 차곡차곡 쌓여갔다. 아까부터 저기는 왜 비워놨나 싶었더니 선물을 쌓을 곳이었다.

에니샤가 남 일 보듯 로드고의 품에 늘어져서 선물 세례를 구경하던 때였다.

"……?"

한 무리의 사람이 새로이 연회장에 들어섰다. 다섯 남짓한 단출한 인원이나, 연회장은 수십 명이 몰려오기라도 한 것처럼 크게 술렁였다.

그들은 연회장에 들어서자마자 망설임 없이 에니샤 앞으로 직행해왔다. 큰 보폭을 뒤따라, 짙은 녹색에 황금실로 삼족오를 수놓은 로브가 대리석 바닥 위를 쓸어내었다.

삼족오를 확인한 에니샤는 손으로 가슴을 꽉 눌렀다. 심장이 튀어나올 것처럼 쿵쾅거렸다.

로브를 쓴 이들은 가벼이 머리 숙여 예를 갖춘 후, 일제히 모자를 젖혔다. 그리고 그들의 얼굴이 드러났을 때. 에니샤는 그냥 심장이 멎어버리는 줄 알았다.

가장 앞에 자리한 젊은 남자가 나른한 목소리로 인사말을 건넸다.

"아르커스의 원로마법사가 제국의 태양을 뵙습니다. 제국에 무한한 광영이 깃들기를."

조금 느릿한 말 속에 섞인 원로마법사라는 단어에 좌중이 술렁였다. 아르커스의 최고 통치자인 삼두법사 바로 밑에 자리한 것이 원로원이었다.

원로원이라는 이름과는 달리, 나이에 상관없이 뛰어난 지혜와 마법 소양을 갖춘 자가 선발되었다. 원로마법사는 제국으로 따지자면 고위 귀족이라 할 수 있었다.

평소 타국과 교류가 드물고 자존심이 강하기로 유명한 아르커스였다. 아주 오랜만에 대륙으로 보낸 사신이 원로마법사이니, 상당히 신경 쓴 인사 배치라 할 수 있었다.

연회장의 사람들은 아르커스의 마법사들을 몹시 신기해하였다. 심지어 그중 하나는 원로마법사라고 하니, 너도나도 얼굴을 보기 위해 앞쪽으로 몰려들었다.

로드고 또한 단답으로 일관하던 여태까지와는 달리, 제법 길게 인사말을 받아주었다.

"아르커스에서 이리 먼 길을 와주다니, 참으로 감사할 따름이오. 그대들의 방문만으로도 황녀는 크게 기뻐할 것이니."

"환대에 감사드립니다."

자신을 원로마법사라 밝힌 남자가 얌전히 대답하였다.

느릿하게 눈을 깜빡이던 그의 시선이 에니샤를 향했다. 진녹색 눈동자와 눈이 마주쳤다. 반쯤 감겨 있던 남자의 눈꺼풀이 살짝 치켜올라가며, 눈 위로 이채가 돌았다.

"……."

에니샤는 아랫입술을 꽉 깨물었다. 저자는 원로마법사 따위가 아니었다. 그는 삼두회의 우법사, 녹시타였다.

기껏 히페리온 제국까지 왔건만, 대법사의 마력 반응은 느껴지지 않았다.

"벨루안이 거짓말한 걸까……."

시무룩한 중얼거림에 함께 온 다른 마법사들이 황급히 달래었다.

"아닙니다, 우법사님! 아직 황궁 내부로는 들어가지 않았으니 모를 일입니다."

"그런가……."

안절부절못하는 마법사들 옆에서, 녹시타는 우울한 얼굴로 주섬주섬 예복으로 챙겨 온 로브를 주워 입었다.

대법사가 거짓말처럼 사라진 지도 어언 1년이 다 되었다.

그간 아르커스는 모든 것을 멈추고 그녀를 찾는 데 전력을 기울였다. 하지만 조그만 흔적조차 찾을 수 없었다. 아르커스 내부에서 찾지 못하여, 이제는 대륙까지 범위를 넓히는 중이었다.

그런 와중에 좌법사 벨루안이 던져 준 단서는 사막의 오아시스와 같았다. 녹시타는 모래 속에서 바늘을 찾는 심정으로 히페리온 제국에 왔다. 그러나 아무것도 없었다. 사실 그녀가 작정하고 숨으면 찾을 수가 없긴 했다.

대법사는 아르커스를 저버린 것일까. 아니면…… 죽었을지도 모른다.

실망한 나머지 아무것도 안 하고 방구석에 틀어박히고 싶었지만, 녹시타는 애써 마음을 추슬렀다.

그래도 아르커스를 대표하여 제국을 찾았으니 할 일은 해야 했다. 대륙을 들썩이게 만든 세 번째 별이 궁금하기도 하고 말이다.

겨우 황녀의 생일에 삼두회의 우법사가 직접 찾아왔다 하기엔 격이 맞지 않는지라, 녹시타는 원로마법사인 척 거짓말을 하기로 결정하였다. 그리고 황궁에 입궁하였을 때. 녹시타는 대법사의 마력 흔적은 찾지 못했지만, 대신 아주아주 귀여운 아기를 만나게 되었다.

"……!"

제국의 황녀님은 작고 귀여운 아기였다. 하지만 마냥 귀엽지만은 않고, 끝이 조금 치켜올라간 눈매가 성격 있어 보이는 생김새였다. 구불거리는 진한 금빛 머리카락은 한 입 베어 물면 벌꿀 맛이 날 것만 같았다. 하얗고 통통한 볼을 손가락으로 쿡 눌러보고 싶어서 손이 근질거렸다.

녹시타는 홀린 듯이 황녀님을 바라보았다. 무엇 때문일까. 이유를 알 수 없는 호감이 자꾸만 무럭무럭 피어올랐다.

◈◈◈◈◈

마력도 없는데 모르겠지? 모를 거야. 몰라야 하는데…….

에니샤는 불안한 마음을 감추지 못하고 로드고의 옷자락을 손으로 꼭 붙잡았다.

태어난 지 이제 1년, 그동안 이렇게 큰 위기는 없었다. 녹시타가 저를 쳐다보는 시선에 침이 절로 꼴딱꼴딱 넘어갔다. 물론 오랜만에 아는 얼굴을 보니 반갑기는 했다. 하고 싶은 이야기도, 물어보고 싶은 질문도 많았다. 그러나 지금은 마력도 없고, 대법사인 것을 들켜봤자 망신살 뻗치는 동시에 뜻하지 않은 대륙 전쟁만 일으킬 뿐이었다. 최소한 에니샤가 대륙 전쟁을 막아낼 만한 힘을 갖추었을 때 들켜야 했다.

아니, 근데 쟤는 외출도 싫어하면서 왜 뜬금없이 여기까지 나오고 난리야!

에니샤는 마음속으로 발을 동동 구르면서 로드고의 옷자락만 잡아 뜯었다.

"……."

로드고가 말없이 에니샤의 손을 붙잡았다. 에니샤가 불안해하는 것은 느낀 모양이었다.

그가 살짝 눈매를 찡그리며 에니샤를 내려다보았다. 로드고의 눈빛에서 말소리가 들려왔다.

저놈 눈을 파내어줄까?

입을 열어서 말하진 않았지만, 분명히 그런 뜻이었다.

에니샤는 황급히 헤헤 웃어 보였다. 아르커스에서 온 사신단의 눈알을 파내다니, 대륙의 어느 누구도 못 할 발상이었다. 하지만 로드고를 포함한 히페리온 황족이라면 정말 그럴지도 몰랐다.

대륙의 평화, 대륙의 평화…….

속으로 대륙의 평화를 중얼거리며 쥐고 있던 옷자락을 살포시 손에서 놓자, 로드고는 그제야 다시 시선을 앞으로 돌렸다.

에니샤에게서 눈을 떼지 못하던 녹시타도 다시 로드고를 바라보왔다. 녹시타가 기다란 소맷자락을 가지런히 추스르고서 입을 열었다.

"아르커스가 히페리온의 세 번째 별을 위하여 준비한 선물은 마법입니다."

"마법……?"

로드고가 눈매를 가느다랗게 좁혔다.

녹시타는 차분하게 답하였다.

"앞으로 아르커스는 제국과 공식적인 교류를 시작하려 합니다. 아르커스의 마법사들을 제국에 파견하여, 마법을 전하고 제국의 문화를 배워갈 것입니다."

녹시타의 말에 사람들이 작게 숨을 들이켰다. 아르커스가 공식적으로 대륙의 국가와 교류를 하는 것은 처음이었다.

로드고 또한 놀란 기색이 적잖았다.

모두가 경악하는 가운데, 에니샤는 심드렁하게 생각하였다.

뭐, 아르커스도 이제 걸어놓은 빗장을 열 때가 되었지…….

선물이라기엔 조금 이상하지만, 어쨌든 엄청난 제안이긴 하였다. 아르커스는 제국의 마법 수준을 상상할 수도 없을 만큼 격상시켜줄 터이니 말이다.

지금도 강대한 제국의 무력은 마법이라는 날개를 달고 더욱 끝없이 뻗어나가리라. 아르커스 또한 그에 상응하는 대가를 받아갈 것이고, 첫 포문을 현 대륙의 최강자 히페리온으로 열었으니, 다른 국가와 교류를 트기도 쉬울 것이다. 여러모로 서로에게 도움이 되는 일이었다.

그나저나 녹시타가 이렇게 많은 사람 앞에서 말하는 것도 참 오랜만이었다. 그는 워낙 나서는 걸 싫어하는 성격인데, 막상 나서면 잘하곤 했다. 왠지 잘 키워놓은 아이의 성장을 지켜보는 기분으로, 에니샤는 녹시타를 바라보았다. 그러다 녹시타와 또 한 번 눈이 마주쳐서 얼른 시선을 돌렸다.

"아르커스와 제국의 우정이 더욱 깊어지길 바랍니다."

다행히 녹시타는 별말 없이 마지막 인사를 하고선 순순히 물러났다.

에니샤는 가슴을 쓸어내렸으나, 어째서인지 그 뒤에도 녹시타가 자꾸 이쪽을 보는 것이 느껴졌다. 자꾸 시선을 피해도 수상해 보일 것 같아서, 다시 눈이 마주쳤을 땐 방긋 웃어주었다. 그러자 어째서인지, 이번엔 녹시타가 얼굴을 확 붉히며 시선을 빠르게 돌렸다.

녹시타의 반응에 당황한 에니샤는 로드고부터 흘금 확인하였다.

"……하."

그 또한 녹시타의 꼴을 본 모양이었다. 낮은 헛웃음 소리와 함께, 다소 주름 잡힌 미간의 골이 보였다.

대륙의 평화…… 지킬 수 있겠지……?

에니샤는 갑자기 조금 자신이 없어졌다.

녹시타가 뒤로 물러난 후에도, 사람들은 한참 동안 아르커스에 대해 쑥덕였다.

어수선하던 분위기가 얼추 정돈되고, 다시 선물 행렬이 이어진 것은 한참 뒤였다. 다시 각국에서 귀하디귀한 물건들을 열심히 에니샤에게 갖다 바쳤다. 그러나 아르커스의 선물에는 비할 바가 아니었다. 다른 이들의 생각도 같은지, 모두 아르커스 쪽에만 신경을 기울였다.

선물 행렬에도 차츰 시들해져가던 때였다. 이 화려한 연회장과 조금도 어울리지 않는, 초라한 생김새의 아이가 앞으로 툭 튀어나왔다. 수행원으로 보이는 몇몇 사람과 함께 아이가 앞에 자리하자마자, 여기저기서 수군거림이 터져 나왔다.

"자드카르 공국……."

"공왕의 적자가……."

저 아이가 시녀들과 황자들이 말하던 공국의 왕자인 모양이었다.

여태껏 축 늘어져 있던 에니샤는 흥미를 가지고 몸을 조금 일으켰다. 자그마한 아이도 조심스럽게 고개를 들어 에니샤를 올려다보았다.

"……."

시선이 마주친 순간, 어째서인지 에니샤는 아이에게서 눈을 뗄 수가 없었다. 그것은 아이도 마찬가지인 듯했다. 두 사람은 한참을 서로 마주 보았다.

작고 마른 아이였다. 머리카락은 푸석했고, 손목에 앙상하게 뼈가 두드러진 모양새는 왕자라는 말이 부끄러웠다. 그러나 눈빛만큼은 형형했다. 남청색 눈동자 위로 스치는 푸른빛 안광에 몸이 저릿하였다.

에니샤는 저런 눈빛을 가진 사람을 만난 적이 있었다. 평생 동안 단 두 번의 만남이었다. 그리고 그들은 각기 아르커스의 좌법사와 우법사가 되었다. 아미 지드기르 공국의 앙가 또한 그러하리라. 분명 언젠간 풍랑을 일으킬 자였다. 지금은 노예와 다름없는 처지일 지라도 말이다.

에니샤는 눈을 깜빡이며 아이를 주의 깊게 살폈다. 하지만 끊어지지 않을 것 같던 시선은 허망하게 잘려나갔다. 뚫어져라 에니샤만 바라보던 아이를, 함께 온 공국의 귀족이 툭 하고 한 대 쳤기 때문이다.

아이는 뒤늦게 예를 갖추어 인사했다.

"자드카르 공국의 카힐 자드카르입니다."

앳된 목소리에 담긴 어눌한 제국어가 연회장을 울렸다.

순간 주위가 조용해지며, 분위기가 미묘해졌다.

히페리온 제국은 대륙에서 강한 영향력을 발휘하고 있었다. 때문에 히페리온 제국어는 대륙공용어와 같은 역할을 했고, 독자적인 언어가 없는 국가는 대부분 제국어를 사용하였다. 나라별로 억양이나 단어가 다양하게 변형되어 있지만, 어느 나라든 귀족 계급은 고상한 제국어를 능수능란하게 구사하는 것이 필수 교양이었다. 그런데 일국의 왕자라는 아이가 제국어를 엉망진창으로 구사하다니. 어린아이라서 발음이 뭉그러지는 것이 아닌, 억양부터가 잘못된 제국어였다. 공국 내에서 어떤 대접을 받으며 자라왔는지가 느껴졌다.

연회장 내의 사람들이 서로 부산하게 이야기를 주고받았다.

"일국의 왕자가 제국어조차 똑바로 구사하질 못하다니……."

"설마 언청이는 아니겠지요?"

"그건 아닌 듯한데, 도무지 볼품없는 꼴이네요."

속삭인다고 하지만, 조용한 연회장에서 그들의 말소리는 귓가로 전부 기어들어 왔다. 비웃음으로 미뤄보건대, 이곳에서 아이의 위치는 이미 최하층으로 결정된 모양이었다. 아이도 그것을 느낀 모양인지, 희미하게 죽어가는 목소리로 말하였다.

"약소하나마 황녀님을 위한 선물을 준비하였습니다……."

자드카르 공국에서 보낸 선물은 은빛 늑대의 모피와 금강석이었다. 추운 북부의 설산에서만 사는 은빛 털의 늑대에게서 나온 흠 없는 모피는 함께 보낸 금강석보다도 훨씬 귀한 것이었다. 은빛 늑대는 자드카르 왕실을 제외하곤 수렵이 금지되어 있고, 개체 수 또한 적어 몹시 희귀하기 때문이었다. 거기에다 자국의 왕자까지 볼모로 보냈다. 제국에서 선진 교육을 받게 한다는 명목이지만, 그 속뜻을 모를 사람은 없었다. 아르커스 왕국 다음으로 눈에 띄는 선물이었다. 단지 공국의 왕자님이 너무 무시당하여서, 선물의 가치까지 깎아먹고 있지만 말이다.

이름이 카힐이라 했던가.

에니샤는 마음에 든 어린 왕자님을 위해 조금 나서주기로 하였다.

"아빠!"

낭랑한 목소리는 유난히 선명하게 퍼져나갔다.

저를 돌아보는 로드고에게 에니샤는 늑대모피를 손가락질하였다.

"우웅……!"

짧은 손가락을 바둥거려가며 모피를 향해 열렬한 관심을 표하자, 다들 눈이 휘둥그레졌다.

늑대 손깃 선물이 쏟아져도 시큰둥히던 에니샤였다. 어린아이가 좋아할 법한 장난감에도, 헉 소리가 날 만큼 반짝이는 것에도 흥흥거리던 에니샤가 처음으로 반응을 보인 것이다.

로드고의 한쪽 눈썹이 높이 치켜올라갔다.

에니샤는 배시시 웃어 보였다. 그가 당장이라도 늑대모피를 가져다줄 것이라 생각했다. 하지만 로드고는 꼼짝도 하지 않았다. 대신 한참 동안 방싯방싯하는 에니샤를 쳐다보다가, 느릿하게 입을 열었다.

"에니샤."

로드고의 얼굴은 심각했다.

"아빠가 준 선물이 좋으냐, 아니면…….."

그가 손가락을 곧게 펼쳐 늑대를 가리키며, 굉장히 침착한 어조로 질문하였다.

"죽어서 널브러진 늑대모피가 더 좋으냐?"

에니샤는 웃는 얼굴 그대로 굳어버렸다.

로드고가 미친 것 같았다. 미치지 않고서야 이럴 수가 없었다.

아니지, 생각해보니 원래 미친놈이잖아.

에니샤는 빠르게 양옆을 확인했다. 역시나, 황자들은 로드고의 핏줄이자 히페리온 황족이었다. 그들은 이 상황에 조금도 당황하지 않았다. 오히려 함께 심각한 얼굴이었다. 에니샤가 여태 선물들에 시큰둥할 때는 옆에서 저들끼리 키득대며 놀리고 괴롭히기 바빴다. 그랬는데 처음으로 반응을 보인 것이, 하필이면 그들이 걱정하던 공왕의 적자가 바친 선물이었다.

"……."

헬라드와 로시엘이 말없이 시선을 주고받으며 손을 꼼지락거리는 것이 보였다. 황자들은 굳이 칼 같은 거 없어도 사람 목뼈를 부러뜨릴 수 있는 놈들이란 사실이 머리를 후려쳤다. 그리고 사람이 있든 없든 망설임 없이 생각을 행동으로 옮기는, 아주 독립적인 성격의 소유자들이란 사실도 말이다. 애먼 왕자를 도와주려다 연회장 살인사건이 일어날 지경이었다.

슬며시 주변을 살피니, 사람들이 멍하니 입을 벌리고 있는 것이 보였다. 그래도 여태까지 로드고가 보인 행동들은 그저 딸을 아끼는 아빠 정도였다. 그것만 해도 무척 놀라운 일이었다. 히페리온 황족들이 가족에게 정을 두지 않는다는 것은 다들 잘 알고 있으니 말이다. 하지만 여기 있는 누구도 로드고가 이런 유치한 질문까지 해댈 줄은 몰랐으리라.

'엄마가 좋아, 아빠가 좋아'도 아니고…….

에니샤는 다시 로드고를 바라보았다. 그는 여전히 에니샤의 대답을 기다리고 있었다. 질문을 못 알아들은 척하기엔, 이미 로드고 앞에서 화려한 교구 맞추기 솜씨를 뽐낸 전적이 있었다.

결국 선택지는 정해져 있었다. 에니샤는 새롭게 준비한 필살기를 꺼내기로 결심했다.

하……. 좀 더 아껴놓으려고 했는데…….

쓰린 속마음을 감추고, 에니샤는 더없이 화사하게 방싯 웃으며 로드고를 올려다보았다. 그리고 천진난만한 목소리로 외쳤다.

"아빠, 조앙!"

늦어지는 대답에 점점 타오르던 로드고의 눈동자가 짧게 흔들렸다. 에니샤는 거기다가 쐐기를 박아버렸다.

"아빠아아……."

로드고를 와락 끌어안으며, 품에다 얼굴을 비비적거린 것이다. 볼이 꾹 눌리도록 힘껏 안았다가, 빼꼼 눈만 들어 로드고를 올려다 보았다.

늑대모피가 뭐예요? 에니샤는 그런 거 몰라요.

아빠밖에 모른다는 눈빛을 반짝반짝 쏘아 보내자, 로드고가 갑자기 에니샤를 와락 끌어안았다.

우왁, 숨 막혀!

그의 품에서 짧은 팔다리를 바동거리자, 그제야 천천히 놓아주었다.

"……크흠."

뒤늦게 헛기침을 한 로드고가 다시 근엄한 황제 폐하로 돌아갔으나, 이미 다들 그의 딸바보짓을 똑똑히 목격한 뒤였다. 연회장 내부는 말로 설명할 수 없는 처참한 분위기였다.

어디선가 쨍그랑 하는 소리가 들렸다.

누군가 손에 들고 있던 샴페인잔을 떨어뜨리는 소리였다. 하지만 로드고는 아무 일도 없었다는 듯이 태연하게 입을 열었다.

"자드카르의 왕자가 직접 귀한 선물을 가지고 찾아주었으니, 참으로 고마운 일이로군."

그가 느릿한 미소를 지으며 낮게 속삭였다.

"내 잊지 않겠소."

잊지 않겠다는 말이 조금 섬뜩하게 들린 것은, 아마 에니샤뿐만

이 아닐 것이다.

그것을 끝으로, 카힐 일행은 험난한 선물 바치기를 끝내고 뒤로 물러났다.

로드고는 시종에게 손을 까닥였다.

늑대모피는 어디론가 사라져버렸다. 소각장에 넣어 불태우지나 않으면 다행이다.

에니샤는 속으로 한숨을 내쉬었다.

휴우우우우…….

자드카르 다음으로 다른 나라가 또다시 선물을 바쳤으나, 이제 아무래도 좋았다. 더 이상 이곳에 있다간 정신이 피폐해질 것 같았다. 저기 쌓여 있는 선물 더미에 있는 힘껏 뛰어들어서, 마구마구 울부짖으며 선물을 사방으로 내던질 것만 같았다.

대륙의 평화가 무슨 소용이냐! 내가 죽게 생겼다!

에니샤는 힘없이 로드고의 품에 몸을 기대었다. 그리고 다 죽어가는 목소리로 그를 불렀다.

"아빠아……."

로드고가 커다란 손을 에니샤의 이마 위에 얹었다. 너무 열심히 필살애교를 시전했더니 피로감에 열도 조금 오르는 것 같았다. 솔직히 에니샤 정도이니 여태껏 얌전히 앉아 있었지, 연회는 어린 황녀가 소화해내기엔 무리였다.

에니샤가 대놓고 피곤하다는 티를 내며 칭얼거렸기에, 로드고는 에니샤를 그만 황녀궁으로 돌려보내기로 하였다.

에니샤를 황녀궁까지 데려다준 것은 헬라드와 로시엘이었다. 시녀들에게 시켜도 되는데 군이 두 황자가 따라나선 것은, 현재 황궁에 외부인이 너무 많이 들어왔기 때문이다. 황궁의 보안이 취약해질 수밖에 없는 만큼, 가장 확실하고 믿을 수 있는 황자들이 직접 나섰다.

에니샤는 로시엘의 품에 안겨서, 헬라드와 시녀들에게 둘러싸여 황녀궁으로 돌아왔다.

침실에 들어선 에니샤는 입을 살짝 벌렸다.

"……!"

요람 밑의 바닥에 익숙한 은빛 털이 보였다. 오늘 카힐이 바친 은빛 늑대모피였다. 어디다 내다 버릴 줄 알았더니, 그래도 에니샤가 좋아한다고 황녀궁에 갖다 놓으라 지시한 것이다.

"앉아볼래?"

발을 바동바동하자, 로시엘은 에니샤를 모피 위에 앉혀주었다.

에니샤는 흐뭇한 마음으로 털을 쓰다듬었다. 손바닥 밑에서 보드랍게 쓸려나가는 털의 감촉이 좋았다. 좀 많이 극성맞긴 하지만, 그래도 로드고는 좋은 아빠인 것 같았다.

에니샤가 북부 설산의 늑대모피를 만끽하는 동안, 헬라드와 로시엘은 어디론가 잠시 사라지더니 주섬주섬 무언가를 들고 들어왔다. 두 황자가 뿌듯한 얼굴로 각기 선물을 하나씩 내밀었다.

"생일 축하해, 에니샤."

"축하한다, 쭈글아."

에니샤는 그들이 내민 선물에 속으로 헛웃음을 삼켰다. 선물도 꼭 저들 같은 것을 가져왔다.

헬라드가 준 것은 어린아이 몸에 맞게 길이가 짧은 검이었다. 그리고 로시엘이 준 것은 한 손에 잡히는 작은 단검이었다. 둘 다 예쁘게 장식했지만, 장난감 가검 따위가 아닌 날이 파랗게 서 있는 진검이었다.

저기요, 나 이제 한 살인데…….

설마 황자들은 한 살 때 이미 이런 걸 휘둘렀을까.

그렇게 생각하니 말이 되는 것도 같았다.

로시엘이 요람의 베개 밑에 단검을 밀어 넣곤, 에니샤의 머리를 쓰다듬으며 말했다.

"오라버니들이 너를 지켜주지 못할 때도 있으니까……. 혹시 수상한 놈이 너를 괴롭히거든 확 찔러버리렴."

헬라드가 검을 휘두르는 시늉을 하며 이어 말했다.

"그래, 쭈글이가 걸음마만 떼면 내가 직접 검술을 가르쳐줄 테니까!"

내가 마력만 되찾으면 오히려 너흴 지켜주게 될걸?

그래도 황자들의 마음 씀씀이는 고마웠다.

에니샤는 활짝 웃으며 그들을 향해 양손을 뻗었다. 그러자 헬라드가 냉큼 에니샤를 안아 들어선, 번쩍 허공으로 들어올렸다. 그가 기대에 찬 눈으로 질문했다.

"늑대 털보다 낫지? 솔직히 폐하가 준 것보다도 낫지?"

없는 자리에선 황제 욕도 한다는데, 이 정도쯤이야 뭐가 어렵겠는가. 에니샤는 마음껏 황자들의 말에 찬성해주었다.

"조아!"

혀 짧은 말과 함께 까르르 웃음을 터뜨리자, 헬라드는 에니샤를 끌어안고 뺨에 마구 뽀뽀해댔다.

"침 묻어."

로시엘이 단호한 목소리로 에니샤를 뺏어가더니, 저도 이마 위에 쪽 소리 나게 뽀뽀하였다.

"야! 침 묻는다며!"

"난 깔끔하게 하잖아."

"뭐?"

황자들은 또다시 에니샤를 앞에 두고 투덕거리기 시작했다. 그렇게 한참 에니샤 옆에서 시끌벅적하게 노닥거리다, 황자들은 다시 연회장으로 되돌아갔다.

그들이 떠난 뒤 시녀들은 에니샤의 옷을 벗기고, 몸을 닦아주었다. 폭신한 요람에 작은 몸을 파묻은 에니샤가 길게 하품하자, 옆에서 작은 목소리로 자장가를 불러주었다. 아기 몸은 역시 빨리 피곤해져서 불편했다.

얼른 자라 어른이 되고 싶다고 생각하며, 까무룩 잠에 들려던 때였다. 갑자기 옆에서 들려오던 자장가가 뚝 끊어졌다.

"......?"

에니샤는 가물가물하던 눈을 뜨고 주변을 살폈다. 방금까지 옆에 서 있던 시녀가 보이질 않았다.

이상함을 느끼고 몸을 일으켜 앉자, 방 안의 시녀들이 죄다 바닥에 쓰러져 있었다.

새근거리는 숨소리가 들려왔다. 전부 깊은 잠에 빠져든 것이다.

수면향을 피운 냄새는 없었다. 시녀들은 만일의 사태를 대비해 둘로 나뉘어 다른 음식을 먹기 때문에, 수면제를 먹은 것도 아닐 것이었다. 이 정도 인원이 일시에 잠에 빠지는 원인은 결국 하나밖에 없었다. 마법이었다.

"……."

긴장감이 등골을 스쳤다. 지금까지 암살자를 마법으로 보조하는 경우는 가끔 있어도, 마법사를 직접 암살자로 보낸 일은 없었다. 마법사가 워낙 귀하여 고용하기도 힘들거니와, 대부분의 마법사는 몸 쓰는 일에 익숙하지 않기 때문이었다. 과거 대법사 시절의 에니샤처럼 전투가 가능한 마법사들은 가뜩이나 없는 마법사들 중에서도 손에 꼽히는 존재였다. 마도왕국인 아르커스에서도 극히 드물었다. 전투마법사를 암살자로 소비하는 것은 불가능한 일이라 할 수 있었다. 그런데 지금, 그 불가능한 일이 벌어진 것이다.

창문에서 달칵 하고 걸쇠 풀리는 소리가 났다. 서늘한 밤바람 한 줄기가 방 안으로 기어들어 왔다. 커튼이 묵직하게 펄럭이고, 검은 인영이 소리 없이 창가에 비쳤다.

에니샤는 곧장 베개 밑을 더듬었다. 아까 로시엘이 준 단검이 손에 잡혔다.

이걸 이렇게 빨리 쓰게 될 줄이야…….

상대가 아기이니, 암살자는 분명 방심하는 순간이 있을 터였다. 기회를 잘만 노리면, 한 놈 정도는 쓱싹해버릴 수 있을지도 몰랐다.

에니샤는 창가를 주시하였다.

암살자가 창문을 넘어 방 안으로 사뿐히 들어섰다. 소리 없는 발걸음이 요람 옆으로 이어졌다. 그림자에 가리어 있던 얼굴이 불빛에 드러나면서, 나른한 목소리가 들려왔다.

"어……. 황녀님 깨어 있네……."

에니샤는 그만 맥이 탁 풀려선, 단검을 손에서 놓았다. 한밤중의 골치 아픈 침입자는 우법사 녹시타였다.

차라리 암살자가 나왔을 텐데.

에니샤는 딱 이렇게 생각했다.

허탈한 마음으로 녹시타를 바라보니, 그가 에니샤를 향해 고개를 기울였다. 회색빛 도는 진녹색 머리카락이 에니샤 쪽으로 조금 흘러내렸다. 침입자가 녹시타만 아니었으면, 지금쯤 에니샤는 자신이 히페리온 황가의 핏줄이라는 사실을 입증했을 터였다.

내가 응? 너 단검으로 쓱싹하려다가 말았다니까.

에니샤가 그렇게 속으로 꿍얼거리는 동안, 녹시타는 빤히 내려다보기만 했다.

"……."

그러다 슬그머니 손을 뻗어왔다.

야, 손 떼라. 손 떼라고.

에니샤는 썩은 표정으로 녹시타를 바라보았다. 하지만 그는 아랑곳 않고 열심히 에니샤를 만지작거렸다. 손가락으로 볼을 꾹 눌러보고, 슬쩍 꼬집어보기도 했다.

그런데 어째 얼굴이 점점 가까워지는 것이 아닌가.

뭐 하는 거야!

놀라서 심장이 두근거렸으나, 이어진 행동에 헛웃음이 나올 뻔했다. 녹시타는 에니샤의 머리카락을 덥석 입으로 물어버렸다.

"으음……."

그리고 얼마간 우물우물하더니, 눈썹을 아래로 축 늘어뜨리며 중얼거렸다.

"벌꿀 맛은 안 나네."

뭔 소리를 하는지 모를 일이었다.

에니샤가 신경질적으로 손을 휘젓자, 녹시타는 금방 떨어졌다.

그가 멍한 눈으로 에니샤를 보다가 툭 말했다.

"……납치하고 싶다."

저놈이 드디어 미쳤구나.

에니샤는 한심한 눈으로 녹시타를 바라보았다. 다행히 저도 미친 소리인 줄은 아는지, 그 이상 말하진 않았다. 그냥 요람 옆에 쭈그려 앉기만 했다.

양손으로 턱을 받치고서 한참 에니샤를 쳐다보던 녹시타가 불쑥 물었다.

"저기, 황녀님……. 혹시 대법사 어디로 간 줄 알아요? 본 적 있어요?"

그는 대법사가 어떻게 생겼고, 무슨 성격이고, 하는 말을 줄줄 늘어놓고선 에니샤의 대답을 기다렸다.

애한테 그런 걸 물으면 퍽이나 가르쳐주겠다! 하고 핀잔주고픈 마음이 굴뚝같았다.

에니샤가 아무 말도 없자, 그가 시무룩한 표정을 지으며 말했다.

"나한테 정말 소중한 사람인데……."

"······."

에니샤는 조용히 손을 꼭 주먹 쥐었다. 가슴이 콕콕 쑤셔왔다. 그가 자신을 많이 찾고 그리워할 것은 알고 있었다. 녹시타와 자신의 인연은 그저 간단하게 이어지고 끊어질 것이 아니었다.

처음 만났을 때, 녹시타는 가장 더럽고 추한 곳에서 썩어가는 시체와 함께 죽어가던 자였다. 그러나 모든 것이 까맣게 어둠 속으로 잠겨 들어가던 그곳에서도, 진녹색 눈동자에 담긴 빛만은 꺼지지 않았다. 그래서 에니샤는 그를 찾아내었고, 손을 내밀었다.

— 나랑 같이 갈래?

녹시타는 느릿하게 눈을 깜박이다 손을 맞잡았다. 힘주어 맞잡은 손끝이 떨려오던 감각은 아직도 기억 속에 선명했다. 녹시타는 에니샤에게 인생을 걸었고, 후에 에니샤가 대법사에 오를 때 함께 우법사의 자리에 올랐다. 물론 그 과정에서 수많은 사건사고가 있었지만, 녹시타는 지금의 아르커스를 만드는 데 크게 기여하였다. 그가 없었다면 아르커스도 없었으리라.

에니샤는 착잡한 마음으로 녹시타를 쳐다보았다. 어미에게 각인된 새끼짐승처럼, 녹시타는 대법사를 맹목적으로 따랐다. 무슨 말을 해도 그저 옳다고 고개를 끄덕이며 졸졸 따라다니던 그였는데······.

지금 녹시타가 자신에게 호감을 가지는 이유도, 아마 본능적으로 대법사의 영혼을 느껴서일 확률이 높았다. 마력을 확인할 정도는 아니지만, 희미하게 감도는 옅은 파장이 본능적으로 녹시타를 이끌었을 터였다.

가엾은 녹시타.

에니샤는 망설이다가 손을 들었다.

아직 짧은 팔, 자그마한 손은 있는 힘껏 뻗어야 겨우 그에게 닿았다. 손끝으로 간질이듯 그의 뺨을 만지자, 녹시타는 몸을 조금 더 숙여 왔다.

에니샤는 어깨를 토닥토닥해주었다. 녹시타가 눈을 조금 크게 떴다. 그가 믿기지 않는다는 듯이 물었다.

"……위로해주는 거예요?"

에니샤를 한참 바라보던 녹시타는 이내 못 참겠다며 꼭 끌어안았다.

눌려서 납작해진 에니샤를 안고서 그가 끙끙 앓았다.

"으, 황녀님 귀엽다……. 진짜 납치하고 싶다……."

녹시타는 숫제 진지하게 에니샤를 설득하려 했다.

"황녀님도 나랑 같이 가고 싶지 않아요? 아르커스는 진짜 신기한 거 많은데."

정말로 말이 통한다고 생각하는지, 그는 열심히 아르커스의 장점을 늘어놓으며 에니샤를 꾀어냈다. 물론 에니샤는 그가 말하는 모든 것을 다 알고 있지만 말이다.

본래 말이 많은 성격이 아닌지라, 녹시타는 얼마간 말하다 제풀에 지쳐버렸다. 그가 휴우우 하고 한숨을 쉬더니, 못내 아쉽게 혼잣말했다.

"역시 안 되겠죠?"

녹시타는 혹시나 에니샤가 고개를 끄덕여주지 않을까 기대하는 눈치였다. 하지만 에니샤가 단호한 눈빛을 유지하자, 그는 찌그러졌다.

"알겠어요…….."

그걸로 끝인 줄 알았으나, 녹시타는 끈질겼다.

"나 꼭 다시 히페리온에 올게요. 제국과 교류하는 마법사로 다시 올 테니까…….."

그건 안 돼! 우법사라는 놈이 왕국 비울 생각만 해대고!

게다가 다음번에 그와 만났을 때도 마력이 전무하리란 보장이 없었다. 두 번째 만남에는 정말 들킬지도 모른다.

에니샤가 속으로 펄펄 뛰는 줄도 모르고, 녹시타는 에니샤의 이마 위에 쪽 소리 나게 뽀뽀하였다.

으악……!

에니샤는 두 손을 들어 이마를 감쌌다.

녹시타는 작게 웃으며 자리에서 일어났다. 로브의 모자를 뒤집어쓴 그가 달빛을 등진 채 환하게 말했다.

"다시 만나요, 막내 황녀님."

밤바람이 방 안을 쓸어냈다.

차가운 공기에 눈을 질끈 감았다 떴을 땐, 모든 것이 제자리로 돌아간 후였다. 창문은 굳게 닫혔고, 펄럭이던 커튼은 얌전해졌다. 살짝 벌어진 커튼 자락 사이로 달빛이 새어들었다.

에니샤는 물끄러미 그것을 바라보다, 한숨을 내쉬었다.

아, 오면 안 되는데……. 어깨 토닥이지 말고 뺨이나 한 대 칠 걸…….

헬라드와 로시엘은 둘이서 사이좋게 키득거리며 연회장으로 향했다.

어린 황자들은 괜히 귀찮은 인사 세례를 피하기 위해, 기척을 잔뜩 죽이고 살금살금 걸어가는 중이었다. 연회장과 복도, 정원 곳곳에 늘어선 귀족들과 시종시녀들은 기척을 전혀 느끼지 못했다. 아마 황자들이 마음만 먹는다면, 누구 하나 남몰래 죽이는 건 간단할 터였다.

정원을 가로지르던 쌍둥이들이 동시에 발을 뚝 멈추었다. 그들은 서로를 쳐다보았다가, 이내 같은 곳을 바라보았다.

정원 구석에서 중년 남자 귀족 둘이 시가를 태우며 대화를 나누고 있었다.

"쯧쯔……. 히페리온에도 망조가 들었습니다."

"그러게 말입니다. 각국의 국빈들이 다 자리한 곳에서 그게 뭡니까? 아무리 황녀님을 예뻐한다 하여도……."

"체통 없는 행동이지요. 생각이 없는 짓거리 하는 걸 보고, 폐하께서도 이제 한물갔다 싶었습니다."

황자들은 가만히 눈을 깜빡였다. 그들이 계속 로드고의 욕만 했다면, 그냥 모른 척 지나쳤을 터였다. 딱히 로드고를 위해 나서줄 생각도 없고 말이다. 하지만 그들은 건드려선 안 될 것을 건드렸다. 연기를 뱉어낸 귀족은 뭐가 그리 재밌는지 킬킬 웃으며 말했다.

"막말로 그 황녀가 세 번째 별이라고는 하지만, 뭐 하나 특출한 구석이 없지 않습니까?"

그가 재떨이에 담뱃재를 털어내며 히죽거렸다.

"얼굴은 반반하다만……. 나중에 혼인 장사용으로는 좋겠더군요."

재를 털어낸 귀족은 자신의 말에 돌아올 맞장구를 기다렸다. 그러나 돌아온 것은 대답 대신 웬 장갑이었다. 철썩 소리가 날 만큼 격렬하게 가슴을 내려친 장갑에, 담배를 피우던 귀족은 얼떨떨한 얼굴로 장갑이 날아온 곳을 바라보았다. 그곳에는 근처에서 경비를 서던 젊은 기사가 있었다.

"이게 무슨……."

어이없어하며 바라보는 귀족에게 기사가 버럭 소리쳤다.

"제국의 세 번째 별인 우리 막내 황녀님을 그런 식으로 모욕하다니! 결투를 신청합니다!!"

어떻게 막내 황녀님께 그럴 수가 있냐며 길길이 날뛰는 그를 두 남자 귀족은 멍하니 쳐다보았다. 황족 머리카락 한 올 보이지도 않는 곳에서 뒷담 좀 했다고 이렇게 다짜고짜 결투 신청을 날리는 것은 듣도 보도 못한 일이었다.

장갑을 맞은 귀족은 눈을 끔뻑거리며 그에게 물었다.

"……혹시 황녀궁 소속의 기사입니까?"

"아닙니다!"

"아니, 그럼 대체 왜……?"

의문으로 가득한 귀족의 질문에 기사는 씩씩거리며 답했다.

"황녀님을 사랑하는 마음은 소속 불문입니다!!"

"……."

귀족들은 그만 할 말을 잃어버렸다.

장갑을 맞은 귀족은 떨떠름히 입을 열었다.

"아……. 그럼 뭐……. 합시다, 결투……."

그는 결투를 받아들이는 대신, 한 가지 조건을 걸었다. 결투의 발단이 황녀를 모욕한 것이란 사실은 비밀로 해달라는 것이었다. 소문이 나면 로드고와 황자들에게 썰려나갈까 봐 나름 머리 굴린 잔꾀였다. 그러나 참으로 불행하게도, 숨어 있던 쌍둥이 황자들은 이미 모든 것을 들어버린 뒤였다.

황자들은 기사의 결투를 받아들인 귀족이 서로 통성명을 하고 결투 장소를 정하는 것까지 진득하게 앉아서 전부 들었다. 귀족과 기사들이 저 멀리 사라진 뒤, 헬라드가 삐뚤게 웃으며 입을 열었다.

"저 새끼들 이름 외웠어?"

"물론."

차갑게 대구한 로시엘은 귀족들이 사라진 방향을 지그시 쳐다보며 덧붙였다.

"적절한 처분 또한 생각해놓았지."

"오…… 뭔데?"

"적당히 누명 하나 씌워서, 작위 몰수에 재산 압류 정도?"

왠지 여러 번 해본 듯 능숙한 발언이었다. 로시엘의 말에 만족스레 고개를 끄덕인 헬라드가 덧붙여 말했다.

"좋아. 기사는 봉급 인상하고 황녀궁으로 보직을 옮겨주면 적절하겠어. 충성스러운 것이 제법 마음에 들어."

"나쁘지 않은 의견이야, 헬라드."

황자들은 서로를 바라보며 사악하게 웃었다. 그리고 그것을 끝으로, 다시 저들끼리 투덕거리며 연회장을 향해 뛰어갔다.

연회 이후 암살자의 방문은 거짓말처럼 뚝 끊어졌다. 로드고의 선전포고에 다들 두려움을 느꼈기 때문이었다. 하지만 이미 엎질러진 물이었다.

로드고는 자신이 내뱉은 말을 고스란히 실천에 옮겼다. 암살자들의 배후를 파고들기 시작한 것이다. 히페리온에 원한을 가진 이들이 한둘이 아니니, 기실 황녀를 노린 배후는 대륙 곳곳에서 왔다고 봐야 했다.

로드고는 굳이 일일이 파고들진 않았다. 다만 본보기로 굵직한 한 놈만을 잡기로 하였다. 바로 콴테아 군도의 아칼라 연방이었다.

섬의 소국들이 연합하여 이룬 연방국가 아칼라를 본보기로 고른 이유는 단순했다. 쌍둥이 황자가 콴테아 군도를 에니샤에게 선물하면 좋겠다고 의견을 냈기 때문이었다. 아름다운 해안선과 질 좋은 진주로 유명한 콴테아 군도는 에니샤의 선물로 손색없었다.

로드고는 곧장 아칼라 연방에 전쟁을 선포했다.

여태 잠잠하던 로드고가 갑작스럽게 전쟁을 일으키겠다고 말하자, 귀족들은 난리가 났다. 그리고 선전포고를 받은 아칼라 연방은 미친 듯이 사신을 보내기 시작했다.

사신들은 억울함을 호소하며 열심히 하소연했으나, 로드고는 아칼라의 사신단을 단 한 명만 남기고 전부 죽였다. 그리고 살아남은 한 명에게 아칼라 연방에서 암살자를 보냈다는 증거를 들려서 보냈다. 아칼라 연방은 결국 울면서 우방국들에게 도움을 요청했다. 그러나 여기서 잘못 나서는 순간, 함께 망하는 길이었다. 대륙은 아칼라를 외면하였고, 히페리온은 전쟁을 준비하기 시작했다.

사령관으로는 로드고와 황자 헬라드가 직접 나서기로 하였다. 빠른 종전을 위해서이기도 하지만, 그들이 직접 에니샤를 괴롭힌 자들을 처단하고 싶어서였다.

출정을 준비하는 동안, 로드고와 헬라드가 가장 많이 신경 쓴 것은 역시 에니샤였다.

"에니샤."

출정 전날, 두 남자는 직접 에니샤를 찾아왔다.

로드고는 자고 있던 에니샤를 이불째 덥석 안아 들었다.

"우웅……."

후아암 하품을 하였다가 로드고의 품에 얼굴을 기댔다.

내일이 출정인가?

에니샤는 다 알면서도 한번 물어보았다.

"아빠아……. 오디 가……?"

에니샤의 질문에 로드고는 태연스럽게 대답했다.

"진주조개 캐러."

말도 안 되는 대답에 옆에 있던 시녀들이 몸을 움찔하였다. 헬라드는 내놓고 웃었으나, 로드고는 모른 척하며 에니샤의 뺨에 키스하였다. 떠난다는 말에 에니샤가 울먹울먹한 얼굴을 해 보이자, 그는 낮은 목소리로 말하였다.

"걱정 말거라. 다치진 않을 터이니."

굳은살 박인 손이 에니샤의 뺨을 감싸 쥐었다. 잘 그을린 손으로 하얀 뺨을 어루만지며, 그가 다정하게 속삭였다.

"하지만 조금 오래 걸릴 것 같구나. 네 두 번째 생일 전까지는 돌아오마."

로드고가 에니샤의 이마 위에 가볍게 키스하고 놓아주자, 옆에 있던 헬라드가 에니샤를 받아다 폭 끌어안았다.

"오라버니가 세상에서 제일 큰 진주를 갖다 줄게."

그의 출사표에 에니샤는 방긋 미소 지었다. 그러자 헬라드가 으으, 하고 소리 내며 에니샤의 어깨에 얼굴을 묻었다.

"진짜로 최대한 빨리 돌아올 테니까……."

다음 날, 황제 로드고와 황자 헬라드가 이끄는 히페리온 제국군은 아칼라 연방을 향해 출정하였다.

❦

로드고가 전쟁에 나선 동안, 황제의 일은 둘째 황자 로시엘이 맡았다. 어린 황자였으나 아무도 불만을 표하지 않았다.

로시엘은 검보다 깃펜을 쥐는 것이 능숙했다. 그리고 히페리온의 괴물황족답게, 로시엘은 자신의 능력을 충분히 입증해냈다. 오히려 로드고보다 로시엘이 이성적인 판단을 내려주어서 낫다고 생각하는 귀족들도 있었다. 특히 그의 업무 처리 속도가 빠르기 때문에, 행정 담당자들은 로시엘을 크게 반겼다.

그리고 이제 두 살이 다 되어가는 에니샤는 하루가 다르게 크고 있었다. 조금 불안하던 걸음마도 이제는 완벽했다. 말도 어느 정도 잘할 수 있게 되어서, 아직 혀 짧은 발음이긴 하지만 꽤나 능숙하게 대화했다. 읽거나 쓰는 것은 10대 아이들 수준이었다.

러츠펠트 백작부인은 그런 에니샤 덕분에 날이 갈수록 의욕을 불태웠다. 그녀는 천재 황녀님의 능력이 어디까지인지 알아보고 싶어 자꾸만 시험해댔고, 에니샤는 본래 능력을 드러내지 않기 위해 부단히 노력해야 했다. 그러나 매일매일 그렇게 피곤하기만 한 것은 아니었다.

"소풍에 도시락을 가져가 꼬시다."

"네에, 황녀님. 혹시 드시고 싶은 것이 있으십니까?"

"꼬기가 조아."

에니샤의 진지한 말에 시녀들은 간신히 웃음을 참았다.

오늘은 시녀들과 함께 소풍을 갈 예정이었다. 걸음마가 많이 능숙해진 덕분에, 에니샤는 산책을 겸하여 종종 시녀들과 함께 황궁 멀리까지 걸어서 소풍을 가곤 했다.

소풍 도시락을 싼 시녀들은 커다란 바구니를 들고, 에니샤의 손에는 아주 작은 바구니를 쥐여주었다. 소풍 가는 분위기를 내기 위해 쥐여준 바구니에는 가벼운 쿠키만 몇 개 들어 있었다.

바구니를 달랑거리며 도도도 뛰다가, 자박자박 걷는 에니샤의 모습은 황궁 사람들의 시선을 잡아끌었다. 그들은 막내 황녀에게 예를 표하면서도, 얼굴 가득 떠오르는 함박 미소를 감추지 못했다.

인기인은 피곤하단 말이야……

에니샤는 그들의 시선에 맞추어 적당히 아기처럼 드레스를 팔랑이며 웃었다.

오늘의 소풍 장소는 황궁의 금빛숲이었다. 숲 한가운데에 위치한 커다란 금빛 잎사귀의 나무 때문에 금빛숲이라 이름 붙은 이곳에는 각종 희귀한 동물들이 살고 있었다. 이따금씩 이곳에서 유희삼아 사냥대회를 벌이기도 하였는데, 그때는 숲의 귀한 동물들을 잡는 것을 허가해주었다. 그래서 귀족들은 황궁의 금빛숲에서 열리는 사냥대회를 무척이나 고대한다고 들었다. 금빛숲은 에니샤도 좋아하는 곳인지라, 이렇게 종종 소풍을 나서곤 했다.

숲에 도착해 금빛나무를 찾으려 팔랑팔랑 걷고 있을 때였다. 앞서가던 시녀들이 소란스러워졌다.

"어머……!"

"여기가 어딘 줄 알고 들어오는 게냐!"

"황녀님 앞입니다. 당장 끌어내세요."

무슨 일인가 싶어서 삐죽 고개를 내민 에니샤는 어, 하고 소리 내었다. 그곳에는 시녀들 손에 질질 끌려가는 어린 소년이 있었다. 흐트러진 머리카락 사이로 익숙한 남청색 눈동자가 보였다. 초라한 행색의 소년은 자드카르 공국의 왕자, 카힐이었다.

"멈초라!"

에니샤의 외침에 시녀들이 곧장 카힐을 놓고 에니샤를 돌아보았다.

"……."

바닥에 털썩 무릎 꿇은 카힐이 말없이 에니샤를 쳐다보았다. 그 때와 비슷한 눈이었다. 아직도 짙고, 깊숙하게 소용돌이치는 눈동 자는 집요하리만큼 에니샤를 담았다.

에니샤는 총총걸음으로 다가갔다. 그리고 카힐을 손가락으로 가 리키며 시녀들에게 말했다.

"늑대모피."

"……!"

또박또박한 에니샤의 말에 시녀들은 눈이 휘둥그레졌다. 시녀장 이 고운 얼굴을 미미하게 찌푸렸다가 카힐에게 말했다.

"공국의 왕자님이셨군요. 무례를 범해 죄송합니다."

"……아닙니다."

카힐이 작은 목소리로 말했다. 여전히 어눌한 제국어였다. 하고 있는 꼴로 보아선 제국에서의 선진교육은 무슨, 마구간이나 치우 고 있는 듯했다. 시녀들은 경멸 어린 시선을 감추지 않았다.

시녀장이 그녀들을 대표하여 말했다.

"허나 황녀님께서 계시는 자리이니, 그만 물러나주셨으면 합니 다."

눈치껏 꺼지라는 소리를 고상하게 돌려 하고 있었다. 하지만 그 런 시녀장에겐 불행히도, 에니샤는 오랜만에 만난 카힐과 한번 이 야기를 나눠보고 싶었다.

에니샤는 카힐에게 손에 들고 있던 도시락을 불쑥 내밀었다. 얼 결에 도시락을 받아든 그에게 고개를 까닥였다.

“따라와.”

“황녀님······!”

기겁하는 시녀들에게 에니샤는 단호히 말했다.

“바구니 무거오.”

“그럼 저희들이 들겠습니다.”

“시러. 재한테 시키 꼬야.”

에니샤가 카힐을 냅다 잡아끌었다. 그리하여 기묘한 행렬이 만들어졌다. 가장 앞서가는 에니샤, 어색한 표정으로 뒤따르는 카힐, 그리고 어쩔 줄을 몰라 하는 시녀들.

시녀장이 에니샤의 옆에 다가와 속삭였다.

“황녀님. 폐하께서 이 일을 아시면 어찌하려 그러십니까.”

시녀들이 전전긍긍하는 이유를 알고 있었다.

에니샤 옆에 남자를 들였으니, 아마 로드고와 황자들이 알면 가만있지 않으리라. 하지만 금빛숲은 조용했다. 함께 산책 나온 시녀들만 입 다물면 될 일이었다. 그리고 살고 싶다면, 그녀들끼리 알아서 입단속을 할 것이고 말이다.

에니샤는 아무것도 모르는 척 순진무구한 얼굴로 되물었다.

“왜? 모가 문제야?”

“그것이······.”

아직 어린 황녀님에게 남녀 간의 사랑이 위험한 이유를 구구절절 설명할 수 있을 리가 없었다. 얼굴이 벌겋게 물든 시녀장이 아무 말도 못 하고 입을 다물었다.

에니샤는 다시 팔랑거리며 길을 걸어서, 드디어 금빛나무에 도착했다. 성인 남자가 몇 명이나 모여서 양팔을 뻗어도 다 끌어안지 못할 정도로 큰 나무였다.

오래된 생명체에는 마력이 깃든다. 헤아릴 수 없을 만큼 오랜 세월 동안 금빛숲의 중심이 되어온 나무에도 풍부한 마력이 깃들어 있었다. 그래서 에니샤는 이곳을 좋아했다. 마력이 봉인된 에니샤에게는 숨쉬기가 편해지고, 기분이 상쾌해지는 곳이었다.

시녀들은 금빛나무 밑에 천을 깔고, 들고 온 바구니를 내려놓으며 부산하게 자리를 폈다. 그녀들이 바삐 움직이는 동안, 에니샤는 카힐과 함께 나무 밑에 앉아 있었다.

카힐은 지금 이 상황을 어찌 받아들여야 할지 모르는 듯했다. 꿔다놓은 보릿자루처럼 어색하게 앉아 있는 모습에 에니샤는 속으로 혀를 쯧쯧 찼다.

하여간 얘만 보면 우리 좌우법사들 생각이 나서 신경이 쓰인단 말이지…….

왠지 모르게 챙겨주고 싶은 아이라고 생각하며, 에니샤는 시녀들이 옆에 놓아둔 커다란 바구니를 붙잡았다.

바구니의 잠금쇠를 열기 위해 낑낑거리는데, 옆에서 조심스러운 손길이 다가왔다.

"황녀님, 제가 하겠습니다."

카힐이 에니샤를 만류하곤, 제가 손쉽게 바구니를 열어주었다. 그리고 에니샤는 눈을 동그랗게 떴다. 카힐의 제국어는 조금 전까지 어눌하던 그것이 아니었다. 발음이 명확하고 고저도 깔끔하게 떨어지는, 완벽한 제국어였다. 카힐은 제국어를 능숙하게 할 수 있음에도 여태껏 못하는 척을 한 것이다.

에니샤의 눈매가 가늘어졌다.

어쭈……. 이놈 봐라?

북부 산악 지대에 위치한 자드카르 공국은 몹시 추운 나라였다. 눈과 얼음의 정령이 깃들어있다고 전해지는 설산은 녹지 않는 만년설로 빼어난 절경을 자랑했다. 그러나 아름다운 겨울 나라의 왕실은 현재 개판이었다.

왕비가 카힐을 낳다가 산고로 사망한 뒤, 공왕은 미모의 미망인 카르티나 부인에게 푹 빠져버렸다. 공왕은 그녀를 새로운 왕비로 맞이하려 하였으나, 귀족들의 반대로 무산되었다. 그럼에도 공왕은 카르티나 부인과 아들, 딸을 하나씩 낳을 정도로 그녀를 아꼈다. 카르티나 부인은 이름만 얻지 못하였을 뿐, 왕궁에서 실질적인 왕비 노릇을 하며 거들먹거렸다. 병석에 누운 공왕은 카르티나 부인의 치마폭에 싸여 그녀가 하자는 대로 꼭두각시처럼 움직이는 판국이었다. 그녀의 패악은 날이 갈수록 심해져, 스스로를 왕비라 칭하기 시작했다.

카르티나 부인의 권력은 하늘 높은 줄을 모르고 뻗어나갔고, 왕궁에서 그녀를 왕비라 부르지 않는 시종시녀가 없었다. 그리고 당연한 수순으로, 카르티나 부인은 제 아들을 공왕으로 만들기를 원하였다. 그녀는 가장 눈엣가시처럼 걸리던 카힐을 오랫동안 학대하다 못해, 결국 히페리온 제국으로 쫓아내는 데 성공하였다. 공왕의 적자이자 유일한 직계왕족이나, 왕자는커녕 시동만도 못한 취급을 받던 카힐이었다. 히페리온에 와서도 카힐의 대우는 별로 달라지지 않았을 터였다. 제국어도 제대로 못하는 불쌍한 놈이니까, 만나면 잘해줘야지 하고 생각했는데……

"……."

방금 내뱉은 유창한 제국어가 거짓말이었다는 듯이, 카힐은 아무 말도 안 하고 가만히 앉아 있었다. 아마 에니샤가 아무것도 모르는 어린아이라 생각하여 굳이 어눌한 척을 하지 않고 똑바로 말을 한 모양이었다.

곱게 다문 입술을 보며, 에니샤는 카힐에 대한 평가를 전면 수정하였다. 불쌍하지만 불쌍하지 않은 놈으로 말이다.

그래, 생각해보니 처음부터 좀 이상하긴 했다.

카힐의 눈은 어린아이의 것이 아니었다. 평범하였으면 오히려 이상할 일이었다.

에니샤는 흘금 시녀들을 바라보았다. 자리를 다 깔았는지, 곧 있으면 이쪽으로 다가올 눈치였다. 카힐이 내쫓기기 전에, 에니샤는 손으로 머리카락 사이를 휘적휘적 헤집었다. 손에 잡히는 것을 뽁하고 뽑아내니, 황금으로 만들어 호박과 홍옥을 장식한 머리핀이었다.

에니샤는 카힐의 팔뚝을 톡톡 두드렸다. 무표정하게 앞을 주시하던 카힐이 에니샤를 돌아보았다. 저보다 나이가 제법 많다고 들었는데, 바짝 마르고 여윈 탓인지 어리게 보였다. 그래도 뚜렷한 이목구비로 보건대 살이 붙으면 외모가 대단할 듯했고, 골격도 큼직하여 체구도 훨씬 커질 것 같았다. 어둠 속에서 짙은 남청색이던 눈동자는 한낮의 햇볕을 가득 받아 예쁜 청회색을 띠었다.

카힐의 눈을 가만히 들여다보며, 에니샤는 머리핀을 내밀었다.

"이거."

카힐이 머리핀과 에니샤를 번갈아 바라보았다.

"황녀님……?"

"이거 가꾸 도망쵸."

에니샤는 그에게 진지하게 말했다. 어차피 공국이든 제국이든, 카힐이 죽든 도망치든 신경 쓰는 사람은 아무도 없었다. 현재 상황에선 카힐이 공국의 왕위를 잇기도 어려웠다. 제국에서 고생해가며 버텨봤자, 나중에 귀국길에서 암살이나 당할 가능성이 높았다. 그럴 바에야 황성 밖으로 나가서 자유롭게 사는 편이 훨씬 나을 터였다.

"……"

카힐은 쉽사리 머리핀을 받아들지 않았다. 하지만 에니샤는 아랑곳하지 않고 그의 주머니에 머리핀을 쑤셔 넣었다.

괜한 자존심 세우지 말고, 그냥 머리핀 갖고 도망치면 좋을 터인데…….

하지만 카힐은 히페리온을 떠나지 않으리라.

그의 눈빛 깊은 곳에는 타오르는 복수심이 감추어져 있었다. 에니샤는 그것을 알면서도, 혹시나 싶은 마음에 그에게 다른 기회를 주는 것이었다.

낡은 외투 주머니에 머리핀을 넣는 순간, 시녀장이 에니샤를 불렀다.

"황녀님! 이리 오시어요."

"응!"

에니샤는 카힐이 저를 붙잡기 전에 발딱 자리에서 일어났다. 그리고 마지막으로 흘긋 그를 뒤돌아본 뒤, 도도도 뛰어가 버렸다. 등 뒤에 달라붙는 시선이 느껴졌으나, 에니샤는 모른 척하였다.

에니샤는 시녀장의 치마에 매달려 소리쳤다.

"꼬기!"

시녀장이 작게 잘라준 고기완자를 씹으며, 에니샤는 눈을 동그랗게 뜨고서 말했다.

"늑대모피도 하나 주자."

"……황녀님께서 원하신다면 그리하겠습니다."

시녀장은 몹시 내키지 않는 듯했지만, 도시락에서 작은 샌드위치를 하나 꺼냈다. 카힐이 있던 쪽을 돌아본 그녀가 작게 소리를 내었다.

"어머……."

조금 전까지 금빛 나무 밑에 앉아 있던 카힐은 어느새 자리를 떠난 뒤였다. 황녀 옆에 오래 붙어 있어 봤자 좋은 소리 들을 일 없으니, 알아서 조용히 물러난 모양이었다.

짜식……. 인사나 하고 갈 것이지.

에니샤는 우물우물 고기완자를 씹으며 속으로 중얼거렸다.

✿

토드고와 렐다드가 권대이 고도에서 열심히 긴주조개를 캐는 동안, 에니샤도 부지런히 살았다. 제국의 막내 황녀님으로서 열심히 학문을 갈고 닦는 데 힘썼다. 엄밀히 말하자면 이미 다 갈리고 닦인 학문을 배우는 척하는 데 힘쓰고 있었다. 그러나 딱 하나, 정말 에니샤가 전심전력을 다해 배우는 것이 있었으니. 교양수업으로 듣는 회화였다. 잘나가는 천재 대법사 출신 에니샤가 못하는 몇 안 되는 것들 중 하나가 바로 그림 그리기였다.

반듯한 선, 완벽한 원과 같은 도형은 손쉽게 그릴 수 있었다. 마법진을 수천 번이나 그려보면서 연습했으니 말이다. 하지만 도형이 아닌 그림은 아무리 노력해도 실력이 늘지를 않았다. 굳이 어린 아이인 척할 것도 없었다. 본 실력대로 그려도 개발새발이었다. 다른 건 러츠펠트 백작부인이 기겁할 정도로 척척 해냈던지라, 이것도 잘해보고 싶어서 열심히 해봤지만 아무리 해도 제자리걸음이었다.

러츠펠트 백작부인이 숙제로 내준 정물 그림을 그리려고 하얀 캔버스 앞에 앉은 에니샤는 눈앞의 과일 바구니를 노려보았다. 물론 러츠펠트 백작부인은 에니샤에게 완벽한 그림을 원하는 것이 아니었다. 그저 자유롭게 그리시면 된다고 하였으나, 에니샤의 그림은 너무 자유로워서 탈이었다.

자그마한 목탄 조각을 손에 쥐고 과일 바구니와 눈싸움하던 에니샤는 결국 앓는 소리를 내며 캔버스에 머리를 박았다.

"흐응……."

옆에서 기다란 안락의자에 앉아 서류를 보던 로시엘이 에니샤를 불렀다.

"에니샤, 무슨 일 있어?"

로드고의 부재로 바빠진 탓에, 로시엘은 종종 황녀궁에서 업무를 보곤 했다.

탁자에 서류를 내려놓은 로시엘이 사뿐사뿐 에니샤의 옆으로 다가와 앉았다. 그러곤 에니샤가 비뚤배뚤하게 그려놓은 밑그림을 물끄러미 내려다보았다.

에니샤는 목탄 조각을 탁 하고 내려놓으며 소리쳤다.

"어려오!"

"어려워서 그러는구나."

낮게 웃음을 흘린 로시엘이 에니샤를 대신해 목탄 조각을 쥐었다.

그는 잠시 과일 바구니를 쳐다보았다. 촘촘한 속눈썹이 길게 드리운 눈매가 얼마간 지긋하게 과일 바구니를 응시했다. 그리고 새 캔버스에 거침없이 슥슥 밑그림을 그려나가기 시작했다.

"이렇게 그리면 조금 쉬울 텐데."

따라만 하면 된다며 휘리릭 그려 보이는데, 하나도 쉽지 않았다.

그를 따라하던 에니샤가 울상이 되자, 로시엘은 작게 웃으며 에니샤의 뺨에 키스하였다.

"괜찮아. 오라버니가 대신 그려줄까?"

"아니야……. 나 할 쑤 이써."

옆에서 다시 천천히 하나씩 그려주는 로시엘을 따라서 그림을 그렸다. 목탄으로 사각사각 그리고 있자니, 문득 예전에 헬라드 앞에서 그림을 그렸던 기억이 떠올랐다. 헬라드도 에니샤의 회화 숙세를 도와준 적이 있었다. 로시엘과는 하늘과 땅만큼 차이가 나는, 혀

신적이기까지 한 방법으로 말이다.

그날의 숙제는 사과 정물을 그리는 것이었다. 시녀들이 은쟁반 위에 올려놓은 잘 익은 빨간 사과를 그렸는데, 솔직히 에니샤가 봐도 영 아니었다. 처음에 밑그림까진 나쁘지 않았던 것 같은데, 덕지덕지 붓질을 하다 보니 엉망이 되었다. 그리하여 나온 결과물은 사과라고 부르기도 민망했다.

시무룩하게 붓을 내려놓으니, 옆에서 구경하던 헬라드가 설렁설렁 다가왔다.

─ 뭐, 왜, 무슨 일이야.

너 마침 잘 왔다.

에니샤는 헬라드에게 평가를 들어볼 생각으로, 그림을 팔랑팔랑 흔들어 보이며 말했다.

─ 안 또가태.

─ 음⋯⋯. 안 똑같다고?

헬라드는 에니샤의 사과 그림을 받아들고 잠시 고민에 빠졌다. 에니샤가 한 것이면 뭐든 칭찬부터 하고 보는 헬라드였다. 그런 그가 아무 말 않는 것을 보니, 확실히 못 그리긴 한 모양이었다. 다시 그려야겠다고 생각하던 때였다.

헬라드가 에니샤에게 그림을 돌려주며, 갑자기 씩 웃었다. 그러더니 주먹으로 사과를 내려쳤다.

퍽.

방금까지 빨갛고 동그란 자태를 자랑하던 사과는 헬라드의 주먹 한 방에 곤죽이 되었다.

헬라드가 의기양양하게 에니샤를 돌아보며 물었다.

― 이렇게 하면 똑같지?

― …….

에니샤는 자괴감에 휩싸였다.

내 그림이 저 정도였나? 저것보단 나은 것 같은데……. 아닌가……. 조금 닮은 것 같기도 하고…….

흐물흐물해진 사과와 자신의 그림을 번갈아보는 에니샤 앞에서 헬라드가 키득키득 웃었다.

― 앞으로 그림 숙제 있으면 말해! 오라버니가 전부 도와줄 터이니!

무척 믿음직한 발언이었다. 마음에 들지 않는 사람이 있으면, 조용히 데려다가 헬라드 앞에서 인물화를 그리면 될 것 같았다. 어쨌든 그 뒤로 에니샤는 헬라드 앞에선 절대로 그림을 그리지 않았다.

❦

아칼라 연방은 콴테아 군도의 복잡한 해류를 이용하여 항전하였다. 하지만 거친 바닷바람을 맞으며 해적들을 상대해온 노련한 백전노장조차도, 히페리온 제국군 앞에서는 무릎 꿇을 수밖에 없었다.

대륙을 누비며 정복전쟁을 벌여온 히페리온 제국군은 해전에도 능숙했다. 그리고 강대한 군대를 이끄는 제국군의 사령관, 황제 로드고와 황자 헬라드는 인간의 범주를 벗어난 자들이었다.

그들은 단 일주일 만에 콘테아 군도의 모든 것을 파악했고, 한 달이 되었을 때는 바다의 모든 것을 깨우쳤다. 수십 년을 바다에서 살아온 뱃사람도 혀를 내두르는 학습 속도였다. 기실 그것은 학습이라기보단, 짐승의 본능적인 육감에 가까웠다. 정복과 지배를 위해 태어난 히페리온 황족들은 제 핏줄에 흐르는 괴물 같은 면모를 전쟁터에서 마음껏 내보였다.

아칼라 연방은 끝까지 항전하였으나, 1년을 채 버티지 못했다. 연방국은 결국 제국군에게 수도의 왕궁이 짓밟히는 수모를 겪게 되었다. 놀라울 정도로 빠른 제압이었다. 그러나 로드고와 헬라드는 심기가 많이 불편했다. 생각보다 시간이 오래 걸려서, 에니샤의 두 번째 생일에 맞춰서 귀국할 수 없었기 때문이었다.

"황제 폐하께서 드십니다!"

우렁찬 외침과 함께 문이 열렸다.

금과 산호, 자개와 진주로 장식된 아름다운 왕궁의 모습은 들어서는 사람의 시선을 뺏기에 충분할 정도로 아름다웠다. 그러나 흙 묻은 발로 하얀 대리석 위를 짓밟는 정복자는 그런 것에는 하등 관심이 없어 보였다.

늘씬한 체구의 남자는 단단하게 벌어진 역삼각형의 몸을 가지고 있었다. 펄럭이는 망토 사이로 빈틈없이 짜인 근육들이 꿈틀거렸다. 사나운 눈매 속에 담긴 주홍색 눈동자는 오만하기 짝이 없어서 모든 것을 발아래로 보았고, 내딛는 걸음은 배부른 짐승이 어슬렁거리는 모습과 같았다. 짙은 피비린내를 물씬 풍기는, 그야말로 야성적인 사내였다.

거침없이 왕궁을 가로지른 남자가 자리한 곳은 아칼라 연방국의 왕좌였다. 다리를 벌리고 느른하게 기대앉은 그에게 왕좌는 더할 나위 없이 어울리는 자리였다. 본래의 주인보다 더욱 말이다.

남자가 한 손으로 느슨히 턱을 괴고는 아래를 내려다보았다. 패전국의 왕족들은 그를 올려다보았다. 왕좌 아래 딱딱한 바닥에는 왕족들이 줄지어 무릎을 꿇고 있었다. 밧줄에 몸이 묶인 그들의 몰골은 초라하기 그지없었다. 하루아침에 노예로 전락한 왕족들이 눈물 흘리는 모습은 동정심을 사기에 충분하였으나, 왕좌 위의 남자에게는 예외였다.

피도 눈물도 없는 악귀 같은 놈…….

아칼라의 왕족들은 남자, 로드고에게 할 수 있는 모든 저주를 퍼부으며 속으로 이를 갈았다. 그러나 저주가 무색하게도, 눈앞에 앉은 로드고는 팔팔하기만 하였다.

"폐하."

로드고의 앞에 다가온 기사가 무릎을 꿇고 왕관을 바쳤다.

그을린 구릿빛 손 위에 하얀 왕관이 놓였다. 백금으로 만든 왕관은 조금 전까지 아칼라 연방국의 왕이 쓰고 있던 것으로, 콴테아 군도의 섬들을 상징하는 여덟 개의 진주로 장식되어 있었다. 천금을 주고도 얻지 못할 아칼라의 귀한 국보였으나, 로드고는 별 감흥 없이 두어 번 둘러보곤 옆에 내려놓는 것이 고작이었다. 얼마 전까지 제 머리 위에서 빛나던 영광스러운 왕관이 아무렇게나 취급당하는 것을 보며, 아칼라 국왕은 비통하게 눈을 질끈 감았다. 제국에 암살자를 보낼 때까지만 하여도, 그것이 왕국을 멸망시키는 일이 되리라곤 상상도 하지 못했다.

　그간 대륙의 최강자로 군림해왔던 히페리온이었다. 수많은 나라가 히페리온의 눈치만 살피는 상황에서 태어난 세 번째 별은 대륙에겐 절망의 상징이었다. 굳이 의논하고 이야기를 나누지 않아도, 각국에선 자연스럽게 세 번째 별을 경계하는 분위기가 생겨났다. 그리고 히페리온 황족들이 으레 그러하였듯, 로드고가 황녀에게 별 관심이 없다는 사실이 알려졌다. 대륙의 국가들은 오랜만에 한마음, 한뜻으로 뭉쳐 앞다투어 암살자를 보냈다.

　거기까진 좋았다. 좋았으나……. 로드고 이 미친놈이 전쟁을 일으킬 줄은 아무도 몰랐다.

　손수 아칼라 정벌에 나선 로드고는 제국군의 무력을 보란 듯이 내보였다. 아칼라 연방국을 전 대륙에 보내는 경고장으로 선택한 것이다. 솔직히 더 심하게 황녀를 괴롭힌 나라들도 많은데, 어째서 자신들을 택한 것인지 억울해 죽을 지경이었다.

　아칼라의 왕이 후회의 피눈물을 흘리고 있을 때였다.

　"거기, 너."

　로드고가 턱짓으로 누군가를 가리켰다.

　"놓아라, 이놈들!"

　밧줄에 묶인 왕비를 기사들이 억지로 일으켜 세웠다. 로드고와 시선이 마주친 그녀는 작은 새처럼 바들바들 떨었다. 미래를 예감한 그녀의 눈에 눈물이 가득 들어찼다. 야만스러운 히페리온의 황제가 자신을 겁탈하려는 것이 분명했다.

　왕비는 있는 힘껏 배에 힘을 주고선 비장하게 소리쳤다.

"네 이놈! 나를 욕보이려거든 차라리 죽여라!!"

그러나 로드고는 어이가 없다는 듯 한쪽 눈썹을 치켜올리더니, 말없이 손가락만 까딱까딱 하였다.

기사들은 냉큼 왕비를 로드고 앞으로 끌고 갔다. 바로 코앞에서 주홍색 눈동자를 마주한 왕비는 숨을 들이켰다. 그녀가 눈을 까뒤 집고 기절하기 직전이었다.

로드고는 무심한 손길로 왕비의 목에서 무언가를 채갔다.

"......?"

목이라도 조르는 줄 알았던 왕비는 멍하니 눈을 끔벅였다.

로드고가 뚜둑 끊어내어 채간 그것은 목걸이였다. 진주를 엮어 산호와 금강석으로 장식한 줄에, 손가락 두 마디 반 정도 되는 진주 가 달려 있었다. 대륙에서 가장 큰 진주인 '콴테아의 눈물'이었다. 보석에 관심 있는 자라면 이것이 얼마나 귀한지 대번에 알아볼 것 이다. 물론 로드고는 콴테아의 눈물인지 땀인지, 별 관심도 없었다. 하지만 목걸이는 탐이 났다. 에니샤와 잘 어울릴 것 같아서였다.

아이의 미모를 빛내기엔 한참 못 미치지만, 적당히 받쳐줄 장신 구로는 나쁘지 않으리라.

로드고는 목걸이도 왕관 위에 얹어두었다.

목적을 이루었으니, 왕비에게는 곧장 흥미를 잃었다. 다시 바닥 에 무릎 꿇려진 왕비는 얼떨떨한 표정으로 로드고를 쳐다보았으 나, 이미 그의 시선은 다른 쪽으로 떠난 뒤였다.

로드고가 아칼라의 왕에게 숨겨놓은 보물 있으면 내놔보라며 으 름장을 놓던 때였다. 닫혀 있던 문이 다시 양옆으로 활짝 열렸다.

쏟아지는 빛과 함께 들어선 자는 헬라드였다.

로드고와 꼭 같은 주홍색 눈동자에 구릿빛 피부를 가진 소악마의 등장에 아칼라 왕족들은 크게 몸을 떨었다.

아칼라가 패배한 데는 소년 황자의 역할이 지대하였다. 처음 헬라드가 출전한다는 소식을 들었을 때, 아칼라는 조그만 소년이 무엇을 할 수 있겠냐며 비웃었다. 대륙에 퍼져 있는 황자의 위명은 헛소문이라 일축하였다. 그러나 황자를 전장에서 만난 순간, 연방국의 군대는 대륙에 떠도는 소문이 모두 진실임을 단박에 깨달았다. 전장에서 날뛰는 어린 황자의 모습이 신화에 나오는 바다괴물과 같다며, 후에는 황자의 머리끝만 보여도 두려워했다. 하지만 그런 잔인한 면모가 거짓말인 것처럼, 헬라드는 개구쟁이처럼 씩 웃으며 저가 가져온 것을 번쩍 들어 보였다.

"제가 뭘 찾았는지 보십시오, 폐하!"

아칼라의 보고에서 털어 온 그것은 어린아이가 양팔을 벌린 정도 되는 엄청난 크기의 진주였다. 너무 크고 표면이 고르지 못하여 장신구를 만들지는 못하고, 전시하고 감상하기 위한 용도였다.

로드고가 흡족한 얼굴로 말하였다.

"에니샤의 방 안에 놔두면 좋겠군."

"그렇죠? 에니샤가 심심할 때 타고 놀아도 괜찮을 것 같습니다."

로드고는 헬라드와 함께 아칼라 왕족들이 뒷목 잡고 쓰러질 소리를 태연하게 주고받으며, 그 또한 챙겨놓으라 지시했다. 두 부자가 나란히 머리를 맞대고선 이것도 에니샤 거, 저것도 에니샤 거, 하면서 아칼라 왕궁을 탈탈 털고 있을 때였다.

"폐하! 급보입니다!!"

기사가 급하게 달려와 무릎을 꿇었다. 그는 바들바들 떨리는 손으로 작은 서신 한 통을 바쳤다. 전쟁도 다 끝난 마당에 이리 급하게 전할 서신이 무어 있나, 심드렁한 표정이던 로드고와 헬라드는 겉봉투에 쓰인 이름을 보고 눈을 부릅떴다.

에니샤

방금까지 아칼라 국보도 멋대로 잡아 뜯고 던지던 손들이었다. 그러나 에니샤의 서신은 찢어질까, 바스러질까, 조심조심 다루었다.

살며시 밀랍 봉인을 뜯어내어 편지를 꺼낸 로드고와 헬라드는 동시에 손으로 입을 틀어막았다. 문법은 완벽하지만, 비뚤비뚤한 글씨 때문에 조금씩 철자가 뭉개져 보이는 편지는 에니샤가 직접 쓴 것이었다.

그리운 아버지, 오라버니.

보고시포오. 언제 돌아오새오?

항상 기다리고 잇어오. 얼른 오셨으면 좋겟어오.

— 에니샤

로드고와 헬라드는 한참 동안 편지만 들여다보면서 말을 잇지 못했다. 그런 두 사람의 모습에 히페리온의 기사들은 눈물을 글썽였고, 발신인을 알지 못하는 아칼라 왕족들은 서로 눈치를 살폈다.

도대체 무엇 때문에 조금 전까지 피비린내 물씬 풍기던 짐승 두 마리에게서 분홍색 기류가 흘러나오는지, 왕족들은 도저히 이해할 수 없었다.

"하아……."

로드고가 크게 한숨을 내쉬었다.

그는 편지를 다시 곱게 접어서 품속 깊은 곳에 집어넣고선, 재차 한숨을 쉬었다. 그리고 헬라드를 돌아보았다. 두 사람은 그 어느 때보다 깊은 유대감이 넘치는 눈빛을 교환했다.

로드고가 왕좌에서 벌떡 몸을 일으켰다. 힘차게 펄럭이는 망토 자락과 함께, 그가 선언했다.

"제국군은 들으라. 히페리온으로 귀환한다!"

로드고의 선언에 기사들은 우렁찬 환호성을 내질렀다. 그리고 그 시각, 제도의 황궁에서 평화로운 나날을 보내고 있던 에니샤는…….

"……?"

이유 모를 오한에 잠시 몸을 부르르 떨었다.

✦◆✦

에니샤의 두 번째 생일은 조용히 지나갔다. 로드고와 헬라드가 황궁에 없기 때문이었다. 물론 첫 번째 생일과 비교하였을 때 조용하다는 것이지, 그리 평범하지는 않았다. 귀족들을 초대하여 연회를 열지는 않았지만, 할 건 다 했다.

첫 번째 생일과 같이 기념주화를 새로이 발행하고, 황궁 앞 광장에서 전시회를 열었다. 에니샤가 황궁 높은 곳에 올라가서 사람들 앞에 잠깐 얼굴을 비추는 행사도 하였다. 잘은 모르겠지만 황녀님 찬양 집회도 열린 것 같았다.

로시엘은 에니샤의 생일 선물로 황녀궁의 서재를 새로이 단장해 주었다. 여태까지 어린이 동화책이나 몇 권 꽂혀 있던 서재는 그럴 듯한 규모로 재탄생했다. 에니샤의 수준에 맞는 것부터 어른들이나 읽을 법한 어려운 전문서적까지 구비된 서재였다. 슬슬 어린이 책에 질려가던 에니샤에게 꼭 필요한 것이었다.

그 외에 서각이나 호골 같은 희귀한 약재, 사향과 몰약, 향유, 귀한 묘안석 같은 각종 보석까지 황녀궁에 선물로 쏟아졌다.

넘쳐나는 선물 때문에 황녀궁은 웬만한 왕국의 보고 못잖은 규모가 되어버렸다.

황녀궁에 이렇게 미친 듯이 선물이 쏟아지는 이유는 결국 하나였다.

잘 보이려는 아부.

어리디어린 황녀님 하나 때문에 대륙의 정세가 요동치는 판국이었다.

로드고와 헬라드는 우리 집 애 괴롭히지 말라는 본보기로 왕국 하나를 절단 내고 있었다. 그들이 언제 다른 나라를 향해 이빨을 드러낼지 몰랐다.

각국들은 찔리는 구석이 있는 만큼, 열심히 황녀에게 잘 보이기 위해 애썼다.

이런 상황이다 보니 '제국의 실세는 막내 황녀다'라는 말이 나돌 정도였다.

황실에서는 굳이 그런 소문들을 막으려 하지 않았다. 사실이기 때문이었다.

마도왕국 아르커스와의 교류는 모든 준비가 거의 마무리되었다. 아마 로드고와 헬라드가 귀환한 이후부터 본격적으로 교류를 시작할 듯하였다. 그리고 두 번째 생일날 밤, 에니샤는 가장 고대하던 것을 선물로 받았다. 바로 마법이었다.

깊은 밤, 시녀들이 꾸벅꾸벅 조는 틈을 타 에니샤는 마력을 모아 보았다. 작은 손바닥 위로 화려한 금색의 빛이 피어올랐다.

"……!"

핏줄을 타고 느껴지는 희미한 마력의 흐름, 마법을 시전할 때 느껴지는 나른한 탈력감…….

에니샤는 눈을 질끈 감았다. 익숙한 감각에 전율마저 흘렀다. 이전에는 아무것도 없는 마른 바닥을 박박 긁는 느낌이었다면, 지금은 한차례 여우비가 지나간 것처럼 작은 웅덩이가 생겼다. 이 정도면 원할 때 아주 작은 마법 정도는 무리 없이 쓸 수 있을 것이다.

다시 마법을 쓸 수 있어…….

에니샤는 글썽이는 눈물을 꾹 참고서, 어둠 속으로 빛을 흩어 보냈다.

예전과 비교하면 참으로 보잘것없고 하찮은 수준이나, 두 해 만에 이뤄낸 성과였다. 언젠가는 분명히 과거의 영광을 되찾을 수 있으리라. 그러나 오래 감상에 젖어 있을 시간이 없었다.

에니샤는 곧장 마력의 흔적을 지우기 시작했다. 흔적을 감추는 것도 마력이 어느 정도 있어야 가능한 일이었다. 얼마 있지도 않은 마력을 섬세하게 운용하여 흔적을 지우긴 했지만, 조금이라도 실수하는 순간 바로 들킬 터였다. 이것도 에니샤 정도 되니까 할 수 있지, 다른 마법사들은 꿈도 못 꾸는 고도의 운용이었다.

어차피 언젠간 들키게 되어 있다.

에니샤는 어느 수준으로 마력을 회복할 때까진 최대한 마법을 쓰지 않고 버티는 쪽으로 가닥을 잡았다. 그리고 시간은 빠르게 흘러갔다.

여름이 되어갈 즈음, 에니샤의 교육 담당인 러츠펠트 부인은 길어지는 전쟁에 우려를 표했다. 어린 황녀님이 오랫동안 떨어진 사람의 얼굴을 잊을 수도 있다는 걱정이었다.

"벌써 반년이 넘도록 폐하와 첫째 황자님을 뵙지 못하셨습니다."

얼굴을 잊는다는 말에 로시엘은 큰 흥미를 보였다.

"자주 있는 일인가?"

"그렇습니다. 기억까지 완전히 사라지는 것은 아니니, 시간이 약이긴 하겠지만……. 폐하와 첫째 황자님께서 어찌 받아들이실지……."

그녀는 말끝을 흐렸다.

전쟁에서 돌아온 그들을 에니샤가 모른 척하는 순간, 무슨 일이 벌어질지 걱정되었다. 그러나 근심 어린 러츠펠트 백작부인과 달리, 로시엘은 아주 재미있어하였다.

로시엘이 손가락으로 턱을 쓸며 에니샤를 바라보았다.

"흐응……."

의미심장하게 쳐다보는 것이, 아무래도 좀 잊어줬으면 하는 눈치였다.

로드고와 헬라드에게 편지를 쓰던 에니샤는 당황해서 눈동자만 도르륵 굴렸다. 보통 아기들이라면 반년이 훌쩍 넘도록 보지 못한 사람을 잊을지도 몰랐다.

나도 모른 척해야 하나?

에니샤는 심각한 고민에 잠긴 채 다 쓴 편지를 내려다보았다.

글씨는 비뚤비뚤했다. 아직 손에 힘이 없는 탓이었다.

에니샤가 편지지를 뚫어져라 보자, 로시엘이 옆으로 다가와 말을 걸었다.

"다 썼어?"

그가 에니샤를 품에 안아 들었다.

통통한 볼을 만지작거리던 로시엘이 생긋 웃으며 말했다.

"에니샤, 아버지와 헬라드의 얼굴이 기억나니?"

"……웅?"

이렇게 곧장 물어볼 줄은 몰라서, 에니샤는 한 박자 늦게 대답했다.

로시엘은 잡티 하나 없는 에니샤의 금색 머리카락을 손가락으로 살살 꼬며 말했다.

"굳이 억지로 떠올리려 할 필요는 없단다."

"하디만……."

로시엘이 더없이 화사하게 웃으며 속삭였다.

"괜찮아, 괜찮아. 누가 감히 네게 무어라 하겠어?"

"……"

왠지 모르는 척해야 할 것 같긴 한데……. 이거 정말 괜찮을까.

에니샤의 고민이 이어지는 동안, 제국으로는 승전보가 날아왔다. 아칼라 연방국은 이제 역사의 뒤안길로 사라지고, 제국령으로 흡수될 것이다.

히페리온 제국은 승전 소식에 축제 분위기가 되었다. 제국군이 귀환하는 동안, 황궁에는 먼저 서신이 날아왔다.

답신을 먼저 띄운다. 제국으로 귀환 중이니 조금만 기다리거라. 보고 싶구나.

— 로드고

이제 그 누구도 너를 괴롭히지 못할 터이니, 안심하도록!

엄청 커다란 진주를 가져가는 중이야.

너무 보고 싶다, 쭈글아. 황궁에서 보자.

— 사랑하는 마음을 담아, 헬라드

두 번째 생일에 맞춰 온다던 로드고와 헬라드는 한참 지난 이제서야 귀국하고 있었다. 그러나 늦은 만큼, 그들의 손에는 엄청난 생일 선물이 들려 있었다. 황녀를 위해 연방국의 보물들을 탈탈 털었다는 소식이 하도 자자하여, 제국에서 모르는 자가 없었다. 로시엘은 조만간 황녀궁 확장 공사를 해야 할지도 모르겠다고 중얼거리며 승진식 준비에 들이잤다. 그리고 제국군이 제도로 귀환하기 하루 전, 황녀궁으로 끝없는 상자의 행렬이 이어졌다. 전부 아칼라 왕궁에서 털어온 보물이었다. 자잘한 것들은 미리 황녀궁에 보내놓고, 가장 값지고 귀한 보물은 로드고와 헬라드가 직접 에니샤에게 가져다줄 예정이었다.

승전식 당일, 로시엘은 에니샤와 함께 머리부터 발끝까지 말쑥하게 단장하였다. 달그림자처럼 차분한 로시엘이 한여름 햇살 같은 에니샤를 안아 들자, 선명한 색 대비가 마치 그림과 같다며 황녀궁 시녀들이 감탄하였다.

그들의 청송은 하루 이틀 일이 아니라서, 에니샤는 그냥 그러려니 하고 넘겼다. 그리고 로시엘과 함께 황궁 앞에서 로드고와 헬라드를 기다렸다.

승전식을 구경하는 것은 참으로 재밌는 일이었다. 아르커스에서는 단 한 번도 전쟁을 치른 일이 없었기 때문이다.

하늘을 떠도는 천공섬을 육지로 추락시키기 위해선, 아르커스의 문을 열 정도로 수준 높은 마법사들이 모여야 했다. 그러나 그 정도 마법사가 모이는 것은 불가능에 가까웠고, 삼두법사와 100명의 원로마법사가 전개하는 방위마법진의 파훼법을 알아내기도 결코 쉽지 않았다. 대륙에서 각국들이 부지런히 싸워가며 땅따먹기를 하는 동안, 아르커스는 홀로 고고히 하늘을 떠돌아다니기만 했다. 천공의 마도왕국 아르커스는 가히 불가침의 영역이라 할 수 있는 것이다. 그리하여 처음으로 승전식을 구경하게 된 에니샤는 기분이 몹시 좋았다. 휘날리는 종이 꽃잎, 군악대의 행진곡, 군중들의 환호성과 예복을 입은 기사들의 제열.

히페리온 제국기가 힘차게 펄럭이는 아래, 드디어 로드고와 헬라드가 모습을 드러냈다. 눈매가 분명하고 눈썹이 짙은 탓인지, 멀찍이서 보아도 이목구비가 뚜렷하였다. 그런 이들이 황금빛 갑주에 긴 망토를 늘어뜨리고 군마 위에 올라타 있으니, 그야말로 전신의 현신이었다.

무표정한 로드고 옆에서 장난기 그득한 웃음을 지으며 손을 흔드는 헬라드가 보였다. 갈색과 금색이 섞인 머리카락이 오늘따라 햇빛 아래서 더욱 선명했다.

거대한 행렬을 이끌고 황궁 앞에 도착한 그들에게, 로시엘이 가벼이 고개 숙이며 예를 갖췄다.

"승전을 축하드립니다, 폐하."

에니샤도 로시엘 옆에서 무릎을 살짝 굽히며 인사했다. 그러나 인사가 채 끝나기도 전에, 몸이 하늘을 날았다. 말에서 내린 로드고가 다짜고짜 에니샤를 두 손으로 번쩍 안아 들었기 때문이다.

놀란 에니샤가 바동거리기도 전에, 로드고가 에니샤를 꼭 끌어안고서 크게 숨을 내쉬었다.

"……에니샤."

깊은 저음이 귓속으로 파고들었다.

로드고는 잠시 그렇게 에니샤를 안고 있다가 천천히 내려놓았다. 조금 전까지 행진 속에서 무표정하던 것이 거짓말인 듯, 그의 얼굴 위로 미소가 번져나갔다.

헬라드가 냉큼 에니샤를 껴안고 뺨에 뽀뽀하였다.

"쭈글아! 보고 싶었어!"

한참 둥개둥개 하던 헬라드가 에니샤를 드디어 땅에 내려주었다. 군마 뒤에 실어온 거대한 진주를 빨리 에니샤한테 보여주고 싶어서였다.

헬라드가 진주를 내리는 동안, 로드고가 손을 까닥였다. 대기하고 있던 시종이 붉은 천 위에 받친 은빛 왕관을 가져왔다.

로드고는 에니샤의 머리 위에 손수 왕관을 씌워주었다. 왕관은 에니샤에게 한참 커서, 비스듬하게 걸치듯이 하였다.

그가 한쪽 무릎을 꿇은 채, 에니샤와 눈높이를 맞추고서 그윽하게 속삭였다.

"네 것이다."

로드고의 눈빛이 얼른 저를 칭찬하라 말하고 있었다. 하지만 여덟 개의 진주로 장식한 백금왕관을 쓴 에니샤는 그만 도도도 하고 로시엘 뒤로 도망쳐버렸다.

"우……."

그러곤 울상을 하고서 로시엘의 옷자락을 손에 꼭 그러쥐었다.

로시엘이 황급히 손으로 입을 가렸다. 웃는 얼굴을 감추기 위해서였으나, 손에 가려지지 않는 눈매가 잔뜩 휘어진 탓에 별 소용은 없었다.

에니샤는 로시엘 뒤에서 얼굴만 쏙 내밀고서 물었다.

"누구새오?"

쿵, 하고 바닥이 울리는 소리가 났다. 헬라드가 들고 있던 진주를 떨어트리는 소리였다.

전쟁에서 대승을 거두었으나, 히페리온의 황성은 쥐 죽은 듯이 고요했다. 거나하게 술과 음식을 차려놓고 떠들썩하게 축하연회를 벌이는 대신, 황제의 본궁에서 긴급회의가 열렸다. 황제와 두 황자, 그리고 막내 황녀가 참석한 황족회의였다.

"……."

널따란 탁자의 정중앙에 앉은 에니샤는 멀뚱멀뚱 주변을 살폈다. 참담한 기색이 역력한 로드고와 헬라드는 세상을 다 잃은 얼굴이었다.

에니샤는 아까 있었던 일을 떠올려보았다. 들고 있던 진주 원석을 바닥에 떨어트린 헬라드는 석상이 된 듯 굳어 있다가, 황급히 에니샤 앞으로 달려왔다.

─ 쭈, 쭈글아……! 나는? 나는 기억하지?

그러나 에니샤는 공평했다. 여전히 로시엘 뒤에 숨은 채로 고개만 짤랑짤랑 흔들었다.

가차 없는 대답에 헬라드는 하늘이 무너진 얼굴이 되어선, 바닥에 털썩 주저앉았다. 승전식 분위기는 장례식이 되었다.

축하연회고 나발이고 다 때려치운 로드고는 당장 에니샤를 데리고 본궁으로 들어갔다. 그리고 헬라드와 로시엘을 앉혀놓고, 이 답 없는 상황에 대한 회의를 시작하였다. 하지만 말이 회의지, 사실 로드고도 어찌할 바를 모르고 당황해서 일단 끌고 온 것이나 다름없었다.

로드고가 로시엘을 지긋하게 노려보았다. 아까부터 시종일관 입꼬리를 씰룩씰룩하던 로시엘이 간신히 웃음을 참으며 말했다.

"러츠펠트 백작부인의 말에 의하면, 어린아기는 오랫동안 보지 못한 사람을 잊을 수도 있다고 합니다."

"……잊어? 나를?"

기가 막힌다는 듯 헛웃음을 터뜨리는 로드고를 제쳐두고, 헬라드가 탁자 위에 앉은 에니샤를 제 쪽으로 주욱 끌어당겼다.

"쭈글아. 내가 너 쭈글쭈글할 때부터 봤잖아. 응?"

추억팔이로 어떻게든 해보려 애쓰는 헬라드의 말을 들어주기도 전에, 몸이 다시 뒤쪽으로 주욱 끌려갔다. 로드고가 잡아당긴 것이었다. 그는 에니샤의 양쪽 어깨를 꼭 부여잡고서 진지하게 말했다.

"내가 네 아빠다."

그리고 다시 반대편에서 드레스 자락을 잡아당겼다.

"나는 네 오라버니라고! 첫째 오라버니!!"

악을 쓰는 헬라드를 보다가 결국 로시엘은 웃음을 터뜨렸다. 탁자에 엎드려서 끅끅 웃는 로시엘 옆에서, 로드고와 헬라드는 서로 에니샤를 잡아당기며 아빠와 오라버니를 소리쳐댔다. 난장판 속에서 에니샤는 홀로 에휴 하고 한숨을 내쉬었다.

지금 에니샤는 매우 후회하는 중이었다. 괜히 모르는 척했다가 더 큰일이 나버렸다. 적당히 몰라요! 하다가 자연스럽게 기회를 노려서 아는 척하려던 것이 원래 계획이었다. 그런데 어, 어어, 하다 보니 상황은 아주 급작스럽게 흘러가서, 적당한 때를 놓쳐버렸다. 이제 와서 갑자기 기억났다고 하기도 우스운 노릇이었다. 오늘 하루만 모른 척하다가, 자고 일어나서 내일 아침엔 자연스럽게 아빠와 오라버니들을 찾는 방법도 나쁘진 않을 것 같았다. 여러 상황을 가정해보며 최선의 방법을 고심하는데, 조금 가라앉은 목소리가 들려왔다.

"정말 모르겠느냐?"

로드고의 눈이 에니샤를 향하고 있었다.

거짓말한 죄가 있는 탓일까. 꿰뚫는 듯한 주홍색 눈동자와 마주친 에니샤는 깜짝 놀라버렸다. 어찌나 놀랐는지, 딸꾹질까지 나왔다.

히끅히끅 하는 에니샤의 모습을 본 로드고는 손으로 제 눈을 덮었다. 로시엘이 대놓고 쯧쯧 혀를 차며 그를 타박하였다.

"너무 다그치지 마십시오. 그런다고 수가 나는 것도 아니니."

"……."

침묵하는 로드고 앞에서 로시엘이 얄밉게 말했다.

"굳이 애쓸 필요가 있겠습니까? 이런 건 본디 자연스럽게 돌아오는 것입니다."

"로시엘, 너……!"

로시엘의 말에 헬라드가 열 받아서 욕을 한 바가지 쏟아내려다, 탁자 중앙의 에니샤를 흘긋 보고는 차마 욕도 못 하고 손으로 가슴만 퍽퍽 두드렸다.

속 터지는 헬라드를 보며 로시엘은 사악하게 미소 지었다. 그리고 옆에서 가만히 지켜보던 로드고는 한쪽 입꼬리를 삐뚜름하게 치켜올렸다.

"로시엘."

"예, 폐하."

로드고가 눈매를 가느스름히 좁히며 한마디 던졌다.

"군도의 총독에 대해서 어떻게 생각하지?"

"……잘못했습니다."

로시엘은 빠르게 항복하였다.

아칼라 연방국이 제국의 식민지가 되었으니, 이제 콴테아 군도를 다스릴 총독이 필요했다. 여기서 찍 소리 하는 순간 바로 콴테아의 총독으로 보내버리겠다는 협박은 매우 효과적이었다.

로시엘은 갑자기 매우 협조적인 자세가 되어선, 이것저것 해결책을 제시하기 시작했다. 알고 보니 이런 사태가 벌어지면 어찌 행동하면 좋을지, 러츠펠트 백작부인과 미리 의논을 다 끝내놨다. 다 알면서도 입 다물고 있었던 것이다. 이에 괘씸죄가 추가되어 총독으로 임명될 위기를 맞았으나, 열심히 기억이 돌아오도록 도와주겠다고 맹세하여 간신히 살아남았다.

"……그래서, 한동안 함께 생활하시면 좋을 것 같다는 결론입니다."

"그렇군."

결론이 내려지자, 세 남자가 일제히 에니샤를 쳐다보았다.

멀뚱하게 앉아 있던 에니샤가 눈을 깜빡이는데, 갑자기 로드고가 자리에서 벌떡 일어났다. 어째서인지 에니샤도 본능적으로 함께 일어나 슬금슬금 반대쪽으로 가는데, 커다란 손이 허리를 홀랑 낚아챘다.

로드고는 도망가는 에니샤를 답삭 집어다가 어깨에 턱 하니 들쳐 메고선 말했다.

"오늘 하루는 내가 돌보도록 하지."

누구보다 빠르게 움직인 로드고는 그대로 홀쩍 회의장을 떠나버 렸다.

"폐하!"

뒤에서 헬라드가 분통을 터뜨렸지만, 총독 자리를 떠맡을까 봐 무서워 쫓아오지는 못했다.

로드고는 에니샤를 안은 채 중정을 가로질러 집무실로 향했다. 그는 가지런히 늘어선 대리석 기둥들 옆을 성큼성큼 걸어갔고, 비 서관과 시종들은 허둥지둥 로드고를 뒤쫓아 왔다.

에니샤는 로드고에게 달랑달랑 업혀가며 생각했다.

언제 기억이 돌아왔다고 말하지……?

로드고에게 납치당하듯 실려 가다 보니, 어느새 본궁 집무실에 도착하였다. 에니샤의 활동 반경은 대부분 황녀궁이었기 때문에, 집무실에 와보는 것은 처음이었다.

히페리온 제국기가 한쪽에 걸린 집무실은 거대한 창을 등지고 널찍한 검은색 책상이 놓여 있었다. 에니샤가 위에서 공놀이를 하 면서 방방 뛰어다녀도 너끈할 만큼 넓은 책상이었다. 반질거리는 책상은 보통 사람들은 앉기도 겁나겠다 싶을 만큼 위압적이었다. 비단 책상뿐만 아니라, 집무실 전체의 분위기가 그러했다. 가구들 의 모양새부터 배치까지, 전부 사람을 억누르는 무게감이 있었다. 하지만 로드고가 책상 앞에 앉는 순간, 집무실은 제 주인을 찾은 것처럼 그와 어우러졌다.

그는 에니샤를 제 무릎 위에 얹어놓았다. 책상 위로 겨우 얼굴만 나온 에니샤는 집무실에 줄줄이 들어선 비서관들과 시종들이 손에 서류를 한가득 들고 있는 광경을 보게 되었다.

으윽…….

서류 뭉치를 본 에니샤는 갑자기 속이 울렁거리는 기분이었다. 대법사 시절 서류에 시달렸던 기억이 떠오른 탓이었다.

로드고에게 비실비실 몸을 기대자, 그가 슬쩍 에니샤를 내려다 보다가 시종장에게 고개를 까닥였다. 그러자 시종장이 눈치 빠르게 책상 위에 과일당과가 담긴 접시를 올려놓았다.

로드고는 말없이 그것을 쥐어다 에니샤에게 내밀었다.

에니샤가 손을 뻗어 받으려는데, 로드고가 접시를 뒤로 휙 물리며 물었다.

"내가 누구라고?"

뭐지, 이건.

에니샤는 눈을 깜빡깜빡하며 답했다.

"아빠……?"

로드고는 흡족하게 웃으며 에니샤에게 접시를 쥐여 주곤 머리를 쓰다듬었다.

먹을 것으로 주입식 교육이라도 하려는 것인가…….

전후 사정이 어찌 되었든, 당과는 맛있었다. 접시째로 끌어안은 에니샤는 당과를 하나씩 집어 먹었고, 로드고는 본격적으로 밀린 집무를 보기 시작했다. 로시엘이 여태 처리해왔던 것들을 대강 훑고, 황제의 가결이 필요한 건을 확인하는 식이었다.

깃펜을 쥔 손이 빠르게 서류 위에 서명을 해나갔다. 정말 의외로, 로드고는 손에 깃펜을 쥔 모습도 그럴듯하게 어울렸다.

에니샤는 당과를 먹으며 로드고가 서류 보는 것을 구경하였다. 뼈대가 곧게 드러난 길쭉한 손에, 유난히 도드라진 엄지 뼈가 깃펜이 움직일 때마다 따라서 꿈틀거렸다. 조그만 에니샤의 손보다 몇 배는 큰 손이 시원스럽게 서명을 해나가는 모습은 보기만 해도 꽤 재밌었다. 그리고 틈틈이 서류에 적힌 내용을 확인하고, 로드고의 처리 방법을 구경하는 것도 소소한 재미였다.

"전부 사형에 처하면 그럴듯하겠어."

세율에 관한 서류를 읽던 로드고가 나직한 목소리로 중얼거리자, 앞에 있던 비서관들의 얼굴에서 실시간으로 핏기가 사라졌다. 로드고가 없는 동안 귀족들이 세제를 개편하려 시도한 모양이었다. 서류를 읽어보니 로시엘이 잘 방어해낸 것 같았다. 어린 나이에 이 정도라니, 새삼 로시엘의 능력에 감탄하던 에니샤는 비서관이 가져온 다음 안건에 특히 귀를 기울였다.

"아르커스에서 교류단을 파견할 시기를 조율하고자 합니다. 폐하께서 귀환하셨으니, 날짜를 확정하는 것이 좋을 듯합니다."

히페리온도 교류단을 맞이할 준비를 해야 하니, 로드고는 넉넉하게 한 달 뒤로 날짜를 정하였다.

에니샤는 날짜를 머릿속에 단단히 외워두었다. 한 달 뒤 찾아올 교류단에 좌우법사만 섞여있지 않으면, 누구든 속일 자신이 있었다. 물론 녹시타가 꼭 다시 찾아오겠다고 말하긴 했으나, 우법사 자리가 한가한 것도 아니고 제국에 다시 오려면 훨씬 시일이 걸릴 것이다. 에니샤는 그가 이번 교류단에는 오지 못하리라고 장담할 수 있었다.

로드고는 비서관과 함께 아르커스 교류단에 대한 논의를 끝내고 다음 서류를 집었다. 서류를 읽어 내리던 로드고가 갑자기 멈칫하더니, 당과를 냠냠 먹는 에니샤를 빤히 쳐다보았다. 영문 모르고 그와 눈을 마주치고 있는데, 로드고가 느닷없이 명령하였다.

"마법사를 불러오도록. 황녀의 기억을 되살릴 방도가 있는지 물어볼 것이다."

"예, 폐하."

시종 하나가 바깥에 명령을 전달하기 위해 집무실에서 물러났다. 그리고 에니샤는 먹고 있던 당과를 뱉을 뻔하였다.

마법사요……?

갑자기 심장이 튀어나올 것처럼 두근거리기 시작했다. 지금 에니샤의 마력으로는 간신히 흔적을 지우는 정도만 할 수 있다. 그럼에도 에니샤가 안심한 이유는, 감히 히페리온의 막내 황녀에게 멋대로 접촉하여 마력을 확인할 마법사는 절대 없기 때문이었다. 그러나 지금 황제의 부름에 달려올 마법사는 마력을 이용해 에니샤를 진단할 것이었다. 수준급의 마법사가 작정하고 마력으로 샅샅이 살핀다면, 이질감을 모를 수가 없었다.

안 돼! 여기서 들킬 순 없어!!

에니샤는 속으로 비명을 질렀으나, 어찌 막을 방도가 없었다. 그리고 빌어먹을 마법사는 로드고가 부르자마자 쏜살같이 달려왔다.

"제국의 태양을 뵙습니다."

집무실에 들어서서 넙죽 인사하는 노마법사를 보며 에니샤는 입술을 꼭 깨물었다.

이미 엎질러진 물이니 어쩔 수 없었다. 이렇게 된 이상, 무조건…….

선빵이다.

ᔕᓂᗕᔕᓂᗕ

정령과 악령의 계약자는 이미 존재하는 힘을 끌어 쓰는 자이다. 그에 비해 마법사는 순수한 수련을 통하여 자신의 힘을 축적해나가는 자였다. 선천적으로 풍부한 마력을 타고난 자는 재능을 갈고 닦아 마법사의 길을 걷곤 하였다. 황궁의 수석마법사, 델 하르인은 일평생을 마도에 몸바쳐왔다. 비록 아르커스의 문을 열지는 못했으나, 그는 수석마법사인 스스로를 매우 자랑스러워하였다. 대륙의 패자, 히페리온 제국의 수석마법사는 엄청난 부와 명예를 거머쥘 수 있는 자리였다.

……가끔씩 목숨이 위험한 것만 빼면 말이다.

"폐하께서 부르십니다."

자신을 부르는 전언에, 델 하르인은 비장하게 주먹을 움켜쥐었다.

드디어 올 것이 왔구나.

승전식에서 막내 황녀님이 로드고와 헬라드를 못 알아보는 대형 사건이 벌어진 것은 델 하르인도 똑똑히 보았다. 델 하르인은 그길로 곧장 황녀님의 기억을 되살리는 데 도움이 될 만한 마법 몇 가

༺ 155 ༻

지를 준비해놓았다.

로드고가 자신을 찾으리라는 예상은 그대로 맞아떨어졌다. 황제의 집무실에 들어선 델 하르인은 우선 로드고에게 인사를 올린 후, 천천히 고개를 들었다. 널찍한 검은 책상 위에 펼쳐진 나풀나풀한 드레스 자락이 보이고, 인형처럼 앉아 있는 아이가 눈에 들어왔다.

동글동글한 주홍색 눈으로 저를 바라보는 아이에게 델 하르인은 다시 인사를 올렸다.

"제국의 세 번째 별을 뵙습니다."

노마법사의 눈은 호기심으로 가득 찼다. 그 유명한 세 번째 별이었다. 먼발치에서 본 적은 몇 번 있어도, 이리 가까이서 보는 것은 처음이었다. 소문처럼 히페리온 황족답지 않게 아기천사 같은 황녀님이었다. 후광처럼 펼쳐진 금빛 머리카락은 로드고의 것과 같았으나, 어째서인지 훨씬 성스러워 보였다. 참으로 사랑스러운 분이시라 생각하며, 델 하르인은 조심스럽게 황녀님에게 다가갔다.

"우선 마력으로 황녀님의 상태를 진단하겠습니다."

그러나 그는 몇 발자국 가지도 못하고 멈춰서야 했다.

"흐이이잉……."

황녀님이 울먹울먹하면서 로드고의 옷자락을 꼬옥 붙잡은 탓이었다.

델 하르인은 저도 모르게 입이 벌어졌다.

아니, 황녀님……. 지나가는 강아지가 무섭다고 사자한테 달려가서 도와달라고 하시면 어찌 합니까…….

그러나 더욱 기겁할 일은 따로 있었다. 로드고가 익숙하게 황녀님을 어르는 것이었다.

"별거 아니다, 에니샤. 그저 잠깐 확인만 하려는 것이니 하나도 걱정할 것이 없어."

"시른데에……."

훌쩍훌쩍하는 황녀님을 한참 달래는 로드고의 모습이 꿈만 같았다. 델 하르인은 소스라칠 듯이 놀라서 주변을 둘러보았으나, 어째 저만 빼고 다들 익숙해 보였다. 눈이 마주친 시종 하나가 다 이해한다는 표정으로 델 하르인을 쳐다보았다. 그의 눈빛에서 말소리가 들리는 듯했다.

많이 놀랐죠? 다 알아요…….

아련한 시선 교환 끝에 델 하르인은 겨우 정신을 차렸다. 황녀님이 한참 칭얼칭얼하였으나, 로드고는 결국 마력으로 진단을 받도록 하였다.

꼼짝없이 진단을 받게 된 황녀님의 입술이 삐죽 튀어나왔다. 황녀님은 주먹을 꼭 쥐더니, 로드고의 가슴팍을 콩 하고 때리며 외쳤다.

"아빠 미오!"

그 한마디에 여태껏 열심히 황녀님을 어르던 로드고가 와르르 무너졌다.

"에니샤……!"

황녀님의 드레스 자락을 붙잡고 늘어지는 로드고의 모습에 델 하르인은 못 볼꼴을 봤다는 듯이 눈을 질끈 감았다. 막내 황녀를 향한 황족들의 사랑이 지극하다 못해 대륙을 부수고 있다는 사실은 익히 알고 있었다. 그렇지만 이건 상상초월이었다. 로드고의 악명은 황성과 제국을 넘어 대륙에서도 유명했다. 막말로 로드고가 지나가는 그림자만 봐도 까무러칠 사람이 한 무더기였다. 그런 로드고가 조그만 아기 황녀님한테 매달려서 전전긍긍하는 모습이라니.

간신히 마음을 진정시키고 슬쩍 눈꺼풀을 들어올리자, 아까 그 시종과 다시 눈이 마주쳤다.

또 놀랐죠? 다 알아요…….

시종의 따스한 눈길에 델 하르인은 어쩐지 위로받는 기분이 되었다. 오늘 본 것을 어디 가서 이야기해봤자, 아무도 믿지 않으리라는 사실을 깨달은 탓이다. 누구도 믿어주지 않을 진실의 고독함을 만끽하며, 델 하르인은 황녀님과 로드고의 실랑이를 멍하니 바라보았다.

한참 동안 실랑이가 이어진 끝에야, 델 하르인은 드디어 황녀님에게 다가갈 수 있었다. 열심히 떼를 부렸으나 결국 마력 진단을 받게 된 황녀님은 몹시 기분이 좋지 않아 보였다. 책상 끄트머리에 발을 걸치고 앉은 황녀님이 조용하게 입을 꼭 다물고 델 하르인을 바라보았다. 방금까지 그저 동글동글 귀엽기만 하던 눈빛이 싸늘하게 가라앉아 있었다.

"……."

문득 황녀님이 로드고를 많이 닮았다는 생각이 들었다. 아까까지만 해도 전혀 그런 생각을 하지 않았는데 말이다.

델 하르인은 천천히 마른침을 삼켰다. 아기 황녀님일 뿐인데, 어째서인지 바짝 긴장감이 들었다.

그는 어린 헬라드와 로시엘을 처음 만났을 때를 머릿속에 떠올렸다. 그때도 황자들은 어린아이라곤 믿을 수 없을 정도의 기세를 가지고 있었다. 하지만 그것은 어디까지나 정제되지 않은 순수한 느낌이었고, 지금 황녀님을 보며 느끼는 것은 조금 달랐다.

말로 표현할 수 없지만, 어딘가 잘 갈무리된 듯한……

제가 받은 느낌의 정체를 명확히 알기 위해서라도, 황녀님을 진단해야 했다. 델 하르인은 최대한 부드럽게 웃으며 황녀님에게 손을 내밀었다.

"황녀님, 제 손을 잡아주시겠습니까?"

하지만 황녀님은 홱 하고 고개를 돌려버렸다.

"시러오."

매몰찬 거절에 굳어버린 델 하르인의 앞에서, 로드고가 나직이 황녀님의 이름을 불렀다.

"에니샤……"

부드러운 목소리로 이름을 부르자, 황녀님은 결국 풀 죽은 얼굴로 작게 고개를 끄덕였다.

무릎을 꿇은 탓에, 책상 위에 앉은 황녀님을 올려다보는 자세였다. 황녀님은 새초롬한 눈으로 델 하르인을 내려다보다가 작은 손을 내주었다. 등줄기에 내리꽂히는 로드고의 시선에 너무 긴장하지 않으려 노력하며, 하얗고 분홍빛 도는 손을 잡고서 서서히 마력을 밀어 넣었다. 옅은 하늘색 빛이 델 하르인의 손에서 피어올랐다가, 느릿하게 황녀님의 손으로 타고 흘러들어갔다.

"아, 이럴 수가……!"

델 하르인이 감탄사를 내뱉자, 옆에서 로드고가 득달같이 물어왔다.

"무슨 일이지?"

"황녀님의 몸에서 마력이 느껴집니다! 마법사가 되시기에 충분한 자질의 마력입니다."

델 하르인의 말에 집무실 안이 술렁거렸다.

가장 하급의 마법사조차도 좋은 대접을 받을 정도로, 마법사는 대륙에서 귀한 인재였다. 게다가 황녀님은 히페리온의 황족이었다. 히페리온이 괴물 같은 재능을 타고난다는 사실을 고려하였을 때, 앞으로 잘만 수련한다면 황녀님은 훌륭한 마법사가 될 것이었다. 어쩌면 아르커스의 문을 열 수 있을 정도로 말이다.

"마법사라니……."

"축하드립니다, 폐하."

기억을 되찾으려다 의도치 않게 마법의 재능을 알게 된 로드고의 눈매가 가늘어졌다. 비서관과 시종들이 로드고에게 축하 인사를 건네는 동안, 델 하르인은 황녀님의 마력을 정확히 파악하기 위해 조금 더 안쪽으로 마력을 뻗어나갔다. 마력이 모이는 중심인 심장 부근까지 뻗어나갔을 때였다.

"……!"

델 하르인은 눈을 부릅떴다. 등골을 타고 전율이 솟아올랐다. 그것은 거대한 심연이었다. 깊이를 알 수 없는 대협곡과 같이, 끝없이 펼쳐지는 힘의 집합체. 그저 잠시 스치는 것만으로도 숨이 막히고, 온몸이 떨려올 만큼 강력한 마력. 그러나 강대한 마력은 단단하게 봉인되어 있었다. 어째서 황녀님께 이런 마력이 있는지, 무엇 때문에 봉인되었는지……. 수많은 생각들이 빠르게 피어올랐다 사라졌다. 전신의 피가 발밑으로 쑥 빠져나가는 기분이었다. 이를 어찌 고해야 할지 알 수 없었다. 간신히 덜덜 떨리는 입술을 열었을 때였다.

"!!"

작은 손이 델 하르인의 손가락을 움켜잡았다. 살며시 그러쥐는 손길에서 금빛이 뻗어나가는 순간, 사방이 회색으로 물들었다. 모든 것이 멈춘 회색의 세상이었다. 그 속에서 오직 주홍색 눈동자만이 요요하게 빛났다.

황녀님은 조용히 검지를 입술 위에 얹었다. 작은 목소리가 머릿속을 울렸다.

'여기까지.'

마법은 짧았다. 찰나 동안 벌어진 시간의 멈춤은 금세 깨어져나갔다. 산산조각으로 흩어지는 마력의 흔적 속에서, 델 하르인은 참고 있었던 숨을 들이켰다. 반짝거리는 마력 파편이 쏟아지고, 로드고가 그대로 에니샤를 잡아채며 기사들이 검을 뽑아드는 광경이 느릿하게 눈앞에서 흘러갔다. 목숨을 아끼고 싶으면 지금 당장 무엇이라도 좋으니 입을 나불거려 변명해야 했다. 그러나 델 하르인은 입술이 들러붙은 듯 아무 말도 할 수 없었다. 시간을 정지하는 마법이었다. 아무리 짧은 순간이라고 하나, 극소수의 고위마법사들만이 사용할 수 있는 고난도 마법이었다.

그것을 황녀님께서……?

델 하르인은 넋이 나간 채 황녀님에게서 눈을 떼지 못했다. 그러나 황녀님께는 아무 말도 들을 수 없었다.

자그마한 몸이 흔들리더니, 새빨간 피가 울컥 쏟아졌다.

"에니샤!!!"

황녀님의 몸이 힘없이 쓰러졌다.

눈을 뜨자마자 보인 것은 두 쌍의 눈동자였다. 주홍색과 연하늘색 눈동자를 보자마자, 에니샤는 쌍둥이들이란 사실을 깨달았다.

"에니샤!"

"쭈글아!!"

침대 양쪽에 바짝 붙어 앉아 있던 쌍둥이 황자는 곧장 에니샤를 부서져라 끌어안았다. 꽉 끌어안아 오는 손길에 에니샤는 바둥바둥하였다.

"오라버니이……!"

에니샤의 말에 헬라드의 눈이 휘둥그레졌다. 그가 에니샤의 볼을 양손으로 붙잡곤 제 얼굴을 들이밀었다.

"나 기억나?"

"첫째 오라버니……."

에니샤는 얼떨떨하게 대답했다.

누워 있는 곳은 황녀궁의 침대 위였다.

왜 황녀궁 침대에 황자들이 달라붙어 있는 걸까.

눈을 깜빡이는데, 머릿속에 아까 있었던 일들이 주르륵 스쳐 나갔다. 피를 토하고 쓰러졌던 기억까지 떠올린 에니샤는 자그마한 두 손으로 눈을 가렸다.

아이고…….

이미 황궁 수석마법사의 목을 뎅강 잘려버렸어도 할 말 없을 상황이었다. 작고 연약한 어린아이의 몸에 시간을 멈추는 마법이 엄청난 무리라는 사실은 알고 있었다. 하지만 마땅한 방법이 없으니, 어느 정도 대가를 치를 각오를 하고 저질렀다. 변명을 하자면, 나름 치밀하게 계산한 행동이었다. 황궁의 수석마법사가 몸속으로 흘려보내준 마력을 훔쳐다 쓰고, 마법의 전개를 집무실 내부로 정확히 제한하여 마력 손실을 최소화하였다. 봉인된 마력을 억지로 비틀어 꺼내긴 했지만, 길어봤자 겨우 3초의 시간을 멈췄을 뿐이었다. 예전 같았으면 눈 감고 하품하면서 했을 마법이었기에 가볍게 생각한 것도 있었다.

실제로도 마법은 성공적이었다. 그러나 마력 봉인을 건드린 대가는 참담했다. 분명 적정량을 칼같이 계산하여 버틸 수 있는 수준에서 봉인을 비틀었으나, 마법을 시전하는 순간 마력이 폭주했다. 준비되지 않은 몸에 쏟아지는 마력의 역류는 마법을 산산조각으로 깨트렸고, 에니샤는 몸속이 진탕하는 통증을 느끼며 피를 쏟아냈다. 본디 마법이 정상적으로 구현되고 사라졌을 때는 빛무리만 조금 감도는 것이 정상이고, 실력 좋은 마법사일수록 마법이 끝난 뒤가 깔끔하다. 그러나 에니샤의 마법은 비정상적으로 깨어졌기에 마력 파편이 산산조각으로 흩어졌다. 그 꼴을 본 로드고는 당연히 노마법사가 에니샤에게 무슨 짓을 했다고 생각했을 것이다.

죽었겠지? 분명히 죽었을 거야. 로드고가 단칼에 목을 잘라버렸을 거라고…….

애먼 마법사를 하나 죽였다는 죄책감에 시달리는데, 로시엘이
눈을 가린 손을 살짝 떼어내며 물었다.

"왜 그래? 어디 아파?"

에니샤가 끙끙거리며 말했다.

"마법사 하라부지…….

"아직 안 죽었어."

"웅?"

안 죽었다고? 그럴 리가 없는데.

에니샤가 놀라서 로시엘을 바라보자, 그가 눈썹을 살짝 찡그리
며 입을 열었다.

"일단 네가 일어나면 처분을 결정하려 하였지. 목을 자르든지 사
지를 자르든지……. 그런데…….

로시엘은 마음에 들지 않는다는 듯, 속눈썹 촘촘한 눈매를 가늘
게 좁히고선 말했다.

"수석마법사가 에니샤에게 첫 번째 맹세를 하겠다고 약조했거
든."

"뭐어? 첫 번째 맹세에?"

헬라드가 옆에서 기겁하며 되물었다. 그리고 에니샤는 너무 놀
란 티를 내지 않으려 애써야 했다.

첫 번째 맹세라니…….

그 정도면 확실히 로드고가 안 죽이고 살려둘 만하였다. 하지만
수석마법사가 무슨 의중으로 첫 번째 맹세를 하겠다고 했는지 궁

금했다. 강한 힘을 가진 자일수록 맹세의 무게는 더욱 무거워지는 법이다. 차라리 죽으면 죽었지, 알량한 목숨 건져보겠다고 덜컥 맹세할 만한 무게는 아니다. 황자들이 별말 없는 것으로 보아, 에니샤가 마법을 썼다는 사실도 함구한 듯하고…….

노마법사의 속내를 추측하느라 생각에 빠진 에니샤를 로시엘이 불러냈다.

"에니샤."

그가 하얀 손으로 에니샤의 이마를 짚으며 꼼꼼하게 상태를 살폈다.

"배고프진 않고? 속이 다쳤으니 당분간 부드러운 것만 먹으라 하던데."

에니샤는 고개를 내젓고서 말했다.

"나 물 먹고 시퍼오."

헬라드가 주전자에서 물을 부어선 에니샤의 입가에 잔을 대어주었다. 평생 남의 시중이라곤 들어본 일 없었던 헬라드의 손길은 어설펐다. 그래도 흘리지 않도록 잘 받쳐주어서, 미지근한 물을 몇 모금 꼴깍꼴깍 마실 수 있었다.

다 마시고 나니 헬라드가 물잔을 저만치 내다치우며 조급하게 말했다.

"쭈글아, 늙은 마법사가 너한테 맹세한다는 거 싫지 않아? 역시 그냥 죽일까?"

에니샤가 싫다고 말하기만 하면 당장이라도 신나게 달려가서 불쌍한 노마법사의 목을 잘라버릴 태세였다. 하지만 에니샤는 이미 그를 죽을 위기에 몰아넣은 것만으로도 충분히 반성하는 중이었다.

"안 대오."

눈까지 매섭게 떠가며 단호히 말하자, 헬라드가 얼굴을 찡그렸다. 못마땅해 하는 헬라드 옆에서 로시엘이 느릿하게 말했다.

"그는 황궁의 수석마법사이니, 마력을 가진 에니샤에게 충성스러운 신하이자 좋은 스승이 되어줄 수 있겠지."

"근데 꼭 마법이 필요 있어? 그런 거 안 배워도 잘 먹고 잘 살아."

그 귀한 마법 재능을 그대로 썩히라니, 남들이 들으면 까무러칠 소리를 아무렇지도 않게 해대는 헬라드였다. 그러나 그것은 꼭 헬라드만의 생각은 아닌 모양이었다. 로시엘이 여우처럼 웃으며 살살 꾀어내듯, 달래듯 말하였다.

"사랑스러운 에니샤. 그리 위험한 것을 배우지 않아도, 너는 네가 원하는 모든 것을 할 수 있단다."

"그래, 너 말 잘한다."

드물게 로시엘을 칭찬한 헬라드가 에니샤의 한쪽 손을 붙잡았다. 로시엘이 다른 쪽 손을 잡고서 말했다.

"먹고 싶은 것이 있다면 먹을 것이고, 가지고 싶은 것이 있다면 가질 것이고, 죽이고 싶은 자가 있다면……."

"네 손을 더럽힐 것도 없어. 이 오라버니들이 해결해줄 거니까."

말끝을 낚아챈 헬라드가 눈썹 사이를 잔뜩 좁혔다.

"쭈글이 네가 쓰러져서 얼마나 놀란 줄 알아? 마법, 그거 배우다가 또 쓰러지면……."

그러나 차마 끝까지 말하지 못하고 말을 흐렸다. 로시엘이 에니샤의 손을 만지작거리면서 대신 말하였다.

"그래도 에니샤가 하루 만에 눈을 떠서 다행이지."

그는 나긋한 목소리로 로드고가 수석마법사의 겉껍질과 속 알맹이를 분리하려 한 것과, 헬라드가 황궁을 다 부숴버릴 듯이 난동 부린 이야기를 해주었다.

"그리고 오라버니는 수석마법사를 살려달라고 시끄럽게 구는 놈들의 성대를 전부 자르려고 했단다."

그러자 헬라드가 곧장 로시엘의 팔뚝을 툭 치며 타박하였다.

"야, 애한테 그런 이야기 하면 어떡하냐. 우리 쭈글이는 똑똑해서 다 알아듣는다고."

헬라드의 타박에 로시엘이 말실수했다고 금세 사과하였다.

어쨌든 기나긴 이야기의 끝은 하나였다. 마법을 배우지 않았으면 좋겠다는 소리였다. 하지만 에니샤는 이야기가 끝나자마자 소리쳤다.

"마법 배울 거애오!"

"에니샤……."

로시엘이 탄식을 터뜨리고, 헬라드는 소리 없이 제 머리카락을 잡아당겼다. 그러나 에니샤는 그들의 강경한 반대를 꺾을 말을 알고 있었다. 에니샤는 양손을 꼭 주먹 쥐고서 힘차게 외쳤다.

"마법 배워소 아빠랑 오라버니 지켜조야 대오!"

에니샤의 말이 끝나자마자 헬라드와 로시엘의 얼굴이 일제히 빨갛게 물들었다.

"와……."

헬라드가 한참 만에야 참았던 숨을 터뜨리고는 헐떡거리며 말했다.

"얘는 뭘 먹고 이렇게 귀엽지. 귀여워 죽겠다, 진짜."

"그러니까……."

로시엘이 에니샤의 어깨에 얼굴을 파묻으며 동의했다.

에니샤의 필살 한마디 덕분에, 마법을 배우는 문제는 아주 부드럽게 해결되었다. 쌍둥이는 에니샤가 마법을 써서 반짝반짝한 모습도 너무 예쁘고 귀여울 거라며 진지하게 이야기를 주고받았다.

"쭈글이가 마법으로 날 지켜준다고 앞에 딱 나서면, 나는 심장마비로 죽을 수도 있어."

"널 왜 지켜줘? 나를 지켜주겠지."

그리고 둘이서 티격태격하는 동안, 에니샤의 기분은 날아가고 있었다. 수석마법사도 살았고, 마법도 배우게 되었다. 전부 원하는 대로 흘러간 것이다.

하하하, 우매한 황자들아. 너희들은 내 손바닥 위다!

기분 좋아진 에니샤는 깔깔 소리 내어 웃었으나, 입 밖으로 나온 것은 귀여운 꺄꺄 소리뿐이었다. 그 소리를 들은 헬라드와 로시엘은 둘이서 또 한참 양쪽으로 에니샤를 물고 빨았다.

그렇게 얼마간 셋이서 복작거린 후에야, 헬라드가 시녀를 불렀다.

시녀가 고개를 숙인 채 조용히 문을 열고 들어와 인사를 올렸다. 바닥만 내려다보는 그녀의 어깨가 가늘게 떨리고 있었다.

헬라드가 무표정하게 말했다.

"폐하께 황녀가 깨어났다는 소식을 전하라."

시녀장이 저도 모르게 고개를 들었다.

에니샤와 눈이 마주친 그녀의 입이 헉 하고 벌어졌다. 예절도 잊고 황급히 달음박질치듯 뛰쳐나가는 시녀의 뒷모습은 다급했다.

문이 닫히자마자, 황자들의 냉랭하던 표정이 녹아내렸다. 로시엘이 에니샤의 머리카락으로 장난치며 말했다.

"에니샤, 폐하께서 오시거든 쉬이 용서해주지 말렴. 듣자 하니 네가 싫다 했는데 억지로 마력 진단을 받게 했다며?"

"그래, 아주 눈물 쏙 빠지게 만들어줘."

둘이서 키득거리며 쿵짝쿵짝 하는 말보다, 에니샤는 아까 나간 시녀가 더 신경 쓰였다. 낯빛이 영 좋지 않아 보였다. 호출 하나에 이리 겁내는 것으로 보아, 에니샤가 쓰러지면서 로드고와 쌍둥이들이 많이 날뛴 한 모양이었다. 어쩌면 아까 헬라드가 황궁을 부쉈다는 소리는 과장이 아닐지도 몰랐다.

대체 기절해 있는 동안 무슨 일이 일어난 것인지…….

나중에 방 밖으로 나가보면, 황궁이 폐허가 되어 있을지도 모르겠다는 생각이 들었다.

⚜

로드고의 어머니는 출산 중에 사망하였다. 그는 어미 잡아먹은 황자라 불리며 멸시받았다. 하지만 로드고는 누구보다 히페리온다운 자였다. 가족의 정 따위는 느낄 이유도, 필요도 없었다.

그는 형제를 잡아먹고 아버지를 쓰러트려 황제가 되었다. 혈육의 피로 얻어낸 자리이나, 로드고는 아무런 감흥을 느끼지 못했다. 모든 것은 합리와 이치에 의해 돌아갈 뿐이니, 가장 강한 로드고가 황위에 오르는 것은 당연한 일이었다. 누군가와 교감을 나누는 것은 그저 할 일 없는 놈들이나 하는 짓거리였다. 그리고 에니샤가 태어났다.

저와 똑같이 어미를 잡아먹고 태어난 막내 황녀에게, 로드고는 아주 일말의 동질감을 느꼈다. 그러나 그것이 전부였다. 쓸데없는 관심과 애정을 기울일 생각은 전혀 없었건만……

새벽이슬에 옷자락이 젖어들 듯, 에니샤는 조금씩 로드고의 세계를 무너뜨렸다. 문득 정신을 차렸을 때, 이미 로드고의 전부가 되어버린 후였다. 조그만 손은 언제나 로드고를 단단하게 붙들었다. 커다란 눈동자를 반짝이다가 환하게 웃을 때면, 아주 깊숙한 곳의 그림자마저 깨끗하게 몰아내곤 했다. 에니샤를 보며 느끼는 다채로운 감정들은 한없이 낯설기만 하였다. 그러나 결코 싫지 않았다. 기꺼워서 계속 곁에 두고 가까이하고 싶었다. 그리하다 보니 심각한 팔불출이 되어 있었지만, 로드고는 별로 개의치 않았다. 오히려 자신이 황제라 다행이라고 생각하였다. 에니샤가 원하는 것은 무엇이든 늘어줄 수 있는 힘과 직위를 가지고 있어서 말이다. 그 누구도 에니샤의 털끝 하나 건드리지 못하도록 할 것이라고, 로드고는 항상 자신하였다. 그러나 로드고의 자신감은 에니샤가 눈앞에서 피를 토해내며 쓰러지는 순간 산산이 부서졌다.

망설일 필요도 없었다. 로드고는 그 자리에서 수석마법사를 죽이려 하였다. 검을 뽑아 든 로드고 앞에서 수석마법사는 무릎을 꿇었다. 그는 자신의 결백을 주장하며 외쳤다.

— 황녀님께 첫 번째 맹세를 하겠습니다!

기원을 알 수 없을 만큼 아주 오래된, 고대로부터 전해져 내려온 세 가지 맹세. 그것은 힘을 가진 자가 스스로를 걸고 하는 맹세였다. 첫 번째는 자신의 힘을, 두 번째는 심장을, 세 번째는 영혼을 건다 하여 세 가지 맹세라 이름 붙은 그것은 당대에 이르러선 거의 사장되다시피 했다. 세 가지 모두를 맹세하는 일은 역사책에나 나오는 것이고, 첫 번째 맹세조차도 극히 드물었다. 말 그대로 '모든 것'을 걸기 때문이었다. 수석마법사 델 하르인이 에니샤에게 첫 번째 맹세를 한다는 것은 그가 평생 동안 쌓아온 모든 마력을 건다는 뜻이었다. 마법사에게 마력은 목숨보다도 중하니, 그보다 더한 결백의 증거는 없었다. 델 하르인은 에니샤에게 일평생 벗어날 수 없는 충성을 바칠 터였다.

하지만 로드고는 탐탁지 않았다. 아직도 피를 토하며 쓰러지던 에니샤를 받아든 감각이 손에 선연했다. 작은 몸에서 나왔다고는 믿기지 않을 만큼, 가득 뱉어낸 피가 옷을 적시고 바닥에 흥건히 고였다. 수석마법사가 진실로 에니샤를 죽이려 하였는지, 아니면 다른 것 때문인지는 중요하지 않았다. 에니샤가 다치고 아픈 원인이 되었다는 것만으로도 죽을 이유는 충분했다. 그런데 죽이질 못하다니.

"……."

로드고는 여태 손질하고 있던 검을 불빛에 비춰보았다. 어른거리는 불빛에 날이 파르스름하게 빛났다. 미흡한 부분을 찾아낸 그는 다시금 숫돌에 검을 갈아내었다. 날이 갈리는 소리가 서늘했다. 아무 말 없이 검을 손질하는 로드고 옆에서, 시종들이 안절부절못하며 눈치를 살폈다. 로드고가 저 검을 들고 수석마법사가 갇혀 있는 지하감옥으로 달려갈까 저리 불안해하는 것이었다. 에니샤가 쓰러진 동안 황궁에서 벌어진 일들을 생각해보면, 충분히 가능성 있는 이야기였다. 눈을 뜨지 못하는 에니샤 때문에 제국에서 이름난 의사와 마법사들은 죄다 황성으로 끌려왔다. 제 앞에서 벌벌 떠는 그들에게 로드고는 단 한마디만을 던졌다.

— 살려라.

살리지 못한다면, 다 같이 에니샤와 함께 보내줄 생각이었다.

모두 전심전력을 다해 에니샤를 치료하였다. 다행히 내상을 입기는 하였으나, 충분히 치료받고 휴식을 취하면 얼마든지 회복할 수 있는 수준이라 하였다. 그러나 에니샤는 아직도 눈을 뜨질 못하고 있었다.

에니샤가 깨어나지 않는 잠에 빠져 있는 동안, 로드고는 잠들지 못했다. 하루를 꼬박 뜬눈으로 보냈으나 피곤함이 느껴지질 않았다. 바짝 날 선 감각에 신경이 따끔거렸다.

손질을 전부 끝냈음에도, 로드고는 검을 검집에 넣지 않았다. 시종들의 걱정처럼, 실제로 그는 적잖이 유혹을 느끼고 있었다.

늙은 마법사는 맹세를 하기 전까지 마력제어구를 착용한 채 지하감옥에 갇혀 있었다. 쥐새끼처럼 도망갈 수단도 없으니, 죽이기에도 참으로 간편한 상황이었다.

그냥 죽여버리고 전부 없던 일로 해도 괜찮을 터인데…….

그래도 무려 수석마법사가 첫 번째 맹세까지 한다는데, 혹여나 섣부르게 죽였다가 에니샤에게 원망을 들을지도 몰랐다.

로드고가 어찌할까 가만히 고심하던 때였다. 시종이 다급하게 황녀궁에서 날아온 전언을 고하였다.

"폐하! 황녀님께서 눈을 뜨셨다 합니다!!"

에니샤가 깨어났다는 소식을 듣자마자, 로드고는 한달음에 황녀궁으로 달려왔다.

그가 단숨에 찾아오리라 예상은 했다. 하지만 이런 얼굴을 하리라곤, 전혀 생각지도 못했다.

"에니샤……."

에니샤는 저를 부르는 로드고를 바라보았다.

그는 차마 에니샤를 끌어안지도 못하고, 침대 옆에 무릎을 꿇은 채 눈높이만 맞추었다. 그러다 조심스럽게 손을 잡아왔다. 부서질 듯이 다루는 손길은 보드라웠다. 로드고에게 한 소리 하려고 마음먹었는데, 막상 그를 보니 전부 깨끗하게 지워졌다.

이렇게 울 것 같은 얼굴 해버리면 하려던 말도 못 하겠잖아…….

에니샤는 그냥 꼬물꼬물 로드고의 목을 끌어안아주었다.

"아빠. 나 갠찮아오."

조그맣게 속삭이는 소리에 로드고가 천천히 에니샤를 마주 보았다. 그의 눈동자가 떨리고 있었다.

"기억이⋯⋯."

차마 뒷말은 못 하고 입술을 말아 무는 로드고에게, 에니샤는 얼른 덧붙여 말했다.

"마법사 하라부지가 다 도와줘쏘!"

물론 마법사가 한 일은 마력 진단뿐이었다. 하지만 수석마법사의 생명 연장을 위해 에니샤는 그렇게 말해주었다. 꿈틀거리는 로드고의 눈빛으로 보아, 미적지근하게 대답했다간 당장이라도 달려가서 마법사의 목을 칠 것 같았기 때문이었다.

침실 구석에서 감동적인 부녀의 재회를 지켜보던 황자들이 한마디씩 하였다.

"에니샤는 마법을 배우고 싶답니다, 폐하."

"만류하였는데도 의지가 강하여 어찌할 수가 없었습니다."

삐딱한 헬라드와 로시엘의 말에 로드고가 눈썹을 찌푸렸다. 로드고 또한 그 위험한 걸 배우려 하냐며, 결사반대할 것이 뻔했다. 하지만 에니샤는 이미 로드고의 머리 꼭대기였다.

"앙 대오? 아빠는 내가 마법 배우는 거 시로오?"

입술을 삐죽삐죽하면서 말하자, 로드고가 흐물흐물 녹아내리는 것이 보였다. 하고 싶은 것 다 하라면서 풀어지는 로드고를 본 쌍둥이가 그럼 그렇지, 하면서 저들끼리 고개를 내저었다. 정작 본인들도 똑같이 흐물흐물했으면서 말이다.

로드고는 한참 대화를 나눈 뒤에야 가장 시급한 사안을 꺼내 들었다. 수석마법사의 처분을 결정하는 것이었다. 그는 내심 에니샤가 수석마법사의 목을 치라고 말하길 기대하는 눈치였다.

첫 번째 맹세를 받겠다고 말하자, 매우 실망스러운 기색을 감추지 않았다. 그러나 하늘 같은 에니샤의 말이었다.

로드고는 어쩔 수 없이 감금되어있던 마법사를 데려오라 명하였다.

노마법사는 목에 마력제어구를 차고 있었다. 바닥에 무릎 꿇은 그에게 세 자루의 검이 겨눠지고, 마력제어구가 해제되었다. 허튼 짓을 하는 순간 바로 목이 날아갈 것이었다.

시퍼런 칼날 속에서, 수석마법사는 에니샤 앞에 천천히 무릎을 꿇었다.

"델 하르인이 첫 번째 맹세를 바치니."

그의 몸에서 하늘색 마력이 천천히 피어올랐다.

"맹세의 주인은 에니샤 로드고 히페리온."

마력이 둥근 고리가 되어 에니샤의 앞으로 느릿하게 날아왔다. 그리고 델 하르인이 속삭였다.

"육신이 죽음을 맞이하는 순간까지 나의 힘을 오롯이 그대에게."

둥근 고리가 짧게 빛을 발하더니, 순식간에 에니샤의 가슴으로 파고들었다.

마지막 반짝임과 함께 마력은 흔적도 없이 사라졌다. 그러나 에니샤는 자신과 델 하르인을 단단하게 연결한 마력의 구속을 느낄 수 있었다. 이제 에니샤가 원한다면, 그는 언제든지 한순간에 모든 마력을 잃어버릴 것이다.

아르커스의 대법사였던 에니샤도 맹세를 받아보는 것은 처음이었다. 누군가의 생명줄을 쥐고 있다는 감각이 기묘했다.

에니샤가 괜히 손을 꼼지락거리는데, 델 하르인이 떨리는 목소리로 말했다.

"한 가지 청이 있습니다."

로드고와 쌍둥이의 시선이 그를 향해 꽂혔다. 매서운 눈빛에도 델 하르인은 굴하지 않고 꿋꿋이 말했다.

"황녀님께 독대를 청하고 싶습니다."

수석마법사의 말에 로드고의 눈매가 가느스름하게 좁혀졌다.

"독대라……."

느릿하게 늘어지는 말에서 불편한 심기가 묻어났다. 그러나 첫 번째 맹세까지 한 이상 막을 수는 없었다. 목숨보다 더한 것을 바친 맹세인데, 황녀와 독대 정도는 해줄 수 있도록 하는 것이 예의였다. 로드고는 몹시 싫어하면서도, 결국 황자들을 데리고 자리를 비켜주었다.

침실에는 에니샤와 델 하르인만이 남았다.

에니샤는 침대에 앉은 채로 그를 빤히 바라보았다. 과연 늙은 마법사는 무슨 얘기를 하고 싶어서 독대까지 청하였을까.

입이 바짝 마르는지, 델 하르인은 연신 마른침을 삼키고 나서야 말문을 열었다.

"혹시 황녀께서는……."

그리고 어려운 장고 끝에 질문하였다.

"마도왕국 아르커스의 대법사이십니까?"

델 하르인은 그날을 잊지 못했다.

끝없이 솟구치는 눈부신 금빛 마력, 창공을 꿰뚫는 거대한 마력의 기둥. 강대한 힘의 증거 앞에서 햇살처럼 웃던 그녀.

그날의 입학 시험은 헤르노어 아카데미의 역사를 새로 쓴 날이었다. 그리고 델 하르인에게 새로운 세상의 지평을 열어주었던 날이기도 했다. 입학 시험 이후, 아카데미 학생들은 모두 약속이라도 한 것처럼 그녀의 열성적인 추종자가 되었다. 신임 교원이었던 델하르인 또한 예외는 아니었다. 언제나 그녀를 남몰래 뒤쫓아 다니며 먼발치에서 바라보았다. 그녀는 마치 태양과도 같았다. 어디를 가든 환하게 빛나서, 사람들을 자신에게 끌어당기곤 하였다.

헤르노어의 전설로 남은 그녀는 아카데미를 졸업한 이후, 결국 아르커스의 문을 열었다. 몇 년 만에 대륙에서 아르커스 왕국민이 된 마법사가 탄생한 것이다. 하지만 그녀를 아는 사람들은 그것을 지극히 당연하게 여겼다. 그녀는 누구보다 가장 높고 빛나는 자리에 어울렸으니까. 그리고 아주 한참의 시간이 흐른 후에, 델 하르인은 그녀가 아르커스의 대법사가 되었다는 소식을 들었다.

단박에 정곡을 찔러 들어오는 말은 전혀 예상치 못한 것이었다.

에니샤는 당황한 표정을 감출 수 없었다. 애초에 델 하르인에게는 모든 것을 솔직하게 이야기해주려 생각하고는 있었다. 이미 마법을 사용하는 것도 보았고, 첫 번째 맹세까지 하였으니 말이다. 하지만 그가 먼저 자신의 정체를 알아채리라곤 상상도 하지 못했다.

망설이는 사이 대답할 때를 놓치고 말았다. 침묵은 긍정과 다름없었다.

델 하르인은 탄식을 흘렸다.

"아아……."

그의 탄식에는 복잡한 감정이 뒤섞여 있었다. 천공의 마도왕국을 이끄는 대법사가 어찌하여 마력을 죄다 봉인 당하였는지, 그리고 하필이면 히페리온의 세 번째 별이 되었는지……. 아마 처음 에니샤가 그러했듯이, 델 하르인 또한 온갖 생각이 몰아쳤을 것이다.

한탄하는 그를 복잡한 심경으로 바라보던 에니샤는 이내 근엄한 얼굴로 물었다.

"내가 대법사라는 거슨 어뜨케 알았느냐."

심각하던 분위기가 일순 흐트러지고, 델 하르인의 얼굴이 씰룩였다.

에니샤는 그만 얼굴이 살짝 붉어져버렸다. 멋있게 말하려고 했는데, 생각보다 목소리가 너무 귀엽게 나와버렸다.

델 하르인이 몇 번 헛기침을 하더니, 에니샤보다 더 붉어진 얼굴을 하고서 말했다.

"아마 기억 못 하시겠지만…… 예전에 헤르노어에서 수학하시던 시절, 저는 아카데미의 교원으로 일하고 있었습니다."

에니샤의 눈이 동그래졌다.

놀라는 에니샤에게 델 하르인이 쑥스러워하며 말을 이어갔다. 그는 에니샤가 금빛 마력을 사용하는 것과, 시간마법과 같은 고등 마법을 아무런 마법진 없이 자유롭게 구사하는 것을 보고 대법사임을 확신했다고 하였다.

"그리고 아르커스에서 비밀리에 대법사를 찾고 있다는 소식을 들었습니다."

"아르커스?"

"아르커스의 조사관들이 저를 찾아왔었습니다. 황성에서 대법사님의 마력이 느껴졌다고 하였는데, 그 당시에는 아는 바가 없어 그들에게 아무 말도 하지 못했지만요."

"후웅……."

에니샤는 미간을 찌푸리며 입술을 앙다물었다.

조사관들이 대법사의 부재가 밝혀질 위험까지 감수하면서 대륙을 샅샅이 뒤지고 있다. 지금도 보이지 않는 곳에서 시시각각 포위망을 좁혀 오고 있으리라.

델 하르인이 창백해진 에니샤의 생각을 대신 말해주었다.

"대법사께서 히페리온의 황녀님이라는 사실이 밝혀져선 아니 되겠지요……."

에니샤와 델 하르인은 동시에 침을 꿀꺽 삼켰다. 에니샤가 끄응 소리 내며 꿍얼꿍얼 말했다.

"허나 아르커스에서 교류단도 온다구 하여따."

"너무 심려치 마십시오. 앞으로 제가 최선을 다하여 돕겠습니다."

확실히 델 하르인은 큰 도움이 될 터였다. 에니샤의 정체를 알면서도, 결코 배반할 수 없는 충성을 바치는 자. 지금 상황에서 이보다 완벽한 수하는 없었다.

델 하르인이 갑자기 목소리를 한층 더 낮추더니, 굉장히 은밀한 어조로 속삭였다.

"사실 작금의 상황에서 아르커스는 조금도 중하지 않습니다. 황녀님께서 잠들어 계시는 동안 무슨 일이 벌어졌는지 아십니까?"

당연히 까맣게 몰랐다. 그나마 아는 것은, 로시엘이 단편적으로 말해준 것들뿐이었다.

에니샤가 말해보라고 고개를 까닥이자, 델 하르인은 둑 터진 듯 줄줄 쏟아냈다. 로드고를 비롯한 쌍둥이들의 만행에 대한 이야기였다. 그는 자신이 로드고에게 산 채로 껍질이 벗겨질 뻔한 부분을 특히 자세히 구술하였다.

에니샤는 끼어들지 않고 간간히 응, 후웅, 허우웅 하면서 추임새만 넣어주었다.

히페리온 황족들의 극악무도함을 표현하는 데 열을 올리던 그가 갑자기 한숨을 푹 내쉬었다. 자신이 감옥에 갇힌 이후를 말하는 대목에서였다.

"제도의 모든 의사와 마법사가 황궁으로 끌려왔습니다."

델 하르인은 흔들리는 목소리로 말을 이었다.

"폐하께서는 고함 한 번 지르지 않으셨습니다. 다만 황녀님을 살리라 말씀하셨을 뿐."

이미 오랫동안 황궁의 수석마법사로 지내며 온갖 일들을 다 보고 겪었을 델 하르인이었다. 그러나 델 하르인은 로드고의 분노가 처음이라는 듯, 생경한 두려움을 내보였다.

"차라리 평소 하시던 대로 피를 보셨다면 그리 무섭지 않았을 것 같습니다. 허나 그날 폐하께서는 한없이 차분하셨습니다."

마치 폭풍전야와 같이 고요한 모습에 황궁 전체가 벌벌 떨었다는 것이다. 황녀에게 무슨 일이 생기는 순간, 전부 죽은 목숨이라는 사실을 본능적으로 느꼈기 때문이리라.

그날의 기억을 되짚어가는 델 하르인의 얼굴 위로 먹구름 같은 그림자가 드리웠다.

"저는 히페리온을 사랑하지만 황족들은 두렵습니다. 솔직한 마음으로 대법사께서 세 번째 별이 되어주시어 어찌나 다행인지 모르겠습니다."

대법사께선 다른 황족들과 달리, 진실로 별과 같은 성정을 지니고 계셔서 참으로 다행이라고 말하는 델 하르인의 얼굴에는 진심이 그득했다.

"그러니⋯⋯."

심각한 이야기를 늘어놓던 델 하르인이 갑자기 말을 뚝 멈추었다. 그가 에니샤 쪽으로 바짝 붙어 앉고선, 꾹꾹 누르듯이 외쳤다.

"대법사께선 앞으로 아프신 곳 없이! 항상! 건강하셔야 합니다! 반드시 말입니다! 대법사님의 건강이 제국의 명운을 결정하니까요!!"

어찌나 열렬하게 말하는지, 에니샤는 그만 얼떨결에 그러겠노라 약속해버렸다.

단단히 화답을 얻어낸 델 하르인은 그제야 안심하였다. 그 뒤로는 델 하르인과 함께 앞으로 어찌할 것인지 많은 이야기를 나누었다.

에니샤는 자신의 현 상황을 전부 말해주었다. 아르커스에서 의문의 마법진에 마력 봉인을 당했고, 범인을 찾아야 한다는 것까지 전부 말이다.

델 하르인은 에니샤의 마력 봉인을 푸는 데 전력을 다해주기로 약조하였다. 또한 앞으로 에니샤의 눈과 귀가 되겠노라 말하였다. 수석마법사인 그는 여태껏 한정되어 있던 에니샤의 행동반경을 넓혀주는 데 큰 역할을 할 터였다.

독대가 너무 길어질 수는 없는지라, 적당히 이야기를 끊었다. 어차피 앞으로 마법 수업 때문에 자주 만날 사이이기도 하였다. 둘이서 대화할 기회는 얼마든지 있었다.

델 하르인은 에니샤의 손등에 경애의 키스를 올렸다. 그는 마지막 인사말을 하고서도 물러나지 않고 주저하였다.

에니샤가 의아한 시선을 보내니, 그제야 수줍게 입을 열었다.

"다시 한 번 뵙는 것이 제 평생의 소원이었습니다……."

델 하르인이 주름진 눈매를 접으며 활짝 웃었다.

"대법사님을 곁에서 모실 수 있게 되어 참으로 영광입니다."

✦◑◉◐✦

델 하르인이 퇴장하자마자, 로드고와 쌍둥이들은 득달같이 들이닥쳤다.

"뭐래?"

"무슨 이야기를 하였어?"

쌍둥이가 양쪽에서 물어오는 탓에 정신이 없었다. 에니샤는 저에게 달라붙는 그들을 떼어내며 말했다.

"비밀이애오."

매정한 대답에 황자들이 양팔을 붙잡고 늘어졌다. 가르쳐달라고 졸라댔지만, 에니샤가 환자인지라 크게 치대지 못하고 금세 놓아 주었다.

에니샤는 황자들과 투덕거리다 말고 로드고를 물끄러미 바라보았다. 쌍둥이가 매달리는 동안 가만히 뒤에 서 있던 로드고의 표정은 그리 좋지 않았다. 델 하르인을 얌전히 놓아주게 되어 심기가 불편한 것이다. 하지만 에니샤와 눈이 마주치자, 언제 그랬냐는 듯 부드럽게 웃어 보였다. 휘어지는 눈매에 담긴 눈빛은 벌꿀처럼 달았다. 그의 사나운 얼굴과는 전혀 어울리지 않는, 괴리감 넘치는 눈빛이긴 하였다.

가만 생각해보면 로드고가 제대로 화를 내거나 살인하는 모습을 한 번도 본 적이 없었다. 에니샤 앞에서는 항상 유순하기만 한 로드고였다. 쌍둥이 황자들이야 황녀궁에 부지런히 드나들며 암살자도 잡아주고, 시녀들도 괴롭히고 하면서 에니샤 앞에서 별꼴을 다 보였다. 하지만 로드고는 일국의 황제인 만큼, 황자들보다는 에니샤를 자주 찾지 못했다. 그러다 보니 에니샤는 로드고의 극히 일부분만을 보아왔다. 그의 다른 모습도 보고 싶다는 생각이 들었다.

몇 해 동안 함께 지내며, 황족들에게도 제법 정이 들었다. 히페리온 황족은 구제불능이 미친놈들이지만, 그래두 에니샤만큼은 항상 지극정성으로 떠받들어주니 정이 들 수밖에 없었다.

가끔씩은 귀엽기도 하니까…….

다른 사람들이 알면 까무러칠 생각을 아무렇지 않게 하면서, 에 니샤는 황자들을 버려두고 로드고에게 사뿐사뿐 걸어갔다.

아직 몸이 좋지 않은 에니샤가 걸어 다니자, 로드고가 얼른 다가 와 끌어안았다. 번쩍 들면 어지러울까, 느릿하게 안아드는 손이 기 분 좋았다. 한번쯤은 먼저 다가가는 것도 나쁘진 않으리라.

에니샤는 방긋 미소 지으며, 그의 옷자락에 답삭 매달려서 말 했다.

"오늘 아빠랑 가치 잘래오."

그리고 에니샤의 발언에 황녀궁은 발칵 뒤집어졌다.

"안 돼! 안 된다고! 아무튼 안 돼!"

"에니샤아……. 어찌하여 오라버니를 버려두고……."

로드고와 같이 자겠다는 말에 황자들은 그야말로 발작을 하였 다. 협박과 회유, 그리고 애원까지. 쓸 수 있는 수단은 죄다 동원하 여 에니샤 앞에서 쨀랑쨀랑 난리도 아니었다.

"저 사람은 널 강제로 마력 진단을 받게 한 흉악범이야, 에니샤."

"그래! 쭈글아, 잘 생각해봐. 너 한입에 꿀꺽 먹힐 수도 있다니 까?"

쩍 벌린 사자 아가리로 기어들어가는 것이라며 헬라드가 열변을 토했다. 그래도 에니샤가 꿈쩍을 않자, 로시엘이 타협안을 제시해 보았다.

"아니면 오라버니들도 함께 자는 것은?"

로시엘의 말에 헬라드가 질색하였다. 헬라드는 우에에엑 하고 대놓고 싫은 표정을 지었다가 한숨을 푹푹 쉬며 말했다.

"폐하와 함께 잔다니! 으으……. 그래도 에니샤를 위해서라면……."

로드고 본인이 눈앞에서 뻔히 지켜보고 있는데도 서슴없이 막말을 내뱉는 황자들이었다. 그러나 로드고는 입꼬리를 비틀어 웃기만 할 뿐, 가만히 내버려두었다. 다 이유가 있었다. 일단 에니샤를 품에 안고 있다는 것만으로도 그는 이 구역의 승리자이기 때문이었다.

에니샤는 로드고의 품에 머리를 기대며 판결을 내려주었다.

"나중에 오라버니들하구도 하루씩 잘게오. 하지만 오늘은 아빠랑이에오."

단호한 결론에 희비가 갈렸다.

승리를 확신한 로드고가 의기양양하게 에니샤의 뺨에 키스하였다. 그러나 곧 정무를 보러 가야 하기에, 로드고는 에니샤를 황자들에게 맡겼다.

바쁜 로드고를 대신하여 황자들이 에니샤를 본궁까지 모셔다 놓기로 하였다. 이것도 안 된다고 했다간 정말 폭동이라도 일으킬 태세라서, 에니샤는 얌전히 로시엘의 품에 안겼다. 헬라드는 에니샤가 벗은 신발을 한 손에 달랑달랑 들었다. 물론 처음부터 신발을 들겠다고 양보한 건 아니고, 본궁 가는 도중에 로시엘과 바꿔 들기로 약속했다.

에니샤는 시중을 들 황녀궁의 시녀 몇몇과 함께 본궁으로 향했다. 로시엘에게 안겨서 이것저것 재잘거리며 막 바깥으로 나왔을 때였다.

"……?"

이게 뭐지.

에니샤는 저가 잘못 봤나 싶어서 손으로 눈을 비비적하였다. 황녀궁 주변이 폐허가 되어있었다. 정확히 에니샤가 잠드는 침실 쪽을 제하고는, 궁이며 정원이며 전부 난장판이었다. 때맞춰 휘이잉 불어오는 바람에 부서진 석재 조각이 다각다각 소리 내며 바닥을 굴러갔다. 에니샤는 천천히 헬라드를 쳐다보았다.

시선을 받은 헬라드가 눈동자를 이리저리 굴렸다가, 괜히 휘파람을 불며 딴청을 부렸다.

로시엘이 쯧쯧 대놓고 혀를 찼다.

이게 헬라드 혼자서 다 부숴놓은 것이라고?

믿을 수 없는 사실에 연신 눈만 깜빡이는 에니샤에게 로시엘은 친절한 부가 설명을 해주었다.

"그나마 내가 나선 덕에 이 정도야."

헬라드가 황녀궁을 부수며 너무 시끄럽게 군 나머지, 날카로워져 있던 로시엘이 그를 후려쳤다는 것이다. 로시엘한테 한 대 얻어맞은 후에야 짐승처럼 날뛰던 헬라드는 제정신을 차렸다. 미친놈인 줄은 알았지만, 이 정도면 보통 미친놈이 아니었다.

에니샤가 뚫어져라 쳐다보자, 헬라드는 우물쭈물 변명하였다.

"아니, 그러니까……."

헬라드의 말인즉, 에니샤가 처음 쓰러졌을 때 귀족들이 수석마법사를 죽여선 안 된다고 반대하였다는 것이다. 귀족들은 수석마법사가 첫 번째 맹세를 하겠다고 약조한 사실을 몰랐다. 죄목도 확실치 않은 수석마법사가 목숨을 잃는다 하니 당연히 반대할 수밖에 없었다. 또한 황녀와 연관된 일이면 정당한 재판 절차 없이 즉결처형 당하는 선례를 만들고 싶지도 않았을 터였다.

그 당시 로드고와 황자들이 에니샤의 침대 곁을 지키고 있었기 때문에, 귀족들은 황녀궁으로 몰려왔다. 그리고 로드고에게 알현을 청하며 저들의 목적을 말하는 순간…….

— 살려달라고?

로드고 대신 헬라드가 비죽 웃으며 튀어나왔다.

몰려왔던 귀족들은 저도 모르게 서로 몸을 가까이 붙였다. 타박타박 걸어온 헬라드는 귀족들 앞에서 고개를 갸웃거리며 물었다.

— 그대들은 황녀보다 수석마법사의 안위가 더 궁금한 모양이지?

대답할 수 있는 자는 아무도 없었다. 그들이 입을 닫은 것은 두려움 탓이었으나, 헬라드는 긍정으로 알아들었다. 그리고 그때부터 미친놈처럼 날뛰기 시작했다. 소악마의 손이 닿는 곳마다 황녀궁은 과자로 만든 집처럼 바스러졌고, 흩날리는 돌조각이 사방으로 튀었다. 희뿌연 흙먼지가 한 차례 바람에 날아가고, 헬라드는 천천히 입술을 핥으며 속삭였다.

— 다시금 지껄여보아라.

포악한 짐승 앞에서 소동물처럼 오들오들 떨던 귀족들을 구해준 것은 시끄럽다고 밖으로 나와 본 로시엘이었다.

"나도 저리 날뛸 줄은 몰랐다니까."

알았다면 저가 나갔을 거라며, 로시엘은 헬라드를 한심하다는 눈으로 쳐다보았다.

헬라드가 불퉁한 얼굴로 반박했다.

"네가 나갔어도 비슷했을걸?"

"적어도 나는 황녀궁을 부수진 않았겠지."

"……쳇."

헬라드는 구시렁구시렁하였으나 지은 죄가 커서 얌전히 입을 다물었다.

아직도 충격에서 헤어나오지 못하는 에니샤에게, 로시엘은 첫째 황자에게 배정되는 예산을 다 털어서 황녀궁을 수리하겠다고 위로해주었다. 그러면 헬라드는 풀떼기만 먹게 될 거라는 말을 들으니 조금 마음이 풀리는 것도 같았다.

황자들은 에니샤를 곱게 로드고의 침실에 넣어놓고 양 뺨에 뽀뽀까지 한 번씩 하고서 돌아갔다.

시녀의 도움을 받아 침의로 갈아입은 에니샤는 갑자기 몸이 쇳덩이처럼 무거워지는 기분이었다. 아직 몸이 좋지 않은데, 너무 오래 깨어 있었던 탓이다. 에니샤는 베개에 머리를 묻자마자 기절하듯 잠들었다.

다시 일어난 것은 저녁을 먹기 위해서였다. 마음 같아선 식사도 건너뛰고 그냥 쿨쿨 자버리고 싶지만, 내상 때문에 약을 챙겨 먹어야 했다.

자신의 건강에 제국의 명운이 걸려 있다는 당부가 아직도 귀에 선했다. 빨리 낫지 않으면 여러 사람 죽어날 테니, 공공의 이익을 위해서라도 열심히 저녁을 먹고 약도 먹었다.

의사에게 간단한 검진을 받은 이후에는 다시 침대에 누웠다. 병든 닭처럼 꾸벅거리고 있자니, 어느새 바깥이 캄캄해졌다.

로드고는 밖이 어두워지고 나서도 한참 시간이 흐른 후에야 침실로 돌아왔다.

황녀궁의 시녀가 건네준 동화책을 지루하게 읽고 있는데, 저 멀리서부터 빠른 발걸음 소리가 들렸다.

얼마 지나지 않아 문이 달칵 열렸다. 기척을 죽이고 안으로 들어서던 로드고는 에니샤와 눈이 마주치자 살짝 인상을 찌푸렸다. 혹시 저 때문에 잘 자고 있던 에니샤가 깨버렸나 싶어서였다.

"아빠 기다려써오."

그를 향해 두 손을 내밀자, 로드고의 얼굴이 천천히 풀어졌다.

침실에서 대기하던 황녀궁의 시녀에게 오늘 하루 에니샤의 상태가 어떠하였는지 꼼꼼히 묻고 들은 후에, 그녀를 내보내고 본궁의 시녀들을 들였다.

시녀들이 침의를 들고 와서 로드고의 의복 시중을 들었다. 스륵스륵 옷을 벗어내는 로드고를 구경하던 에니샤는 속으로 어후 하고 고개를 내저었다.

당연하게도, 로드고의 벗은 몸은 처음 보았다. 군살 없이 늘씬한 근육으로 짜인 몸은 사납다 못해 흉흉했다. 탄탄한 몸매는 완벽하였으나, 로드고 특유의 분위기에 자잘한 흉터들이 더해진 탓에 멋지다기보단 무섭다는 느낌이 먼저 들었다.

흉기야, 흉기…….

에니샤가 그런 생각을 하는 동안, 그는 익숙하게 가운을 걸쳤다. 몸에 열이 많은 탓인지 가벼운 차림의 침의였다.

로드고는 이불로 몸을 돌돌 말고 있는 에니샤를 흘긋 보더니 침대로 다가왔다. 그러곤 이불에 파묻힌 에니샤의 머리꼭대기에 키스하였다.

에니샤는 로드고에 비하면 한참 작아서, 한 줌도 되지 않았다. 품에 끌어안고서 크기를 가늠하던 로드고가 나직하게 중얼거렸다.

"이렇게 작고 약한데……."

아니, 내가 약하다니! 억울해 죽겠네, 정말.

제대로 설명할 수 없는 억울함에 이불 속에서 발을 동동 굴렀다. 말은 못 하고 인상만 잔뜩 쓰자, 로드고는 픽 웃었다.

그가 이불을 파헤쳐 에니샤를 꺼내더니, 달랑 들어다가 제 배 위에 올려놓았다. 나란히 포개어져 누워 있자, 심장박동 소리가 들려왔다. 두근거리는 소리를 가만히 듣고 있던 에니샤는 불쑥 질문했다.

"아빠는 내가 왜 조아오?"

로드고가 눈썹을 치켜올렸다. 그는 제법 진지하게 고심하는 표정으로 답했다.

"이유가 없는 듯한데……. 나도 잘 모르겠군."

그러더니 에니샤의 말랑말랑한 볼을 가지고 장난치며 말했다.

"학자들에게 황녀가 사랑스러운 이유에 대하여 논문을 쓰라 해 볼까."

"……."

앞으로 이런 주제는 함부로 꺼내면 안 될 것 같았다. 새로운 교훈을 마음속에 되새기는 동안, 로드고가 등을 도닥도닥해주었다.

"늦었다. 몸도 좋지 않은데 그만 자도록 하자."

그에게서 뜨끈뜨끈한 열기가 전해져왔다. 후텁지근한 것이 참 마음에 들었다.

에니샤는 길게 하품하였다가, 이내 로드고의 배 위에 엎어진 채로 꼴깍 잠에 들었다.

로드고는 잠이 든 에니샤를 물끄러미 지켜보았다. 새근새근 잠든 모습을 보며 부드럽게 미소 짓던 그는 한참 후에야 뒤늦게 잠에 들었다.

※

달콤한 잠이었다.

세상모르게 푹 잠들었던 에니샤는 누군가 조심스럽게 만지는 손길에 무거운 눈꺼풀을 들어올렸다. 뒤척이는 것을 알았는지, 커다란 손이 등을 슥슥 쓸어주었다.

"더 자거라."

묵직하게 가라앉은 목소리는 로드고의 것이었다. 아침 일찍 정무를 보러 가는 모양이었다. 에니샤는 졸음을 이기지 못하고 다시 포근한 이불 속에 얼굴을 파묻었다.

침실이 조용해졌다. 홀로 침대에 남은 에니샤는 모호하게 이지러진 현실과 꿈의 경계선 위에서 꾸벅꾸벅 졸았다. 그러다 설핏 잠이 들었을 때였다.

어디선가 서늘한 바람이 불어왔다.

분명 창문까지 꽉 닫고 잤는데……. 꿈인가…….

몽롱한 가운데 희미한 목소리가 들려왔다.

— 황녀님.

조금만 더 옅었다면, 그저 나뭇잎을 스치고 지나가는 밤바람인가 싶었을 정도로 아스라한 목소리였다.

비몽사몽으로 허우적거리던 에니샤는 뺨에 닿는 차가운 물기에 눈을 떴다. 뿌연 시야 속에서 흐릿하나마 익숙한 얼굴이 보였다.

에니샤는 잔뜩 잠에 취한 목소리로 웅얼거렸다.

— 우웅……. 늑대모피……?

자드카르 공국의 왕자가 내 꿈에는 웬일이지…….

에니샤는 어질어질한 머리로 연신 눈을 깜빡였다.

흐릿하던 얼굴이 좀 더 선명해졌다. 그런데 뭔가 이상했다. 에니샤가 알고 있는 카힐은 진한 남색 머리카락과 눈동자를 가지고 있었다. 하지만 눈앞의 소년은 은회색 머리카락과 색소 옅은 청회색 눈동자를 가지고 있었다. 금방이라도 눈송이로 흩어질 것처럼 말이다.

이게 카힐인지 아닌지 긴가민가하고 있는데, 소년이 가만히 에니샤를 향해 고개를 기울여왔다.

— 기억하십니까?

에니샤는 눈을 느릿하게 감았다 떴다. 아까부터 자꾸만 눈송이가 하늘하늘 떨어지고 있었다. 무엇을 기억하냐는 것일까.

알 수 없는 말에 그를 바라보고만 있자, 소년이 느릿하게 말하였다.

— 당신이 나를 잊었을까 봐…….

그 말을 하는 소년이 금방이라도 바스라질 것 같아서, 에니샤는 저도 모르게 손을 뻗었다. 뺨을 감싸 쥐자 소년의 눈이 살짝 커졌다.

하얀 눈송이와 꼭 닮은 소년은 투명했다. 살아 있는 것인가 싶어서 천천히 쓸어보는데, 소년이 불에 덴 것처럼 화드득 떨어져나갔다.

— ……!

새하얗던 소년의 얼굴 위로 붉은 물이 번져나갔다.

소년은 아무 말도 못 하고 입만 벙긋거리더니, 무언가 더듬더듬 말하려 하였다. 하지만 목소리가 전해지기도 전에, 소년은 희미하게 사라져버렸다. 그리고 에니샤는 꿈에서 깨어났다.

"으응……?"

부스스 눈을 떠보니 침실은 그대로였다. 단단히 닫힌 창문에는 두터운 커튼이 드리워 밤바람 한 조각 들지 못했고, 어둑한 실내는 적막했다.

정말 이상한 꿈이네.

에니샤는 다시 이불을 추스르려 손을 뻗었다. 그런데 뭔가 차가운 감촉이 느껴졌다.

"……?"

손등 위에 하얗고 작은 눈송이가 얹혀 있었다. 그러나 제대로 살필 새도 없이, 눈송이는 금세 녹아 사라져버렸다. 마치 흘러 지나가는 꿈처럼.

✠

태초에 눈과 얼음만이 존재하였다.

대륙을 떠돌던 자드카르는 북부의 동토에서 은빛 늑대를 만나 우정을 나누었다. 허나 만물이 얼어붙은 대지에서 약한 자는 죽음을 피할 수 없었으니.

화살과 검 아래에 은빛 늑대는 붉은 피를 쏟아내었다. 죽은 친구를 끌어안고 눈물 흘리는 자드카르의 앞에, 신묘한 힘을 가진 존재가 은빛 늑대의 모습으로 화하여 나타났다.

자드카르는 친구의 모습을 한 그것에게 질문하였다.

— 당신은 누구십니까?

그것은 자신이 눈과 얼음의 근원이라 답하였다.

자드카르는 간청하였다.

— 친구를 묻을 땅을 내어주십시오.

그것은 몰아치는 설풍을 그치게 하고, 얼음 속에서 대지를 꺼내 얼지 않는 땅을 만들었다.

녹은 땅을 파헤쳐 친구의 무덤을 만들었으나, 슬픔은 무엇으로도 돌이킬 수 없었다. 자드카르는 다시 간청하였다.

— 친구를 죽인 자들에게 업보를 치르게 할 힘을 내어주십시오.

그러자 그것은 자드카르의 심장에 깃들어 슬픔을 얼어붙게 하고, 차가운 분노를 들끓게 하였다.

자드카르는 친구를 죽인 자들의 피로 손을 적시고 동토의 주인이 되었다. 새로운 왕의 깃발에는 은빛 늑대가 새겨졌다.

◈◈◈

자드카르 공국은 북부의 동토에 세워진 나라였다.

자드카르의 피에는 눈과 얼음의 정령이 깃들어서, 왕손들은 대대로 그 힘을 사용하여 북부의 지배자로 군림해왔다. 그러나 오래된 역사서에나 나오는 전설일 뿐, 당대에 이르러서는 정령의 이야기를 꺼내는 것조차 웃음거리로 여겨질 만큼 허무맹랑한 취급을 받았다. 눈과 얼음의 정령은 이미 자드카르를 떠난 지 오래였다. 자드카르의 후손들은 이제 정령이 어떤 존재인지, 그 힘을 다루는 법이 무엇인지 조금도 알지 못했다.

그리고 카힐 자드카르. 현 자드카르 공왕의 유일한 적자이자, 다음 대의 왕이 될 자. 허나 왕비가 세상을 떠난 후 왕자 대접은커녕, 가여운 소년이라는 동정조차 받지 못하는 처지. 곤궁하다 못해 비참한 신세의 카힐 또한 고대 정령에는 조금도 관심이 없었다. 살아남기에 급급하기 때문이었다.

처음 카르티나 부인과 만났을 때, 카힐은 그녀가 자신에게 속삭였던 말을 선명하게 기억했다.

— 아무것도 욕심내지 말렴.

어린 카힐은 그것이 무슨 뜻인지 몰랐다. 그러나 본능적으로 그녀가 위험한 존재이며, 두렵고 무섭다는 것만은 알 수 있었다.

카힐은 필사적으로 고개를 끄덕였다. 그녀는 그 모습을 보며 새빨갛게 웃었다.

— 그래, 카힐. 그것만 지켜준다면 우린 사이좋게 지낼 수 있단다.

공왕의 비호 아래, 카르티나 부인은 탐욕스럽게 세력을 불려나갔다. 공왕은 그녀의 야망조차 사랑하였다.

그와 카르티나 부인은 아들과 딸을 두었다. 카르티나 부인은 왕비는 되지 못하였으나, 병석에 드러누운 공왕을 대신하여 왕궁을 차지하였다. 죽은 왕비가 낳은 힘없는 왕자 따위, 그녀의 손바닥 위에서 놀아나는 장난감과 다름없었다. 자드카르 왕궁에서 카힐의 자리는 좁아지고 또 좁아져서, 이제는 마구간지기만도 못하게 되었다.

"!!"

카힐은 소스라치게 놀라 자리에서 일어났다. 낡은 이불이 좁은 침대를 벗어나 바닥으로 떨어졌다.

귓가에 요란한 종소리가 들려왔다. 비틀거리며 침대에서 일어난 카힐은 창밖을 내다보았다. 어둑한 하늘 저편에서 먹구름이 밀려오고 있었다. 눅티카를 알리는 종소리였다.

하루 동안 폭설이 쏟아지는 눅티카에는 쏟아지는 눈을 피해 모두 따뜻한 집으로 숨어들었다. 모든 일을 내려놓고, 장작을 든든하게 쌓아놓은 벽난로 앞에서 가족들끼리 이야기를 나누며 눈이 그치기를 기다렸다. 자드카르 왕궁도 눅티카 동안에는 고요한 정적에 잠겨들었다.

창밖을 내다보던 카힐은 자리에서 일어났다. 눈이 그칠 때까지 먹을 음식을 미리 받아놓아야 했다.

카힐은 모든 것을 스스로 하는 데 익숙해져 있었다. 아버지가 병석에 눕고, 카르티나 부인이 왕궁을 차지한 이후부터는 누구도 카힐을 챙겨주지 않았기 때문이다.

뒤에서는 북부의 마녀라 수군거려도, 앞에서는 카르티나 부인의 말을 따를 수밖에 없었다. 죽은 왕비의 가문은 한미했고, 어미의 배를 가르고 나온 왕자는 힘이 없었다. 이름뿐인 카힐과 달리, 카르티나 부인은 진정한 왕궁의 주인이었다.

카힐은 최대한 두꺼운 옷을 꺼내 입고 바깥으로 나갔다. 눈바람이 옷 사이를 헤집었다. 눅티카는 눈과 얼음의 정령이 거센 입김을 불어 하루 종일 눈이 내리는 것이라 하였던가……. 기억도 나지 않는 누군가가 말해준 오래된 이야기를 떠올리며, 카힐은 발걸음을 재촉했다. 매서운 눈발 사이로 간간이 하인들이 지나갔으나, 그들 중 누구도 깡마른 어린 소년을 신경 쓰지 않았다. 오히려 힐끗 보고서도 모른 척 고개를 돌렸다.

의도적인 무시는 주방에서도 여전히 이어졌다. 카힐은 저를 유령처럼 대하는 사람들 속에서 알아서 음식을 챙겨 나왔다.

그새 먹구름이 온통 태양을 가렸다. 깜깜해진 사위에 불빛이 하나둘씩 켜졌다. 따뜻하게 번져나가는 불빛은 여럿이었으나, 그중 카힐이 갈 곳은 어디에도 없었다. 익숙한 외로움을 씹어 삼키며 카힐은 자신의 궁으로 향했다.

음식바구니를 꼭 쥐고서 종종걸음 치는데, 눈밭 사이에서 무언가 조그만 뭉치가 보였다. 잘 보이지도 않는 그것을 향해 조심스럽게 다가가 보니, 눈처럼 새하얀 강아지였다. 강아지를 들여다보던 카힐은 눈을 크게 떴다.

아직 살아 있어…….

눈 더미에 파묻혀가는 강아지를 얼른 품에 안고서, 카힐은 아무도 없는 궁으로 돌아왔다.

따뜻한 난롯가에 놓아두자 강아지는 금세 정신을 차렸다. 하얀 강아지는 털이 복슬복슬하고 눈동자가 까맸다.

— ……은빛 늑대 같아.

무심결에 중얼거린 카힐은 강아지를 물끄러미 바라보았다.

기억도 나지 않는 순간부터, 카힐은 혼자였다.

아무것도 욕심내지 마라. 네 것은 없다.

카르티나 부인에게 지겹도록 들어온 이야기였다.

하지만 강아지 한 마리 정도는 괜찮지 않을까?

죽어가는 목숨을 내버려두는 것도 죄짓는 일이었다.

카힐은 제 몫으로 나온 식사를 떼어다가 강아지에게 주었다. 한창 자라나는 아이에게는 혼자 먹기도 부족한 양이지만, 조금도 배고프지 않다. 기운을 차린 강아지가 저를 향해 꼬리를 흔들었을 때, 허전하던 궁이 갑자기 꽉 들어찬 것처럼 느껴졌다.

자그마한 몸이 카힐에게 달려와 안겼다. 부드러운 털과 따스한 온기를 느끼는 순간, 카힐은 여태 모른 척 외면하고 있던 감정을 깨달았다. 아무리 의젓한 척하여도, 결국 어린아이였다. 온기가 그리웠던 아이에게 찾아온 존재는 무엇과도 바꿀 수 없는 구원이었다.

눈이 펑펑 쏟아지는 눅티카 동안, 카힐은 행복한 시간을 보냈다. 그러나 눅티카가 끝나고, 쌓인 눈이 녹기를 기다리던 어느 날. 강아지가 사라졌다. 제 집을 찾아갔다고 생각하기엔, 너무 석연찮은 사라짐이었다.

사방을 헤맸다. 얼어붙은 눈밭 위를 뛰어다니며, 설풍에 곱아드는 손과 발의 아픔도 느끼지 못하고 친구를 찾았다. 찬바람을 너무 많이 맞아서 눈앞이 아찔할 즈음, 카힐은 마지막 걸음을 옮겼다. 제발 그곳만큼은 아니길 속으로 간절히 바라며 향한 곳은 카르티나 부인의 궁이었다.

카르티나 부인은 정원의 유리온실에서 한가로이 차를 즐기고 있었다. 그녀는 카힐을 보고서도 그리 놀라지 않았다.

— 왔구나.

다만 기다렸다는 듯 우아하게 아는 체를 할 뿐이었다. 카힐은 그녀의 옆에서 제 이복동생과 함께, 그토록 애타게 찾던 강아지를 발견하였다.

— 악시온!!

카힐은 비명을 지르듯 이복동생의 이름을 외쳤다.

카르티나 부인의 천성을 쏙 빼닮은 악시온은 보란 듯이 강아지를 발로 걷어찼다. 고통스러운 소리를 내며 바닥을 나뒹구는 강아지의 모습에 눈앞이 아찔하였다.

카힐은 곧장 카르티나 부인 앞에 무릎을 꿇었다. 정신이 아득해 저가 무어라 하는지도 모르고 마구 지껄였다.

— 요, 용서해주세요. 강아지는 아무 잘못이 없어요. 전부 제가,

제가 뭣 모르고 저지른 일이니…….

— 어머나, 카힐.

간절한 애원에 카르티나 부인이 딱하다는 듯 카힐의 이름을 불렀다.

저를 내려다보는 시선에 카힐은 희망을 품었다.

조금만 더 애원하면, 그러면…….

하지만 카르티나 부인은 느릿하게 고개를 내저었다.

— 아니……. 문제는 그런 게 아니란다.

그녀가 우아하게 손을 내저었다. 그러자 카르티나 부인의 뒤편에 그림자처럼 서 있던 기사가 망설임 없이 검을 뽑았다.

모든 것이 일순 멈추듯, 느릿하게 흘러갔다. 기다란 장검이 조그만 강아지의 몸을 베었다.

하얀 몸뚱이에서 붉은 피가 솟구쳤다.

카힐은 아무것도 할 수 없었다. 그저 얼어붙은 채로 그 모습을 지켜보아야 했다.

파릇한 잔디밭 위에 핏방울이 흩뿌려졌을 때, 카힐은 억눌린 비명을 내질렀다.

— 안 돼……!

구르다시피 달려가 강아지를 끌어안았다. 하지만 품에 안긴 친구의 온기는 속절없이 식어만 갔고, 이내 싸늘해졌다. 힘없이 늘어지는 무게가 심장을 옥죄었다. 멍하니 카르티나 부인을 바라보았다.

— 어째서…….

어째서? 모든 것을 다 내버렸는데. 당신이 원하는 대로 죽은 사람처럼, 왕궁의 유령처럼 살아가고 있는데. 왕위도, 재산도, 그 어떤 것도 탐내지 않았는데. 그리하였는데, 어째서…….

숨조차 제대로 못 내쉬고 헐떡거리는 카힐 앞에서, 카르티나 부인은 아름답게 미소 지었다. 그녀가 속삭였다.

— 내가 아무것도 욕심내지 말라고 하였잖니, 카힐.

참으로 어리석게도, 카힐은 그제야 깨달았다. 이 모든 것이 그녀가 원하던 상황이었음을. 마음 붙일 곳을 만들어주는 것도, 그리고 그것을 다시 거둬가는 것도…….

카르티나 부인은 언제든지 카힐을 마음대로 다룰 수 있었다. 손 안의 꼭두각시 장난감처럼 말이다.

카르티나 부인은 그렇게 지우지 못할 가르침을 새겼다.

아무것도 욕심내지 마라. 또다시 결말이 정해진 비극의 배우가 되고 싶지 않거든, 두 번 다시 욕심내지 마라.

카힐은 그녀가 원하는 대로 살아갔다.

모두가 보는 곳에서 멸시와 비웃음을 받아도, 피범벅이 되도록 매질 당해도, 음식을 주지 않아 배를 곯아도 반항하지 않았다. 이복 동생들이 귀한 왕자님과 공주님으로 자라날 때, 자신은 마구간에서 쪽잠을 청하고 말여물을 채워도 불평하지 않았다. 카힐은 모든 감정을 억누르고 시체와 다름없이 살아갔다. 목소리가 들리기 시작한 것은 그때부터였다.

— 우리는 무엇이든 할 수 있어.

목소리는 아주 먼 곳에서 들리는 것 같기도, 혹은 가까운 곳에서 들리는 것 같기도 했다.

— 누구든 네 앞에 무릎 꿇릴 수 있고, 복종하게 만들고, 죽일 수 있는걸.

머릿속에서 메아리치듯 들리는 목소리는 카힐을 유혹했다.

— 그 무엇이든…… 네가 원하기만 한다면 말이야, 카힐.

자신의 손을 잡으라며 달콤하게 속삭이는 목소리는 매력적이었다. 그것은 얼어붙은 카힐의 마음속에서 타오르는 분노를 살금살금 건드려왔다.

카힐은 가만히 손으로 가슴 위를 짚었다. 목소리가 들릴 때마다 심장이 지끈거렸다.

제대로 먹지를 못하여 이젠 환청마저 들리는 것일까…….

늘 그러하였듯이, 카힐은 목소리 또한 그냥 참아내었다. 악시온의 괴롭힘도, 하인들의 손가락질과 비웃음도. 전부 그저 참아내기만 했다. 아직은 때가 아니었다. 섣불리 행동했다간 아무것도 달라지지 않는다. 또다시 눈앞에서 처참히 부서지는 꼴이나 보게 될 것이었다.

어린 카힐은 본능적으로 자신의 욕구를 눌렀다. 인내하고, 또 인내하였을 때. 마침내 기회가 찾아왔다. 카르티나 부인은 카힐을 히페리온 제국의 사절단에 보내기로 했다.

제국의 선진교육을 배워오라는 명목이었으나, 자드카르에서 완전히 쫓아내는 것이란 사실을 모두가 알고 있었다. 카힐은 고분고분하게 그녀의 명을 따랐다.

— 형님, 제국으로 가신다면서요?

히페리온으로 출발하기 전, 악시온이 찾아왔다.

악시온은 카힐 주변을 빙글빙글 돌았다. 무표정한 얼굴로 쳐다보는 카힐에게 악시온이 해맑게 웃으며 말했다.

— 마지막 모습이 될 터이니, 오래 보아놓으려고요.

말에는 순수한 악의가 담겨 있었다.

카힐은 아무런 대꾸도 하지 않았고, 얼마 뒤 제국으로 향하게 되었다.

이국의 땅은 낯설었다. 살을 에는 추위도, 입을 열면 하얗게 불어나오는 입김도 없었다. 실용성을 우선시하는 두툼하고 투박한 북부의 옷과 달리, 섬세하고 복잡한 장식이 달린 히페리온의 의복들은 보기만 해도 눈요깃거리가 되었다.

큼직하게 쭉쭉 뻗어나가는 히페리온의 황궁은 압도적이었다. 금으로 만든 타일과 청금석을 갈아 색을 입힌 벽화에서 눈을 뗄 수가 없었다. 황궁은 자드카르와 히페리온의 모든 건물보다도 크고 높았으며, 또한 가장 빛났다. 제국에 이보다 화려한 것은 없으리라고, 그렇게 생각하였는데……. 카힐은 자신이 보았던 모든 것을 송두리째 잊어버릴 만큼, 눈부시게 반짝이는 것을 보게 되었다.

— 자드카르 공국의 카힐 자드카르입니다.

일부러 어눌한 제국어를 내뱉기까지, 그 짧고도 길었던 순간. 눈앞의 어린 황녀님에게서 눈을 뗄 수 없었다. 그녀는 마치 태양과 같았다. 황금을 자아낸 듯한 금발과 저녁의 노을 같은 주홍색 눈동자. 그것은 눈과 얼음이 섞인 북풍과 설산, 얼어붙은 협곡과 강물만을 보아왔던 카힐이 여태껏 보지 못했던 눈부심이었다. 따뜻한 온기를 품은 황녀님이 자드카르에 태어났다면, 설산의 만년설도 녹아내렸을 것 같았다.

　그때까지만 하여도 단지 아름다움을 향한 외경이라 생각했다. 작은 황녀님이 제게 먼저 손 내밀기 전까지는 말이다.

　히페리온 황궁에서 카힐의 위치는 바닥보다도 낮았다. 낡은 외궁에 방치될 뿐이어서, 가만히 있으면 하루 종일 아무도 찾지 않는 경우가 허다했다.

　카힐은 황궁의 하인들 사이에서 허드렛일을 도우며 알아서 살길을 찾아갔다. 선진교육은 무슨, 잡일하는 솜씨나 늘고 있었지만 나쁘지 않았다. 적어도 이곳엔 자신을 이유 없이 매질할 사람은 없었다. 카르티나 부인의 사람이 간간이 지켜보긴 하여도, 자드카르에 비해선 감시하는 시선도 훨씬 덜하여 몰래 황궁을 드나들기도 편했다. 카힐은 자신의 세상을 조금씩 넓혀갔고, 새로운 경험을 얻어나갔다.

　히페리온 황궁에서 카힐이 가장 좋아하는 곳은 금빛숲이었다. 모든 것이 얼어붙은 자드카르와 다르게, 따스한 햇살과 포근한 기후를 가진 히페리온의 숲은 울창했다. 금빛숲 한가운데에는 황금색 잎사귀를 가진 금빛나무가 있는데, 그곳에만 가면 답답하던 가슴이 탁 트이면서 숨 쉬기가 편해졌다.

　그날도 몰래 금빛나무로 향하던 때였다. 뜻하지 않은 우연한 만남은 갑작스러웠다.

　— 늑대모피!

　작은 황녀님은 카힐을 알아봐주었다.

　황녀님과 나란히 금빛나무 밑에 앉았을 때, 가슴 안쪽이 간지러왔다. 술렁거리는 커다란 감정의 변화에 어지러울 정도였다.

대체 무엇 때문에 이러는지 알 수 없었다. 단순히 반가워 그런다고 하기에는 스스로의 반응이 이해되지 않을 정도였다. 아닌 척하려고 해도, 자꾸만 황녀님에게 시선이 향했다. 제 몸보다 커다란 바구니를 열려고 끙끙거리는 황녀님의 모습에 카힐은 입술을 말아 물었다. 저도 모르게 입매가 풀어지려 한 탓이었다. 황녀님의 머리를 쓰다듬어주고 싶어서 손가락 끝이 움찔거렸다.

그녀는 히페리온 제국의 별이었다. 황궁에서 조용히 주목받지 않고 살아가고 싶으면, 여기선 황녀님에겐 조금도 아는 체를 해서는 안 되었다. 하지만 곁에 앉아만 있어도 느껴지는 온기가 어쩌나 사랑스럽고 보드랍던지, 카힐은 그만 밀려오는 충동을 이기지 못하고 입을 열었다.

— 황녀님, 제가 하겠습니다.

무심결에 똑바른 제국어를 사용한 것도 알지 못한 채, 카힐은 그녀를 대신하여 바구니를 열어주었다.

아기 황녀님은 눈을 동글동글하게 뜨고서 카힐을 올려다보았다. 카힐은 하고 있던 고민도 까맣게 잊어버리곤, 아무래도 괜찮다고 생각했다.

시원한 바람이 불고, 나뭇잎이 사각사각 저들끼리 몸을 부딪쳤다. 이대로 잠시만 시간이 멈추기를, 카힐은 간절히 소원했다.

카힐의 옆에서 꼬물꼬물 움직이던 황녀님이 팔뚝을 톡톡 두드렸다.

— 이거 가꾸 도망쵸.

금으로 만든 머리핀을 내미는 황녀님의 눈동자가 맑았다. 순간 숨이 멎었다. 약간의 시간이 흐른 후에야, 카힐은 다시 숨을 쉴 수 있었다. 속에서 요동치는 감정의 격류를 견디지 못하고, 황녀님이 한눈파는 사이 조용히 자리를 떠났다.

카힐은 그날 하루 잠들지 못하고 꼬박 밤을 새웠다.

왜? 어째서?

끝없는 의문이 피어올랐다.

황녀님은 무슨 뜻으로 이것을 내어준 것일까?

지금의 자신은 보잘것없고 하찮았다. 스스로도 그렇게 보이길 원했기에, 그리 행동하고 있었다. 그런 카힐에게 황녀님이 호의를 베풀 이유는 전혀 없었다.

한참 고민한 끝에 제 꼴이 불쌍해 보여 내어준 동정이라고 답을 내렸다. 하지만 머릿속에서 황녀님의 생각이 떠나질 않았다.

그 뒤로 카힐은 다시 금빛나무를 찾아갔다. 그곳에 황녀님은 없었으나, 함께 앉았던 자리에서 머리핀을 햇빛에 비춰보았다. 금으로 만든 머리핀이 햇빛에 반짝일 때마다 머리카락이 떠올랐다. 주홍빛 도는 진한 호박 장식에서는 눈동자가 생각났다. 자신이 가지기에는 과분한 것이었다.

이건 욕심내어도 되는 것일까? 혹시나 욕심을 부리다가……

잊지 못할 과거가 눈앞에 떠올랐다.

번뜩이는 검에 힘없이 스러지던 하얗고 작은 생명, 잔디밭에 흩뿌려지던 핏방울.

하지만 카힐은 이내 고개를 내저었다. 제국의 세 번째 별, 모든 히페리온이 귀애하는 막내 황녀. 그녀는 천하의 카르티나 부인조차도 감히 손끝 하나 대지 못할 존귀한 이였다. 그리고 카힐에게도 한참 멀리 떨어진 존재이기도 했다.

카힐은 제게 도망치라 말하였던 황녀님의 말을 떠올렸다. 그럴 수 없었다. 카르티나 부인의 눈앞에서 악시온을 죽이는 날까지, 제 영혼은 음울한 자드카르 왕궁에 매여 있을 것이다. 하지만…… 그 날이 오기 전까진, 최대한 황녀님과 가까운 곳에서 머무르고 싶었다. 손에 닿지 않는 먼발치에서라도 말이다.

그저 지켜보기만 해야 한다는 현실이 씁쓸했다. 잠깐 맛보았던 작은 온기가 사무치게 그리웠다. 해소할 수 없는 갈급이 선명해지고, 입안이 말라가던 때였다. 불쑥 목소리가 찾아들었다.

— 그녀에게 말 걸어보고 싶지 않아?

한동안 잠잠하던 목소리는 기다렸다는 듯이 끈질기게 달라붙었다.

— 웃는 모습을 보고, 뺨을 만지고. 그래, 탐스러운 금빛 머리카락도 쓸어보고 싶지?

속닥거리는 목소리가 머릿속을 왕왕 울렸다.

카힐은 아무 말 없이 눈을 감은 채, 나무둥치에 머리를 기대었다. 이 지긋지긋한 환청이 어서 사라지길 기다리며…….

히페리온에서의 시간은 빠르게 흘러갔다. 제국은 콴테아 군도의 아칼라 연방국을 상대로 전쟁을 벌였다. 막내 황녀님을 건드린 대가였다. 모두가 예상하였듯이, 그리고 언제나 그러하였듯이 제국은 승리를 거두었다.

황제와 첫째 황자의 귀환에 거나한 승전식이 열렸다. 황녀님이 승전식에 모습을 드러낼 것이라는 말을 들은 날부터, 카힐은 손꼽아 승전식을 기다렸다. 그리고 깔끔하게 목욕하고, 가장 좋은 옷을 차려입고서 승전식에 참석했다. 물론 카힐은 일반 제국민들과 다를 바 없이, 손톱만도 안 되는 크기의 황녀님을 보아야 했다.

하지만 그래도 좋았다. 반짝이는 별의 온기를 멀리서나마 눈에 담는 것만으로도 행복했다. 그러나 며칠 뒤.

주방에서 잡일을 돕던 카힐은 하늘이 무너지는 듯한 말을 들었다. 황녀님이 황제와 첫째 황자를 기억에서 잊었다는 것이다. 오랫동안 보지 못하여서, 아버지와 오라버니마저 잊어버렸는데…….어린 황녀님은 카힐에 대한 기억 따위, 진즉 잊었을지도 몰랐다.

카힐은 비척비척 금빛나무로 향했다. 나무뿌리에 무너지듯 주저앉은 카힐은 두 손으로 얼굴을 덮었다.

세상이 온통 검었다. 기다렸다는 듯이 머릿속에서 목소리가 속살거렸다.

— 너를 잊었을 거야. 이미 까맣게 잊어서 흔적조차 남지 않았겠지.

목소리가 그 어느 때보다도 선명하게 들려왔다.

— 그래도 괜찮아? 그녀가 너의 존재조차 알지 못하게 되어도 괜찮으냐고, 카힐.

카힐은 처음으로 목소리에게 대답했다.

"……괜찮지 않아."

그리고 말했다.

"황녀님이 보고 싶어."

✦◆✦◆✦

로드고의 침실에서 하룻밤을 보낸 뒤, 에니샤는 황녀궁으로 돌아왔다.

에니샤가 돌아오자마자 가장 먼저 한 일은 로시엘이 선물한 서재에서 자드카르 공국에 대한 책을 찾는 것이었다.

침대에 앉아서 자드카르 공국의 역사책 한 권을 꼼꼼하게 완독한 에니샤는 생각에 잠겼다. 잠결에는 꿈이라고 생각했지만, 깨고 나서 생각해보니 선명하던 감각이며 느껴지던 눈송이의 감촉까지 너무 뚜렷했다. 그러나 카힐의 방문이 현실이라 가정했을 경우, 설명하기 어려운 부분이 너무 많았다.

무려 로드고가 머무르는 본궁이었다. 게다가 어제는 에니샤가 잠들어 있었으니, 다른 어느 때보다도 경비가 삼엄했을 터였다. 그런 곳에 카힐이 찾아오는 건 상식적으로 불가능한 일이었다. 공국의 버려진 왕자님에게 숨겨진 힘이 있지 않은 이상에야 말이다.

"후으음……."

에니샤는 한쪽 손으로 볼이 불룩하게 나오도록 턱을 괴었다.

설마 카힐이 '계약자'인가?

대부분의 마법사들은 외골수적인 면이 강했다. 관심 있는 것에는 끝도 없이 파고들지만, 그렇지 않으면 무심하기 짝이 없었다.

에니샤는 전형적인 마법사였고, 마법이 발달하지 않은 자드카르

꿍 209 꿍

공국에는 별로 관심이 없었다. 하지만 딱 하나는 알고 있었다. 아주 먼 옛날, 자드카르의 핏줄이 눈과 얼음의 정령을 부렸으나 이제는 계약자가 태어나지 않는다는 것이었다. 정령과 악령은 선과 악에서 태어난, 자연에서 만들어진 힘이었다. 마법이 존재하지 않는 힘을 만들어낸다면, 정령과 악령의 계약자는 이미 존재하는 힘을 빌려 쓰는 것이라 할 수 있었다.

조금씩 힘을 쌓아가는 마법사와 달리, 계약자들은 단시간에 엄청난 힘을 얻어내었다. 그러나 치명적인 단점이 있었는데, 계약자의 능력이 부족하면 오히려 잡아먹혀서 폭주할 위험이 있다는 것이었다. 악령의 계약자는 그나마 안전한 편이었다. 자신이 원하는 만큼 대가를 바치고, 그에 맞는 악령을 소환하여 사역마 계약을 맺기 때문이었다. 하지만 정령의 계약자는 자신의 의지와 상관없이 정령에게 선택받았다. 때문에 능력이 부족해 잡아먹히는 경우가 잦았다. 사실 이 또한 확실한 이야기는 아니었는데, 정령의 계약자가 극히 드문 탓이었다.

대륙의 역사를 통틀어서도 손에 꼽힐 정도였고, 에니샤 또한 정령의 계약자는 본 적도, 들은 적도 없었다. 하지만 가장 비슷하다고 할 수 있는 악령의 계약자는 한 명 알았다. 좌법사 벨루안. 그는 아르커스의 오래된 명문가인 리고스 가문 출신이었다. 리고스 가에서는 대대로 악령을 다뤄왔는데, 벨루안은 가문의 역사를 통틀어 가장 뛰어난 재능을 가지고 있었다.

에니샤는 답답함에 한숨을 폭 내쉬며 중얼거렸다.

"벨루안한테 물어보고 싶다……."

그라면 정령에 대해서도 꿰고 있을 터니, 지금 이 상황이 무엇인지 속 시원하게 줄줄 설명을 해줄 것만 같았다.

자드카르에 전해진다는 눈과 얼음의 정령. 만약에, 정말 만약에 이미 끊어진 지 오래된 그 힘이 격세유전을 통하여 카힐에게 나타났다면……. 천하에 다시없을 보물을 쓰레기인 줄 알고 제국에 내버린 것이다.

에니샤는 저도 모르게 씨익 웃었다. 아마 공국은 땅을 치고 후회할 것이었다. 만일 계약자가 아니라 하더라도, 카힐은 충분히 똘망똘망한 아이였다. 여러모로 잘 써먹을 수 있는 핏줄을 그리 내쫓다니, 병석에 드러누웠다는 공왕은 뇌가 없는 모양이었다.

어쨌든 지금 당장은 카힐을 어찌할 수가 없었다. 에니샤는 무언가를 주장하기엔 아직 너무 어린 나이였다. 더군다나 카힐이 계약자인지 확실하지도 않은 상황에서, 그를 섣불리 건드리고 싶지도 않았다.

본인도 나름대로 자기 앞길을 생각하는 듯하고…….

카힐의 눈동자 속에 끓어오르던 복수심을 떠올리던 에니샤는 앞으로 그를 좀 더 관심 있게 지켜보자는 결론을 내렸다.

다만 모든 생각을 끝마친 후에도, 아직 이해되지 않는 것이 하나 있었다.

대체 나는 왜 찾아온 거야?

기억하냐는 괴상한 소리나 하고 말이다.

얼마간 고민하던 에니샤는 곧 태평하게 결론을 내렸다. 정 말하고 싶은 것이 있으면, 알아서 또 찾아오겠거니 하고 말이다.

히페리온 제국에 아르커스의 교류단이 도착하였다. 에니샤의 예상대로 우법사 녹시타는 교류단에 없었다. 벌써 막내 황녀가 마법 재능을 가졌다는 소문이 돌았는지, 교류단으로 온 아르커스의 마법사들은 에니샤를 궁금해하는 눈치였다. 하지만 에니샤는 황녀궁에 틀어박혀서 의도적으로 그들을 피했다. 대신 델 하르인을 통해 교류단의 소식만 전해 들었다.

그리고 얼마 지나지 않아, 에니샤는 세 번째 생일을 맞이하였다.

막내 황녀님 탄생 3주년을 기념하여, 황실은 늘 하던 것들을 하였다. 막내 황녀님 전시회, 기념주화 발행, 황녀님 얼굴 한 번 보여주기 등등. 하지만 두 번째 생일과 마찬가지로 거나한 연회는 없었다. 다른 곳에 예산이 전부 배정되었기 때문이었다. 바로 에니샤의 세 번째 생일선물인 새로운 궁이었다. 기존 황녀궁이 헬라드의 만행으로 반파되기도 하였고, 에니샤에게 들어오는 선물이 너무 많아 더 넓은 궁이 필요하던 참이었다. 그리하여 로드고는 엄청난 짓을 저질렀다. 비어 있던 황후궁을 에니샤에게 내어준 것이다.

그간 은근히 새로운 황후를 맞이하는 것이 어떠하냐며 의견을 개진하던 귀족들이었다. 로드고는 에니샤에게 황후궁을 주는 것으로 답을 대신했다.

무려 황후궁을 차지한 막내 황녀의 명성은 더더욱 드높아져만 갔다. 황녀를 아끼는 줄은 알겠으나, 너무 지나치다 못해 방만한 것이 아니냐는 말이 나올 정도였다. 그러나 남들이 뭐라고 하든 말든,

에니샤는 몹시 행복해하였다.

에니샤는 크고 아름답고 비싼 것들을 좋아하는 사람이었다. 막대한 예산을 들여 기둥뿌리까지 새로이 싹 단장한 황후궁의 모양새는 아주 흡족했다. 대리석으로 번쩍번쩍한 건물도 건물이지만, 특히 후원이 넓고 아름다워 마음에 들었다.

그렇게 나름 평화롭고 행복한 나날을 보내고 있었는데…….

"에니샤에게 친구가 필요하다고 합니다."

어느 날 갑자기 대형 사건이 발생하였다.

교육 담당인 러츠펠트 백작부인의 의견에 따라, 로시엘이 에니샤에게 친구를 만들어줘야 한다고 주장한 것이었다.

무릇 히페리온 황족이란 하늘 아래 자기밖에 모르는 이기적인 족속들이었다. 모든 것을 발아래로 보는 그들에겐 친구라는 개념 자체가 존재하지 않았다. 하지만 세 번째 별인 에니샤는 어디까지나 예외였다.

심각하게 로시엘의 이야기를 듣던 헬라드가 팔짱을 끼며 고개를 끄덕거렸다.

"확실히 에니샤는 우리랑은 다르지……."

로드고 또한 의견을 적극 받아들였다.

"에니샤에게 친구를 만날 기회를 주어야겠군."

그리하여 엄격한 선별 과정을 거쳐, 에니샤와 비슷한 나이대의 귀족가 여아들이 황녀궁에 입궁했다.

황녀의 친구가 되는 것은 굉장한 기회였다. 그러나 입궁 당일, 귀족가의 여아들은 모두 도살장에 끌려가는 것처럼 자지러지게 울음을 터뜨렸다.

이건 전부 로드고 탓이었다. 로드고가 없는 시간을 쪼개어 직접 에니샤의 친구 후보들을 보러 온 것이었다. 애들 앞이라고 기세를 좀 죽이긴 하였으나, 타고난 기운은 어쩔 수 없는 법이었다. 로드고가 아무 말 없이 얼굴들을 스윽 훑는 순간, 하나는 그 자리에서 기절하였고, 둘이 도망치다가 드레스 자락을 밟아 턱이 깨지고 손바닥이 까졌으며, 셋은 눈물 콧물을 줄줄 흘리며 살려달라고 애원했다.

시녀들은 울고불고 난리가 난 아이들을 간신히 어르고 달래, 황녀궁 후원에 마련해놓은 다과회로 입장시켰다.

"……."

처음부터 끝까지 그 모습을 지켜보던 에니샤는 그저 웃음만 나왔다.

에니샤는 훌쩍거리는 꼬마 영애들 앞에서 과자를 바삭바삭 씹어 먹으며 생각했다.

취지야 좋다만, 많아봤자 대여섯 살인 여자애들하고 뭘 하란 건지…….

거기다 로드고 때문에 다들 상태가 정상이 아니었다. 황녀궁에 끌려온 애들이 불쌍하기도 해서, 에니샤는 먼저 말을 걸어보았다.

"안뇽."

하지만 역효과였다.

잔뜩 긴장해 있던 아이들은 더 크게 울기 시작했다. 탁자 위에 엎드리고 잔디밭에 드러누워서 대성통곡하는 모습에 에니샤는 다시 입을 다물었다. 슬슬 귀가 아파오기 시작하던 때였다.

"......?"

울지 않는 아이가 하나 보였다. 가장 나이가 많은 아이였다. 아이는 혼자 입술을 꼭 다물고서 꼿꼿하게 자세를 유지하고 있었다. 올해 여섯 살에 후작가의 딸이라고 들은 것 같았다. 결 좋은 갈색 머리카락을 깔끔하게 틀어 올린 모양새가 나이보다 훨씬 어른스러워 보였다.

오……. 쟤랑은 얘기를 좀 할 수 있으려나?

마침 자리도 가까웠고, 아이 옆자리는 비어 있었다. 그 자리의 주인이 지금 바닥에서 풀을 뜯으며 엉엉 울고 있기 때문이었다.

에니샤는 쪼르르 아이의 옆에 가서 앉았다. 그리고 아이에게 나 좀 보라는 의미로 파닥파닥 손짓했다.

아이가 새침한 눈으로 쳐다보았다. 그리 호의적인 시선은 아니었지만, 에니샤는 그저 울지 않는 것만으로도 감사했다. 통성명이라도 해보려던 때였다.

"!!"

아이가 팔꿈치로 살짝 홍차 찻잔을 밀쳤다. 찻잔이 엎어지고, 홍차가 하얀 탁자 위를 엉망으로 물들였다.

아이가 얼른 자리에서 일어나 냅킨으로 홍차를 닦았다. 시녀들이 뒤이어 달려와 탁자를 정리하였다. 아이가 난감하다는 눈으로 에니샤를 돌아보며 누구 들으란 듯 중얼거렸다.

"아, 황녀님께서……."

에니샤의 손이 탁자 위에 얹혀 있었기 때문에, 꼭 에니샤가 쏟은 듯한 모양새였다.

황녀궁의 시녀들이 얼른 자리를 정리하였다. 아이는 저가 더 주의할 걸 그랬다며 너그럽게 웃어 보였다.

"황녀님께서 아직 어리시니 그럴 수 있지요."

관대한 척하는 말을 듣다보니 열이 받쳤다.

억울함에 잠깐 울컥하였던 에니샤는 앳된 아이의 얼굴을 보고는 금세 맥이 빠졌다.

에휴……. 내가 저 어린애한테 무슨…….

상대하기도 귀찮았다. 그냥 네 맘대로 해라, 싶어서 무시하려던 때였다. 누군가 우렁찬 외침을 내지르며 탁자 한중간에 뛰어들었다.

"쭈글이가 쏟은 거 아니야아아아!!"

그가 탁자 위에 퍽 하고 착지하는 동시에, 잘 차려져 있던 다과와 찻잔, 접시, 포크 등등이 일제히 허공으로 솟아올랐다.

"꺄아아아악!"

찻물과 케이크가 사방으로 날아가고, 가뜩이나 겁에 질려 있던 아이들은 미친 듯이 비명을 지르기 시작했다.

헬라드가 후작가 여아를 야무지게 삿대질하며 소리쳤다.

"너! 우리 쭈글이한테 무슨 짓이야!!"

그 대환장판 속에서 에니샤는 생각했다.

나도 울고 싶다…….

⚜

헬라드와 로시엘에게 에니샤는 여러모로 특별한 동생이었다. 히페리온의 세 번째 별이라는 태생도 그러하고, 가족애를 알지 못하던 황족들에게 사랑을 가르쳐준 것도 그러했다. 그러다 보니 에니샤한테는 뭐든 다 최고로 해주고만 싶었다. 황후궁이 황녀궁으로 탈바꿈한 것도, 헬라드와 로시엘이 로드고 옆에서 은근히 바람을 불어넣은 일이었다. 쌍둥이 황자는 알게 모르게 열심히 에니샤를 챙기고 있었다.

그리고 오늘, 에니샤가 처음으로 친구를 사귀는 역사적인 날. 헬라드와 로시엘은 황녀궁 후원의 수풀 속에 숨어서 몰래 지켜보고 있었다. 극성맞은 짓인 줄은 알지만, 궁금해 죽을 것 같아서 그만 와버린 것이다. 물론 에니샤한테는 절대 비밀이고, 황녀궁의 시녀들에게만 미리 언질을 주었다.

"야, 옆으로 좀 가봐."

"갈 곳 없어. 이러다 들키겠다. 조용히 좀 해봐."

옹기종기 수풀 뒤편에 숨은 둘은 서로 에니샤가 잘 보이는 곳에 서겠다고 투덕거렸다. 그리고 얼마 지나지 않아, 열심히 로드고 욕을 하기 시작했다.

"아니, 폐하 때문에 다과회 완전 망했네……! 폐하는 머리가 없어? 애들한테 자기가 어떻게 보이는지 모르나?"

"에니샤한테 길들여진 것이지. 우리 에니샤는 겁이 없잖아?"

아주 용맹하다는 로시엘의 말에 헬라드가 그런가, 하고서 수풀을 조금 더 파헤쳤다. 나뭇잎에 살짝 가려있던 에니샤가 이제 선명하게 보였다.

후원에 열린 다과회는 난리도 아니었다. 눈물 콧물 흘리며 꺽꺽

거리는 애들 속에서 혼자 어색하게 앉아 있는 에니샤를 보고 있으니, 귀여워서 웃음이 실실 나왔다.

"깨물어주고 싶다……."

헬라드가 헤벌쭉 웃으며 하는 말에 로시엘은 고개를 끄덕이면서도, 살짝 눈매를 찡그렸다.

"그런데 저래선 친구 만들기는 힘들겠는데."

"으음, 그러게."

헬라드는 손가락으로 볼을 긁적거렸다. 그냥 우리가 더 열심히 놀아줄까, 둘이서 쑥덕거리던 때였다. 찻잔이 엎질러지는 장면을 목격한 쌍둥이는 동시에 말을 멈추었다.

"……쟤 뭐냐?"

"바넷 일리오사, 일리오사 후작가문 막내딸. 여자가 귀한 집안이라서 받들어 모셨고, 에니샤가 태어나기 전에는 저쪽이 제국에서 가장 사랑스러운 아기라고 주목을 많이 받았지."

줄줄줄 흘러나오는 설명에 헬라드가 잠시 질린 얼굴을 하였다.

"그걸 다 외워?"

"에니샤 주변에 둘 사람을 고르는데, 이 정도는 기본 아냐?"

"그래, 뭐……."

그때까지만 해도 평화로이 이야기만 주고받았다. 일리오사 영애가 가증스럽게도 에니샤가 찻잔을 쏟았다며 거짓말하기 전까지는 말이다.

영애의 거짓말에 에니샤는 눈을 동그랗게 떴다. 깜짝 놀란 것이 분명하였으나, 그게 거짓말이라는 소리도 못 하고 스르륵 눈을 아래로 내리깔았다.

로시엘이 저도 모르게 앞에 있던 나뭇가지를 꽉 움켜쥐며 분통을 터뜨렸다.

"저 여우 같은 것이……!"

우리 착하고 순한 에니샤가 꼼짝없이 당하는 모습에 속이 뒤집어졌다. 그래서 로시엘은 제 옆에 생각보다 행동이 빠른 사람이 있다는 사실을 잠시 잊어버렸다.

"쭈글이가 쏟은 거 아니야아아아!!"

우렁찬 외침을 들었을 땐, 이미 헬라드는 허공을 날아가고 있었다.

탁자 위에 착지한 헬라드가 일리오사 영애를 삿대질하였다. 헬라드의 난입에 기절하는 여아들이 속출하고, 황녀궁의 시녀들마저 비틀거리다 바닥에 주저앉았다. 굳이 헬라드가 아니더라도 난장판이었던 다과회는, 이제 지옥에서 온 다과회라 불러도 손색없을 꼴이 되어가고 있었다.

하아…….

로시엘은 손으로 얼굴을 쓸어내렸다가, 뒤늦게 달려 나갔다. 많이 놀랐는지 눈만 땡그랗게 뜨고 얼어붙은 에니샤를 챙기기 위해서였다.

일단 에니샤부터 안아 든 다음, 일리오사 영애를 잡아먹을 듯이 날뛰는 헬라드를 발로 걸어찼다.

"헬라드!!"

일리오사 영애가 불쌍하여서 그런 건 아니고, 여기서 그녀가 충격받아 심장마비라도 일으키면 곤란하기 때문이었다.

로시엘이 헬라드를 떼어내자, 눈치 빠른 황녀궁의 시녀들이 일리오사 영애를 잽싸게 끌어냈다. 그녀는 넋이 나간 채로 시녀들에게 업혀나갔다. 나머지 영애들도 속속들이 안전지역으로 이동시켰다.

부서진 찻잔과 찌그러진 케이크, 잔디밭에 박힌 포크와 산산조각으로 바스러진 쿠키 등을 부산히 정리했을 즈음엔, 후원에 귀족 영애들은 아무도 남아 있지 않았다.

시녀들은 아무 일도 없었다는 듯, 자연스럽게 황자들과 황녀님을 위해 차를 새로이 내왔다. 그리고 자리를 정리하는 동안, 로시엘은 에니샤를 무릎에 앉혀놓은 채 헬라드를 혼냈다. 가뜩이나 히페리온 황족들을 향한 평가가 좋지 않은데, 오늘 이런 일까지 있었으니 이제 황녀궁에 오려는 영애는 아무도 없을 터였다. 아무래도 당분간 에니샤가 친구를 만드는 일은 요원할 모양이었다.

야심차게 기획한 친구 만들기 다과회가 대실패로 돌아간 이후, 에니샤는 졸지에 쌍둥이 황자들과 차를 마시게 되었다. 에니샤가 헬라드의 인성 문제를 심각하게 고민하는 동안, 로시엘이 그를 나무랐다.

"너는 좀 더 이성을 갖출 필요가 있어. 일전에 황녀궁을 부순 일도 그렇고……. 아까는 무슨 짐승새끼인 줄 알았다."

"……."

"그리 날뛰었으니 이제 황족들이 어린아이를 잡아먹는다는 소문이 나돌아도 전혀 이상하지 않을 지경이야! 은밀하게 뒤에서 처리할 수도 있잖아. 품위를 지키라는 말, 내가 몇 번이나 했는데?"

"……."

입이 100개라도 할 말 없는 헬라드가 앞에 있던 찻잔을 들고 한 모금 들이켰다.

"으엑!"

그리고 바닥에 그대로 뱉어냈다.

인상을 찌푸리는 헬라드에게 로시엘이 각설탕을 담은 접시를 밀어주며 또 잔소리했다.

"이런 건 미리 넣어."

헬라드는 접시에 있는 각설탕을 몽땅 털어 넣고, 우유도 가득 부었다. 쓴 것을 못 먹는 헬라드는 매번 이렇게 설탕물인지 찻물인지 모를 정도로 달게 만들어 마시곤 했다.

헬라드가 눈치 보면서 차만 마시고 있자, 로시엘이 눈매를 가늘게 좁히고 추궁하였다.

"너, 내버려뒀으면 일리오사 영애에게 주먹이라도 휘둘렀을 거 아냐?"

여태껏 입 다물고 있던 헬라드가 불퉁하게 답했다.

"함부로 사람 때리진 않아. 죽이면 죽였지."

……자랑이다, 진짜.

지극히 헬라드다운 답변이었다.

에니샤는 로시엘이 뭐라 쏘아붙여주기를 내심 기대하였다. 그러나 그도 똑같은 히페리온의 혈통이었다.

로시엘이 포크로 접시를 톡톡 두드리며 말했다.

"죽일 때는 나한테 허락 맡아. 증거 없이 깔끔하게 처리해야 하니까."

"알았어."

쌍둥이 황자들의 대화를 듣던 에니샤는 새삼 깨달았다.

헬라드만 문제가 아니구나…….

에니샤를 제외하곤, 황실에는 정상인의 씨가 말랐다. 어쩌면 히페리온의 세 번째 별이 제국에 무한한 광영을 가져온다는 말은, 유일한 정상인의 탄생을 알리는 것일 수도 있다는 생각이 들었다. 에니샤는 반쯤 포기하곤 꿀에 절인 무화과와 살구를 조금씩 뜯어먹었다.

헬라드는 어린 영애들을 위해 준비해놓았던 당밀을 끼얹은 부드러운 치즈케이크를 한입에 털어 넣었다. 그러다가 에니샤의 눈치를 살피며 꿍얼거렸다.

"미안해……."

시무룩한 모습에 에니샤는 그를 흘겨보았으나, 곧 시선에 힘이 빠졌다. 다과회를 난장판으로 만들어 패씸하기는 하였지만, 그래도 저를 위해 나서준 것이었다. 표현 방식이 거칠긴 해도, 헬라드가 누구보다 에니샤를 위한다는 사실은 알고 있었다. 솔직히 속이 시원하기도 했고 말이다.

에니샤는 손을 내밀어 헬라드를 쓰담쓰담해주었다.

"괜찮아오!"

"정말?"

반색하는 헬라드에게 에니샤는 방싯 웃으며 칭찬해주었다.

"정말! 오라버니가 혼내줘서 기뻤는걸."

하지만 당근과 함께 채찍을 휘두르는 것도 잊지 않았다. 에니샤는 그래도 탁자는 안 부쉈으면 좋겠다는 말과 함께, 따끔히 한마디 덧붙였다.

"궁 그만 부서오."

"……잘못했어."

헬라드가 사과하고 잘못을 비는 동안, 로시엘은 냅킨으로 꿀이 묻은 에니샤의 입가를 꼼꼼하게 닦아주었다. 손에도 꿀이 묻었는지 확인하고 에니샤를 말끔하게 닦아놓은 뒤에야, 로시엘은 우아하게 찻잔을 들어 올리며 말했다.

"어찌 되었건 에니샤, 오늘 일에는 너무 마음 쓰지 말고."

로시엘의 홍차는 헬라드와 달리 각설탕이나 우유를 넣지 않고 브랜디만 한 방울 떨어트린 것이었다. 홍차의 향을 맡아본 로시엘이 만족스레 한 모금 마신 후, 이어 말했다.

"헬라드가 아니었더라도 일리오사 영애는 벌을 받았을 거야. 감히 황족을 기만하다니……."

삐뚜름한 미소가 섬뜩했다. 가만있으면 그 일리오사 영애인가 뭔가 하는 애를 머리부터 발끝까지 분해할 기세였다.

에니샤는 로시엘의 소맷자락을 잡아당기며 헬라드 오라버니가 혼내줬으니 괜찮다고 말했다. 듣고 있던 헬라드가 투덜거렸다.

"너는 너무 착해."

딱히 착하다기보단, 그냥 별생각이 없는 것이었다. 좀 짜증 나긴 했어도 여섯 살짜리 애라서 크게 불쾌하지는 않았다. 오히려 오랜만에 적의를 보이는 사람을 만나서 신선하단 생각도 들었다.

모두가 막내 황녀를 좋아할 수는 없었다. 분명 자신을 싫어하는 이도 있으리란 사실을 알고 있었지만, 실제로 그 감정을 겪는 것은 또 달랐다.

불과 1년 전쯤만 해도 암살자에 지긋지긋하게 시달렸던 처지였다. 요즘엔 싹 사라졌다고 그새 경계심이 많이 풀린 모양이었다. 아무리 로드고와 쌍둥이들이 눈을 시퍼렇게 뜨고 있다고 해도, 기본적으로 자기 몸은 자기가 지켜야 하는 법이었다. 특히 오늘 헬라드의 과잉진압을 보고 나니 더더욱 내가 잘하자는 절실함이 생겼다. 에니샤가 다시금 마음을 다잡을 때였다. 후원 한쪽이 살짝 부산스러워지는가 싶더니, 시녀장이 조심스럽게 다가왔다. 그녀가 황자들의 눈치를 살피며 에니샤에게 고하였다.

"황녀님, 아르커스의 마법사들이 알현을 청하였습니다."

아르커스의 교류단이 제국을 방문하기 전, 에니샤는 델 하르인과 몇 번 마법 수업을 했다. 정확히 말하자면 수업은 에니샤가 하고, 델 하르인은 정보를 갖다 바쳤다. 모이를 물어 오는 새처럼 부지런히 정보 수집을 해오는 델 하르인 덕분에, 에니샤는 황궁 돌아가는 사정을 훨씬 잘 알 수 있게 되었다.

다만 약간의 단점이 있었다. 델 하르인이 아르커스의 대법사에게 직접 가르침을 받는다는 영광에 너무 감격한 나머지, 수업 때마다 눈물을 글썽였기 때문이다. 아르커스의 마법을 함부로 알려줄 수는 없어서, 에니샤의 수업은 주로 그가 연구하던 마법에 조언을 해주거나 새로운 방향성을 제시해주는 식이었다.

에니샤는 짧은 손을 바지런히 움직여가며 최선을 다해 그를 가르쳐주었다. 그런데 한마디 할 때마다 경기라도 일으킬 듯이 감탄하는 것이 아닌가.

— 아니, 어떻게 여기서 이런 생각을……!

그의 반응이 너무 격한 나머지 노인 학대라도 하는 기분이었다. 그래서 항상 마법 수업은 대충 하고 그와 이야기하는 시간이 길었다.

최근에 델 하르인은 황성 내에서 일어난 이상한 사건을 들려주었다.

— 금빛숲의 나무가 얼어붙는 괴이한 일이 생겼다 합니다.

— 나무가……?

— 예. 서너 그루에 불과하지만, 있을 수 없는 일인지라 우선 황궁 내부의 마법사들을 상대로 조사 중입니다.

히페리온의 기후는 온화하여 한파나 폭염이 없었다. 오랫동안 정복전쟁을 벌여온 히페리온은 대륙에서도 제일 알찬 노른자위 땅만 쏙쏙 골라서 제국령으로 만들었다. 그 정점이라 할 수 있는 제도는 대륙에서 가장 살기 좋은 곳이라 하여도 과언이 아니었다. 제도의 여름은 가볍게 땀을 흘리는 정도고, 겨울에 눈이 내리는 일도 극히 드물었다. 그러니 요즘 같은 날씨에 나무가 얼어붙었다는 것은 밀도 안 되는 일이었다.

— 아르커스의 마법사들은 혹 황녀님께서 마법으로 그리 만든 것이 아닐까 의심하는 듯합니다.

— 우엥? 나?

어이없어서 눈을 크게 뜨는데, 델 하르인도 황녀님이 그러신 것 아니냐는 표정을 하고 있었다. 이미 진짜 범인을 짐작한 에니샤는 억울함에 항변하려다가, 그냥 수그러들었다.

— ……내가 그런 거루 하자.

범행을 인정한 이유는 하나였다. 카힐에 대한 이야기를 하고 싶지 않기 때문이었다. 괜히 정령의 계약자일지도 모른다는 말을 했다가, 카힐을 걷잡을 수 없는 소용돌이에 빠트릴지도 몰랐다.

미적지근한 에니샤의 발언에 델 하르인은 뭔가 더 있나 싶어서 무척 궁금해하는 눈치였다. 에니샤는 손을 휘적휘적 내저으며 아르커스의 마법사들 이야기나 더 해보라고 화제를 돌렸다.

— 아르커스 마법사들은 황녀님에 대한 관심이 지대합니다.

— 어찌하여서?

— 히페리온의 황족이기 때문입니다.

히페리온 황족들이 괴물 같은 재능을 타고난다는 건 유명한 이야기였다. 제국이 이토록 번성을 거듭해온 것도, 대대로 황족들이 인간 이상의 능력을 발휘해온 덕이었다. 그리고 에니샤는 마법 재능을 타고난 최초의 히페리온이었다. 과연 제국의 막내 황녀님이 어디까지 재능을 뻗어나갈지, 아르커스의 마법사들은 궁금하다 못해 미칠 지경인 모양이었다. 덕분에 교류단 선발도 경쟁이 아주 치열했다고 하였다.

에니샤는 서로 교류단에 들겠다고 싸워대는 마법사들의 모습을
어렵잖게 상상할 수 있었다.

― 황녀님의 수업을 맡고 있는 제게도 여러 가지를 캐물어보는
것이, 조만간 어떤 식으로든 황녀님께 접근할 듯합니다. 조심하셔
야겠습니다.

델 하르인의 말에 에니샤는 천천히 고개를 끄덕였다. 본디 마법
사라는 족속은 호기심에 목숨도 망설임 없이 내던지는 자들이었다.

역사 속에서도 마법사들의 미친 짓은 셀 수 없이 많았다. 어느
정도 악령을 불러낼 수 있는지 궁금하여, 제 영혼을 제물로 삼아
군주급 악령을 소환하는 대형 사고를 저지른 마법사도 있었다. 영
혼까지 바쳤기에 악령의 군주를 소환하는 데 성공했지만, 뒷받침
할 능력은 없어서 사역마 계약을 하지 못했다. 덕분에 소환된 악령
은 자유로이 풀려나 제멋대로 날뛰었다. 당시 막 대법사 자리에 오
른 에니샤가 어찌어찌 수습하긴 했지만……. 에니샤가 아니었다면
어떤 참극이 벌어졌을지 몰랐다.

어느 시대에나 마법사들은 궁금증을 해결하기 위해선 상식 밖의
일도 서슴없이 저질렀다. 그리고 아르커스의 마법사들은 그중에서
도 가장 외골수만 모인, 마법에 인생을 바친 자들이었다.

"수석마법사 델 하르인께서 아르커스의 마법사들과 동행하였습
니다."

생각에 잠겨 있던 에니샤를 시녀장의 목소리가 끌어냈다.

로시엘과 헬라드는 갑작스러운 알현 신청에 뚜렷한 불쾌함을 내
미쳤지만, 아르커스를 낄 일고 있는 에니샤는 그들이 황녀궁을 부

수지 않고 얌전히 알현 신청을 하여서 다행이라는 생각이 들었다. 아마 좌법사 벨루안이 그나마 사회생활 좀 하고, 식견 있는 놈들로 다가 골라서 보낸 듯했다.

그래서 오늘 찾아온 이유는, 히페리온의 막내 황녀가 어느 정도 마법을 쓸 수 있나 궁금해서인가…….

나름 잔꾀 굴린 알현 신청이었다.

원래 이렇게 불쑥 찾아와 알현하는 것은 불가능한 일이었다. 하지만 마법사에게 좋은 스승은 빛과 소금 같은 필수불가결의 존재였다. 막내 황녀에게 진실로 마법 재능이 있다면 알현을 거부할 리 없다는 계산을 바닥에 깔고 알현을 청했으리라. 시녀장도 아르커스의 마법사가 아니었으면 문 앞에서 바로 쫓아냈을 테고 말이다.

에니샤가 생각한 것을 로시엘도 그대로 생각한 모양이었다. 그가 눈매를 반달처럼 예쁘게 휘며 말했다.

"아르커스 사람들은 원래 이리 막무가내인가?"

가뜩이나 좋지 않던 로시엘의 기분이 바닥을 달렸다. 덕분에 애꿎은 시녀장만 식은땀을 흘렸다. 아마 모르긴 몰라도, 델 하르인 또한 아르커스 마법사들 사이에서 난처한 상황일 터였다. 그가 드글 드글 볶이는 모습이 눈에 선했다.

어차피 언젠가는 맞닥뜨려야 할 사람들이었다.

무슨 말을 하는지 들어나 볼까…….

"들어오라구 할래오."

말이 떨어지자마자, 헬라드와 로시엘은 동시에 에니샤를 돌아보았다.

에니샤는 들고 있던 포크를 탁 하고 내려놓으며 또렷한 목소리로 의사를 밝혔다.

"앞으로 마법사가 될 거니까, 만나보고 시포오."

쌍둥이 황자들은 못마땅해하였지만, 에니샤가 원하니 마법사들을 들이라 허락하였다.

델 하르인이 아르커스의 마법사들과 함께 정원에 등장하였다. 그는 헬라드와 로시엘이 에니샤와 함께 있는 것을 보고 얼굴이 하얘졌다.

"제국의 별들을 뵙습니다."

델 하르인의 인사에 따라, 아르커스의 마법사들도 예법을 갖추어 인사를 건넸다.

에니샤는 그들의 얼굴을 자세히 살펴보았다. 짙은 녹색의 로브를 입은 마법사들은 대부분 아는 얼굴이었는데, 에니샤는 그중에서 한 명을 보고는 그만 소리를 지를 뻔했다.

아니, 테네리페…… 쟤가 언제 저렇게 컸대?

테네리페가 막 원로회에 들어왔을 때는 머리에 피도 안 마른 애였다. 스물이 채 되지 않는 나이에 원로마법사가 된 테네리페는 대단한 재능을 가지고 있었지만, 어리고 수줍음이 많았다.

— 저는 대법사님 같은 마법사가 되고 싶습니다.

주근깨 가득한 얼굴을 빨갛게 물들이고선 틈날 때마다 에니샤에게 말을 붙이던 소년은 이제 완연한 청년이 되어 있었다. 어른 냄새가 물씬 나는 모습에서 세월의 흐름이 고스란히 느껴졌다.

벌써 시간이 이렇게 흘렀구나.

에니샤는 감회에 잠겨 테네리페를 바라보았다. 시선을 느낀 테네리페가 에니샤를 쳐다보았다가, 시선이 마주치자 놀란 모양인지 눈을 크게 떴다.

"그래서……."

로시엘이 생긋 웃으며 에니샤를 대신해 질문하였다.

"아르커스의 마법사들께선 어떤 연유로 이곳까지 오셨습니까?"

그러자 가장 젊은 테네리페가 앞장서 나섰다.

"히페리온의 황녀님께서 마법에 재능을 가지고 계시다는 이야기를 들었습니다. 저희 아르커스의 마법사들이 황녀님께 작은 도움이라도 될까 싶어 이리 찾아뵈었습니다."

"아아……."

로시엘의 눈매가 가느스름해졌다.

헬라드가 탁자 위의 디저트 나이프를 만지작거리는 것을 본 델 하르인의 얼굴은 이제 새파랗게 변해가고 있었다.

"황녀에게 마력 진단을 하려는 것이면, 거절하겠습니다. 이미 수석마법사에게 한 차례 받기도 하였고……. 좋지 않은 일도 있었던지라."

로시엘은 고상하게 거절하며 델 하르인에게 시선을 옮겼다. 내가 이 정도 했으면 뒤처리 정돈 네가 하라는 의미였다.

델 하르인이 버벅거리며 아르커스의 마법사들에게 말했다.

"화, 황자님께서 말씀하신 대로……! 마력 진단은 불가하고, 미리 이야기한 대로 황녀님을 뵙는 것까지만……."

불쌍한 델 하르인은 그들의 말을 믿은 모양이었다. 하지만 원하는 바를 쟁취하기 위해서 그 정도 거짓말쯤이야, 아르커스 마법사들은 눈 감고도 할 수 있었다.

테네리페가 델 하르인의 만류에도 불구하고 한 발짝 앞으로 나섰다.

"저희는 황녀님의 재능을 그 누구보다 완벽하게 꽃피워드릴 수 있습니다."

헬라드가 만지작거리던 디저트 나이프를 손에 그러쥐었다.

로시엘은 무표정하게 테네리페를 바라보았다.

"아르커스의 마법사들보다 좋은 스승이 없으리란 것은, 두 분 황자님들께서도 아실 것입니다. 그저 교류단으로서 히페리온 황실에 약간이나마 보탬이 되고 싶은 순수한 마음에 찾아왔습니다."

순수한 마음이라니, 웃기고 앉아 있네.

당장이라도 이것저것 다 뜯어보고 싶은 눈빛이나 감추고 말할 것이지 말이다.

으이구, 하여간 요령 없기는…….

에니샤는 속으로 투덜거렸다.

가만 놔두었다간 헬라드가 곧 디저트 나이프로 테네리페의 헛바닥을 뚫어버릴 것 같아서, 에니샤는 폴짝 의자에서 뛰어내렸다.

"에니샤……!"

로시엘과 헬라드가 대번에 따라서 일어났다.

에니샤는 그들을 향해 손을 팔랑팔랑 내젓고는, 타박타박 아르커스의 마법사들 앞으로 걸어갔다. 그리고 그 앞에 멈춰 서서 테네리페를 빤히 올려다보며 말했다.

"새로운 선생님 필요 없어오."

"예……?"

당황한 테네리페의 눈동자가 흔들렸다.

에니샤는 양손을 허리에 착 하고 얹었다.

"왜냐하몬!"

그리고 고개를 탁 쳐들며, 지극히 히페리온답게 말하였다.

"나는 천재니까오!"

날이 흐리다 싶더니, 창문에 토독토독 빗방울 떨어지는 소리가 들려왔다.

오늘 있을 원로회의에서 논의할 의제를 정리하던 벨루안은 물끄러미 창밖을 내다보았다. 맑은 보라색 눈동자에 비 오는 풍경이 담겼다.

그는 충동적으로 자리에서 일어났다. 반투명한 커튼을 걷어내고 창문을 활짝 열어젖혔다. 아르커스 특유의 폭이 넓고 기다란 소매를 걷자, 맨 팔뚝이 고스란히 드러났다. 희게 드러난 팔에는 자잘한 흉터들이 가득했다.

악령을 소환하는 일은 대가를 치러야 했다. 피와 살점, 뼈, 더 나아가서는 영혼까지. 지불하는 대가가 커질수록 강한 악령을 불러내니, 팔뚝에서 흉이 가실 날이 없었다.

벨루안은 잠시 우툴두툴한 흉터가 가득한 팔뚝을 내려다보다가,

느릿하게 창밖으로 손을 뻗었다. 살갗 위로 빗물이 흘러내렸다. 빗방울이 떨어지는 간질간질한 감촉에 벨루안은 희미한 미소를 지었다. 이렇게 부슬부슬한 비가 오는 날이면, 항상 대법사를 처음 만난 기억이 떠올랐다. 그날도 비가 왔었다. 하루 종일 우중충한 하늘에 흩뿌리는 빗방울이 스산한 분위기로 사방을 가득 메워서, 가만히 있어도 으스스한 날이었다.

어린 벨루안은 대륙을 떠돌아다니고 있었다. 아르커스에서 벗어나, 리고스 가문이 짊어져야 할 의무에서 탈출하고 싶었다. 하지만 곱게 자란 귀족가의 도련님이 할 수 있는 것은 별로 없었다. 결국 벨루안은 아르커스의 마법과 리고스 가의 사역마로 하루하루 살아남았다. 그토록 벗어나고 싶다고 난리 부리던 것들로 말이다.

과거의 잔재가 아니면 하루 버티지도 못하는 꼴이 우스웠다. 그러나 어쩔 수 없었다.

— 하아, 하…….

벨루안은 음침한 골목길 안으로 뛰어들었다. 그러나 곧장 뒤이어 용병들이 쫓아 들어왔다. 그들은 다 잡은 쥐를 몰아넣듯 천천히 포위를 좁혀들었다.

벨루안은 어금니를 꽉 깨물었다가, 망설임 없이 칼로 팔뚝을 내리그었다. 팔뚝에서 터져 나온 붉은 핏방울은 땅으로 추락하는 대신, 허공으로 치솟았다. 솟아오른 핏방울 위로 보랏빛의 마법진이 그려지는 순간, 용병들은 일제히 달려들었다. 그러나 벨루안이 조금 더 빨랐다.

마법진 위에서 검은 어둠이 솟아났다. 짙은 밤의 그림자는 적들을 산 채로 뜯어 먹었다. 비명 소리가 울려 퍼지며 온 사방이 피로 뒤덮였다.

사방이 조용해지고 빗소리만 남았을 때, 좁은 골목길의 벽에는 붉은 칠이 가득했다. 벨루안은 벽에 기대어 앉아 거칠게 숨을 몰아쉬었다.

— …….

들쑥날쑥 솟아오르는 흉곽이 부서질 듯 아파왔다. 팔을 너무 깊이 베어낸 탓에 출혈이 심하여 눈앞이 어지러웠다. 도망치지 않으면 경비대가 쫓아올 터였다. 어떻게든 일어나야 하는데, 다리에 힘이 들어가지 않았다. 눈앞이 밝아진 것은 그때였다.

환한 금빛 마법에 음울하던 주변이 순간 한여름 대낮처럼 환해졌다. 곧장 쏘아 들어오는 마법은 벨루안을 향하고 있었다.

죽는다……!

벨루안은 마지막 힘을 끌어 모아 사역마를 소환했고, 간발의 차로 막아내었다.

목적을 이루지 못한 마법은 파편이 되어 흩어졌다. 산산조각으로 부서지는 금빛 파편 속에는 한 여자가 서 있었다.

그녀가 사뿐한 걸음으로 다가왔다. 찰박찰박 빗물을 밟는 걸음 소리가 유난히 귀에 박혀들었다. 그녀는 주저앉은 벨루안을 내려다보며 말했다.

— 사역마를 쓰는 마법사구나.

자연스러운 하대는 무척 잘 어울려서, 조금도 이상하게 느껴지지 않았다.

벨루안은 핏물을 뱉어내며 그녀를 올려다보았다.

그녀가 살짝 눈매를 찡그리더니, 바닥에 쪼그려 앉았다.

— 사람들이 너를 죽여 달라 하던데…… 순순히 죽을 생각은 없어 보이네.

벨루안과 시선을 맞춘 그녀가 둥글게 눈웃음치며 속삭였다.

— 그럼 나랑 같이 가는 건 어때?

리고스 가문 사람들은 대대로 악령과 계약했고, 사역마를 부려 왔다. 악령이 마법을 보완하고 발전시킬 수 있는 하나의 수단이라고 여겼기 때문이었다. 그러나 악령이라는 존재 자체를 기분 나빠 하는 자들도 많았다. 아니, 많은 정도가 아니라 대다수의 사람은 그러했다. 하지만 처음 만난 그날, 대법사는 저가 부리는 사역마가 사람을 잡아먹는 꼴을 보고서도 서슴없이 손을 내밀었다.

그녀는 빗물에 젖은 벨루안의 머리카락을 쓸어 넘겨주며 말했다.

— 나는 네가 마음에 들거든.

아무래도 그날이 계기였을 터였다. 대법사에게 인생을 바치게 된 것이 말이다.

아르커스로 귀환하여 죽기보다 싫은 가문의 이름을 받고 좌법사가 된 것도, 모두 대법사를 위해서였다. 하지만 그녀는 사라졌다. ……나를 버리고.

벨루안의 입매가 비틀렸다. 천천히 손을 거둬들인 벨루안은 마른 무명천을 꺼내 흥건한 빗물을 훔쳐냈다. 하지만 창문을 닫지는 않았다. 벨루안은 한참 동안 창가에 그렇게 서 있기만 하였다. 바람에 날아 들어온 빗방울이 머리카락과 옷을 온통 적셨다.

대법사는 책임을 져야 했다. 자신의 인생을 어둠에서 건져내고, 빛으로 끌어올린 책임을. 그녀가 사라진 지금, 벨루안은 다시 어둠 속으로 가라앉아가고 있었다. 빗방울에 척척하게 젖어 들어가는 머리카락을 쓸어 넘기던 때였다.

허공에 보랏빛 마법진이 느릿하게 그려졌다.

아……. 막내 황녀를 만나러 간다는 날이 오늘이었나.

벨루안은 무표정한 얼굴로 마법진 위에 손을 가져다 댔다. 마법진이 새까맣게 타오르더니, 이내 네모반듯한 영상으로 변하였다.

히페리온에 교류단을 보내면서, 가장 어린 원로마법사 테네리페에게 사역마를 붙여두었다. 테네리페를 타고 황궁으로 침투한 사역마는 부지런히 정보를 먹어치우고 있었다. 지금 눈앞에 뜬 영상도 사역마가 보내오는 것이었다.

멍하니 보고 있던 벨루안의 눈매가 순간 일그러졌다. 느슨하던 자세가 단번에 곧아졌다. 영상 속에서는 히페리온의 막내 황녀가 당찬 말을 내뱉고 있었다.

— 나는 천재니까오!

구불구불한 금빛 머리카락이 유난히 선명하게 눈에 박혀들었다. 반짝거리는 눈동자가 자신을 보고 있다는 착각마저 들었다. 그 반짝임에 닿고 싶어서, 벨루안은 저도 모르게 손을 뻗었다. 그러나 그것은 손에 잡힐 리 없는 허상이었다. 허공에 헛손질을 하며 영상을 가르고 나서야 정신이 들었다.

"……."

대법사의 실종, 세 번째 별의 탄생, 히페리온의 무한한 광영. 막내 황녀가 보고 싶으니 교류단에 들어야겠다고 고집 부리던 녹시타. 사람 가리기로 유명한 우법사가 푹 빠져서 이유 없는 호감을 내비치고, 실물이 아닌 영상을 보고 있던 저마저 순간적으로 혹할 만큼 끌어당기는…….

머릿속이 저릿해질 정도로 강한 직감이 들었다. 벨루안의 눈빛이 무섭도록 가라앉았다. 아무래도…… 확인을 해야 할 것 같았다.

⚜

아르커스의 마법사들은 그날 일로 자존심이 된통 상한 모양이었다. 마법에 대한 자부심이 하늘을 찌르는 그들 앞에서 새로운 스승은 필요 없다며 무시하였으니 당연한 일이었다. 거기다 스스로 천재라고 하는 건방진 어린 황녀의 모습에, 함께 있던 황자들은 말리기는커녕 대놓고 웃어댔다.

참으로 건방진 모습에 아르커스 마법사들은 히페리온 황족들에게 아주 나쁜 인상을 받았으리라.

사실 일부러 노리고 오만하게 굴어대었다. 조금 미안하긴 하지만, 부디 자존심이 와장창 상해서 더 이상 히페리온의 막내 황녀에게 관심을 가지지 않아주었으면 좋겠다는 바람이었다. 다행히 에니샤가 원하는 대로 흘러간 모양인지, 그 뒤로 아르커스의 마법사들은 조용했다. 에니샤에게 친구를 만들어주자는 소리도 함께 쏙 들어가버렸고 말이다. 그리고 나선 평범한 나날들이 이어졌다.

오늘도 다를 바 없이 평화로운 하루였다.

일찍 일어나 아침을 챙겨 먹은 에니샤는 로시엘의 궁으로 향했다. 그리고 로시엘에게 도움을 받아, 헬라드가 오기 전에 허겁지겁 그림 숙제를 끝냈다. 이후 기사들과 대련을 마치고 온 헬라드와 함께 로시엘까지 셋이서 점심을 먹었다.

헬라드는 최근 에니샤에게 검술을 가르치고 싶어서 열심히 꼬드기는 중이었다.

"배워놓으면 호신용으로 좋다니까! 체력도 기르고."

하지만 땡볕에서 땀 흘리는 걸 싫어하는 에니샤는 이야기를 꺼낼 때마다 시큰둥했다. 로시엘도 에니샤와 비슷한지라, 헬라드가 설득하는 것을 도와주지 않았다.

오후에는 러츠펠트 백작부인과 델 하르인에게 수업을 받았다.

러츠펠트 백작부인에겐 요즘 제국의 역사와 함께 작문을 배우고 있었다. 히페리온 제국의 역사는 전쟁과 전쟁의 반복이기에, 나름 배우는 재미가 있어 즐겁게 수업을 듣는 중이었다.

델 하르인에겐 황궁 결계마법의 강화에 대한 조언을 해주었다.

현재 히페리온 황궁의 결계마법은 훌륭한 수준이었다. 하지만 외부 공격에는 강해도, 내부에서 공격하는 경우엔 많이 약한 편이었다. 델 하르인이 가져온 결계마법진의 수식을 새로이 계산하여 틀을 짜고, 부족한 부분을 채워 넣는 건 그에게 숙제로 내주었다. 그렇게 오후 내내 수업을 하다가 저녁은 로드고와 함께 먹었다.

그는 식사 시간 내내 오늘 하루는 무엇을 하였는지, 기분은 어땠는지 꼼꼼하게 물어보았다. 어차피 시녀들에게 죄다 보고를 받을 텐데, 꼭 이렇게 에니샤의 입으로 직접 듣고 싶어 했다. 귀찮지만 그래도 궁금하다니 어쩔 수 없이 부지런히 대답해주곤 했다.

밤에는 러츠펠트 백작부인이 내어준 숙제를 하거나, 서재에서 책을 읽으며 시간을 보냈다. 요즘 정령에 관해서 공부를 해보려고 이리저리 애를 쓰는 중이었다. 델 하르인의 도움을 받아 히페리온 황궁도서관에서 책들을 많이 빌려 보았으나 그냥 그랬다. 황궁도 서관은 대륙에서 제일가는 규모라 할 수 있으나, 정령에 대해 전해지는 사료 자체가 적어서 그런 듯했다. 아르커스의 장서관에는 정령과 관련된 책이 많이 있을지도 모르겠다는 아쉬움이 들었으나, 어쩔 수 없었다. 에니샤는 있는 것들을 가지고 최선을 다해보기로 하였다.

"황녀님, 주무셔야 할 시간입니다."

서재의 푹신한 의자에 늘어져 있던 에니샤를 시녀가 침대로 옮겨놓았다.

시중을 받으며 침의로 갈아입은 다음, 보신을 위한 약을 한 잔 가득 먹었다. 전에 쓰러진 뒤로 이렇게 매일같이 약을 챙겨먹는 중이었다. 별로 소용은 없는 것 같지만 말이다.

쌉쌀한 약맛을 없애기 위해 과일 맛 당과를 하나 먹고, 꼼꼼하게 양치까지 끝냈다.

모든 준비를 마친 에니샤는 후암 하품을 하고선 이불을 폭 덮었다. 머리를 많이 써서 그런지 오늘따라 유난히 잠이 잘 왔다. 내일 일정을 생각하며 깜빡 잠들었던 때였다.

"……!!"

어느 순간 등골이 싸늘하다는 생각과 함께 번쩍 눈을 떴다. 그리고 몸이 팔짝 뛸 정도로 깜짝 놀랐다.

가장 먼저 느껴진 것은 심장이 옥죄어드는 감각이었다. 에니샤는 순간 호흡을 하지 못해 얼굴이 하얗게 질렸다가, 간신히 숨을 토해내었다.

목에 마력제어구가 채워져 있었다. 몸 아래에 깔린 부드러운 천과 건초가 느껴졌다. 덜컹거리는 흔들림과 말 울음소리, 딱딱한 나무판자로 사방이 뒤덮인 것으로 미뤄보아 짐마차 안인 것 같았다.

뭐가 어떻게 돌아가는지 모르겠지만, 아무리 생각해봐도 딱 하나밖에 떠오르지 않았다. 에니샤는 황망한 얼굴로 중얼거렸다.

"납치……?"

✦

— 에니샤.

널따란 집무실 책상 구석에 엎드려서 《어린이를 위한 제국의 역사》를 읽고 있던 에니샤는 저를 부르는 부드러운 목소리에 고개를 들어올렸다.

서류를 읽고 있던 로드고가 물끄러미 에니샤를 바라보았다. 에니샤는 그가 보던 서류를 슬쩍 건네다 보았다.

……하여, 이번 유아 집단 실종사건의 배후로 지목된 노예상들을…….

흘긋 보느라 한 문장도 채 읽지 못했지만, 대충 어떤 내용인지 알 것 같았다. 연방국 정벌로 혼란한 틈을 타서 노예상들이 날뛴 모양이었다. 어린아이는 노예상들이 항시 군침을 흘리는 맛 좋은 먹잇감 중 하나였다.

로드고는 저가 보던 서류를 한쪽으로 치워놓고, 에니샤에게 손을 내밀었다.

에니샤는 책상 위를 타박타박 몇 걸음 걸어선, 자연스럽게 그에게 안겼다.

— 왜 불러써오?

눈을 동글동글하게 뜨고서 올려다보자, 로드고가 살짝 미간을 찌푸렸다. 그는 에니샤의 뺨을 감싸 쥐고서 나직하게 말했다.

— 혹 나쁜 사람이 너를 잡아가거든 말이다, 에니샤.

— 나쁜 사람?

— 그래. 괜히 저항하지 말고 원하는 대로 들어주겠다고 말하거라. 무엇을 요구하든지 말이다.

히페리온의 세 번째 별을 노리는 자는 많았다. 인신매매에 관한 서류를 보다가 문득 에니샤도 납치를 당하는 일이 생길까 걱정된 모양이었다.

로드고가 진지한 얼굴로 납치범들이 요구할 만한 것들을 늘어놓았다.

— 재물, 작위, 권력, 누군가의 목숨⋯⋯. 설혹 황족을, 아니 제국을 달라 하여도 들어주겠다고 하여라.

로드고는 조금의 과장이나 부풀림 없이, 진심을 담아 이야기하고 있었다. 납치범이 대륙 정벌을 해오라 하여도 너끈히 해버리겠다 싶을 정도였다.

마디진 손가락이 에니샤의 얼굴을 쓸어내렸다. 에니샤와 꼭 닮은 주홍빛 눈동자가 눈꺼풀 뒤로 느릿하게 사라졌다가 다시 나타났다. 로드고는 새까만 눈빛을 하고서 속삭였다.

— 그 무엇보다도 네가 살아서 돌아오는 것이 가장 중요하니까.

"내가 납치를 당하다니……."

납치라는 말을 내뱉어놓고서도, 에니샤는 한참 동안 얼떨떨하였다.

로드고가 콴테아 군도를 들쑤셔놓은 뒤, 히페리온의 막내 황녀를 건드리는 사람은 아무도 없었다. 암살자들도 싹 끊어졌고, 다들 에니샤에게 잘 보이지 못해서 안달이었다. 막내 황녀에게 반감을 가진 사람들이 대놓고 공세를 펼치는 일은 없었던 것이다. 그나마 납치의 배후로 떠오르는 건 일리오사 후작, 아니면 히페리온에 의해 멸망한 나라들의 저항군 정도였다. 하지만 일리오사 후작은 자신의 여식이 실수를 저질렀다는 사실을 알고 다음 날 당장 황녀궁에 달려와 에니샤 앞에서 싹싹 빌었다. 저항군의 경우, 연합이 있다는 이야기를 들어본 적이 있었다. 허나 아무리 뭉쳐봤자 패전국의 잔재들이었고, 황궁 내부에 침투하여 황녀를 납치할 만한 능력은 없었다. 이쯤 되니 무섭다기보다는 신기했다. 누군지는 모르겠지만, 이런 대형사건을 저질러놓고 뒷감당은 어떻게 할 생각인지 궁금하였다.

에니샤는 두리번두리번 주변을 살피다가 와락 얼굴을 찌푸렸다.

"으……."

아까부터 숨쉬기가 너무 힘들었다. 원래도 마력이 봉인되어 있는데, 그 위에 마력제어구까지 덧씌워졌다. 이중으로 짓눌리는 느낌에 죽을 것 같았다. 과거 대법사 시절이었다면 이런 마력제어구 따위, 간단하게 부숴버렸을 것이다. 하지만 지금의 에니샤는 숨 쉬기조차 힘겨웠다.

압박감 속에서 천천히 호흡을 가다듬었다. 욕심내지 않고 조금씩 숨을 마시고 내뱉으니 좀 나은 것도 같았다.

"……후웅."

그나저나 어떻게 납치를 한 것일까.

마력제어구가 채워질 때까지도 깨어나지 못했다. 아마 수면제 같은 걸 먹은 듯한데, 그렇다면 황궁 내부에 협력자가 있다는 소리였다. 하지만 황녀궁의 시녀와 기사들은 이중 삼중으로 철저한 검증을 받은 이들이었다. 웬만한 방법으론 흔들릴 자들이 아니다.

암살이 아닌 납치라는 방법을 택한 것도 생각해볼 여지가 있었다. 단순히 복수를 위해서라면 그 자리에서 죽여버리는 것이 제일 확실했을 터였다. 굳이 위험을 무릅쓰고 수고롭게 납치할 이유가 없었다. 에니샤는 살아 있을 때 가장 가치 있는 인질이긴 하지만, 황녀의 목숨을 가지고 협상하기엔 히페리온은 너무 위험한 상대였다. 납치범들이 어지간히 멍청하지 않은 이상에야, 이런 것들을 전부 고려하였을 것이다.

납치의 배후도, 목적도 전부 미지수이니, 뿌옇기만 한 안개 속에서 허우적거리는 느낌이었다. 찬찬히 하나씩 짚어가던 에니샤에게 번뜩 어떤 생각이 들었다.

아, 설마…… 아니겠지……?

불안한 예감에 등줄기를 타고 식은땀이 흘러내렸다.

에니샤는 다급하게 몸을 일으켜 앉았다. 건초로 가득한 짐마차에는 창문이 하나도 없었다. 다만 나무판자 틈으로 희미하게 달빛이 새어 들어와, 주변을 분간할 정도는 되었다.

마차 안을 찬찬히 살피던 에니샤는 천장에 새겨진 마법진을 발견했다. 수식과 문자를 확인해보니 내부의 소리를 막는 마법진이었다. 입을 막지 않은 이유가 있었다.

마법진을 꼼꼼하게 뜯어보던 에니샤는 소리 없는 탄식을 내뱉었다. 불필요한 수식 없이 깔끔하게 그려놓은 솜씨가 눈에 익은 탓이었다. 마음은 더욱 불안해지고, 의심은 서서히 확신으로 변해갔다. 망했다는 생각이 머리를 가득 채웠다.

이걸 어찌하나 전전긍긍하는데, 문득 한기가 느껴졌다.

"……?"

차가운 바람이 판자 틈을 타고 안으로 스며들고 있었다.

밤바람이라 하더라도 유독 매서운 한기였다. 숨을 뱉어내니 하얗게 입김이 서렸다. 뒤이어 하얀 눈송이가 섞인 바람이 짐마차 안을 부드럽게 휘돌았다. 겨울바람과 같은 그것은 낯설지가 않았다.

에니샤는 바람의 궤적을 따라 시선을 옮기다가, 눈을 크게 떴다.

바람이 멈춘 어둠 속에서 희끄무레한 인영이 나타났다. 창백한 은회색 머리카락이 흩날리고, 청회색 눈동자가 에니샤를 한가득 담아내었다. 너무 놀란 나머지 말문이 턱 막혔다.

에니샤는 아무 말도 못 하다가, 겨우 한마디 하였다.

"⋯⋯늑대모피?"

아니, 네가 왜 여기서 나와?

어떻게 쫓아왔는지 모를 일이었다.

에니샤가 당황스러움에 눈만 깜빡거리는 동안, 카힐은 천천히 다가와 앞에 무릎을 꿇었다.

"괜찮으십니까?"

고개를 끄덕이던 에니샤는 그가 앉은 자리 아래에 살얼음이 서리는 것을 발견하였다. 그러나 카힐은 저가 깔고 앉은 건초가 얼어붙는지도 모르고, 에니샤를 살피느라 바빴다. 다친 곳은 없는지 조급하게 움직이던 시선이 어느 한 곳에서 멈추었다. 에니샤의 목에 채워진 것을 발견한 탓이었다.

그가 조심스럽게 손끝으로 마력제어구를 더듬었다. 카힐이 충격으로 버쩍 얼어붙었다가, 꽉 죄어든 목소리로 입을 열었다.

"이건⋯⋯ 마력제어구가 아닙니까. 죄를 지은 마법사들에게나 사용하는⋯⋯."

카힐의 청회색 눈동자가 분노로 새파랗게 타올랐다.

마차 안을 감돌던 한기가 더욱 강해졌다. 소름이 돋아날 만큼 싸늘한 냉기였다. 카힐 주변에 옅게 얼어붙어 있던 살얼음이 점차 두터워지고, 넓게 퍼져나갔다. 가만히 내버려두면 마차 안을 온통 얼려버리겠다 싶을 정도였다.

어디선가 킬킬 웃는 목소리가 환청처럼 아련하게 들려왔다. 카힐의 눈동자에서 점차 초점이 사라져가고 있었다.

"……."

에니샤는 눈매를 가늘게 좁혔다가, 망설임 없이 손을 치켜올렸다. 한껏 치켜올라간 작은 손이 정확히 카힐의 뺨을 내려쳤다.

짝, 살갗이 부딪히는 파열음이 마차 안을 울렸다.

카힐의 얼굴이 한쪽으로 홱 돌아가는 순간, 조금 전까지 킬킬거리던 목소리가 뚝 끊겨졌다. 몰아치던 눈바람도, 얼어붙던 한기도 전부 기세가 주춤하였다.

카힐이 잔뜩 당황한 눈으로 에니샤를 바라보았다.

"화, 황녀님……?"

벌겋게 달아오르기 시작한 하얀 뺨에는 손자국이 선명했다.

"정신 차료."

에니샤는 그의 얼굴을 양손으로 붙잡고서 말했다.

"그로다가 잡아먹힐 생각이야?"

"……!"

카힐의 입술이 살짝 벌어졌다. 그는 몇 번 눈을 깜빡이다가, 급하게 숨을 들이켜며 뒤로 주저앉았다.

얼굴이 새빨개진 것을 본 에니샤는 조금 미안해졌다.

어린애한테 너무 과했나…….

하지만 어쩔 수 없었다. 격한 감정을 타고 불어나는 힘은 통제를 잃어가고 있었다. 가만히 내버려뒀으면 마차고 뭐고 폭주해서 다

얼려버렸을지도 몰랐다. 그리고 예상이 맞는다면, 지금 주변에는 폭주한 카힐을 보고 군침 흘리며 실험체로 붙잡아갈 놈들이 빽빽하게 있을 터였다.

얼음이 녹아내리며 건초에 축축하게 물기가 젖어들었다. 다시 얼어붙지 않는 것을 확인한 에니샤는 한참 뒤로 나가떨어진 카힐에게 손짓했다.

주춤주춤 다시 다가온 그에게 옷자락을 내주었다.

"이거 찢오바."

에니샤는 카힐의 도움을 받아 입고 있던 침의의 귀퉁이를 찢어냈다. 그리고 그의 손목에 천 조각을 묶어주며 말했다.

"밖으루 나가서 마차가 어디서 멈추는지 보고, 아버지랑 오라버니들에게 알려조."

"하지만……!"

카힐이 절박한 눈으로 바라보았으나, 에니샤는 고개를 살랑살랑 흔들었다.

"괜차나. 난 절대 안 다칠 거야. 그리고……."

에니샤는 그와 지긋하게 눈을 맞추고서 속삭였다.

"너 혼자서는 안 대."

카힐의 동공이 커졌다가, 느리게 줄어들었다. 고개가 힘없이 아래로 떨어졌다.

"……."

카힐은 뼈마디가 하얗게 드러날 정도로 건초 더미를 움켜쥐었다. 한참 동안 아랫입술을 꾹 깨물고 있던 그가 희미하게 속삭였다.

"꼭…… 돌아오겠습니다."

그의 몸이 조금씩 옅어져갔다. 천천히 눈을 감았다 떴을 때, 마차에 남은 것은 바람 한 줄기뿐이었다.

에니샤는 한숨을 내쉬며 건초 위에 드러누웠다. 일단 카힐을 보냈으니, 그가 돌아오기 전에 최대한 문제를 해결해야 했다. 하지만 자신이 없었다.

어떻게든 그놈들을 설득해야 할 텐데…….

마력제어구 탓인지 머리가 돌아가질 않았다. 한참 멍하니 누워 있는데, 덜컹 소리와 함께 마차가 멈추었다.

문이 열리자 차가운 바깥 공기가 쏟아져 들어왔다.

복면으로 얼굴을 감춘 이들이 마차 안으로 올라탔다. 그들은 축축한 건초의 감촉에 잠시 의아해하였으나, 새벽이슬에 젖은 것이라 생각하고 가벼이 넘기는 듯했다. 에니샤는 울지도, 반항하지도 않고 얌전히 행동하였다.

눈이 가려진 채 어딘가로 옮겨졌다. 문이 열리는 소리가 들리고, 부드러운 온기가 몸을 감싸는 것으로 보아 어떤 저택에 들어온 느낌이었다.

푹신한 무언가에 앉혀지고, 눈을 가린 안대를 풀었을 때. 에니샤는 입안의 살을 꾹 깨물었다. 눈앞에는 예상했던 사람들이 서 있었다.

"황녀님…… 오랜만이에요. 나 기억해요……?"

"쓸데없는 소리 하지 마."

그들은 마도왕국 아르커스의 좌우법사, 벨루안과 녹시타였다.

아르커스의 삼두체제에서 좌법사는 변화를, 우법사는 질서를 상징하였다.

역사적으로 좌법사는 왕국에 변화를 불러일으켰고, 우법사는 질서 속에서 안정을 지켜왔다. 그리고 대법사는 그런 좌우법사의 중심에 서서 아르커스에 군림하였다. 대법사가 곧 아르커스라 하여도 과언이 아닐 만큼, 아르커스에서 대법사가 지니는 상징성은 특별했다.

가장 어린 나이에 대법사의 자리에 올랐던 그녀는 대륙에서 아르커스의 문을 열고 올라와 왕국민이 되었으나, 누구보다 아르커스다운 자였다.

모든 왕국민은 진심으로 그녀를 사랑했다. 그리고 대법사가 직접 자신의 손으로 골라 양옆에 앉힌 좌우법사는…… 그녀를 매우 각별히 사랑했다. 벨루안은 자신이 대법사를 생각하는 마음이 애정을 넘어서서 집착에 가깝다는 것을 알고 있었다. 그러나 제 마음이 비정상적이란 생각은 들지 않았다. 대법사와의 인연이 남다르기도 했고, 당장 바로 옆의 녹시타가 저와 비슷한 꼴을 하고 있기 때문이었다. 자신과 녹시타는 대법사 없인 존재할 수 없는 허상과 마찬가지였다. 그리고 그녀를 잃어버린 지금, 두 사람은 대법사를 찾기 위해서 무슨 짓이든 서슴없이 저지를 수 있었다.

히페리온의 막내 황녀를 납치하는 일은 굉장히 섬세하면서도 복잡하게 진행되었다. 벨루안이 가장 먼저 손을 뻗친 곳은 히페리온에 멸망한 나라들의 잔당이 모인 저항군 연합이었다. 그들은 아르 커스를 대신하여 움직일 창이자, 혹여나 일이 잘못되었을 때 대신 뒤집어써줄 방패였다.

벨루안은 히페리온 제국군에 저항군 연합의 정보를 흘렸다. 그리고 거점이 전부 발각되어 사지로 내몰린 저항군 연합 앞에 나타나서, 그들을 구해주고 복수를 도와주겠다며 유혹하였다. 아마 그들도 벨루안의 제안이 수상하다는 것쯤은 잘 알고 있었을 터였다. 다만 다른 선택지가 없을 뿐이었다.

— 어차피 죽을 처지 아닙니까. 그렇다면 히페리온이 그리 아긴다는 막내 황녀와 함께 죽는 것도 나쁘지 않겠지요.

요요하게 미소 지으며 속삭이는 말은 매혹적이었고, 저항군 연합은 결국 벨루안의 손을 잡았다.

황궁에 머무르는 아르커스의 마법사들은 훌륭한 내부 협력자가 되어주었다. 벨루안은 원로마법사 테네리페에게 딸려 보낸 사역마로 이야기를 주고받으며 일을 진행했다. 황궁 내부, 특히 황녀궁을 샅샅이 파헤치며 천천히 계획을 완성해나갔다. 그 과정에서 제국의 수석마법사인 델 하르인이라는 자가 조금 거슬리긴 하였으나, 크게 방해될 정도는 아니었다.

벨루안은 델 하르인을 경계하되, 그와 각별히 친분을 쌓아두라고 일러놓았다. 황궁의 어느 누가 보아도 친밀하다 싶게끔 말이다. 필요하다면 아르커스의 고등마법까지 가르쳐줘도 좋다는 파격적인 허락까지 해주었다. 물론 이유 없는 호의는 아니었다. 만일 아르커스의 마법사들이 내부협력자로 밝혀질 위험에 처하면, 델 하르인은 무조건 함께 혐의를 받게 될 터였다. 그는 자신이 내부협력자로 몰리지 않기 위해서라도, 필사적으로 아르커스를 변호하리라.

일을 차근차근 진행해나가는 동시에, 벨루안은 직접 막내 황녀에게 채울 마력제어구를 만들었다. 가장 질 좋은 흑요석을 골라다 마법 문자를 하나씩 새겨 넣으며, 벨루안은 간절히 기원하였다. 부디 자신의 고생이 헛되지 않기를…….

※◈※

오랜만에 보는 벨루안과 녹시타는 그대로였다. 아르커스의 풍부한 마력은 일정 수준 이상으로 노화가 진행되지 않도록 막아주니, 시간이 흘러도 둘 다 여전히 얼굴이 탱글탱글하였다. 다만 암녹색 우단에 금실로 삼족오를 수놓은 아르커스의 로브는 보이지 않았다. 대신 무늬 없는 검은 로브를 입은 두 사람이 한참 동안 아무 말 없이 에니샤를 내려다보았다.

그 시선들을 고스란히 맞으며, 에니샤는 그간 잠시 잊고 있었던 사실을 떠올렸다. 아르커스의 좌우법사들이 히페리온 황족 못지않게 나사 빠진 놈들임을 말이다.

이 미친놈들……. 히페리온의 세 번째 별을 납치하다니…….

무슨 생각으로 이런 일을 벌였는지 눈앞이 깜깜했다.

빤히 내려다보던 녹시타가 고개를 갸웃하며 느릿한 어조로 말했다.

"……황녀님 안 우네."

벨루안이 짙은 보라색 머리카락을 쓸어 넘기며 조금 피곤한 듯이 답하였다.

"히페리온의 피를 이어받았으니 보통 사람과 같이 생각하면 안 돼."

그들이 짤막하게 이야기를 주고받는 사이 에니샤는 주변을 살폈다. 제법 나쁘지 않은 저택이었으나 실내 장식이 낡고 유행에 뒤떨어져 있었다. 마차를 타고 이동한 시간이 하루를 지난 것 같지는 않으니, 아마 수도 외곽의 버려진 저택일 확률이 높았다.

아르커스의 마법사들은 벨루안과 녹시타 둘뿐이었다. 그리고 에니샤를 이곳까지 열심히 들고 날랐던 남자들……. 당장 보이는 것은 열댓 정도이나, 저택 안에 더 많은 숫자가 있을 듯싶었다.

에니샤의 시선이 뒤쪽으로 향하자, 팔짱을 낀 채 지켜보던 남자가 얼굴을 가린 복면을 끌어내리며 말했다.

"우리 눈앞에서 거사를 진행하였으면 좋겠군."

앞으로 나서는 그의 뒤로 다른 남자들 또한 복면을 끌어내렸다.

흉흉한 살기를 품은 눈빛들이 에니샤에게 쏟아졌다. 남자가 당장이라도 허리춤에 찬 검을 뽑을 듯한 표정으로 말했다.

"일은 확실하게 해야 하니."

남자의 말에 벨루안의 표정이 싸늘하게 식었다. 그러나 벨루안은 이내 미소를 지으며 뒤를 돌아보았고, 매끄러운 목소리로 말하였다.

"마음이 급하신 모양입니다."

"제국군이 언제 몰려올지 모르는 상황이네!"

저놈들이 저항군 연합인가?

주고받는 말로 상황을 파악한 에니샤가 구경꾼이 된 기분으로 지켜보고 있는데, 언성을 높이던 남자가 결국 검을 뽑아들었다.

"황녀에게 확인한다는 그것, 지금 당장 내 눈앞에서 처리했으면 하네. 나는 한시라도 빨리 저 히페리온의 괴물을 죽이고 싶으니."

거리는 멀리 떨어져 있으나, 검 끝이 향하는 곳은 확실했다. 왠지 목이 금방이라도 잘려나갈 것 같은 기분이었다.

괜스레 손으로 목을 감싸자, 눈앞에 그림자가 드리웠다. 벨루안이 한 걸음 자리를 옮겨 앞을 가로막은 것이었다.

"기다리시라고 하였을 텐데요."

목소리가 서늘했다.

"아니면……"

바람 한 점 없건만, 어둠을 밝히고 있던 촛불이 흔들렸다.

그림자가 일렁이며, 어디선가 심연 속에서 끓어오르는 듯한 짐승의 울음소리가 들려왔다. 벨루안이 차갑게 웃으며 말했다.

"단 둘뿐이라 어찌 해볼 수 있겠다 싶으신 겁니까?"

"……"

남자의 얼굴에서 핏기가 가셨다.

그는 아무 말도 하지 않았으나, 천천히 검집에 검을 집어넣었다. 끝까지 밀어 넣어 달칵 잠기는 소리가 들린 뒤에야, 남자가 한풀 꺾인 목소리로 말했다.

"아르커스의 마법사와 싸우고 싶은 생각은 없네. 하지만…… 이쪽 사정도 알아주었으면 좋겠군."

"약속은 제대로 기억하고 있습니다."

벨루안은 가볍게 손을 내저었다.

조금 전까지 위태롭게 흔들리던 그림자들이 조용해졌다.

"잠시만 시간을 주십시오. 그 후에 얼마든지 원하는 것을 내어드리겠습니다."

"……아르커스의 신의를 믿도록 하지."

남자는 끝까지 에니샤에게서 눈을 떼지 못하였으나 결국 물러났다.

그들이 방을 빠져나가자, 벨루안과 녹시타가 동시에 에니샤를 돌아보았다. 벨루안은 가볍게 한숨을 쉬고는 손끝으로 에니샤의 목에 채워진 마력제어구를 건드렸다. 마력제어구에서 보라색 빛이 반짝이더니, 이내 찰칵 소리와 함께 풀어지며 바닥으로 떨어졌다.

"……!"

에니샤는 급하게 숨을 들이켰다. 꽉 눌려 있던 압력에서 풀려나자 손발에 저릿한 감각이 돌았다. 순간적으로 현기증이 핑 돌아서 몸을 가누지 못하고 허우적거렸다.

양쪽에서 단단한 손이 에니샤를 붙들어주었다. 무릎을 꿇고 앉은 벨루안과 녹시타가 비틀거리는 에니샤의 손을 한쪽씩 붙잡아 마력을 밀어 넣었다. 천천히, 그리고 부드럽게 밀려 들어온 마력은 짓눌려 있던 몸속을 돌아다니며 회복시켜주었다.

에니샤의 호흡이 조금씩 차분해져갔다. 완전히 정신을 차린 에니샤는 느릿하게 눈을 깜빡였다.

"……."

벨루안과 녹시타가 일그러진 얼굴을 하고서 저를 처다보고 있었다. 몸속에 마력을 불어넣으면서 전부 알아버린 모양이었다. 이제 더 이상 감출 수도 없었다. 에니샤는 결국 멋쩍게 웃으며 인사했다.

"오랜만이야."

벨루안이 이를 악물었다가, 떨리는 목소리로 겨우 말하였다.

"대법사……."

✦

쌍둥이 황자가 새벽에 어린 동생을 찾아가는 것은 종종 있는 일이었다.

헬라드도, 로시엘도 나이에 비해 맡은 책무가 무거웠다. 밤이 깊을 때까지 업무를 처리하는 날이면, 황자들은 아무 말 하지 않아도 약속한 듯 황녀궁을 찾아가곤 했다. 가봤자 잠든 에니샤의 얼굴을 보는 것이 고작이었지만, 혹시나 암살자가 드나드는지 확인할 겸 그렇게 자주 찾아갔다.

오늘도 두 황자는 나란히 황녀궁으로 향하였다.

"쭈글이 뺨을 찔러볼 거야."

헬라드의 포부에 로시엘이 눈매를 찌푸리며 말했다.

"자는 애 괴롭히지 마."

둘이서 시답잖게 투덕거리며 황녀궁에 다다랐을 즈음이었다.

먼저 이상함을 느낀 것은 헬라드였다. 우뚝 발을 멈추었다가, 짐 승처럼 앞으로 달려 나가기 시작했다. 황족의 체통이라곤 한 점도 보이지 않는 모습에 잔소리하려던 로시엘 또한 뒤이어 이상함을 느꼈다. 조용했다. 지나치게 조용하여서 새소리 하나 들리지 않았다. 사람, 동물, 심지어 벌레마저도…… 황녀궁은 모든 것이 잠들어 있었다.

바닥에 아무렇게나 쓰러진 시녀와 기사들을 타고 넘으며, 헬라드와 로시엘은 곧장 에니샤의 침실로 향하였다.

헬라드가 침대 앞에 석상처럼 멈춰 섰다. 미동조차 없는 뒷모습을 보며, 로시엘은 느리게 질문하였다.

"……없지?"

헬라드가 짧게 헛웃음 지으며 답했다.

"없어."

대답을 듣는 순간, 로시엘이 천천히 숨을 뱉어내었다.

"하……."

그리고 흐트러진 머리카락을 쓸어 넘기며 비뚜름하게 웃었다. 안광이 번들거리는 눈을 하고서, 로시엘은 나직이 말하였다.

"내 동생 어디 갔어."

❧⊙✦⊙❧

벨루안과 녹시타를 다시 만난다면, 에니샤는 가장 먼저 미안하다는 말부터 하고 싶었다. 어쩔 수 없는 상황이긴 하였지만, 그들이 저에게 많이 의지한다는 것을 알면서도 내버려두었다. 그 사실이 계속 마음 한구석에 가시처럼 박혀 있었다. 하지만 정작 다시 보게 되었을 때, 미리 생각해두었던 수많은 말은 꺼내보지도 못하였다.

녹시타가 대뜸 눈물을 흘리기 시작했기 때문이었다.

"대법사아……."

입술을 힘주어 꾹 물어서 울음소리는 간신히 삼켰지만, 그렁하게 차오른 눈물은 이미 방울방울 굴러 떨어지고 있었다.

"노, 녹시타……?"

놀라서 그의 이름을 부르는데, 녹시타가 와락 에니샤를 끌어안았다. 그는 에니샤에게 얼굴을 마구 부비면서 엉엉 울었다.

"왜 모르는 척하고 그랬어요……. 내가, 내가 얼마나……!"

끅끅거리느라 뚝뚝 끊어지는 말에는 원망이 그득했다.

에니샤는 짧은 팔을 힘껏 뻗어서 어린아이처럼 우는 녹시타의 어깨를 도닥여주었다. 반의 반절도 안 될 법한 꼬마가 다 큰 어른을 달래주는 기묘한 풍경이었으나, 누구도 이상하게 생각하지 않았다.

목 놓아 울던 녹시타는 급기야 의자에 앉아 있던 에니샤를 끌어안기까지 하였다. 항상 신발이 필요 없을 만큼 안겨 다니던 에니샤지만, 녹시타한테 이렇게 달랑 안기니 기분이 이상했다. 녹시타는 에니샤를 품에 안은 채 세상이 무너진 듯이 울어댔다.

"내가 잘못해쏘. 그만 울오."

에니샤는 그의 뺨을 쓸어주고, 눈물을 닦아주며 한참을 달래주어야 했다. 어쩐지 처음 봤을 때부터 너무 귀여웠다며 알아들을 수 없는 소리를 꿍얼거리던 녹시타가 불쑥 질문했다.

"근데 말투는 왜 그래요?"

"웅, 귀여운 척하느라……."

"……."

미간을 한껏 좁히는 녹시타의 모습에 에니샤는 얼른 진실을 말했다.

"아직 혀가 짧아서 구래."

"……그래도 함부로 귀엽게 행동하지 마요. 위험하니까……. 저번에 나만 해도 납치할 뻔했잖아요."

"그건 네가 이상한 고야."

이상한 방향으로 흘러가는 대화에 지켜보고 있던 벨루안이 한숨을 푹 내쉬었다. 그가 에니샤를 머리부터 발끝까지 찬찬히 훑어보았다.

살살이 훑어 내리는 시선이 조금 부끄러웠다.

조그맣고 말랑말랑한 아기 황녀님은 예전의 대법사와는 하늘과 땅 차이였다. 그러나 벨루안은 에니샤의 눈을 가만히 들여다보며 속삭였다.

"대법사는…… 하나도 변한 게 없군요."

그 말에 안도와 불안이 동시에 찾아들었다. 내가 어떤 모습을 하고 있든지 알아봐 줄 것이라는 안도. 그리고 그들이 쉽게 물러나지 않겠구나, 하는 불안이었다.

벨루안이 눈매를 지긋하게 찌푸리며 말했다.

"그나저나 어떻게 된 겁니까? 하루아침에 사라지더니, 히페리온의 세 번째 별이 되어선……."

에니샤는 누군가 자신의 마력을 봉인하려 했으나 마법이 실패하였고, 그 부작용으로 이렇게 되었다고 말해주었다.

"아르커스에 대법사를 해하려는 자가 있다니⋯⋯."

믿을 수 없어 하는 녹시타의 중얼거림에 에니샤는 그러게, 하고 답했다. 에니샤 또한 아르커스에서 누군가 자신을 해하려 들 줄은 생각지도 못했기 때문이었다.

벨루안이 턱밑을 문지르며 입을 열었다.

"마력을 봉인하려 했지만, 대법사의 마력을 감당하지 못한 마법진이 부서지면서 육체가 사라지고 영혼만 남은 것 같습니다."

뒤이어 녹시타가 품 안의 에니샤에게 얼굴을 기대며 말했다.

"그리고 영혼이 히페리온으로 흘러간 거겠네요."

에니샤도 두 사람과 동일한 생각이었다.

"나두 그렇게 생각하고 잇오. 그런데 마력이⋯⋯."

마력 생각을 하니 또 눈앞이 깜깜해졌다. 에니샤는 시무룩하게 말하였다.

"조금씩 회복되구 있지만 속도가 느려. 언제쯤 완벽하게 되돌아올지 모르겠어."

"일단 돌아갑시다."

벨루안이 차분하게 상황을 정리해나갔다.

"돌아가면 곧장 마력 봉인에 관한 연구를 진행하겠습니다. 어려진 외관이야 대법사라는 사실만 알리면 모두 받아들일 것이니 상관없고, 대법사의 호위는 앞으로 제가 직접 맡으면⋯⋯."

하지만 그럴 수 없었다. 에니샤는 조심스럽게 입을 열었다.

"내가 사망하였다고 확정하구⋯⋯ 새로운 대법사를⋯⋯."

말이 끝나기도 전에 벨루안의 눈에서 불꽃이 튀었다.

"지금 뭐라 하셨습니까? 신임 대법사라니!"

벨루안이 짓씹어 내뱉듯이 말하였다.

"그사이에 정말 히페리온 황족이라도 된 겁니까? 아르커스를 저 버릴 만큼?"

"그런 게 아니라, 내가 지금 돌아가면 안 되니까……!"

"저도 안 됩니다!!"

벨루안이 에니샤의 손목을 잡아채며 소리쳤다.

"아르커스를, 나를 버리다니……! 절대 그렇게는 안 됩니다. 당신이 싫다 하여도 억지로 데려갈 겁니다!!"

흥분한 벨루안의 옷자락을 녹시타가 툭툭 잡아당겼다.

에니샤는 아무 말 없이 벨루안을 바라보았다. 시선이 마주치자, 그는 입술을 한껏 물어뜯었다. 독한 빛을 품은 눈동자가 매서웠다. 하지만 오래도록 시선을 마주한 끝에, 결국 물러선 것은 벨루안이었다. 그가 스르륵 손목을 놓아주었다.

에니샤는 아릿한 손목에 붉게 찍힌 손자국이 천천히 사라지는 것을 바라보다가 질문했다.

"히페리온과 전쟁이라도 벌일 생각이야?"

"필요하다면 얼마든지 그러겠습니다."

벨루안은 진심이었다. 에니샤는 저를 안고 있는 녹시타의 손에 힘이 들어가는 것을 느꼈다.

굳이 묻지 않아도 그 또한 똑같은 생각을 하고 있을 터였다.

입 아프게 설명할 필요도 없이, 벨루안과 녹시타는 알고 있었다. 세 번째 별이 대법사로 돌아가는 순간부터 아르커스는 히페리온과 끝나지 않는 전쟁을 벌일 것이며, 에니샤는 그것을 막기 위해 제국에 남으려 한다는 사실을 말이다. 그럼에도 그들은 대법사를 원했다.

"처음부터 알고 있지 않았습니까. 어느 쪽도 양보할 수 없는 문제라는 것을."

진득하게 흘러내리는 말의 감촉에 에니샤는 짧게 몸서리쳤다.

아, 이놈들을 어찌하면 좋을까…….

에니샤는 복잡한 감정 속에서 차분하게 그들을 불렀다.

"좌법사, 우법사."

그리고 질문하였다.

"이는 아르커스의 뜻인가?"

"……."

돌아오는 대답은 없었다. 대법사와 달리, 좌우법사는 나라의 중대사를 단독으로 결정하지 못한다. 하물며 전쟁과 같은 일은 대법사라 하더라도 원로회에 의제를 상정하여 논의해야 할 일이었다. 히페리온의 막내 황녀가 대법사인지 확실하지 않은 상황에서 그들이 전쟁 논의까지 끝내놓고 왔을 리는 만무하였다. 원론적인 문제를 파고드는 말에 벨루안이 상처받은 눈을 하고서 속삭였다.

"당신이라는 사람은……."

그를 대신해 나선 것은 녹시타였다.

"알겠어요. 이번엔 대법사가 원하는 대로 할게요."

순순한 항복에 벨루안이 노려보았지만, 녹시타는 개의치 않고 에니샤를 살며시 바닥에 내려주었다. 녹시타가 뚜렷한 목소리로 말했다.

"하지만 다음은 안 돼요."

"……."

축 늘어진 눈매 속에 담긴 진한 녹색 눈동자가 에니샤를 바라보았다.

"아르커스는 당신을 돌려받을 준비를 하겠어요. 막연하지 아니하고, 확신을 가지고."

벨루안이 차갑게 잘라 말했다.

"그때는 선택해야 할 겁니다, 대법사."

"……알겠오."

에니샤의 수긍에 벨루안과 녹시타가 동시에 한숨을 쉬었다. 그러더니 약속이라도 한 것처럼 에니샤 앞에 쭈그리고 앉았다. 그들은 에니샤의 작은 손을 끌어다 손등에 키스하였다. 경애를 담은 키스에는 변하지 않는 충심이 담겨 있었다.

에니샤는 그들을 천천히 밀어내며 말했다.

"……이제 그만 가. 곧 히페리온이 올 거야."

"대법사를 두고 어떻게 가요."

녹시타의 삐죽한 말에 에니샤가 살짝 미소 지으며 답했다.

"그럴 줄 알았오."

"뭐래요……. 아무것도 모르면서……."

더듬거리며 고개를 홱 돌리는 녹시타의 귀 끝에는 붉은 물이 들어 있었다. 에니샤는 웃음을 참고선 그를 살살 달래며 말했다.

"그러면 이로케 하자."

생각해둔 바를 말해주자, 벨루안과 녹시타는 당연히 못마땅해하였다. 그러나 결국 따르겠다고 약속하였다.

에니샤는 만족스럽게 웃었다. 이러면 좌우법사가 히페리온과 만날 일도, 저항군 연합이 아르커스의 개입을 누설할까 걱정할 필요도 없었다. 자신을 제외하고, 이곳에서 살아나갈 자는 아무도 없을테니까.

⋆⊱✦⊰⋆

에니샤의 실종 소식을 접하였을 때, 로드고는 침실에서 느슨하게 늘어져 남은 서류를 보고 있었다.

"폐, 폐하……."

소식을 전한 시종장은 입은 옷의 등짝이 축축해질 정도로 식은 땀을 흘렸다.

로드고는 말없이 그를 내려다보다가, 보고 있던 서류를 손에서 놓았다. 팔랑거리며 떨어진 종잇장이 탁자 위에 어지러이 흐트러졌다.

느릿하게 몸을 일으킨 로드고는 침실 한쪽에 놓아둔 검을 집어들었다. 언제든지 손에 닿을 수 있는 곳에 놓아두는 검은 실제로 로드고가 전장에서 사용하는 것이었다.

새파랗게 질린 시종장을 뒤로하고, 로드고는 황녀궁으로 향했다. 어둠 속에 잠겨 있어야 할 황궁은 곳곳에 횃불이 내걸려 대낮처럼 훤했다.

황녀궁에는 수십의 기사와 시녀들이 흙바닥에 고개를 처박고 바들바들 떨고 있었다. 가장 먼저 에니샤의 부재를 발견한 쌍둥이 황자가 무표정한 얼굴로 그들 앞에 서 있다가 로드고에게 목례하였다.

헬라드가 한 발자국 앞으로 나서며 말했다.

"제국 전체에 최고수위 비상령을 내렸고, 가능한 인력을 모두 수색에 동원하였습니다. 저 또한 지금부터 수색에 나서려 합니다."

로시엘이 뒤이어 말하였다.

"수석마법사의 말에 의하면 황녀궁의 결계마법진이 내부에서 파훼되었다 합니다. 내부협력자를 색출하기 위해 황녀궁에 소속된 인원 전부를 심문하려 합니다."

황자들의 보고를 들은 로드고는 길게 숨을 뱉어내었다.

로드고의 눈동자는 기이할 정도로 차분하였다. 그러나 그것에 안심하는 사람은 아무도 없었다. 지옥도가 펼쳐지기 전의 고요임을 알기 때문이었다.

어느새 로드고의 뒤편에는 무장을 갖춘 기사단이 도열해 있었다. 오직 황제의 명으로만 움직이는 서른세 명의 기사. 황제직속기사단, 쿠테른이었다.

뒤이어 달려온 시종들이 벌벌 떨면서 빠르게 입을 수 있는 가벼운 갑주를 바치고, 군마를 데려왔다. 갑주를 입은 로드고가 느릿하게 명령하였다.

"찾으라."

단 한마디를 내뱉는 목소리는 섬뜩하게 가라앉아 있었다. 황녀를 찾지 못하는 순간 무슨 일이 펼쳐질지는, 굳이 상상해볼 필요도 없었다.

군마에 올라탄 로드고가 기사들과 함께 움직이려던 때였다.

"폐하!"

작은 소년이 로드고의 앞을 가로막았다. 무례함을 떠나 죽고 싶다는 뜻으로밖에 보이지 않는 행동이었다. 비키라는 말을 할 인내심조차 없기에, 로드고는 망설임 없이 베어내려 하였다. 그러나 소년이 제 양손에 받쳐 내민 것을 보고 검을 멈추었다. 에니샤가 오늘 입고 잠든 침의 자락이었다. 얼마 전에 직접 선물한 것이라 잘 알고 있었다.

"……."

로드고의 눈매가 가느스름히 좁혀졌다.

찢긴 옷자락을 바라보던 로드고는 소년을 향해 느릿하게 시선을 옮겼다. 그제야 소년의 얼굴이 제대로 눈에 들어왔다. 자드카르의 버려진 왕자였다.

소년은 로드고의 살기 어린 눈을 마주하고서도 얼어붙지 않았다. 그가 어눌하지도, 더듬거리지도 않는 선명한 제국어로 말하였다.

"제가 황녀님이 계시는 곳을 알고 있습니다."

❦❧

지배자도시, 이페티온은 니그디운 편이있다. 지힝민 꽈지 않는

다면 지배-피지배보다는 동반자라 느껴질 정도로 정중한 관계를 구축하였고, 필요한 지원 또한 아끼지 않았다.

히페리온 제국이 영토 확장을 거듭해온 데는 황족들의 괴물 같은 능력이 가장 주요하였지만, 탁월한 통치 능력 덕분이기도 했다. 당장 먹고사는 것이 중요한 민중들은 막연한 충성을 강요하는 먼 곳의 왕보다, 확실한 보상과 안전을 약속하는 눈앞의 히페리온을 원하는 경우가 많았다.

혼란스러운 정치 상황을 틈타 무혈입성으로 집어삼킨 도시들도 꽤 되었다. 민중의 마음을 얻지 못한 통치자들은 넋 놓고 빼앗긴 영토에 분통을 터뜨렸으나, 히페리온은 한번 제 손에 들어온 것을 놓아주는 법이 없었다. 제국령으로 편입하는 순간부터 보란 듯이 그전보다 월등한 수준으로 만들어놓으니, 작금에 이르러선 은근히 히페리온의 지배를 바라는 곳도 생겨날 정도였다.

그리되자 마음 급해진 것은 각국의 지배계층이었다. 망국의 왕족과 귀족들은 저항군 연합을 결성하여 히페리온으로부터 과거의 영광을 탈환하려 시도했다. 물론 지지하는 사람이 없기에 저항군 연합은 그리 큰 힘을 발휘하지는 못했다.

저항군 연합의 수장 케일런 또한 히페리온에 복수의 칼날을 세웠으나 별다른 일을 시도하지 못하고 있었다. 이 남자를 만나기 전까지는 말이다.

"……."

케일런은 어금니를 꾹 깨물며 눈앞의 남자를 노려보았다. 자수정을 닮은 아름다운 보랏빛 눈동자를 가진 그는 우아한 생김새의 소유자였다. 첫 만남부터 수상했던 자였다. 하지만 그가 자신을 아르커스의 조사관이라 말하며 구원의 손을 내밀었을 때, 저항군 연합은 거절하지 못했다. 그의 손을 잡지 않을 수 없는 처지였기 때문이었다. 결론적으로, 저항군 연합은 남자의 손을 잡았기에 이전까지는 상상도 못 해본 일들을 해냈다. 히페리온의 황녀를 납치할 수 있게 된 것도 전부 남자 덕분이었다. 그러나 여전히 그를 신뢰할 수 없는 이유는, 의뭉스러운 구석이 너무 많기 때문이리라.

"이유는 묻지 않기로 하지 않았습니까."

남자는 제 이름조차 밝히지 않았다.

"히페리온 황녀에게 확인해볼 것이 있었고, 용건은 끝났습니다. 황녀의 처분은 약속한 대로 당신들에게 넘길 것이고."

그리고 황녀를 납치한 이유도 설명해주지 않았다.

남자는 저항군 연합을 자신의 체스 말로 보는 듯하였고, 굳이 그 사실을 감추려 들지도 않았다. 아르커스의 조사관이 아니었다면, 케일런은 죽는 한이 있더라도 그의 도움을 받지 않았을 터였다. 지금 와서는 남자가 아르커스의 조사관이라는 신분을 밝힌 이유도, 최소한의 신뢰로 환심을 얻어내려 한 교묘한 짓거리가 아닐까 싶지만 말이다.

케일런은 남자가 품에 안고 있는 히페리온의 어린 황녀를 바라보았다. 깊은 잠에 빠진 듯 축 늘어진 황녀의 목에는 아무것도 채워져 있지 않았다.

"마력제어구는 어찌하였소?"

"그것은 아르커스의 물건이니 함부로 내돌릴 수 없습니다."

"뭐요?"

"황녀는 아직 어리고 마법 수준이 얕아 당신들도 충분히 제압할 수 있으니 걱정하지 않아도 됩니다."

그러나 히페리온 황족이 얼마나 괴물인지는, 소년 황자를 상대해본 케일런이 제일 잘 알고 있었다. 어리다 하여서 방심하는 순간 송곳니로 생살을 물어뜯길 가능성이 넘쳐났다.

케일런이 당장 황녀의 심장에 검을 찌르려 하는데, 여태껏 입을 다물고 있던 다른 남자가 조용히 말하였다.

"재워놨어······."

진한 녹색 눈동자를 가진 남자의 말에 케일런은 흠칫하였다. 제국에 왔을 때부터 함께 움직였으나, 여태껏 없는 사람처럼 행동했던 자였다. 그가 먼저 말을 걸어온 것은 처음이었다. 눈 밑이 거뭇한 남자는 세상만사가 귀찮아 보이는 얼굴을 하고서 재차 말했다.

"수면마법이니까 안 깨어날 거야······."

나른하고 힘없는 목소리로 몇 마디 내뱉은 것을 끝으로, 그는 다시 입을 다물었다. 그런 행동이 익숙한지, 보라색 눈의 남자는 잠시 눈매를 찌푸리기만 하다가 말문을 열었다.

"그의 말대로입니다. 아르커스는 소임을 다하였으니 여기서 손을 떼겠습니다. 다만······."

남자가 가느다랗게 미소 지으며 말했다.

"어디까지나 개인적인 감정으로, 약간의 유희를 더하고 싶군요."

"유희······?"

저도 모르게 멍청히 되묻는 케일런 앞에서 남자는 무언가를 고심하듯 고개를 살짝 기울였다.

그가 손가락으로 턱을 쓸며 중얼거렸다.

"기왕 복수를 하려거든, 할 수 있는 한 가장 잔인하게 하는 것이 좋겠지요."

그러곤 싱긋 웃으며, 한없이 가벼운 어조로 말하였다.

"히페리온 황족들이 지켜보는 앞에서 황녀를 죽이는 것은 어떠 합니까?"

"!!"

솜털이 쭈뼛할 만큼 강렬한 전율이 등을 타고 흘렀다. 거만한 히 페리온 황족 놈들이 그리 싸고돈다는 황녀를 눈앞에서 죽인다니!

짜릿한 복수의 상상에 순간 몸이 오싹거렸으나, 케일런은 침착 히 감정을 추스르고 답했다.

"불가능한 일이오."

그러자 남자가 희고 가느다란 손가락으로 허공에 선을 그었다. 남자의 손끝을 따라 보랏빛 선이 그어지며, 기하학적인 문양을 그 려내었다.

완성된 마법진의 모양새에 잠시 눈이 팔린 사이, 케일런은 남자 의 그림자가 기묘한 모양새로 뒤틀리는 것을 발견하였다. 기괴한 그림자가 스르륵 케일런을 향해 다가왔다.

"이것을 빌려드리겠습니다."

"사역마……!"

악령과 계약한 마법사였다니.

케일런은 역병을 보는 듯한 눈빛으로 남자를 쳐다보았다. 그러나 남자는 자신을 향한 혐오감 어린 시선이 익숙한지, 아무렇지 않게 말하였다.

"황족들 앞에서 황녀를 죽일 시간 정도는 벌어줄 것입니다."

"……."

케일런이 아무 대답도 하지 않자, 남자가 비웃음을 머금고서 질문했다.

"이제 와서 무엇을 망설이십니까?"

"……젠장!"

그의 말이 옳았다. 더 밀려날 곳도 없는 낭떠러지 끝이었다. 발밑이 바스러지는 것을 느끼며, 케일런은 사역마를 받아들였다.

그림자 속에 숨어드는 사역마의 형태가 역겹기 짝이 없었다. 남자는 헛구역질을 하는 케일런을 바라보며 입매를 비틀다가, 황녀를 건네주었다.

"그럼 이만……. 건투를 빌겠습니다."

그 말을 끝으로, 아르커스의 조사관들은 검은 어둠 속으로 사라졌다.

"……."

케일런은 그림자에 숨어 있을 사역마를 너무 신경 쓰지 않으려 노력하며, 손 안의 황녀를 움켜쥐었다. 제법 고통스러울 만큼 센 악력인데도 황녀는 미동조차 없었다. 수면마법에 빠졌다는 말이 사실인 모양이었다.

케일런은 물끄러미 황녀를 내려다보았다. 흐트러진 금발과 분홍빛 도는 뺨이 사랑스러웠다. 겉껍질만 보아서는, 히페리온이라는 것이 믿기지 않을 정도로…….

핏줄을 잘못 타고난 황녀에게 잠시 애석한 마음을 품는데, 바깥에서 경비를 서고 있던 자들이 들이닥치며 소리쳤다.

"제국군입니다!!"

케일런은 저택 창밖을 내다보았다. 저 멀리서 빠르게 접근해오는 횃불의 물결이 보였다. 헤아릴 수도 없이 많은 것이, 제도의 병력을 죄다 모으기라도 한 듯했다.

이렇게 짧은 시간에 위치를 파악해낼 줄은 몰랐다. 생각보다 훨씬 급박히 돌아가는 상황에, 케일런은 욕설을 내뱉으며 저항군 전부를 끌어모았다.

제국군을 맞이할 곳은 저택 앞뜰이었다. 버려진 앞뜰에는 부서진 석재 조각과 흙먼지, 녹슨 장식물뿐이었다.

케일런의 뒤로 늘어선 저항군은 다 합쳐도 100명을 겨우 넘기는 수였다. 그러나 그들은 무서울 것이 없었다. 히페리온의 세 번째 별이 손아귀에 잡혀 있기 때문이었다.

케일런은 품 안의 황녀에게 단단히 검을 겨눈 채, 제국군을 기다렸다.

가장 선두에서 황제와 쌍둥이 황자가 보였다.

황제의 손짓에 따라, 제국군은 일정 거리를 두고서 멈추었다. 날개를 펼치듯 양옆으로 도열하는 기사들의 움직임은 물 흐르듯 유연하였다.

군마 위에 올라탄 황제의 모습에 케일런은 바짝 타들어가는 목으로 마른침을 삼켰다. 혹여나 황제가 조금이라도 가까이 올세라,

황녀의 몸을 번쩍 치켜올리며 목에 들이댄 검을 위협적으로 휘두르는 것도 잊지 않았다. 그러나 황제의 시선은 케일런을 향하고 있지 않았다. 그는 느릿하게 황녀를 살피었다.

어디 다친 곳은 없는지 샅샅이 살핀 황제는 군마에서 내려섰다. 그는 홀로 몇 걸음 앞으로 걸어 나와 말하였다.

"원하는 것을 말하라."

눈빛과 목소리는 한없이 싸늘했다.

케일런은 숨통이 조여들어 헐떡거리면서도 비열한 웃음을 흘렸다.

"네놈이 무릎 꿇고 고개를 조아리는 것이다, 로드고 칼 히페리온."

불같이 화를 내리라 생각했다.

그러나 황제는 한없이 고요하였고, 그저 짤막히 되물을 뿐이었다.

"그리고?"

석양과 같은 눈이 케일런을 응시하였다.

케일런의 뒤편에 서있던 자들이 부산하게 소리쳤다. 빼앗긴 재물과 영토, 작위를 되받아야 한다는 외침 속에서 케일런이 대답을 고르는 동안, 황제는 고요히 말을 이어갔다.

"네 이름과 가문, 그리고 나라의 명예를 걸고 맹세하라. 원하는 것을 들어주면 황녀에게는 손끝 하나 대지 않고 돌려주겠다고."

"하하……!"

고분고분한 황제의 태도에 저열한 감정이 들끓었다. 속이 뜨겁다 못해 뒤틀리는 기분으로, 케일런은 말했다.

"그렇게 협상할 처지인가? 일단 무릎 꿇고 빌어봐. 원하는 건 그러고 나서 생각해보도록 하지."

황제는 처음으로 표정을 내보였다. 한쪽 입꼬리를 끌어올리는 느린 웃음에는 선연한 살의가 담겨 있었다.

"……죽고 싶다는 말이군."

검집에서 검이 뽑히는 소리가 스산하였다. 일렁이는 횃불 아래, 느긋하게 울리는 쇳소리와 함께 검날이 번뜩였다. 케일런은 본능적으로 허둥지둥 뒷걸음질 치며 소리쳤다.

"우, 움직이지 마라! 어째서……! 황녀가 죽어도……!"

무언가 스산한 느낌이 들었다. 서늘한 바람 한 줄기가 품속을 파고들었다 스치는 느낌이었다. 황녀를 끌어안고 있던 왼쪽 팔이 허전함을 느꼈을 때는, 이미 붉은 피분수가 솟구치고 있었다. 그의 팔뚝은 이제 고깃덩이가 되어 바닥을 굴러다녔다.

"으아아아악!!!"

비명을 지르는 케일런의 뒤에는 황녀를 품에 안은 황제가 있었다.

"감히 내 딸을 만졌으니……."

황제는 핏물 젖은 검을 털어내며 속삭였다.

"그 더러운 손, 응당 잘라내야지 않겠는가?"

팔이 잘려나간 것은 시작이었다. 황녀가 황제의 품으로 돌아간 순간, 제국군들은 거칠 것 없이 행동하였다.

케일런은 과다출혈로 빙글빙글 돌아가는 시야 속에서 황제를 찾았다. 황제는 가장 큰 약점을 끌어안고 적진의 한복판에 서 있었지만, 조금도 두려운 기색이 없었다. 그는 검 한 자루만 있으면 저 혼자서도 저택의 저항군들을 전부 처리할 수 있다는 듯하였다. 황녀를 안고 있어야 하니 오직 한 손밖에 쓰지 못하는데도 그러하였다.

그리고 제국군 또한 굳이 애를 써서 황제를 호위하려 들지 않았다. 오히려 제국군이 밀려오기 전에 어떻게든 황제에게 칼을 꽂아보겠다고 달려드는 저항군들에게 딱한 눈빛을 보낼 뿐이었다.

그들의 동정은 타당했다. 황제의 검은 한 손으로 다루는 것이라고는 믿기지 않을 만큼 유려히 움직였다. 가벼운 갑주를 갖춘 것이 전부임에도 상처 하나 입지 않고, 제게 달려드는 자들을 잔인하게 도륙하였다.

겨우 몇 번 합을 부딪친 것만으로 저항군은 의지를 잃었고, 달아나기 시작했다.

도망가는 저항군을 추격하는 것은 제국군의 몫이었다. 저항군은 짐승몰이를 당하는 것처럼 정신없이 도망쳤다. 그 난전 속에서 케일런은 고통에 꺽꺽 신음하면서도 황제의 품에 안긴 황녀를 노려보았다.

지금이야말로 사역마를 쓸 때였다.

황제가 보는 앞에서 사역마로 황녀를 찢어발겨 버릴 것이다.

거칠게 숨을 몰아쉬며 사역마를 꺼내려던 케일런은 눈을 부릅떴다.

"!!"

여태 죽은 듯이 잠들어 있던 황녀가 반짝 눈꺼풀을 들어 올렸기 때문이었다.

빛을 품은 듯 뚜렷한 주홍색 눈동자가 케일런을 바라보았다. 그것은 히페리온의 눈이었다.

뱀 앞의 개구리처럼, 순간적으로 온몸이 얼어붙었다. 바짝 굳어 버린 케일런을 향해서, 도톰한 입술이 조그맣게 움직였다.

— 믿었어? 순진하긴.

소리 없이 움직이는 입 모양은 분명 그리 말하고 있었다.

어린 황녀는 생긋 미소 지었다. 케일런은 아무것도 이해할 수 없었다. 황녀가 눈을 뜬 것도, 의미를 알 수 없는 말을 한 것도. 그러나 그림자 속에서 검은 어둠이 솟구치는 순간, 케일런은 모든 것을 깨달았다. 하지만 이미 늦어버린 뒤였다. 우드득, 잔인한 소리와 함께 어둠이 케일런의 나머지 한쪽 팔을 그대로 뜯어 삼켰다.

"……!!"

순식간에 벌어진 일이었다.

케일런은 비명조차 지르지 못하고 몸을 경련하였다. 사역마는 케일런의 팔 한쪽만 뜯어 먹곤 온데간데없이 사라졌고, 황녀는 아무것도 모르는 척 눈을 감았다.

정신없는 난전이었기에, 케일런의 팔이 사라지는 일 따위 누구도 알아채지 못했다.

양팔을 잃은 케일런은 피에 젖은 흙바닥에서 꿈틀거리며 생각했다. 이제 전부 끝났다고.

하지만 그것은 오산이었다. 누군가 축 늘어져 있던 케일런의 멱살을 잡아챘다.

낭랑한 목소리가 들려왔다.

"황녀 앞이니 웬만하면 피를 보는 일 없이 해결하자고 누가 그랬는데……. 누구였더라.”

“그 장본인이 저리 날뛰고 있으니 우리도 괜찮겠지, 헬라드.”

주고받는 대화에 억지로 눈꺼풀을 들어올리니, 가장 먼저 주홍색 눈동자가 보였다. 주홍색이라면 이제 경기를 일으킬 지경인 케일런이었다.

꺽꺽 소리 지르며 몸을 비틀자, 나직한 목소리가 들려왔다.

“시끄럽네…….”

그 말이 떨어지기가 무섭게, 다른 목소리가 다급히 외쳤다.

“야, 야, 로시엘, 잠깐만……!”

비명 지르던 입에 천 뭉텅이가 박혔다.

“이거 주워가야 해. 이렇게 하면 조용할 테니까 봐줘라.”

“뭐어……. 나도 딱히 죽일 생각은 없었어. 에니샤를 건드린 대가는 제대로 치르게 해야 하니.”

입이 틀어 막힌 케일런은 눈물을 줄줄 흘렸다. 그러나 눈앞에 선 자들은 동정을 모르는 괴물이었다. 절규와 피비린내가 진동하는 주변과 어울리지 않게 해사한 얼굴을 한 그들은, 케일런과 눈이 마주치자 생긋 미소 지었다. 꼭 아까 히페리온의 막내 황녀가 그러하였듯이.

❦◆❧

로드고의 품에 안긴 에니샤는 그의 화려한 검 실력에 넋을 놓았다. 무거운 검을 한 손으로 자유로이 다루면서도, 검세가 지극히 안

정적이었다.

그의 검이 지나간 궤적에는 반드시 하나의 목숨이 스러졌다. 그러나 수십의 검과 맞부딪쳐도, 에니샤에게는 피 한 방울 튀지 않았다. 저게 인간인가 싶을 정도로 믿을 수 없는 수준이었다.

에니샤의 감탄은 로드고가 마법을 검으로 베어내었을 때 절정에 달했다.

저항군 연합에는 마법사가 하나 있었는데, 미리 그려놓은 마법진을 발동시켜 로드고를 공격해왔다. 그러나 로드고는 아무렇지 않게 쏟아지는 마법을 검으로 베어내었다. 히페리온 황족이 괴물이라 불리는 이유를 절절히 느낄 수 있었다. 물을 갈라내듯 부드럽고 손쉬워 보이는 동작이었으나, 그것이 가지는 의미는 엄청났다. 마법사의 보조 없이 오로지 검으로만 마법을 파훼한다는 것은 검술의 극의에 도달하였다는 뜻이었다. 아마 로드고는 아르커스의 원로마법사들도 무리 없이 상대할 수 있으리라. 어쩌면…… 그 이상도 말이다.

제국군이 본격적으로 저항군을 밀어붙이기 시작하자, 로드고는 에니샤를 안은 채 천천히 뒤로 물러났다.

적당한 기회를 노리고 있던 에니샤는 그가 검집에 검을 다시 집어넣자, 조심스럽게 몸을 꼼질거렸다.

조금 꼼지락거리자마자, 로드고의 시선이 대번에 에니샤를 향했다. 사람의 목을 잘라낼 때도 미동 없던 눈동자는 에니샤와 눈이 마주치는 순간 크게 요동쳤다. 로드고가 조급한 목소리로 이름을 불러왔다.

"에니샤……!"

에니샤의 뺨을 감싸 쥐려던 그는 손을 멈칫하였다. 깨끗한 에니샤와 달리, 로드고의 손은 피가 흥건했다. 아직 말라붙지 않은 핏물이 뚝뚝 방울지어 떨어지면서, 에니샤의 침의에 점점이 묻어버렸다.

천천히 뒤로 물러나는 로드고의 손을 본 에니샤는 잠시 눈을 깜빡였다. 실컷 열심히 구하러 와놓고선, 혹여나 저를 무서워할까 봐 겁내는 모양이었다.

모든 사태의 원흉인 에니샤는 그런 로드고를 보고선 조금 미안해져버렸다. 그래서 그의 손에 먼저 얼굴을 가져다댔다. 피가 묻는 것도 개의치 않고, 커다란 손에 얼굴을 살짝 기대고서 속삭였다.

"아빠아……."

로드고는 알 수 없는 표정을 하고서 에니샤를 내려다보았다. 그가 한숨을 뱉으며 답했다.

"그래……. 아빠 여기 있으니……."

한참 말없이 에니샤를 만지작거리던 그가 조용히 중얼거렸다.

"많이 무서웠겠군."

"하나두."

에니샤는 살짝 웃으면서 답했다.

"아빠랑 오라버니들이 올 거라구 생각했으니까……."

"……."

로드고는 잠시 아무 말이 없다가, 크게 숨을 들이마셨다. 그의 가슴팍이 부풀었다가 훅 꺼지는 것이 느껴졌다. 입술이 이마 위를 가볍게 누르고 떨어졌다. 낮은 목소리가 느릿하게 귓가로 가라앉았다.

"늦어서 미안하다."

에니샤는 고개를 내저으며 로드고의 품에 파고들었다.

여러모로 신경 썼더니 피곤했다. 졸음이 살살 밀려오는데, 시끌시끌한 목소리가 들려왔다.

"에니샤!!"

헬라드와 로시엘이 뛰어와서 옆에 자리하였다.

로시엘은 피범벅이 된 에니샤의 얼굴을 보고는 기겁하여 당장 손수건을 꺼냈다. 얼른 얼굴을 닦아주면서 기가 차다는 듯이 로드고를 타박하였다.

"애 얼굴이 왜 이럽니까?"

헬라드도 에니샤의 몰골을 보고는 삐죽거리며 한마디 거들었다.

"폐하가 때렸네, 때렸어."

로드고는 대꾸 없이 눈썹만 치켜올렸다.

쌍둥이 황자들은 로드고에게 안겨 있는 에니샤를 유심히 살폈다. 혹시 다쳤거나, 겁을 먹었거나, 아니면 울지는 않나 살피는 것이었다. 그러나 에니샤는 말똥말똥한 눈으로 그들을 쳐다볼 뿐이었다.

헬라드가 으으, 소리 내며 에니샤의 옆구리 쪽에 얼굴을 박았다.

"쭈글이가 내 동생이라서 다행이야……."

로시엘도 삐져나온 에니샤의 손을 조물거리며 중얼거렸다.

"늦어서 미안해……."

늦기는 무슨, 솔직히 이 정도면 날아온 수준이었다. 겁먹은 척이라도 좀 할 걸 그랬나 후회가 들었지만 이미 늦었다. 기왕 이렇게 된 것, 에니샤는 방싯 웃어주었다.

황족들끼리 꼬물꼬물 이야기를 나누고 있는 중에, 기사단장이 다가와 보고하였다.

"폐하. 처분은 어찌하시겠습니까."

로드고가 답하기 전에, 헬라드가 끼어들었다.

"다 죽이죠? 제일 중요한 놈은 잡아왔으니까."

그는 저가 질질 끌고 온 것을 흔들어 보였다.

에니샤는 속으로 탄식하였다.

아이고, 저걸 또 주워오네…….

제일 먼저 죽었어야 할 놈이 살아 있었다. 에니샤는 눈매를 가늘게 좁히며 케일런의 그림자를 바라보았다. 그림자가 미묘하게 일그러진 것으로 보아, 아직 사역마는 회수되지 않았다. 벨루안이 녹시타와 함께 숨어서 상황을 지켜보고 있을 터이니, 그가 알아서 적당한 시점에 처리하리라.

안심한 에니샤는 얌전히 입을 다물고 구경만 하였다. 그사이 헬라드는 아빠와 동생에게 열심히 얻어터지고 있었다.

"어린 동생 앞에서 못 보이는 것이 없군."

"미쳤어? 그거 당장 안 치워? 에니샤 앞이잖아!"

헬라드가 케일런을 구석에 갖다놓는 동안, 로드고는 기사단장에게 명령하였다.

"심문할 놈은 마련하였으니, 전원 즉결 처형하라."

"예, 폐하."

명령이 떨어지자마자, 여기저기서 비명과 함께 썰려나가는 소리가 들려왔다.

핏물이 이쪽까지 날아와 발치에 철퍽 떨어졌다. 아동교육에 별로 좋지 않은 광경이었다. 로시엘이 눈썹을 모으며 난감하게 웃었다.

"음…… 뒷정리는 맡겨놓고 저희는 먼저 귀가하는 것이 어떻겠습니까?"

몹시 타당한 말이었기에, 황족들은 미리 준비된 마차로 향하였다.

로드고가 잠시 갑주를 벗고 피를 닦아내는 동안, 헬라드는 쪼르르 달려가서 직접 마차 문을 열어주었고, 로시엘은 먼저 마차에 올라타 안쪽에서 에니샤를 받아주었다.

마지막으로 로드고가 마차에 착석하였다. 그는 제 무릎에 에니샤를 누이고서 다정하게 말했다.

"집에 가자, 에니샤."

에니샤는 포근한 마음으로 눈을 감았다.

❧❦❧

히페리온 황궁은 제국의 위용만큼이나 드넓었다. 그 크기가 어찌나 막대한지, 평생을 황궁에서 살아온 시녀나 시종들도 다 알지 못할 정도였다.

황궁의 궁들은 각기 주인을 따라 조금씩 개성을 달리하였는데, 황제가 머무르는 본궁은 위압적인 화려함의 정점이었다. 눈에 보이는 것, 손과 발에 닿는 것 하나하나가 모두 귀물이고 보화였다. 사람을 짓누를 듯한 기세를 지닌 본궁은 발을 들이는 순간부터 자연스럽게 고개를 조아리게 만드는 분위기가 있었다.

카힐은 시종장의 뒤를 따르며 조용히 티 나지 않을 정도로 주변을 구경하였다. 궁 안에 들어선 이후에는, 미리 교육받은 대로 바닥만을 내려다보았다. 바닥만 보고 걷는데도 눈앞이 호화로웠다.

색색의 대리석 조각이 모여 커다란 그림을 그려내는 바닥을 구경하던 카힐은 거대한 문 앞에서 잠시 숨을 멈추었다. 히페리온의 상징인 사자와 검이 정교하게 음각된 위에 금을 녹여서 채워놓고, 사자의 눈과 발톱, 검의 손잡이 등을 갖은 보석으로 장식했다. 빛을 받은 문은 그 자체만으로도 하나의 커다란 등불이 되어서 화려하게 빛났다.

까마득한 문을 올려다보던 카힐은 그것이 양옆으로 천천히 열리자, 다시 황급히 고개를 숙였다. 바닥에 깔린 붉은 카펫을 밟고 조심히 앞으로 나아가, 시종장이 주는 신호에 따라 발을 멈추었다. 그리고 느리지만 반듯하게 인사를 올렸다.

"……제국의 태양을 뵙습니다."

묵직한 저음이 들려왔다.

"고개를 들라."

조심스럽게 고개를 든 카힐은 다시금 인사하였다.

"제국의 별들을 뵙습니다."

들어설 때 느껴지는 기운이 여럿이다 싶더니, 쌍둥이 황자들도 자리하고 있었다. 히페리온 제국에서 가장 위험한 세 사람이 모인 자리에 카힐이 오게 된 이유는 간단했다. 그가 에니샤의 구출에 지대한 공헌을 하였기 때문이었다. 하지만 카힐은 몰랐다. 자신을 앞에 둔 세 남자가 지금 머릿속으로 무슨 생각을 하는지 말이다.

카힐 자드카르를 바라보는 히페리온의 세 황족은 똑같은 생각을 하고 있었다. 왠지 저 새끼를 죽여야 할 것 같다고 말이다. 애초부터 마음에 안 들던 놈이었다. 늑대모피 들고 찾아왔을 때, 에니샤가 관심을 보인 것이 첫 번째. 그리고 벌써 두 번째 인연이 엮였다. 멍청한 척을 해대며 제 발톱을 숨기고 있던 어린놈이 에니샤를 위해서 처음으로 본색을 드러냈다. 그 의미가 가벼울 리 없었다.

짐승 같은 직감 속에서 로드고와 헬라드가 눈빛을 주고받았다.

죽일까?

죽이자!

번뜩이는 눈빛 교환 속에서 그나마 이성을 갖춘 로시엘이 작게 헛기침하였다.

"……."

헛기침 소리에 로드고와 헬라드는 언제 그랬냐는 듯이 살의를 숨겼다.

카힐 자드카르가 마음에 들지 않는 것은 로시엘도 똑같았다. 그러나 공로에 대한 포상은 확실해야 했다. 또한 카힐에게 주어지는 포상이 명확해야, 후에 이런 일이 생겼을 경우 에니샤의 신변을 확보하기가 더욱 쉬울 터였다. 아마 카힐이 보는 눈 없는 곳에서 에니샤의 행방을 알려주었다면, 그냥 쓱싹해버렸을 수도 있지만…….

너무 공개적인 장소에서 알려줘 버렸단 말이지.

로시엘은 못내 아쉬운 눈으로 공국의 왕자를 바라보았다.

로드고도 로시엘과 비슷한 생각을 하고 있었다. 그러나 이내 아쉬운 마음을 접어 넣고 카힐을 바라보았다.

못 먹어서 그런지 깡말랐지만 타고난 골격이 훌륭했다. 제국민이었다면 일찍이 황실기사단의 종자로 거두어서 기사로 키웠을 터였다.

로드고는 느슨하게 입을 열었다.

"어떻게 황녀를 찾아내었는지는 묻지 않겠다."

"……."

바짝 굳어 있던 카힐의 긴장감이 조금 풀리는 것이 보였다. 아마 어찌 설명해야 할까 퍽 고민스러웠던 모양이었다. 과정보다 결과를 중요시하는 로드고이기에, 굳이 세세하게 캐물어볼 생각은 없었다. 별로 관심도 없고 말이다.

"히페리온은 은원을 잊지 않으니……. 원하는 것이 있다면 말하라."

카힐은 쉬이 입을 열지 못했으나, 로드고는 인내심 있게 기다려주었다. 적당히 재물이나 작위 선에서 끝나기를 바라고 있지만, 만일 그 이상을 바란다 하여도 들어줄 생각이 있었다. 자드카르 공국에 개입을 하는 것까지도 고려하고 있었다. 에니샤를 구해준 대가로 그 정도쯤이야, 충분히 지불할 만하였으니. 하지만 카힐의 대답은 예상을 완전히 벗어났다.

"……없습니다."

카힐은 눈을 아래로 내리깔며 얌전히 답하였다.

"저는…… 무언가를 바라고 한 일이 아닙니다."

그리고 카힐의 대답을 들은 황족들은 기분이 더욱 나빠졌다. 그저 탐욕스럽고 주제를 모르고 날뛰는 자였다면 아주 편하였을 텐데, 어린 꼬맹이가 생각보다 더 만만치 않았다.

로드고는 다소 성마른 손길로 의자의 팔 받침을 두드렸다. 거슬리는 저놈을 어떻게 하고 싶었다. 하지만 황제는 제멋대로 움직일 수 있는 자리가 아니기에, 로드고는 한 발 뒤로 물러섰다. 대신 이놈을 잘 보이는 곳에 놓아두는 것으로 말이다.

카힐을 지그시 바라보던 로드고가 한참만에야 입을 열었다.

"황궁에 네가 있을 자리를 마련해주마."

카힐의 눈이 커졌다.

전혀 생각지도 못한 이야기를 들은 탓이었다.

"감사합니다, 폐하."

얼른 감사를 표하는 카힐 앞에서 로드고는 다시금 말문을 열었다.

"그리고……."

그가 거만하게 카힐을 내려다보며 말하였다.

"언젠가 네 목숨도 한 번 구해주도록 하지."

본디 목숨 빚은 목숨으로 갚는 법이었다. 무려 히페리온의 황제에게 여분 목숨을 지급받은 카힐은 조금 얼떨떨한 얼굴을 해 보였다가, 다시금 감사 인사를 하였다.

꾸벅 조아리는 작은 머리통을 보며, 로드고는 조용히 입매를 비틀었다.

에니샤의 납치사건 이후, 히페리온 황실은 조용히 후처리를 시작했다.

우선 황녀궁의 기사와 시녀들이 전부 철저히 조사를 받았다. 다행히 황녀궁에는 내부협력자가 없는 것으로 밝혀졌으나, 처벌을 피할 수는 없었다. 본디 사형당해도 할 말 없을 중죄이나, 에니샤가 정든 황녀궁 사람들에게 선처를 베풀어 달라 직접 청한 탓에 몇 개월 감봉 수준에서 끝났다.

그와 동시에 저항군에 대한 조사가 들어갔는데, 심문용으로 데려왔던 저항군 연합의 수장 케일런이 수송 중에 자살해버리면서 생각보다 난항을 겪었다. 양팔도 없고 입에 재갈까지 물려놓았는데, 무슨 수를 썼는지 잠깐 감시가 소홀해진 사이 자살한 것이다. 허나 이미 벌어진 일, 어쩔 수 없는 노릇이었다.

황실은 쌍둥이 황자들의 진두지휘 아래, 저항군 연합의 잔당을 추적해 들어갔다. 부리나케 대륙 곳곳으로 도망치던 잔당들은 불과 몇 주도 안 되어서 헬라드에게 전부 잡혀 왔다. 그리고 황궁 지하감옥에 가둬놓고 느긋하게 심문을 시작한 지 사흘 만에 그들은 있는 것 없는 것 다 털어놓았다.

저항군 연합의 잔당들은 가장 먼저 아르커스의 개입을 주장했다. 그러나 조사에 따르면, 그들이 지목한 이들은 전부 아르커스를 사칭한 자들로 밝혀졌다. 또한 납치 당일, 교류단으로 온 아르커스의 마법사들은 전부 거취가 확실하였다. 아르커스에서 황녀를 납치할 이유도 전혀 없었다.

그다음으로 지목된 배후는 몇 년 전 히페리온과 영토 분쟁을 벌였던 소국이었다. 소국의 왕은 저항군 연합에게 자금을 지원해온 사실은 인정하였으나, 납치에 관해서는 필사적으로 억울함을 주장하였다. 물론 모든 증거가 그쪽을 가리키고 있었기에 가벼이 묵살되었지만 말이다. 아마도 그 증거들에 벨루안과 녹시타가 개입하였을 것 같다고, 에니샤는 생각했다. 제국은 황녀를 건드린 이들을 응징하기 위해 두 번째 전쟁에 나서기로 하였다.

정벌 준비로 황성이 꿈틀거리는 가운데, 델 하르인은 무언가 짐작한 눈치였다. 그는 마법수업 때 은근슬쩍 에니샤를 떠보았다.

"……아니시죠?"

에니샤는 무슨 말이냐며 눈썹을 치켜세웠다.

"저도 그 자리에 있었습니다. 황녀님께서 맹세의 주인이시니, 당연히 가야 하지 않겠습니까. 그런데……."

기사들에게 보조마법을 걸어주고, 저항군 연합의 유일한 마법사를 상대하던 델 하르인은 우연히, 아주 우연히 그것을 보았다. 사역마가 저항군 연합 수장의 팔을 뜯어 먹어치우는 모습을.

몹시 순식간에 벌어진 일이었기에 목격한 자는 델 하르인뿐인 듯하였다. 델 하르인도 미묘한 마력의 움직임을 느끼고 무심결에 시선을 옮기다 발견했으니, 아마 아무도 보지 못하였으리라.

"아르커스의 좌법사가 악령과 계약하여 사역마를 부린다 들은 적 있습니다."

이야기를 마친 델 하르인은 슬그머니 에니샤를 바라보았다.

에니샤는 반짝반짝하게 웃으며 되물었다.

"그래서?"

첫 번째 맹세 이후, 델 하르인의 충성은 히페리온이 아니라 에니샤를 향했다. 마력을 틀어쥔 주인의 말에 델 하르인은 곧장 꼬리를 내렸다.

"……아닙니다. 늙으니 영 눈이 침침하여, 잘못 본 것 같습니다."

그리하여 진범을 대신해 엉뚱한 소국이 털리는 동안, 연방국의 선례를 아는 각국은 모두 제국의 눈치를 살피느라 설설 기었다. 여기서 재수 없게 걸리면 나라 하나 날아가는 것이기 때문이었다.

그런 가운데 로드고와 두 황자, 그리고 고위 귀족들이 이번 정벌을 어떻게 할지 논의하고자 회의를 열었다. 그러나 의견을 제시하고 경청해야 할 회의장은 한없이 조용하기만 하였다. 정확히 말하자면, 서로 네가 말하라며 떠넘기느라 바빴다.

침묵 속에서 로드고가 입을 열었다.

"황족 중에서 사령관을 보내었으면 좋겠는데……."

"현명하신 생각입니다, 폐하."

별 힘도 없는 소국이라 제국군들만 보내도 충분히 제압 가능한 수준이었다. 하지만 굳이 사령관 파견을 언급한 로드고와 헬라드는 일제히 로시엘을 쳐다보았다.

로시엘은 어이없다는 듯이 되물었다.

"왜 그렇게 쳐다보십니까?"

그리고 로드고가 입을 떼기도 전에 거절하였다.

"……싫습니다."

하지만 로드고와 헬라드는 이미 입이 찢어져라 웃고 있었다.

"둘째 황자가 몹시 적임자일 듯하군. 첫째 황자의 생각은 어떠하지?"

"참으로 지당하신 말씀입니다, 폐하."

이보다 더 완벽할 수도 없겠다 싶을 만큼 쿵짝이 잘 맞는 모습에 로시엘은 바락 성질을 내었다.

"왜 제가 가야 합니까! 이 정도 소국이라면, 아무나 보내서 적당히 처리하면 되지 않습니까."

로드고가 의자 등받이에 몸을 느슨하게 기대며 말했다.

"네 차례다, 로시엘. 황족의 의무를 다하여야지."

"폐하……."

죽상을 하는 로시엘 앞에서 얄밉게 픽 웃어 보인 로드고가 손을 내저었다.

"회의는 여기까지."

이후, 로시엘은 결국 황녀 납치사건의 배후인 소국을 징벌하기 위한 출정에 나섰다. 심술 다분한 처사에 떠밀리듯 출정한 로시엘은 혹여나 에니샤가 저를 잊을까 두려움에 시달리며 온갖 신출귀몰한 전술을 짜내었고……. 단 한 달 만에 전쟁에서 승리하고 귀국하는 쾌거를 이루었다.

❧❦❧

에니샤는 다섯 살이 되었다.

그동안 벌어진 일들을 나열하자면 역사책이 한 권 나올 정도였다. 수많은 변화가 있었지만, 언급하지 않을 수 없는 굵직한 사건 중 하나는 에니샤의 초상화가 금지된 것이었다. 납치사건 이후, 혹시 모를 위험을 방지하기 위해 막내 황녀의 초상화가 황궁 외부에 나도는 것이 엄격히 금지되었다. 황녀의 특징인 황금빛 머리카락과 주홍색 눈동자는 널리 알려졌어도, 자라면서 변해가는 이목구비까지는 알지 못하게 한 것이다.

당연히 생일 기념 전시회에서도 이제 에니샤의 얼굴은 찾아볼 수가 없었다. 덕분에 에니샤는 각종 예술인들한테서 자유로워졌지만, 로드고와 황자들은 막내 황녀를 자랑할 수단을 하나 잃어 크게 상심하였다.

아르커스 교류단은 약 1년여 동안 마법을 교류한 끝에 본국으로 귀환하였다. 본디 다시 교류단을 파견하기로 되어 있었으나, 무슨 이유에서인지 아르커스는 그 이후 예전처럼 문을 닫아걸었다. 괴팍한 마법사들이 모인 마도왕국의 변덕은 하루 이틀 일이 아닌지라, 제국은 그러려니 하고 넘기는 분위기였다. 어차피 1년여의 교류만으로도 제국은 많은 이득을 보았기에 미련이 없었다.

교류단은 귀국하기 전날, 황녀궁을 찾아왔다.

"……."

그러나 아르커스의 마법사들은 황녀와 독대한 자리에서 아무 말도 하지 않았다. 입을 꽉 다물고서 하염없이 간절한 눈빛을 보낼 뿐이었다.

에니샤 또한 그들에게 해줄 말이 없었다. 아마 입이 열 개라도 한마디조차 못 하였을 것이다.

뜨겁게 내온 찻물이 미지근하게 식을 때까지 침묵이 이어졌다. 결국 먼저 입을 연 것은 테네리페였다. 주근깨 가득한 얼굴을 사정없이 일그러뜨리며, 그는 괴롭게 말하였다.

"……아르커스를 버리지 마십시오."

테네리페가 바닥에 무릎을 꿇었다. 곱게 단장한 아르커스의 예복 로브가 망가지는 것도 아랑곳 않고서, 고개를 조아리며 간청하였다.

"반드시 되찾으러 올 것입니다. 그때는 저희를 택하여 주십시오."

에니샤를 향한 어떤 원망도 없었다. 그저 버리지 말라 애원하는 그들의 맹목적인 충정에 에니샤는 한숨을 쉬었다.

어쩜 그리 벨루안과 녹시타랑 똑같은 소리를 해대는지…….

에니샤는 떠나는 마법사들을 배웅하면서, 그들이 다시 제국을 찾기 전에 해결책을 마련해야겠다고 다짐했다.

❧❦❧

"스칸샤가 레구엘 족을 함락했다 합니다."

변경에서 올라온 보고에 로드고는 짙은 눈썹을 찌푸렸다. 로드고의 옆에 앉아 있던 헬라드가 보고서를 휙휙 넘겨보며 투덜거렸다.

"아……. 레구엘이면 버틸 줄 알았는데, 결국 무너지네. 이번 대 하크만의 공적이 대단하겠어. 레구엘 족까지 벌써 세 번째 아닌가?"

로시엘이 가느다란 손가락으로 깃펜을 쥐고 종이에 무언가 적어

넣으며 답했다.

"대외적으로 알려진 큰 부족만 셋이니, 자잘한 소부족들은 몇 개나 집어삼켰을지 모르지."

회의장에 앉아 있던 귀족이 발언권을 얻어 말하였다.

"확실히 서부의 움직임이 심상치 않습니다. 대비책을 세우는 것이 옳다고 사료됩니다. 우선 병력의 추가 파견을 요청하는 바입니다."

로드고의 미간에 깊은 골이 파였다. 서부 사막-초원지대는 여러 유목민족이 부족을 이루어 땅을 가르고 있었다. 스칸샤는 서부의 패권을 나눠 가지던 강한 부족들 중 하나로, 유일하게 국가를 세워 정착한 부족이었다. 나라의 역사는 짧으나, 건국 이래로 다른 부족들을 잡아먹으며 빠른 속도로 성장해왔다. 특히 이번 대의 하크만은 스칸샤의 영토를 몇 배로 넓히고 있었다. 빠르게 서부 일대를 장악해나가는 속도가 위협적이어서, 벌써 서부 사막-초원지대와 국경을 맞댄 나라들은 스칸샤의 눈치를 보고 있다 하였다. 호전적인 유목민족의 전투력은 제국군도 한 수 접어줄 만큼 뛰어나기에, 히페리온 또한 스칸샤의 움직임을 주시하는 중이었다.

로드고는 서부 경계선에 병력 500과 군수 물자를 보내고, 이후 단계적으로 병력을 늘려가며 경계 태세를 갖추는 것으로 결론 내렸다.

스칸샤에 대한 논의가 끝나자, 갑자기 로드고가 말을 멈추고 창문을 바라보았다. 해의 기울기를 가늠해보던 그는 곧장 자리에서 일어났다. 그리고 쌍둥이 황자 또한 로드고를 따라 벌떡 일어섰다.

아직 논의할 것이 많이 남아 있건만, 벌써 회의를 파하려는 모습에 귀족들 전부 눈이 휘둥그레졌다. 그러나 황제의 땡땡이 사유를 들은 귀족들은 아주 얌전하게 납득하였다.

"오늘 황녀와 함께 공놀이를 하기로 약속한지라."

로드고 옆에서 헬라드와 로시엘이 한마디씩 거들었다.

"우리 막내 황녀는 공놀이도 잘하지."

"아니, 못하는 게 없다고 해야 하지 않을까?"

그리고 황족들의 대화를 듣고 있던 귀족들은 생각했다.

아무도 안 물어봤는데요…….

그러나 귀족들이 물어보든지 말든지, 관심 있든지 말든지 황족들은 꿋꿋하게 에니샤의 엄청난 공놀이 능력을 자랑하였다.

얼추 자랑이 끝나자마자, 귀족들은 모두 만장일치로 회의 파장에 동의하였다. 히페리온 황궁에서 막내 황녀는 만능열쇠나 다름없는 존재였다.

성공적으로 회의를 일찍 끝마친 세 남자는 냉큼 황녀궁으로 향하였다. 에니샤가 다섯이니, 헬라드와 로시엘은 이제 열다섯이었다. 성년식을 치를 나이에 가까워진 황자들이 어린 황녀와의 공놀이에 열을 올리는 이유는 간단했다.

에니샤는 여전히 친구가 없었다…….

여느 귀족 가문 아이들은 한창 또래들과 어울리며 작은 사교 모임에 매진할 때였지만, 에니샤는 사교계에서 빗겨나도 한참 빗겨나 있었다. 일전의 다과회 사건 이후 아무도 황녀 근처에 얼씬도 하지 않았기 때문이다. 괜히 황녀 옆에서 알짱거리다가 크게 눈 밖에 나는 위험을 감수하느니, 애초부터 접근하지 않겠다는 것이 대다수의 생각이었다. 에니샤도 딱히 친구를 사귈 이유가 없어서 자의 반, 타의 반으로 다른 히페리온 황족들처럼 고독한 한 마리의 짐승놀이를 하는 중이었다.

어쨌든 황자들은 에니샤의 그런 속마음을 알지 못하기에, 외로운 황녀와 놀아주어야 한다는 책임감에 불타고 있었다. 실상은 에니샤가 황자들과 놀아주는 꼴이지만 말이다.

"아버지, 오라버니. 오셨어요?"

황녀궁 정원에서 시녀들과 함께 기다리던 에니샤는 정원 입구로 들어서는 로드고에게 드레스 자락을 살짝 들어올리며 제법 의젓하게 인사해 보였다.

로드고는 에니샤가 인사하는 사이에 훌쩍 걸어와선 단박에 안아 들었다. 번쩍 들어올리는 손에 에니샤는 까륵 웃음을 터뜨렸다. 로드고가 에니샤의 뺨에 키스하고 내려주자 쌍둥이 황자들이 양쪽에 달라붙어서 볼을 잡아당겼다.

오늘 정원에서 하기로 한 공놀이는 긴 막대에 매달린 바구니에 공을 던져서 집어넣는 것이었다.

에니샤는 어린 짐승 가죽으로 만들어 털을 채워 넣은 공을 손에 쥐었다.

로드고와 황자들은 한쪽에 마련된 자리에 쪼르륵 앉아 에니샤를 구경하였다. 그러나 얌전히 구경만 할 사람들이 아니었다. 시녀가 저만치 앞에 바구니를 매단 막대를 꽂아놓자마자 바로 비난이 폭주했다.

"너무 높은 것 같군."

"높네."

"높잖아."

시녀는 익숙한 얼굴을 하고선 스르륵 바구니의 높이를 아래로 내렸다. 민망함은 에니샤의 몫이었다.

에휴, 저러니까 내가 친구가 없지.

솔직히 저놈들 탓이 9할 이상이라고 생각하며, 에니샤는 도도도 바구니를 향해 뛰어갔다. 그리고 바구니 앞에서 있는 힘껏 폴짝 뛰면서 공을 던졌다.

야심찬 던지기였지만, 힘이 없는 탓에 공은 바구니 밑 부분만 겨우 때리고 툭 떨어졌다. 옆에서 일제히 탄식이 터졌다. 누가 보면 국가 대항전이라도 하는 줄 알겠다.

"괜찮아, 에니샤!"

"쭈글아, 할 수 있……. 으악!"

로시엘을 따라 응원하던 헬라드가 외마디 비명을 질렀다. 이제 황자황녀님도 어느 정도 나이가 찼으니, 듣기 경망스러운 애칭은 쓰지 않았으면 좋겠다는 권고를 들은 차였다. 그래서 헬라드가 쭈글이 소리를 할 때마다 로시엘이 옆구리를 찔렀다.

에니샤는 그들에게 손을 한번 흔들어 보이곤, 떨어진 공을 손에 쥐었다. 벌써 귀찮아서 그냥 포기하고 싶지만, 기대에 찬 구경꾼들을 위해 한 번은 넣어줘야 할 것 같았다. 뒤로 조금 물러났다가, 다시 열심히 달려서 공을 던지려던 때였다.

"우앙?!"

뭐가 발에 툭 채였다.

손에서 놓친 공이 저만치 날아가고, 에니샤는 그대로 앞으로 쭈욱 넘어졌다.

"에니샤!!"

넘어지는 순간, 세 남자가 동시에 자리에서 벌떡 일어나 우르르 달려왔다. 그러곤 에니샤의 손바닥이 까진 것을 확인하곤 난리가 났다.

에니샤는 의사를 부르네, 마법사를 부르네, 난리를 치는 그들을 간신히 만류하였다. 정원 잔디밭이 부드러워서, 손바닥은 피도 안 나고 껍질이 조금 까져 붉어진 정도였다.

손수건을 꺼낸 로시엘이 손바닥을 곱게 묶어주었다. 매듭을 묶는 걸 구경하던 헬라드가 에니샤의 뺨을 손가락으로 콕콕 찌르며 말했다.

"공 던지는 거 잘하더라."

누가 봐도 개판으로 던졌는데 콩깍지가 단단히 들러붙은 모양이었다.

로시엘이 곧장 헬라드를 타박했다.

"지금 애가 다쳤는데 공이 뭐가 중요해? 눈치 어디 갔어. 콴테아 군도 앞바다에 버리고 왔어?"

"야, 그래도 잘한 건 칭찬해줘야지!"

"그건 그렇지만······!"

그러나 평화롭게 쌍둥이들을 만류할 때가 아니었다.

"······정원사 불러와."

로드고가 금방이라도 살인 낼 것 같은 표정으로 사납게 말하였다.

시녀들이 히이익 헛숨을 들이켜며 황급히 정원사를 부르러 사라졌다. 에니샤는 오늘 황녀궁에서 펼쳐질 유혈사태를 어렵잖게 상상할 수 있었다.

이런 상황에서 나설 사람은 에니샤뿐이었다. 으르렁거리는 로드고 앞에서 에니샤는 손수건으로 묶은 손을 쭉 펼쳐서 이리저리 흔들어 보였다.

"괜찮아요. 오라버니가 이거 해줘서 하나도 안 아픈데……."

그래도 로드고의 표정이 영 풀리지 않자, 에니샤는 필살기를 꺼내 들었다. 방싯 웃으며 그의 품에 안겨선, 손수건이 묶인 손을 내밀었다.

"아빠가 호 해주면 완전히 나을 것 같아요."

"……."

그러자 로드고는 또 시키는 대로 하였다.

손바닥에 열심히 입김을 불어주는 얼굴은 여전히 미간이 잔뜩 좁아져 있었으나, 아까보단 한결 부드럽게 풀린 모양새였다.

그에게 안겨 있던 에니샤는 대역죄인처럼 기사들에게 양팔이 포박되어 끌려온 정원사를 발견하였다.

이제 괜찮다고, 얼른 가보라고 손짓하자 정원사는 핏기가 빠져 허연 얼굴로 눈물을 줄줄 흘리며 무언의 감사 인사를 하고는 후다닥 도망갔다.

정원사의 뒷모습을 쳐다보던 에니샤는 아련한 표정으로 화창한 하늘을 올려다보았다.

오늘도 내가 사람 하나 살렸구나…….

태어난 지 다섯 해. 폭주하는 짐승들을 다루는 에니샤의 조련 기술은 날이 갈수록 발전하고 있었다.

◆◆◆◆◆

근래 에니샤가 새로이 열을 올리는 것이 있었으니, 바로 황궁 탐험이었다. 천공의 마도왕국이라 불리는 아르커스는 하늘에 띄운 인공섬이므로 영토가 넓지 않았다. 당연히 왕궁도 그리 크지 않았고, 마음먹으면 하루 만에 다 둘러볼 정도였다. 하지만 히페리온 황궁은 달랐다. 오랜 역사 속에서 대를 거듭하며 증축과 수리를 반복해온 황궁은 그 끝을 알기 어려울 만큼 뻗어나갔고, 하나의 도시와 같은 모양새를 지녔다. 이제 다섯 살도 되었겠다, 혼자 여기저기 돌아다닐 수 있는 에니샤에게는 좋은 놀이터였다.

당연히 황녀궁의 시녀들은 처음 에니샤가 황궁 탐방을 하겠다고 혼자서 쏙 사라졌을 때 질겁하였다. 하지만 요즘에는 조금 놓아주는 분위기였다. 에니샤의 탐험은 길어봤자 두세 시간을 넘지 않았고, 가는 장소도 안전한 곳뿐이기 때문이었다. 결정적으로 로드고와 쌍둥이 황자들이 에니샤의 탐험을 묵인해주기도 했다. 그들은 아직 어린 에니샤가 황궁 안에만 갇혀 사는 것에 큰 미안함을 품고 있었다. 그러니 적어도 황궁에서만이라도 자유롭게 해주고 싶어 하였다. 물론 안전을 위해 황궁의 경비체제는 대대적으로 손보았다. 황궁의 결계마법진도 일전의 납치사건 이후 에니샤가 델 하르인을 통해 직접 손보았기 때문에, 이제는 제아무리 좌우법사라 하여도 쉽게 마법진을 허물지 못할 정도로 강대해졌다.

"와…… 날씨 좋다."

새파란 가을 하늘 아래 불어오는 시원한 바람을 만끽하며, 에니샤는 팔짝팔짝 뛰어갔다.

오늘의 외출 장소는 금빛숲이었다. 그곳은 에니샤가 가장 많이 찾아가는 곳이었는데, 두 가지 이유가 있었다.

첫 번째는 금빛나무 때문이었다. 아직 마력이 되돌아오지 않은 에니샤에게 금빛나무는 좋은 휴식처였다. 그저 밑에 앉아 있기만 해도 굉장한 기분 전환이 되어, 가슴이 답답할 때마다 금빛나무를 찾곤 하였다.

두 번째는 카힐 때문이었다. 납치사건 이후, 에니샤는 카힐과 만난 적이 없었다. 하지만 간접적인 흔적은 몇 번 보았는데, 금빛숲에 눈 부스러기가 떨어져 있는 것이었다. 이제는 자신의 힘에 조금 익숙해졌는지 나무를 얼려놓진 않았다. 다만 칠칠맞지 못하게 얼음 조각이나 눈 부스러기 따위를 흘려놓는 경우가 가끔 있어서, 에니샤는 볼 때마다 부지런히 흙으로 잘 덮어주곤 했다. 다행히 오늘은 흔적이 없는 것 같았다.

금빛숲의 초입부터 찬찬히 살피며 걷던 에니샤는 이내 금빛나무에 도착했다. 바람결에 잘게 흔들리는 황금색 잎사귀를 보면서 한껏 숨을 들이마셨다.

금빛나무에서 불어오는 마력이 폐부 깊숙이 스며들었다. 깊게 들이마신 숨을 다시금 천천히 뱉어냈다가, 하늘을 향해 손을 뻗어

보았다.

"……."

햇살 아래 하얗게 비치는 손은 여전히 작았고, 미성숙한 육체 속에서 맴도는 마력 또한 하찮기 짝이 없었다. 하지만 욕심을 내선 안 됐다. 무리해서 마력봉인을 건드렸다간 무슨 일이 생길지 몰랐다. 자신의 몸 상태를 분명하게 알아갈수록, 에니샤는 저번에 피 토하고 하루 꼬박 기절한 것이 운이 좋았던 경우임을 절감했다. 튼튼한 히페리온의 신체가 아니었다면, 그때 즉사하였을지도 몰랐다.

무슨 봉인이 이리 악독한지…….

투덜거리다 보니 자연스럽게 아르커스 왕국이 떠올랐다. 아르커스에서 이만큼 저를 밀어붙일 수 있는 사람이 있다는 게 놀라웠다. 적어도 원로마법사급은 되어야 할 텐데, 아무리 생각해도 원한 산 일이 없었다. 좌우법사에게 생각이 다다른 에니샤는 고개를 세차게 내저었다.

어떻게 그들을 의심할 수가 있을까.

생각한 것만으로도 스스로에게 실망스러웠다.

눈을 질끈 감았다가 뜨는데, 어쩐지 시야가 거뭇했다.

하늘에서…… 뭔가…… 떨어진다……?

"으악!!"

에니샤는 위에서 떨어진 무언가와 정통으로 부딪히고 말았다. 그대로 발라당 넘어져서 정신을 못 차리다 겨우 앞을 바라보았을 때, 에니샤는 진심으로 깜짝 놀랐다.

투명한 청회색 눈동자가 시야 가득히 들어찼다. 은회색 머리카락이 나풀나풀 흐트러지고, 조그만 눈송이가 보송하게 뺨에 내려앉았다. 차가운 눈의 감촉을 느끼며, 에니샤는 멍하니 말하였다.

"······늑대모피?"

놀란 것은 카힐도 마찬가지였다. 그는 얼음이라도 된 듯 버쩍 굳어서 에니샤를 바라보았다.

덮치듯 바짝 붙은 거리가 가까웠다. 조금만 고개 숙이면 입술이 닿겠다 싶을 정도였다. 기다란 속눈썹이 파들파들 떨렸다.

아무 말도 못 하고 넋이 나간 듯 저를 바라보는 카힐에게, 에니샤는 뺨에 묻은 눈송이를 닦아내며 중얼거렸다.

"무거운데······."

"······!!"

카힐은 그제야 번뜩 정신을 차린 듯하였다. 그가 거의 구르듯이 벌떡 몸을 일으켰다. 그러더니 갑자기 양손으로 제 뺨을 때렸다. 철썩 소리와 함께 벌게진 뺨을 하고서, 카힐이 멍청히 질문했다.

"진짜 황녀님이십니까······?"

에니샤는 몸을 일으키며 그에게 되물었다.

"그럼 가짜 황녀님도 있어?"

"······."

카힐이 대답도 못 하고 눈만 깜빡였다.

에니샤는 풀잎이 잔뜩 묻은 드레스를 털며 인상을 찌푸렸다. 완전히 제대로 엉덩방아였다. 엉덩이가 짓무른 복숭아처럼 변했을지도 몰랐다.

끄응 소리를 내자 카힐은 그제야 저가 무슨 짓을 저질렀는지 제대로 깨달은 모양이었다. 그는 얼굴까지 하얘져가며 어쩔 줄을 몰라 하였다.

"많이 아프십니까? 제게 잠시 보여주시면……."

"하지만 엉덩이인걸."

"……."

카힐은 그만 얼굴이 펑 하고 터져버렸다. 목덜미까지 빨개진 모양새를 보며 에니샤는 소리 내어 웃었다.

"죄송……. 죄송합니다……. 제가……."

카힐이 토마토 같은 얼굴로 두서없는 사과를 주워 삼키는 동안, 에니샤는 잠시 그를 관찰했다.

에니샤는 새삼스레 카힐을 살폈다. 언뜻 황실기사단에 종자로 들어갔다는 소식을 들었는데, 그래서인지 확실히 얼굴이 폈다. 몸에 근육도 꽤 잡혔고, 키도 훌쩍 자라나서 예전과 달리 에니샤가 한참 올려다봐야 했다. 잘 크고 있구나 싶어서 괜히 마음이 뿌듯했다.

그나저나 바깥에 나갔다 오는 건가?

에니샤는 고개를 갸웃하였다. 그때 납치되어 마차에 실려 가던 에니샤를 쫓아온 것도, 황궁 바깥에 있다가 보고 쫓아온 것이 분명했다. 그 뒤로도 카힐은 부지런히 황궁 밖을 드나드는 모양이었다. 뭘 하기에 열심히 나갔다 오는지 궁금했지만, 감추고 싶은 비밀일 것 같아서 물어보진 않았다. 에니샤는 대신 오랜만에 만난 카힐에게 하지 못했던 말을 하였다.

"그때 뺨 때려서 미안."

에니샤의 말에 카힐이 느릿하게 눈을 깜빡이다 아닙니다, 하고 작게 속삭였다. 그의 머리카락과 눈동자가 다시금 짙게 물들어가고, 주위에 아른거리던 한기도 옅어졌다. 본래의 남청색으로 되돌아온 카힐은 잠시 머뭇거리다 제 목덜미를 쓸어내리며 물어보았다.

"제가…… 이상하지 않으십니까?"

에니샤는 정말 의아한 표정으로 되물었다.

"뭐가?"

정령의 계약자라는 사실이 특이하긴 하지만, 이상한 것은 아니었다. 그걸 이상하다고 생각하기엔, 에니샤는 아르커스에서 정말 이상한 사람들을 많이 보아왔다. 그런데 에니샤의 되물음에 카힐의 표정이 이상해졌다. 꼭 울 것처럼 눈매를 일그러뜨리는 것이 아닌가. 카힐은 격하게 차오르는 감정을 삼키듯 아랫입술을 꼭 깨물었다가 밭은 숨을 토해내었다.

이러다 애 울리겠다 싶어서, 에니샤는 얼른 화제를 돌렸다.

"황실기사단의 종자가 되었다며?"

그러자 카힐은 옅게 얼굴을 붉히며 답했다.

"예. 아할든의 종자가 되었습니다."

에니샤는 눈이 동그래졌다. 아할든은 제국의 황실기사단 중에서 가장 명예로운 세 기사단 중 하나였다. 서른셋의 기사로 이뤄진 황제직속기사단 쿠테른. 그리고 각기 태양과 달을 이어받은 황족에게 전해지는, 열셋의 기사로 이뤄진 아할든과 이엘타. 아할든은 헬라드의 직속기사단으로서, 그곳의 종자가 된 것만으로도 어느 정도 출세가 보장되었다 할 수 있었다. 어린 나이에 제국으로 끌려와 아무것도 없이 바닥을 구르다 아할든의 종자로 들어갔다니 대단하지만······. 헬라드 밑으로 들어간지라, 그것이 정말 잘된 일인지는 모를 일이었다.

내게 기사단이 있었으면 카힐을 구제해줬을 텐데.

에니샤는 기사단이 없었다. 제국의 역사 속에서 세 번째 별은 존재한 적이 없던 탓이었다. 에니샤가 탄생한 이후 새로운 기사단 창설을 논의했지만, 그 당시 인력이 부족하였고 에니샤도 딱히 필요성을 느끼지 못하였기 때문에 흐지부지되었다. 지금 와서 기사단을 만들기도 우스운 노릇이고, 그런 걸 만들어서 유지하고 신경 쓰기엔 해야 할 일들이 너무 많았다. 로드고와 쌍둥이 황자를 상대하는 것만으로도 하루가 벅찼다. 러츠펠트 부인 앞에서 적당한 천재 흉내를 내기도 힘들고, 델 하르인과 함께 매일 마력을 점검하고 사용 가능한 마법을 확인하는 것도 바빴다. 겉으로는 한가해 보여도 속은 누구보다 바쁜 막내 황녀님이었다. 그나저나 카힐도 종자가 되었으면 많이 바쁠 터였다.

"우음······. 바쁘지 않아?"

에니샤의 질문에 카힐이 주저하며 답했다.

"지금 훈련을 가려던 길이긴 하지만······ 조금 늦어도 괜찮습니다."

황녀님 곁에 더 있고 싶다는 티를 내는 카힐과 달리, 에니샤는 다른 것에 이미 꽂혀버린 뒤였다. 그러고 보니 헬라드가 검 쓰는 것은 한 번도 보지 못했다. 이 기회에 구경해보는 것도 괜찮을 것 같았다.

"앞장서!"

의아히 저를 쳐다보는 카힐에게 에니샤는 당당히 답했다.

"구경 가려구."

먼저 몇 걸음 내딛던 에니샤는 멈춰 서서 카힐을 돌아보았다. 그리고 그에게 손짓하며 말했다.

"나 안아줘."

아까 엉덩방아를 찧은 탓에 걷기가 힘들었다.

카힐은 어쩐지 삐걱삐걱하는 모양새로 에니샤에게 다가와 조심스레 안아 들었다.

항상 로드고와 쌍둥이를 이동수단으로 애용하던 에니샤는 자연스럽게 카힐의 품에 안겼다. 단단한 팔뚝의 승차감이 꽤 마음에 들었다.

에니샤는 방싯 웃으며 명령했다.

"가자!"

"……예, 황녀님."

카힐은 빨개진 얼굴로 걸음을 옮겼다.

— 너, 사람 죽여봤지?

아할든 기사단의 종자로 일하게 된 첫날, 황자가 던진 질문이었다.

카힐은 조심스럽게 눈치를 살폈다. 황녀님과 닮은 주홍색 눈동자가 자신을 꿰뚫을 듯이 바라보았다. 질문을 하였지만 굳이 대답을 바란 것은 아닌 듯했다. 이미 답을 알고 있기 때문이었다.

헬라드는 비스듬하게 고개를 기울이며 웃었다.

— 재밌는 놈이 들어왔네.

카힐은 끝까지 아무 말도 하지 못했다.

히페리온 제국에 온 뒤로, 카힐 자드카르의 인생은 많은 것이 변화했다. 원하는 것은 하나뿐이었다. 황녀님 앞에 당당히 나설 수 있는 것. 하지만 자신은 아직 한참 부족하기만 하였다. 그래서 카힐은 절박해졌다. 아할든의 종자가 되기 이전부터, 카힐은 제국에서 자신의 자리를 만들기 위해 분투를 벌였다. 이따금 정의롭지 않고, 옳지 못한 행동을 하게 되더라도 개의치 않았다. 아무것도 모르는 순진하고 착한 아이가 되기엔, 자신은 이미 너무 먼 곳으로 와버렸다. 아마 황녀님이 아니었다면 이 정도로 탐욕스러워지진 않았을 터였다. 자드카르를 향한 복수심보다 더 커다란 마음이 지금의 카힐을 이끌고 있었다.

"살려줘……. 뭐든 할 테니…… 제발……."

최후의 애원은 처절했다. 그러나 카힐은 무감하게 손을 내저었다. 허공에 떠오른 얼음송곳이 단박에 남자의 몸을 꿰뚫고, 끔찍한 단말마와 함께 더운 피가 사방으로 튀었다. 얼굴에 쓰고 있던 가면도 예외는 아니었다. 카힐은 소맷자락으로 흥건한 피를 닦아내며 천천히 뒤를 돌아보았다.

"수고했다, 꼬맹아."

함께 의뢰를 수행하던 마법사 레시나가 콧노래를 불렀다. 그녀는 죽은 남자의 품을 뒤적여 작은 유리병을 집어 들었다.

카힐은 깊게 눌러쓰고 있던 후드를 조금 뒤로 젖혔다.

"이번 의뢰에 살인은 없었던 것으로 알고 있습니다."

"뭐 어때. 의뢰하다 보면 그럴 수도 있지."

은근슬쩍 넘어가려는 모양에 카힐은 무표정하게 손을 내밀었다.

"추가금 주십시오."

"하여간 어린놈이 만만찮아."

말은 그렇게 하면서도, 레시나는 기분 좋게 금화 하나를 더 얹어 주었다.

돈 계산을 끝낸 카힐 또한 미련 없이 떨어져나갔다.

"먼저 가보겠습니다."

"그래, 그래."

시원스럽게 카힐을 내쫓는 그녀는 오늘도 묻지 않았다. 마법사이니 카힐이 쓰는 힘이 어떤 것인지 짐작할 텐데도 말이다. 그래서 레시나와 함께 일하는 것이긴 하지만, 가끔 고맙다는 생각이 들었다. 특히나 오늘처럼 피곤한 날에는, 더더욱…….

허름한 여관방으로 몸을 이동하자마자, 카힐은 바닥에 주저앉았다. 선금을 잔뜩 주고 집처럼 쓰고 있는 이곳은 카힐이 그나마 경계심을 조금 풀어놓는 장소였다.

저 멀리서 소리 높여 웃는 소리가 들려왔다.

— 이제 도살자가 다 되었구나, 카힐!

목소리가 비아냥거리며 말을 걸어왔다.

밀려오는 정신적 피로함에 눈앞이 아찔해지자, 온몸을 타고 오르는 한기가 느껴졌다. 얼굴까지 덮어오는 냉기에 카힐은 품을 더듬었다. 그리고 손안에 잡히는 딱딱한 것을 꽉 그러쥐었다. 황궁에서 종자 일을 할 때도, 황궁 바깥에서 용병 일을 할 때도 항상 품에 지니고 다니는 그것은 황녀님이 준 머리핀이었다.

머리핀을 손에 쥐자 거짓말처럼 목소리가 잦아들었다. 전신을 뒤덮었던 한기도 어느새 사라진 뒤였다.

"……."

한참 바닥에 주저앉아 있던 카힐은 비척비척 몸을 일으켰다. 여관 주인이 미리 받아놓은 목욕물은 차갑게 식어 있었지만, 카힐은 익숙하게 가면을 벗고 피에 젖은 몸을 씻어냈다.

새 옷으로 갈아입으면서 가장 먼저 챙긴 것은 머리핀이었다. 카힐은 머리핀을 오래도록 만지작거리다가 다시 품에 넣었다.

의뢰가 생각보다 길어져서 늦어버렸다. 곧 훈련이 시작할 터이니, 이제 황궁으로 돌아가야 했다. 다른 종자들은 이미 한참 전부터 일하고 있을 터였다. 혼자 여유로운 것은 종자들이 카힐을 따돌리면서 허드렛일조차도 제대로 나눠주지 않으려 하는 덕분이었다. 자드카르의 왕자라는 애매한 신분, 히페리온 제국에 충성을 바치지 않고 후에 타국으로 돌아갈 존재. 거기다 어느 날 갑자기 종자가 되었으니, 이질적으로 겉도는 것도 당연한 일이었다.

별로 불만은 없었다. 혼자인 게 익숙하기도 했고, 다른 종자들처럼 하루 종일 일에 매달리지 않아 원래 하던 용병 일을 그대로 할 수 있기 때문이었다.

카힐은 천천히 눈을 감았다. 몸을 타고 차가운 기운이 도는 것이 느껴졌다. 다시 눈을 떴을 때, 눈과 얼음으로 흩어졌던 몸은 원하는 장소에 다다라있을 터였다. 언제나 그렇듯, 가장 좋아하는 금빛나무 앞으로 이동하였다. 거기까지는 평범한 일상과 다를 바 없었다. 황녀님 위로 떨어지기 전까지는 말이다. 가볍게 착지하려던 카힐은 황녀님을 보자마자 곧장 추락하고 말았다.

"……늑대모피?"

믿을 수가 없었다. 부드럽게 펼쳐진 금빛 머리카락과 보석처럼 반짝이는 주홍색 눈동자. 아주 가끔 꿈에서나 보던 사람이 눈앞에 있었다. 목소리가 저를 꼬여내기 위해 만들어낸 허상이 아닐까 잠시 의심했지만, 눈부시게 반짝이는 황녀님은 현실이었다.

하지만 반가움보다 먼저 앞선 것은 걱정과 두려움이었다. 벌써 황녀님 앞에서 몇 번이나 힘을 쓰는 모습을 보였다. 그녀가 저를 괴물처럼 여겨도 할 말이 없었다. 몸에서 피비린내와 쇠 냄새가 나는 것 같았다. 그렇게 깨끗이 씻고 왔음에도.

무의미한 줄 알면서도, 조금이나마 냄새가 지워지길 바라며 손으로 목덜미를 쓸어내렸다.

"제가…… 이상하지 않으십니까?"

그러나 황녀님은 티 없이 맑은 눈으로 되물었다.

"뭐가?"

짤막한 되물음 한마디뿐이었다. 그냥 그것뿐인데, 그런데……. 갑자기 속을 꽉 누르고 있던 무언가가 스르륵 사라지는 기분이었다. 눈시울에 열기가 오르고 코끝이 아려왔다. 그녀의 말 한마디, 행동 하나가 제게 얼마나 큰 구원이 되는지, 아마 황녀님은 모를 것이다.

그 뒤론 무슨 이야기를 주고받았는지 제대로 기억나질 않았다. 정신을 차렸을 땐 이미 황녀님을 품에 안고 있었다.

"가자!"

잔뜩 신난 황녀님을 품에 안고서 조심조심 걸음을 옮겼다. 발밑에서 바스락바스락 낙엽이 밟히는 소리가 들릴 때마다, 카힐은 제 심장이 두근거리다 못해 바스러지는 소리가 아닐까 생각하였다.

심장이 터질 것처럼 두근거려서 가슴이 아플 정도였다. 쏟아지는 온기에 싹틔우는 새순처럼 자꾸만 미소가 났다. 카힐은 가만히 숨을 들이마셨다. 꽃 내음과 비슷하면서도 맑고 청량한 향기가 코끝에 닿았다. 깊숙이 들이마시면 가장 끝에는 마른 햇볕 냄새가 났다.

황녀님의 머리카락에 얼굴을 부비고 싶은 마음을 간신히 억누르며, 최대한 천천히 걸어갔다. 지각을 한참 넘어선 시간이었다. 날아가도 모자랄 판이었지만 개의치 않았다. 개처럼 두들겨 맞더라도 좋았다. 맞는 것이야 자드카르에 있을 때 이미 이골이 났으니, 고통을 참는 일에는 익숙하였다. 어떤 대가를 치러도 좋았다. 카힐은 그저 이 시간이 조금이라도 길어지길 바랄 뿐이었다.

⚜

가을에 접어든 숲은 알록달록하게 물들어 있었다. 카힐은 잔뜩 긴장한 모양인지 조개처럼 입을 꼭 다물었다.

사실 그와 에니샤는 전혀 만날 일이 없는 사이였다. 언제 또 이런 기회가 생길지 알 수 없어서, 에니샤는 대화를 조금 나눠보기로 하였다.

"기사단 생활, 힘들진 않아?"

시선이 맞닿았으나, 카힐은 눈을 오래 마주 보지 못했다. 곧장 떨어져나간 시선은 어설프게 허공을 더듬었다.

대답할 때까지 채근 않고 가만히 기다리자, 카힐이 머뭇머뭇 입을 열었다.

"그게…… 이런 질문을 받은 것이 처음인지라……."

그가 초조하게 아랫입술을 깨물었다가 답했다.

"무어라 말해야 황녀님께서 좋아하실지 모르겠습니다."

정말 상상도 못 한 대답이었다. 에니샤는 한숨을 폭 내쉬며 종알거렸다.

"내가 좋아하는 거 말고, 네 마음을 물어본 거야."

하여간 카힐만 보면 좌우법사 생각이 나서 자꾸 챙겨주고 싶어졌다. 에니샤는 그에게 이런저런 이야기를 조잘조잘 늘어놓았다.

"……그 힘도 너무 자주 쓰지는 말고!"

정령의 힘에 관해서 미리 주의를 줘놓으려고 하는데, 카힐이 묘한 눈으로 바라보았다. 그가 조금 가라앉은 목소리로 말하였다.

"황녀님은…… 모든 것을 알고 계신 것 같습니다."

처음 뵈었을 때부터 지금까지.

작게 속삭여 덧붙이는 말이 희미했다.

확실히 다섯 살 아이가 하기엔 이상한 소리들이었다. 하지만 이미 카힐 앞에서는 여러 번 이상한 짓을 해버린 전적도 있고, 에니샤는 나름 그를 특별하게 여기고 있었다. 왠지 모르게 카힐에게는 본모습 그대로 행동해도 괜찮을 것 같다는 믿음이 들곤 했다.

좌우법사가 겹쳐 보여서 그런 것일까…….

에니샤는 그런 생각을 하며, 작은 손을 들어 카힐의 머리카락을 잡아당겼다.

"너무 많은 걸 알려고 하지 마."

그러자 카힐은 또 고분고분하게 예, 황녀님, 하고 답했다.

금빛숲 입구에 이르러서, 에니샤는 이제 내려달라고 말하였다.

떨어지기 싫어서 머뭇거리는 그에게 에니샤는 심각한 얼굴로 말했다.

"아버지나 오라버니가 이 모습을 보면 널 죽일지도 몰라."

지극히 온당한 말인지라, 카힐은 조심조심 내려주었다.

에니샤는 카힐을 길잡이 삼아 앞장세웠다.

황자궁의 연무장까지 가는 동안 여러 사람을 만났다. 황녀님이 웬 소년과 함께 가는 모습에 다들 눈이 휘둥그레졌지만, 길 안내를 받고 있다고 위엄 있게 알려주자 물러났다.

황자궁에 들어서자 시종들이 나서서 안내해주겠다고 하였지만 거절하였다. 깜짝 놀라게 해줄 생각이니 오라버니에게 알리지 말라고 신신당부하는 것도 잊지 않았다.

연무장 근처로 다가가자 이미 훈련이 한창인 듯 우렁찬 기합 소리가 들려왔다.

카힐이 천천히 연무장으로 들어서니, 따가운 눈총들이 쏟아졌다. 가장 먼저 훈련 준비를 해야 할 종자가 보란 듯이 지각하였으니 당연한 일이었다. 카힐의 몫을 대신한 종자들도, 훈련하던 기사들도 좋지 않은 눈길을 보냈다. 그러나 그들의 눈빛은 뒤이어 등장한 에니샤를 보고 경악으로 뒤바뀌었다.

"오라버니!"

가장 앞에서 진검을 들고 고고하게 서 있던 헬라드는 에니샤의 목소리에 멈칫하였다.

"……에니샤?"

헬라드는 믿기지 않는다는 눈으로 쳐다보았다가, 들고 있던 검을 그대로 바닥에 내팽개쳤다. 채 한 걸음을 옮기기도 전에, 맹렬하게 뛰어온 헬라드가 이미 에니샤 앞에 다다라 있었다.

"우리 쭈글이가 여기까진 무슨 일일까!"

에니샤를 번쩍 들어 올리는 그의 얼굴은 좋아서 어찌할 바를 모르고 헤실헤실 풀어져 있었다. 로시엘도 없겠다, 맘대로 쭈글이라는 애칭을 쓰며 에니샤의 뺨에 키스를 쏟아내었다. 기뻐서 날아갈 듯한 헬라드의 태도를 보니 오길 잘했다는 생각이 들었다.

에니샤에게 이마를 맞대고 코끝을 문지르며 키득거리던 헬라드가 느릿하게 고개를 돌렸다.

"그런데……."

헬라드의 시선이 카힐을 향했다. 그가 한쪽 입매를 비틀며 질문했다.

"넌 뭔데 에니샤랑 같이 와?"

에니샤는 저를 안고 있는 헬라드를 빤히 쳐다보았다. 에니샤 앞이라고 그나마 얼굴은 웃고 있는데, 눈은 전혀 그렇지 않다. 금방이라도 카힐을 333조각으로 차라락 쪼개서 어디 먼 앞바다에 내다

버리라고 할 듯한 눈이었다.

그냥 같이 왔을 뿐인데 이 정도라니.

문득 앞으로 애인은 사귈 수 있을까 하는 생각이 들었다.

대법사 시절에는 이름을 비롯한 자신의 모든 것을 아르커스에 바쳤기에 결혼이 불가능했다. 지금도 딱히 결혼이나 연애에 관심이 있는 건 아니지만, 그래도 황녀이니 언젠가 결혼을 하지 않을까 막연히 생각했는데…….

에니샤는 자신이 남자친구예요! 하고 데려온 사람을 로드고와 헬라드, 로시엘이 사이좋게 삼등분하는 광경을 어렵잖게 상상할 수 있었다. 애먼 살인사건 일으키지 않으려면 지금부터 잘해놔야 할 것 같았다.

"오라버니, 오라버니."

옷깃을 잡아당기자, 헬라드가 언제 그랬냐는 듯이 환하게 웃으며 에니샤를 돌아보았다.

"내가 데려다달라구 한걸요."

헬라드의 황자궁은 종종 놀러왔지만, 연무장은 혹시 검 배우라는 소리 할까 봐 근처에 얼씬도 하지 않았던 곳이다. 그러니 이리저리 놀러 다니던 에니샤가 우연히 만난 사람을 안내자 삼아 데려오더라도 이상한 일은 아니었다.

"그래애……?"

헬라드는 눈매가 잔뜩 가늘어지긴 했어도 더 묻진 않았다. 감히 에니샤의 말을 추궁하다니, 팔불출 황족들에겐 절대 있을 수 없는 일이었다. 헬라드는 에니샤를 끌어안은 채 카힐을 향해 고개만 까닦였다.

카힐은 고개를 꾸벅 숙이곤 조용히 종자들이 있는 곳으로 걸어 갔다.

"......."

에니샤는 조금 신기한 눈으로 그런 카힐을 바라보았다.

무표정한 카힐의 얼굴은 완전히 다른 사람 같았다. 에니샤 앞에 서는 수줍어하면서도 조금씩 감정 표현을 하였는데, 지금은 꼭 도자기로 만든 인형처럼 무감해 보였다.

헬라드가 에니샤의 볼따구를 열심히 괴롭히는 동안, 연무장 한 구석에는 곧장 막내 황녀님을 위한 장소가 마련되었다. 작은 차양 아래에 푹신한 의자를 가져다 놓고, 황궁 주방에서 빠르게 간식거리를 공수해 왔다.

겹겹이 얇은 반죽을 쌓아서 구운 바삭한 파이와 귤과 얼음을 넣고 곱게 갈아낸 주스를 에니샤 앞에 대령했다.

에니샤는 그늘 밑에서 편하게 기사단의 훈련을 구경하였다. 주로 공권력이 해결하지 못하는 제국 내부 일을 처리하는 이엘타와 달리, 아할든과 쿠테른은 제국 외부의 전쟁을 담당하였다.

잦은 실전을 치러낸 기사단답게 실력이 훌륭했다. 간단한 기초 훈련이 끝나고, 헬라드는 기사들과 대련을 가졌다. 재밌게도 대련은 어린 헬라드가 기사들에게 검술 지도를 해주는 식이었다. 더 재밌는 사실은 헬라드가 열셋의 기사와 연속으로 대련을 치러내며 단 한 번도 패배하지 않았다는 것이다. 기사들은 전력으로 달려들었으나 헬라드를 이기지 못했다. 확실히 히페리온 황족들은 괴물이라고 생각하며, 막내 황녀님은 차양 밑에서 짝짝 박수를 쳤다.

헬라드가 땀을 닦아내며 에니샤에게 다가왔다.

"기왕 여기까지 왔잖아. 너도 해보자, 응?"

아직 미련을 못 버린 헬라드의 말에 에니샤는 선심 삼아 작은 나무목검을 손에 들었다. 시키는 대로 이렇게 저렇게 휘적휘적 휘둘렀으나, 결국 얼마 못 가서 철퍼덕 넘어졌다. 헬라드는 넘어지는 에니샤를 솜씨 좋게 받아서 꼭 끌어안았다.

그가 와륵 웃음을 터뜨리며 말했다.

"어우…… 너무 귀여워서 어쩌지?"

볼을 빵빵하게 부풀리며 째려보자 겨우 웃음을 그치긴 했지만, 실실거리는 것은 여전했다. 다시는 검을 잡지 않겠다고 하니 그제야 난리가 났다. 오라버니가 널 많이 좋아해서 그렇다며 간이고 쓸개고 다 빼줄 것처럼 비위를 맞추는데, 종자 하나가 달려와 말하였다.

"황자님. 마법사들이 도착하였습니다."

제국의 문양이 새겨진 로브 자락을 끌며 연무장으로 들어오는 궁정마법사들이 보였다. 규모 있는 전투에서는 마법사의 보조가 필수적이니, 전쟁에 나서는 마법사들은 기사단과 함께 정기적으로 훈련을 가졌다. 마침 오늘이 그날인 모양이었다.

가장 먼저 헬라드에게 예를 갖추던 궁정마법사들은 에니샤를 발견하곤 잔뜩 호기심 어린 눈을 해 보였다. 수석마법사 델 하르인에게 첫 번째 맹세를 받아낸 소문의 막내 황녀님이었다.

궁정마법사들이 어찌나 열렬히 쳐다보는지, 아까 기사와 종자들이 흘금흘금 훔쳐보던 것과는 비교도 안 될 정도로 불타는 눈빛이었다.

"다른 사람이 마법 쓰는 거 보면 조금 도움이 되나? 마법 보여줄까?"

헬라드가 에니샤를 챙기며 물어보자, 궁정마법사들은 기회를 놓치지 않고 굶주린 승냥이마냥 사사삭 다가왔다.

"오늘 보조계 마법사들 외에도 전투마법사가 훈련에 참여하였습니다. 마법을 시연할 기회가 있다면, 분명 황녀님께도 큰 공부가 될 것입니다."

전직 대법사에게 공부가 될 리는 없겠지만, 어떻게든 말을 섞어보겠다는 강력한 의지가 마음에 들었다. 그리고 실제로 에니샤는 큰 흥미를 느끼고 있기도 했다.

마법사는 크게 보조, 치유, 방어, 공격이라는 네 가지 계통으로 나뉘었다. 에니샤와 같은 전투마법사는 공격과 방어가 자유로워 전장에서 혼자 날뛸 수 있는 마법사를 일컫는 말이었다. 무려 두 가지 계통 마법에 통달해야 하기 때문에, 아주 엄청나고 대단한 마법사만 가질 수 있는 칭호였다. 전투마법사의 표본이자 모범이라 할 수 있는 에니샤로서는 제국의 전투마법사가 궁금할 수밖에 없었다.

"전투마법사의 마법이 보고 싶어요."

에니샤의 말이 떨어지기 무섭게 헬라드는 곧장 전투마법사를 불러내었다.

둥그렇게 비워진 연무장 가운데에 홀로 자리한 전투마법사는 꽤

젊어 보였다. 그가 한쪽 무릎을 살짝 꿇고선 에니샤에게 말하였다.

"황녀님 앞에서 이리 마법을 선보일 수 있어 영광입니다."

싱긋 웃는 얼굴에는 자신감이 넘쳤다.

딱히 오만한 것은 아니었다. 저 나이에 전투마법사라는 칭호를 얻고 황궁에서 일하고 있으니 대단한 건 사실이었다. 다만 에니샤는 그가 자신을 만족스럽게 할 마법을 보여줄지 궁금할 뿐이었다.

황실의 전투마법사는 과녁으로 정해진 허수아비를 상대로 몇 가지 마법을 펼쳐 보였다. 붉은색의 마력이 번쩍이다 사라지고, 나무로 만든 허수아비가 가루로 되어 흩어지고 잘려나갔다. 다른 마법사들이 쏘아 보내는 공격마법을 방어하기도 하고, 하여튼 뭐 이런저런 것들을 다양하게 보여주었다.

에니샤는 한쪽 손으로 턱을 괴며 심드렁하게 생각했다.

······별로네.

거들먹거리지만 않았어도 좀 더 후하게 봐줬을 테지만, 어쨌든 별로였다. 황실 전투마법사는 재능의 달콤함에 취해 자신은 노력하지 않아도 거저 얻을 수 있다고 생각하는 자였다. 지금보다 훨씬 높은 단계까지 올라갈 수 있는 재능인데, 뒷받침하는 노력이 부족한 탓에 예상보다 수준이 떨어졌다. 그리고 그런 놈들은 에니샤가 제일 싫어하는 부류였다.

에니샤의 반응이 영 뜨뜻미지근하니, 전투마법사는 마음이 초조해졌는지 흘긋흘긋 눈치를 보았다.

"······마지막으로, 이번에 새로이 고안한 공격마법입니다. 여러 줄기로 갈라지는 마법이 동시에 적들을 타격하여······."

주절주절 설명을 늘어놓던 그가 에니샤를 다시금 흘깃 보았다가, 입술을 씹으며 마법을 시전하였다.

그의 손에서 붉은 빛이 터지자, 에니샤는 눈을 크게 떴다.

저거 방향이 이상한데?

여러 갈래로 뻗어나가는 마법 중 한 갈래의 방향이 조금 틀어져 있었다.

빠르게 마법의 궤적을 계산해본 에니샤는 벌떡 몸을 일으켰다. 실패한 마법은 종자들이 모인 곳을 향했다. 그리고 그곳에는 카힐이 있었다.

카힐은 마법을 막을 수 있겠지만, 그러면 힘을 들키게 된다. 보조계 마법사들이 순간적으로 대응하리라 기대해서도 안 된다.

내가 막아야 해.

결론을 내리는 순간, 연쇄적인 생각이 머리를 스치고 지나갔다. 현재 마력으로 사용할 수 있는 마법은 지극히 단순한 것들뿐. 전투 마법사의 마법 자체를 파훼하는 것은 불가능. 또한 마력봉인을 건드리는 것은 금지.

이 경우 허용되는 마법을 두 가지 이상 조합하여 최소 마력을 사용, 공격마법이 타격하는 국소 부위를 방어하는 수가 최상이었다. 적은 마력으로 사용할 수 있는 마법 중에서 지금 상황에 적절한 것은……

첫 번째, 가속.

에니샤는 한쪽 팔을 옆으로 강하게 뻗었다. 심장에서 뽑아낸 마력이 혈관을 타고 손끝으로 향하고, 빛이 터졌다. 발을 내딛자 작은 몸이 화살처럼 쏘아져 나갔다. 정확히 카힐의 앞에서 마력을 거둬들이니, 드레스 자락이 뒤늦게 요란히 펄럭였다. 순간이동을 한 것처럼 갑작스럽게 나타난 에니샤의 모습에 누군가 놀라서 비명을 지른 것 같았지만, 신경 쓸 여유는 없었다.

두 번째, 초시야.

손가락이 눈가를 쓸어내렸다. 주홍빛 눈동자 위로 금빛이 광채처럼 맴돌며, 사물의 움직임이 길게 늘어졌다. 붉은빛의 공격마법은 느릿하게, 그러나 곧게 쏘아져왔다.

마지막 세 번째…… 마법반사.

마법을 무력화하는 수준의 방어마법은 불가능하기에, 힘을 반사해 궤적을 바꿀 생각이었다.

긴장감에 식은땀이 배어나왔다.

조금이라도 실수해선 안 된다.

마법이 타격하는 부분을 정확히 계산하여 그곳에 마력을 응축시켰다. 자신을 향해 다가오는 마법을 똑바로 바라보며, 마지막 마력을 전부 끌어모았다.

심장에 모여 있던 마력이 바닥을 보이고, 이내 모두 동이 났다. 마력봉인을 살짝 건드렸는지 가슴 언저리에 저릿한 느낌이 감돌았다.

양쪽 손을 모아 앞으로 내뻗었다. 손바닥만 한 크기의 금빛 원이 그려지는 순간, 강한 힘이 내려쳤다.

"……!!!"

에니샤의 몸이 반탄력을 견디지 못하고 뒤로 튕겨 나갔다. 방어

마법에 반사된 붉은 공격마법은 하늘로 향했고, 연무장 옆의 높다 란 조경수를 베어냈다.

흩날리는 나뭇잎 속에서, 에니샤는 자신을 단단히 받쳐 안는 손 을 느꼈다. 카힐이 뒤에서 저를 받아낸 것이었다.

그가 무사한 것을 확인한 에니샤는 몸에 힘이 쭉 빠졌다.

어떻게든 해냈구나…….

"에니샤!!"

"황녀님……!!"

연무장이 뒤집어졌다.

제게 몰려드는 사람들 사이에서 바닥에 주저앉은 마법사와 눈이 마주쳤다. 덜덜 떨며 저를 바라보는 젊은 마법사의 눈은 사정없이 흔들렸다. 에니샤는 한쪽 입꼬리를 비틀며 속으로 말하였다.

이게 바로 전투마법사다, 짜식아.

⟡⟡⟡⟡⟡

눈앞에서 보았음에도 믿을 수 없는 일이었다. 첫째 황자가 불같 이 화를 내며 소중한 전투마법사를 두드려 패고, 기사들이 간신히 뜯어말리는 광경은 눈에 들어오지도 않았다.

궁정마법사들은 방금 펼쳐졌던 광경에 정신 못 차리고 있었다. 에니샤가 사용한 마법이 높은 수준은 아니었다. 물론 저 나이에 간 단한 마법을 사용하는 것만도 대단한 일이었다. 하지만 어느 정도 타고난 재능이 있고, 일찍이 마법 교육을 받았다면 내부분 알 수 있는 일이기에 크게 놀랍진 않았다.

궁정마법사들의 넋을 쏙 빼놓은 것은 황녀님이 보인 상황 판단력이었다. 본인의 마력으로 구사할 수 있는 마법을 순간적으로 조합해내고, 마력 낭비를 막기 위해 정확히 타격 부위에 맞추어 마력을 집중한 마법 구현. 이걸 그 짧은 순간에 생각하고 판단하여, 완벽하게 실행해낸 것이다.

빈틈없이 맞물리는 세 가지 마법의 연속은 소름이 돋을 정도였다. 운용 능력만 놓고 본다면 수년을 전장에서 구른 노장이라 하여도 손색없었다.

이 엄청난 일을 해낸 조그만 황녀님은 저를 걱정하는 사람들에 둘러싸여서 괜찮다는 말만 열심히 반복하고 있었다.

그저 해맑아 보이는 황녀님을 멍하니 바라보던 궁정마법사들은 이내 서로를 쳐다보았다. 모두 같은 생각을 하고 있었다. 히페리온 황족들이 인간 같지 않은 재능을 타고난다는 사실은 익히 알고 있다. 알고 있지만……

이것은 괴물의 수준을 넘어섰다.

그들의 머릿속에 예언의 문구가 스쳤다.

히페리온에 세 번째 별이 떠오르는 순간, 제국은 무한한 광영을 누리리라.

지금 이 순간, 궁정마법사들은 그것이 무슨 의미인지 누구보다 뼈저리게 절감했다.

본의 아니게 실력을 내보이게 된 에니샤였다. 하지만 순간적으로 세 가지 마법을 조합해 최소 마력으로 방어를 펼쳐낸 것보다, 그 뒤로 벌어진 일을 수습하는 것이 더 힘들었다.

눈이 뒤집힌 헬라드는 전투마법사를 곤죽으로 만들어놓았다. 그래도 마법사가 목숨이나마 건진 것은, 전적으로 에니샤 덕분이었다.

에니샤는 속이 시원해질 만큼 마법사가 충분히 얻어맞을 때까지 기다렸다. 그리고 얼추 이 정도면 됐다 싶을 때쯤 얼른 뛰어가서 헬라드의 다리를 붙잡았다.

"오라버니!"

열셋의 기사가 달려들어도 소용없던 헬라드의 몸이 거짓말처럼 뚝 멈추었다.

천천히 저를 돌아보는 헬라드에게, 에니샤는 발돋움까지 해가며 다급하게 말했다.

"나 괜찮아요."

"……."

헬라드는 천천히 손을 내렸다.

그의 소매를 잡아당기자, 헬라드가 느릿하게 무릎을 꿇었다. 눈높이가 나란해졌다. 헬라드는 에니샤의 양어깨를 손으로 틀어쥐며, 느리게 입술을 벌렸다.

"에니샤……."

그가 이름을 불렀을 때, 에니샤는 솔직히 많이 놀랐다. 여태껏 본 적 없던 눈빛으로 저를 바라보았기 때문이었다. 악귀마냥 날뛰어도 에니샤 앞에서만큼은 봄바람이 되었던 헬라드였다. 그러나 지금은 제 화를 감추지 않고 있었다. 그 와중에도 에니샤가 아플까 봐, 어깨를 잡은 손힘은 보드라웠다.

"헬라드 오라버니……."

쭈글한 목소리로 그를 부르자, 헬라드가 툭 하고 어깨에 고개를 기대었다. 잔뜩 가라앉은 목소리가 흘러나왔다.

"이딴 짓거리, 두 번 다시 하지 마."

"……."

에니샤는 조심스럽게 눈을 깜빡였다.

헬라드의 시선이 잠시 옆을 향하였다. 그의 시선 끝에 창백하게 질린 카힐이 있으리란 것은 어렵잖게 짐작할 수 있었다. 하지만 에니샤는 그를 따라 카힐을 바라보는 대신, 얌전히 헬라드를 끌어안았다. 짧은 두 팔을 양껏 뻗어 헬라드를 끌어안자, 그는 커다란 한숨을 내쉬었다.

헬라드가 한 손으로 얼굴을 움켜쥐었다. 볼이 불룩해지도록 꾹꾹 누르며 그가 말했다.

"너는 네 몸을 지키는 것이 남을 위하는 일이야. 알겠어?"

에니샤가 재깍 고개를 끄덕이는데도, 헬라드는 눈매를 사납게 치켜올렸다.

"만일 네가 다치기라도 하였으면……!"

그는 진심이 그득 담긴, 음산한 목소리로 말하였다.

"나는 그 자리에서 저 빌어먹을 전투마법사를 비롯하여, 궁정마법사 전원의 목을 베었을 테니까."

주변이 조금 싸늘해진 것 같은 느낌은 착각이 아닌 듯했다.

에니샤는 눈썹을 추욱 늘어뜨리며 조그맣게 말했다.

"잘못했어요……."

에니샤야 막을 자신이 있어서 나섰지만, 헬라드로서는 하늘이 무너지는 느낌이었을 터였다. 종자든 마법사든, 헬라드 앞에서 몇 십의 목숨을 저울에 올려놓아도 에니샤 하나만큼의 무게를 가지지 못하리라. 만일 에니샤가 상처를 입었다면 그는 자신이 말한 그대로 행동하였을 것이다.

미안함에 시무룩한 표정이 절로 나왔다.

에니샤가 울상 짓는 것을 본 헬라드는 더 화내지 못했다. 그러더니 결국 에니샤를 달래기 바빠졌다.

"아니야. 네가 나서기 전에 오라버니가 먼저 막았어야 하는데……. 화내서 미안해. 내가 잘못했어. 울어? 우는 거 아니지? 응?"

헬라드가 어쩔 줄 몰라 하며 에니샤를 안았다가, 뺨을 만졌다가 하며 연신 미안하다, 잘못했다 속닥였다.

에니샤는 그에게 괜찮다는 말을 100번쯤 하고 나서야 풀려날 수 있었다.

상황이 대강 정리된 후, 에니샤와 헬라드는 본궁에 가기로 하였다. 연무장에서 벌어진 일은 이미 그쪽에도 소식이 날아갔을 터였다.

가는 길에 의사에게 들러 어디 다친 곳이 없는지 확인도 받고,

본궁에서 함께 정무를 보는 중일 로드고와 로시엘을 찾아가 에니샤가 괜찮다는 것을 보여주어야 했다.

헬라드에게 안겨서 연무장을 떠나기 전, 에니샤는 마지막으로 카힐을 쳐다보았다. 그는 고개를 아래로 푹 숙인 채, 미동조차 없이 서 있었다.

죄책감 가지지 않았으면 좋겠는데…….

그의 잘못도 아니고, 엄연히 사고일 뿐이었다. 여린 카힐이 상처 받았을까 내심 걱정하며, 에니샤는 연무장을 벗어났다.

우선 헬라드와 함께 의사를 찾아가 머리부터 발끝까지 꼼꼼하게 진찰받았다. 없던 병도 찾아낼 기세로 검사를 받은 후, 다시 헬라드의 품에 안겨서 본궁으로 향했다.

본궁의 중정을 지나는데, 못 보던 금잔화가 한가득 피어 있는 것이 보였다. 샛노란 꽃잎과 주홍빛 꽃잎이 조화로이 섞이도록 심어놓은 모습이 고와서 시선을 절로 잡아당겼지만, 약간 의아했다. 중정은 과실수와 관상수, 아름다운 꽃들과 조각상들로 다양하고 화려하게 꾸미기 마련이었다. 이런 식으로 한 가지 꽃을 가득 심어놓는 일은 흔치 않았다.

에니샤가 금잔화에서 눈을 떼지 못하자, 헬라드가 흘긋 보더니 말했다.

"일전에 폐하와 중정을 지나가면서 저 꽃이 예쁘다 하였다며?"

음……. 그런가?

잘은 모르겠지만, 언젠가 눈에 띄어서 흘리듯 말한 것 같기도 했다.

"그 뒤로 폐하께서 정원사에게 명령하여 꽃밭을 만들라 하셨다 던데."

기억도 잘 안 날 만큼 별 뜻 없이 했던 말인데, 그걸 또 잊지 않고 꽃밭을 만든 것이다. 생긴 거와는 다르게 은근히 세심한 로드고였다. 물론 막내 황녀 한정이지만 말이다.

그가 이렇게 챙겨줄 때마다 에니샤는 자신이 정말 사랑받는구나, 하고 실감하곤 했다.

로드고한테 더 잘해줘야겠다고 생각하며, 에니샤는 헬라드에게 달랑달랑 안긴 채 금잔화꽃밭을 구경했다.

중정을 지나 다시 본궁 건물로 들어선 후, 곧장 집무실로 향했다. 이미 오는 길에 시종들에게 집무실에 계시다는 확답도 들어놓은지라, 헬라드의 발걸음에는 망설임이 없었다. 그리고 당차게 집무실에 들어서는 순간, 헬라드도 에니샤도 일시정지 되어버렸다. 집무실 안의 분위기가 살벌하다 못해 이미 누구 한 명 죽은 느낌이었다.

집무실에 있던 비서관과 시종들이 어흐흑 하고 울음을 터뜨릴 것 같은 얼굴로 에니샤를 바라보았다. 그들의 울망울망한 눈빛이 소리 없이 외치고 있었다.

막내 황녀님! 저희 좀 살려주세요!

인명 구조 전문가인 에니샤는 그들에게 일단 알았다는 눈짓을 보내준 후, 헬라드의 팔뚝을 톡톡 두드렸다.

헬라드는 집무실을 가로질러서 널따란 책상 위에 에니샤를 올려놓았다. 아까 헬라드의 품에 안겼을 때부터 신발을 벗고 있던 에니샤는 책상 위를 타박타박 걸어서 로드고에게 양팔을 내밀었다.

에니샤가 집무실 안에 들어와도 아무 말 없던 로드고는 그제야 에니샤를 안아주었다. 에니샤를 무릎 위에 앉혀놓아도 여전히 입 매가 딱딱하게 굳은 것이, 아무래도 단단히 화가 난 것 같았다.

헬라드가 한쪽에 서 있는 로시엘에게 질문했다.

"분위기 왜 이래? 무슨 일인데?"

연무장에서 있었던 일 때문에 그러냐며 묻는 헬라드에게 로시엘 이 말없이 고개를 저었다. 로시엘은 모양 좋은 눈썹을 한껏 찌푸리 며 몹시 짜증 난 어조로 말했다.

"물론 그것도 열 받긴 하지만…… 지금은 그 때문이 아니야."

에니샤와 헬라드는 동시에 입을 벌렸다. 에니샤가 다칠 뻔한 일 보다 그들을 더욱 열 받게 만드는 일이라니. 대륙이 멸망한대도 그 럴 리가 없을 텐데, 대체 무슨 일이기에 이러는지 궁금했다.

"폐하께서 말씀해주십시오."

로시엘이 말하기도 싫다는 듯 떠넘겼다.

로드고는 품 안의 에니샤를 잠시 내려다보았다. 그러곤 양손을 들어 에니샤의 귀를 살짝 막은 다음 입을 열었다.

"스칸샤의 하크만이……."

로드고가 사람 하나 죽일 것 같은 얼굴로 말했다.

"에니샤에게 청혼을 하였다."

❦❧

하크만에게서 청혼을 받은 뒤, 황실은 비상사태였다.

당연히 청혼은 거절할 것이었다. 아직 황녀의 나이가 어리니 혼사를 논하기에는 이르다는 핑계로 말이다. 태어나기도 전부터 혼약을 맺는 경우가 더러 있다는 것을 감안하면, 사실상 대놓고 싫다고 거절하는 것이나 다름없었다. 문제는 하크만이 고분고분 물러나지 않을 듯하다는 점이었다.

에니샤를 황녀궁으로 돌려보내놓고, 로드고와 쌍둥이는 하크만의 청혼에 대해 논의하였다.

"스칸샤의 하크만은 올해 스물이 아닌가? 나이 차가 열다섯이나 나는데, 양심도 없는 새끼가 어딜……."

전쟁 선포라도 받은 것처럼 열 받아서 부들거리는 헬라드와 달리, 이미 한 차례 분노가 지나간 로시엘은 조금 차분했다.

"귀족들은 하크만과의 혼사를 반기는 눈치야. 대놓고 말은 못 하지만."

"그렇겠네. 현 서부의 패자이니. 또 거기서 향신료를 무역품으로 올리던가?"

"응. 스칸샤는 항상 탐나는 교역 상대고, 앞으로 발전할 것이 분명하지만……."

마음에 안 들어.

헬라드와 로시엘은 동시에 같은 생각을 하고선, 함께 싸늘히 웃었다.

감히 에니샤에게 청혼을 하다니, 건방져도 이렇게 건방질 수가 없었다. 일부다처제라는 야만적인 문화를 가진 스칸샤에 에니샤를 보내고 싶지도 않았다.

"스칸샤의 오만함은 대항마가 없기 때문이다."

로드고의 말에 로시엘이 손가락으로 제 입술을 매만지며 말하였다.

"맞습니다. 허나 서부 유목민족들은 이미 스칸샤에게 꼼짝 못 하는 상황이고, 다른 나라들도 스칸샤와 화친을 맺길 원할 뿐입니다."

사실상 히페리온을 제외하곤, 현 대륙에서 스칸샤를 상대할 나라가 없었다.

그러나 당장 정복전쟁을 벌이는 것은 무리였다. 뚜렷한 명분 없는 전쟁은 반발을 불러일으킬 뿐이었다.

"그렇다고 나라 하나 찍어서 키우자니 내정간섭이라 저항할 가능성이 높고, 우리 마음대로 다루기도 힘들고……. 무엇보다 왕이 하크만에 필적할 만하여야 하는데……."

"그게 제일 어렵잖아."

즉위 이래 벌써 부족 세 개를 정복한 하크만이었다. 히페리온 황족과 비견된다는 소리를 듣는 자인데, 어지간한 놈을 내세웠다간 되레 하크만한테 잡아먹힐 가능성이 높았다. 그러나 로시엘은 의미심장한 웃음과 함께 입을 열었다.

"하지만 마침 우리에겐 아주 알맞은 것이 하나 있지."

"그런 게 있었어?"

금시초문이라는 표정으로 쳐다보는 헬라드에게 로시엘이 방긋 미소 지으며 말했다.

"카힐 자드카르."

"!!"

"공왕의 적자라는 완벽한 신분이잖아? 뒷배가 없으니 왕으로 만들어주면 내정간섭 하기도 쉽고, 결정적으로……."

"히페리온 황족을 상대로도 겁 없이 굴 만큼 배짱 있는 놈이지."

로드고가 뒷말을 받아내자, 로시엘이 만족스럽게 받아 말했다.

"그렇습니다, 폐하."

여우처럼 휘어지는 눈매를 따라 긴 속눈썹이 팔랑였다.

"카힐 자드카르를 공왕으로 만들어, 스카샤를 견제하는 수단으로 사용하는 겁니다."

✿

헬라드 휘하의 아할든은 황족직속기사단 중에서도 가장 거칠기로 이름난 기사단이었다. 전적으로 주인을 쏙 빼닮은 탓이었다.

연륜으로 성질을 조금 누그러뜨린 로드고와 달리, 아직 어린 헬라드는 날것 그대로였다. 제멋대로 뻗치는 성격을 보고 들짐승 같다 칭하는 자도 있을 정도였다.

남들이 저보고 뭐라 하거나 말거나, 헬라드는 하고 싶은 대로 행동하였다.

그러나 헬라드의 가장 무서운 점은, 그러면서도 최소한의 선은 교묘하게 지킨다는 것이었다. 아직 성년이 되지 않아 황태자 책봉식은 치르지 못했지만, 헬라드는 자신이 언젠가 제국의 태양이 될 몸이라는 사실을 충분히 인지하고 있었다. 그렇기에 가장 마지막 상식과 윤리는 어느 정도 지키려고 노력하는 편이었다. 에니샤의 관련된 문제만 제외하고 말이다.

늦둥이 막내 황녀가 엮이기만 하면, 헬라드는 물불 안 가리고 달려드는 경향이 있었다. 그래서 카힐 자드카르를 아할든의 종자로 넣는다고 하였을 때, 헬라드는 조금 걱정하였다. 혹시라도 저가 열받아서 죽여버리진 않을까 하고 말이다. 아마 카힐이 에니샤와의 인연을 가지고 조금이라도 오만하게 굴었다면, 헬라드의 걱정은 현실이 되었을 터였다.

하지만 그는 헬라드가 예상한 것과는 조금 달랐다. 아할든의 기사는 고작 열셋이나, 그들에게 달라붙은 종자는 기백에 달했다. 모두가 아할든이 될 수는 없는 법이었다. 당연히 내부에서 벌어지는 경쟁은 치열했다. 특히 아할든은 헬라드의 지휘 아래, 황실 기사단 중에서도 훈련이 혹독하기로 유명했다. 고된 훈련과 살을 베어내는 듯한 경쟁, 거기에 카힐은 저를 향해 쏟아지는 엄청난 적개심까지 감당해야 했다.

헬라드는 제 휘하의 기사와 종자들이 카힐을 유난히 괴롭힌다는 사실을 알면서도 방치하였다. 저놈이 어디까지 버티나 궁금했다. 그리고 한 가지 사실을 깨달았다. 자드카르 공국의 왕자는 독종이라는 것을.

그는 잔인한 아할든의 훈련에도 눈 하나 깜빡하지 않았고, 체벌을 핑계로 늘씬하게 두들겨 맞아도 신음 한 번 내질 않았다. 기사들이 저를 대놓고 무시하여도, 종자들이 공공연히 따돌리며 괴롭혀도 반항 없이 초연하기만 하였다. 그저 제 검을 갈고닦는 것에만 집중하였다. 탐욕스러울 정도로 실력을 불려나가는 것을 보고 있노라면, 저놈을 저렇게 만든 것이 무엇일까 조금 궁금해졌다. 단순히 자드카르 왕실에 대한 복수심만은 아닌 것 같았다.

히페리온 황족이 타인에게 관심을 가지는 일 자체가 극히 드물기에, 헬라드는 그것만으로도 카힐에 대한 평가를 올려주었다. 과연 카힐 자드카르가 어디까지 갈 수 있을지, 헬라드는 가만히 두고 지켜볼 생각이었다. 오늘 있었던 일들만 아니었다면 말이다.

"황녀님 뒤로 숨다니……!"

"구질구질한 새끼, 너 때문에 아할든의 명예가 더럽혀졌다!"

헬라드는 다른 종자들에게 구타당하는 카힐을 발견하곤 눈썹을 치켜올렸다. 얘기 좀 해볼까 싶어서 찾아와봤더니 이러고 있었다.

카힐은 여러 명의 종자들에게 둘러싸여 맞으면서도 신음 하나 내지 않았다. 그들의 말따마나, 에니샤에게 보호받은 건 괘씸한 일이었다.

헬라드는 카힐이 적당히 두드려 맞을 때까지 기다렸다가 앞으로 나섰다.

"황자님!!"

헬라드를 발견한 종자들이 기겁하며 무릎을 꿇었다.

대강 손을 내젓자 그들은 허둥지둥 달아나듯 사라졌다. 카힐 또한 비척비척 몸을 일으켰으나, 헬라드의 말에 다시 주저앉았다.

"너는 남고."

헬라드는 고개 조아린 카힐을 물끄러미 내려다보았다. 피와 흙먼지로 범벅이 되어서 엉망인 모습이었다. 그러나 아까부터 고분고분한 척 눈을 내리깔고 있어도, 이디까지나 흉내리는 시 닐을 알

고 있었다. 종자들에게 구타당한 것도 그가 맞췄다고 보아야 옳
으리라. 언제 굽히고 어디서 뻗대야 하는지 아는 놈이었다.

적당히 눈치 빠른 게 마음에 든단 말이지…….

헬라드는 그리 생각하며 입을 열었다.

"너."

그리고 카힐에게 잔인한 질문을 던졌다.

"오늘 황녀 뒤에 숨었을 때 기분이 어떠했지?"

자존심을 대놓고 긁는 질문에도 카힐은 솔직히 답하였다.

"비참하였습니다."

"그리고?"

짙은 남청색 눈동자 위로 열기가 감돌았다. 카힐은 제 입술을 짓
씹었다가, 피맺힌 목소리로 말하였다.

"……더 강해지고 싶었습니다."

정확히 원했던 답이었다.

헬라드는 참지 못하고 씨익 웃었다. 그리고 큰 선심을 베풀듯 말
하였다.

"앞으로 내가 직접 검술을 가르쳐주도록 하지."

❧✦❧

나른한 오후의 햇살이 황녀궁에 쏟아졌다.

선생님은 다섯 살의 어린 황녀, 학생은 수염 성성한 황실 수석마
법사인 기묘한 마법 수업은 오늘도 진행되고 있었다.

델 하르인은 에니샤가 숙제로 내주었던 마법진의 수식 계산이 빼곡하게 적힌 종이를 내밀며 말했다.

"궁정마법사들이 난리가 났습니다."

"그래?"

"예. 황녀님께서 역사를 다시 쓰실 거라며, 아르커스의 대법사도 이만하진 못할 거라고 어찌나 야단을 부리던지……."

델 하르인은 저가 말해놓고도 우스운지 허허 헛웃음 소리를 내었다.

에니샤도 그를 따라 웃을 수밖에 없었다. 황녀님 안에 대법사가 들어 있다고는, 궁정마법사들은 상상도 못 할 것이다.

의외로 로드고와 쌍둥이는 에니샤의 마법에 덤덤한 반응이었다. 마법사가 아니니 얼마나 대단한 일인지 체감이 덜하기도 하였고, 우리 애라면 당연히 이 정도는 한다고 믿는 모양이었다.

델 하르인은 오늘 마법 수업을 오는 길이 무척 힘들었다며 혀를 내둘렀다. 제발 막내 황녀님 수업하는 데 데려가 달라고, 궁정마법 사들이 너도나도 달라붙은 탓이었다.

"그리고 헬라드 황자님께 흠씬 얻어맞은 전투마법사 말입니다. 팔이랑 다리가 하나씩 부러졌었는데……."

델 하르인이 잠시 제 팔다리를 매만지다가 말했다.

"나머지 팔다리도 부러졌습니다."

"우웅? 어쩌다가?"

"침실에서 웬 자객의 습격을 받았다 합니다."

마법사는 사지가 부러진 충격이 컸는지, 습격당한 날 밤 온 사방에 눈이 내렸다는 헛소리까지 했다.

델 하르인은 그리 이야기하면서 "혹시 첫째 황자님께서……?"
하며 슬쩍 물었다.

다들 헬라드가 자객이라도 보낸 줄 아는 모양이었다. 하지만 헬
라드는 뒤끝 없는 성격이었다.

……카힐이네.

에니샤는 대번에 정답을 알아챘지만, 헬라드가 그런 척 입을 다
물었다.

으이구, 힘 너무 많이 쓰지 말라니까 이런 데 쓰고…….

마음 여리다고 걱정했던 것이 무색할 지경이었다. 기회가 되면
카힐에게 쓸데없는 짓 하지 말라고 잔소리해야 할 것 같았다.

"원래는 따로 처벌을 하려 하였는데, 그냥 전투마법사의 칭호만
박탈하는 것으로 마무리하였습니다."

"잘하였어. 사지가 부러진 것만으로도 과한 처벌이야."

에니샤는 델 하르인이 가져온 마법진의 수식 계산이 제대로 되
었는지 가볍게 암산해보며 물었다.

"하크만은?"

"청혼을 거절당한 뒤로는 아직 별 움직임이 없습니다."

로드고와 쌍둥이는 에니샤가 청혼에 관한 일을 모르길 바랐다.
하지만 그러기엔 소문이 너무 자자하게 퍼졌고, 에니샤에게 열심
히 정보를 물어 오는 델 하르인도 있었다.

스칸샤의 하크만이라.

에니샤는 입술을 삐죽 내밀었다. 왠지 느낌이 좋지 않았다. 좀

더 알아보고 싶은데, 델 하르인이 가져오는 정보만으로는 한계가 있었다.

잠시 고민하던 에니샤에게 좋은 생각이 떠올랐다.

에니샤는 수식이 적힌 종이를 내려놓았다. 그리고 양손을 턱 밑에 받치고서 배시시 웃으며 물었다.

"우리 수석마법사께선 다음 주 일정이 어찌 되실까? 한가하였으면 좋겠는데."

에니샤가 까라면 까야 하는 델 하르인에겐 의미 없는 질문이었다.

"저야 황녀님께서 원하시는 대로 하지요."

귀여운 황녀님 속에 뭐가 들어 있는지 아는 델 하르인이 불안한 눈으로 되물었다.

"어찌하여 물어보시는 겁니까……?"

에니샤는 책상 구석에 놓아두었던 다과회 초대장을 집어서 흔들어 보였다.

"여기 같이 가자고."

초대장은 과거 지옥에서 온 다과회를 만들었던 주인공, 바넷 일리오사 영애에게서 온 것이었다.

다른 사람도 아닌 바넷 일리오사의 다과회 초대에 응한 이유는 하나였다. 그녀가 황녀궁으로 초대장을 보낸 유일한 사람이기 때문이었다. 예전 지옥의 다과회 이후 아무도 황녀궁에 초대장을 보내지 않는데, 바넷만이 꿋꿋하게 주기적으로 초대장을 보내왔다. 어쨌든 에니샤는 황궁 밖으로 나갈 핑계가 필요했기에 초대장을 이용하기로 했다.

막내 황녀님의 공식적인 첫 외출이었다. 여태 황궁 안에서만 놀던 에니샤가 처음으로 밖에 나간다 하자, 쌍둥이들은 따라가고 싶다는 기색을 슬쩍슬쩍 내비쳤다.

에니샤가 보고도 모른 척하자, 막판에는 같이 가면 안 되냐고 대놓고 주렁주렁 매달리기까지 하였다.

"에니샤, 우리는 없는 사람처럼 행동할 거야."

"맞아! 있는 줄도 모를걸? 숨도 안 쉴게!"

말도 안 되는 소릴 하면서 어찌나 끈질기게 졸라대는지, 에니샤는 결국 최후의 협박을 할 수밖에 없었다.

"오라버니들, 따라오기만 해봐요."

"따라가면 어쩔 건데……?"

미련을 숨기지 못하는 헬라드와 로시엘에게, 에니샤는 허리에 양손을 얹고 눈을 한껏 매섭게 치켜뜨며 외쳤다.

"미워할 거예요!!"

결국 쌍둥이들은 시무룩하게 떨어져야만 했다.

에니샤는 호위나 시녀들도 데려가지 않을 생각이었다. 다과회가 목적이 아니라, 그걸 핑계 삼아 다른 일을 할 생각이기 때문이었다. 그러기 위해서는 믿을 만한 동행인 딱 한 명만 있는 것이 좋았다. 에니샤가 선택한 동행인은 수석마법사 델 하르인이었다.

로드고와 쌍둥이는 에니샤가 델 하르인하고만 딜링 다녀오겠다고 하였을 때, 크게 반대하지 않았다. 수석마법사인 델 하르인의 실력이 뛰어나기도 했고, 일리오사 후작가까지 가는 이동수단이 몹시 안전하면서도 호사스럽기 때문이었다.

바로 이동마법이었다.

마법사가 발에 차이는 돌맹이처럼 많은 아르커스와 달리, 대륙에서 마법사는 귀한 인재였다. 이동마법은 마력 소모가 심한 고등마법이고, 한 번에 이동 가능한 최대 인원도 극도로 제한되어 잘 쓰이지 않았다. 아르커스에서야 흔한 마법이지만, 대륙에서는 절대 아닌 것이다. 친구 집 놀러 가는데 무려 제국의 수석마법사를 호위로 부리고 이동마법을 사용하다니, 사치 중의 사치라 할 수 있었다. 그러나 비이성적인 사치도, 그 대상이 막내 황녀님이라 하면 당연한 일로 변하는 것이 히페리온 제국이었다. 좋은 수하를 둔 덕분에, 에니샤는 홀가분하게 외출할 수 있었다.

일리오샤 후작가로 가는 날, 에니샤는 출발하기 전에 본궁으로 향하였다. 로드고에게 다녀오겠다는 인사를 하기 위해서였다.

"다녀올게요!"

"그래……. 조심해서 다녀오너라."

로드고의 뺨에 뽀뽀를 해주고, 본궁에 함께 있던 쌍둥이 황자들한테도 각기 포옹과 뽀뽀를 한 번씩 해주었다. 그러고 나서도 한참 붙잡힌 후에야 후작가로 출발할 수 있었다.

"준비는 전부 끝났습니다, 황녀님."

황녀궁에서 이동마법진을 그리고 있던 델 하르인이 에니샤를 맞이하였다.

에니샤는 고개를 끄덕이며 예쁘게 포장된 작은 바구니를 챙겨들었다.

델 하르인이 의아히 물어보았다.

"그건 뭡니까?"

"일리오사 영애한테 줄 선물."

남의 집에 빈손으로 놀러가긴 좀 그래서 준비한 선물이었다.

에니샤는 바구니를 덮은 천을 살짝 들어 안에 든 것을 보여주었다. 오렌지 콩피를 가득 넣은 파운드케이크였다.

"이거 진짜 맛있어. 큼직하게 썰어서 홍차랑 같이 먹으면 둘이 먹다 하나 죽어도 모를 맛이라구."

에니샤가 정말 좋아해서, 주방장한테 종종 만들어달라고 조르는 간식 중 하나였다.

뜬금없는 케이크 자랑에 델 하르인은 허허 웃으며 영애께서 좋아하시겠네요, 하고 말해주었다. 그리고 바구니를 소중하게 챙긴 에니샤를 안아 들고서 마법진 위에 자리하였다.

델 하르인이 마력을 불어넣자, 마법진 위에서 연하늘색 빛이 터져 나왔다. 그리고 빛이 잦아들었을 땐, 두 사람은 흔적도 없이 사라져 있었다.

✿❀✿

바넷 일리오사는 기억도 나지 않는 어릴 때부터 세상의 주인공이었다. 일리오사 후작가의 외동딸이라는 위치와 양친의 외모에서 장점만을 쏙 빼닮은 외모, 총명한 머리까지. 바넷은 쏟아지는 관심 속에서 살아갈 수밖에 없었다. 제국에 막내 황녀님이 태어나기 전까지는 말이다.

혜성처럼 나타난 세 번째 별은 그동안 바넷이 누리던 모든 관심과 사랑을 뺏어갔다. 그래서 황녀궁에 초대되었을 때, 일부러 황녀님에게 작은 심술을 부렸다. 하지만 통쾌함을 느끼기도 전에, 황녀님은 몇 배로 되갚아줘 버렸다. 솟구치는 홍차와 케이크, 포크 사이로 눈을 번뜩이던 첫째 황자님의 모습은 아직도 가끔 떠오르곤 하는 악몽이었다.

그 뒤로 바넷은 어떻게든 황녀님을 만나려 애썼다. 다시 만나면 제대로 깔아뭉개주겠다는, 어린아이의 치기와 복수심이 맞물린 행동이었다. 그러나 바넷의 복수전은 요원한 일이었다. 황녀님이 사교계에 일절 모습을 드러내지 않았기 때문이다. 어느 순간부터는 생일 연회마저도 치르지 않아, 그야말로 베일에 싸인 황녀님이 되어버렸다.

그래도 바넷은 미련을 버리지 못했다. 언젠가는 반드시 만나겠다는 일념 아래, 바넷은 꾸준히 황녀궁으로 초대장을 보냈다. 이번 초대장도 굳어진 습관처럼 으레 보냈을 뿐이었다. 그런데 황녀궁에서 참석하겠다는 답신이 돌아온 것이다.

설마 진짜로 올 줄은 몰랐던 바넷은 답장을 받고 기절할 뻔하였다. 그리고 그건 아버지인 일리오사 후작도 마찬가지였다.

다과회 당일, 일리오사 후작은 입궁도 미뤄놓고 아침부터 온 저택을 뒤집으며 다과회 준비에 열을 올렸다.

오늘 다과회의 참석 인원은 바넷과 황녀님, 단둘뿐이었다. 원래는 또래 영애 다섯 정도가 참석하기로 했다. 하지만 황녀님이 온다는 말을 선아사바사 선부 집사기 급한 일이 생기고 몸이 아파지는 등, 온갖 핑계를 다 대며 도망가버렸다. 힘들수록 함께해야 친구라던데, 바넷에게는 친구가 하나도 없었던 것이다.

덕분에 바넷은 한동안 배신감에 잠 못 이루는 나날을 보냈다. 다과회고 뭐고 아무것도 하기 싫다고 울면서 소리 지르기도 했다. 하지만 시간은 속절없이 흘러갔고, 결국 다과회 날까지 이르렀다.

바넷은 크게 심호흡하며 긴장된 마음을 가라앉히고, 최대한 몸을 꼿꼿하게 쭉 폈다. 올해로 제 나이가 여덟 살. 이제 숙녀로 행동할 때였다. 황녀님과의 만남은 긴장되긴 하지만, 드디어 결판을 낼 수 있다고 생각하면 오히려 기대되었다.

제국에서 최고로 예쁘고 귀여운 어린이는 나야!

이번에야말로 황녀님께 그 사실을 똑똑히 알려주겠다고, 바넷은 의지를 다졌다. 하지만 야심찬 다짐은 황녀님의 화려한 등장에서부터 무너졌다.

"황녀님께서 오시는 듯합니다!!"

헐레벌떡 뛰어 들어온 시종의 보고에, 바넷은 일리오사 후작과 함께 앞뜰로 나갔다.

그곳에는 빛이 그려지고 있었다. 연하늘색의 아름다운 빛이 허공에서 기하학적인 문양을 그려내었다. 이루 말할 수 없이 신묘한 광경에 넋을 빼놓는데, 점점 강해지던 빛이 마지막으로 확 하고 불어났다. 큰 바람이 후작가의 앞뜰을 쓸어내고, 나풀나풀하게 흐트러지는 황금빛 머리카락과 함께 황녀님이 나타났다.

감았던 눈꺼풀을 살며시 들어올리니, 보석처럼 윤광이 도는 주홍색 눈동자가 모습을 드러내었다. 반짝이는 빛 아래의 황녀님은 마치 요정과 같아서, 바넷은 멍하니 쳐다보았다. 그러다 아버지가 인사하는 소리에 뒤늦게 정신을 차리고 고개를 숙였다.

"제국의 별을 뵙습니다."

아기 때부터 인형 같던 황녀님의 외모는 날이 갈수록 물이 올라, 믿기지 않는 외모로 변해가고 있었다.

너무 아름다워…….

이른 아침부터 열심히 치장했던 스스로가 바보같이 느껴져서, 바넷은 드레스 자락을 꼭 움켜쥐었다. 아무리 열심히 해봤자, 황녀님과는 태생부터가 다르다는 게 적나라하게 느껴졌다. 부끄러움에 얼굴로 홧홧하게 열이 오를 정도였다.

하지만 아직 포기하기엔 일렀다. 외모는 좀 밀릴지 몰라도, 바넷은 그것 말고도 뛰어난 점이 많았다. 바넷은 예법 선생님이 극찬에 극찬을 거듭하였던 우아한 인사를 선보였다.

"초대에 응해주셔서 감사합니다, 황녀님."

황실 수석마법사의 품에 안겨 있던 황녀님은 바닥으로 폴짝 뛰어내렸다. 그러더니 답인사 대신 웬 바구니를 턱 하고 내밀었다.

얼떨결에 바구니를 받아든 바넷의 눈이 동그래졌다.

황녀님이 바넷을 올려다보며 말했다.

"선물이야."

"예……?"

"케이크 좋아해? 오렌지 콩피를 넣은 건데."

선물이라니, 당황스러웠다. 일전에 저가 황녀궁에서 무례하게 굴었던 일 때문에, 오늘 황녀님을 만나면 크게 빈정거림 당할지도 모른다고 생각했다. 하지만 황녀님은 과거의 일 따위 전부 잊었다는 듯 다정하기만 하였다. 선물까지 챙겨온 황녀님과 다과회에 오기로 해놓고 다 도망간 친구들이 비교되면서, 바넷은 기분이 묘해졌다.

문득 바구니에서 솔솔 올라오는 맛있는 냄새가 느껴졌다. 상큼한 오렌지 향이 코끝에 감돌자 입안에 침이 절로 고였다.

케이크로 쏠리는 신경을 애써 다잡으며, 바넷은 고상하게 말하였다.

"좋아합니다. 황녀님께서 이리 마음 써주시다니 참으로 영광입니다."

그러자 어째서인지 황녀님은 씩 웃어 보였다. 꼭 어른이 어린아이에게 짓는 미소 같아서 기분이 이상했다. 황녀님은 저보다도 꼬마인데 말이다.

그러나 황녀님의 이상한 웃음은 금세 사라졌다. 대신 언제 그랬냐는 듯, 꽃 같은 얼굴 가득히 무해하기 짝이 없는 미소를 피워냈다.

황녀님은 바넷이 꼭 끌어안고 있는 바구니를 앙증맞은 손으로 톡톡 두드리며 말했다.

"잘되었어. 홍차랑 같이 먹자."

잔뜩 전투 의지를 불태웠던 자신과 달리, 케이크를 가져온 것에 뿌듯해하는 황녀님은 한없이 동글동글하기만 한 모습이었다.

바넷은 그만 저도 모르게 생각해버렸다.

뭐, 뭐야…… 조금 많이 귀엽잖아……?

다과회는 후작가의 응접실에서 열었다. 슬슬 바람이 쌀쌀해지기 시작해서, 혹여나 귀한 황녀님이 미열이라도 날까 봐 정원으로 나가지 않은 것이다.

탁자 다리가 부러질 듯 화려하게 차려놓은 다과상이 무색하게도, 손님은 에니샤뿐이었다. 아무도 없는 것이 이상해서 슬그머니 물어봤더니, 바넷은 전부 일이 있어서 불참하였다고 어물어물 답했다. 아무래도 황녀님이 온다는 소식에 죄다 달아난 모양이었다. 바넷 일리오사가 유난히 간이 커서 에니샤에게 초대장을 보낸 것이지, 황녀궁에서 있었던 지옥의 다과회를 생각하면 솔직히 그쪽이 정상이었다.

에니샤는 저가 가져온 파운드케이크를 한 입 크게 베어 먹었다.

"……."

무슨 이유에서인지 바넷은 아까부터 말없이 얌전하게 홍차만 홀짝였다. 열심히 초대장을 보내대기에 대체 무슨 이야기를 하고 싶은 것인가 궁금했는데, 막상 마주 앉아서는 아무 말도 못 하고 있었다.

에니샤는 저가 생각했던 다과회 풍경과 지금 모습이 많이 달라서, 잠시 고개를 갸웃하였다. 오기 전에 상상했던 바넷의 다과회는 이러했다.

일단 바넷이 가장 상석에서 여왕벌처럼 군림한 가운데, 황녀님이 등장해도 다들 인사조차 제대로 안 하고 무시한다. 에니샤는 제일 구석진 말석으로 안내받아 앉는다. 그러다 본격적으로 다과회가 시작되면, 바넷 옆에서 시녀 비슷한 역할을 하는 친구들이 다닥다닥 들러붙어선 에니샤를 마구 괴롭히는 것이다. 없는 사람 취급하고, 말 시키면 비아냥거리는 소리만 잔뜩 하고, 케이크나 쿠키는 맛없는 걸로만 주고, 그러다 막 뺨도 때리고…… 뭐, 이런 식으로 말이다. 하지만 다과회는 조용했고, 에니샤는 환대받고 있었다.

에니샤는 홍차를 꼴깍 마시곤 바넷을 쳐다보았다. 바넷은 왠지 수줍어 보였다. 티스푼으로 괜히 찻잔을 빙글빙글 저어대고, 멀쩡한 드레스 자락도 몇 번이나 만지작거리며 다듬었다. 드레스에 달린 장식은 아까부터 계속 괴롭혀서 떨어지기 일보 직전이었다. 그러다 슬쩍슬쩍 에니샤를 쳐다보는데, 눈이라도 마주치면 화다닥 놀래버려서 벌써 두 번인가 찻잔을 엎을 뻔하였다.

설마 내 찻잔에 독이라도 탔나…… 그러면 안 되는데…….

일리오사 후작가문이 없어지면 누구로 대체해야 할지 고민하며, 에니샤는 차근차근 탁자 위에 차려진 과자들을 하나씩 정복해 나갔다.

후작가의 주방장은 실력이 꽤 괜찮아서 전부 맛이 흡족했다. 에니샤는 반대편 끝의 접시에 담긴 쿠키를 탐냈다. 과일잼을 두둑하게 넣은 것이 맛있어 보였지만, 팔이 짧아서 영 닿지를 않았다. 최대한 짤막한 팔을 휘둘러가며 끙끙거리고 있는데, 갑자기 접시가 앞으로 스윽 밀려왔다.

"……?"

에니샤는 눈을 동그랗게 떴다.

바넷이 새침하게 고개를 한쪽으로 돌리며 말했다.

"따, 딱히 황녀님께서 드시고 싶으실까 봐 접시를 밀어드린 건 아니에요!"

완전히 그런 것 같은데……?

하지만 과정이 어찌 되었건, 결과적으로 원하는 것을 얻은 에니샤는 반박하지 않고 얌전히 쿠키를 집어 먹었다.

볼이 빵빵해질 정도로 열심히 먹고 있는데, 시선이 느껴졌다. 바넷이 저를 빤히 바라보고 있었다. 그녀가 우물쭈물하다가 조그만 목소리로 말했다.

"그…… 사과잼을 넣은 것이 저는 좀 더 입맛에 맞았습니다……."

오, 사과잼 쿠키가 더 맛있다고?

에니샤는 여러 가지 과일잼을 넣은 쿠키 사이에서 사과잼 쿠키를 찾아냈다. 바삭, 한 입 베어 먹으니 사과향이 확 퍼졌다.

"이거 진짜 너무너무 맛있다!"

에니샤는 감탄하며 사과잼 쿠키만 연달아 세 개쯤 집어 먹었다.

잔뜩 행복한 미소를 지어 보이자, 바넷은 어째서인지 윽 하고 작게 소리 내며 손으로 가슴을 꾹 눌렀다. 그러더니 큼큼 작게 헛기침을 하고서, 제법 의젓한 어조로 말했다.

"황녀님께서 원하시면 주방에 얘기하여 따로 챙겨놓겠습니다. 돌아가실 때 가져가실 수 있도록……."

그러면서 흘금 에니샤를 쳐다보는 바넷의 뺨에는 발그레한 홍조가 어려 있었다.

일리오사 후작은 늘그막에 얻은 외동딸 바넷을 끔찍하게 아꼈다. 하고픈 것은 뭐든 다 하게 해주었지만, 아무래도 외동이라 그런지 바넷은 외로움을 많이 탔다. 항상 귀여운 동생이 있으면 좋겠다고 조르지만, 후작부인이 바넷을 낳으며 산고를 심하게 겪었던지라 둘째는 요원할 듯하였다. 그런 바넷이 막내 황녀님께 결례를 범했다는 소식을 들었을 땐, 세상이 끝장나는 줄 알았건만⋯⋯. 이렇게 저택에서 다과회까지 함께하는 사이가 되다니.

일리오사 후작은 평화롭던 인생에 몰아치는 풍랑을 느끼며, 앞에 앉은 이에게 포도주를 좀 더 권하였다.

"괜찮습니다. 황녀님을 다시 모시고 돌아가야 하는지라⋯⋯."

두 번째 잔을 정중하게 거절하는 이는 황실 수석마법사였다.

수석마법사 또한 귀한 손님이니, 후작의 접대를 받지 못할 이유가 없었다. 황녀님께서 바넷과 다과회를 즐기는 동안, 그는 다른 방에서 일리오사 후작과 이야기를 나누고 있었다. 수염을 멋들어지게 기른 늙은 마법사는 흔히 사람들이 생각하는 마법사의 전형적인 모습이었다.

일리오사 후작은 사람 좋은 미소를 지으며 말했다.

"황녀님의 마법수업을 담당하신다 들었습니다."

후작의 말에 수석마법사는 잠시 웃음을 머금었다가 답하였다.

"미흡하나마 그렇습니다."

미흡하다니!

후작은 그의 겸손이 지나치다 생각하였다. 황실의 수석마법사가 미흡하다면 대체 누가 마법 스승이 된단 말인가. 그러나 생각을 겉으로 드러내진 않고, 웃으며 말을 이어갔다.

"세 번째 별께서 마법에 재능이 있으실 줄은……. 진실로 제국에 무한한 광영을 가져다주실 모양입니다."

황녀님이 영특하신 줄은 익히 알고 있었다. 핏덩이셨던 시절부터 정무회의에서 엉금엉금 기어 다니는 것, 아장아장 걷는 것, '아빠' 소리를 하는 것 등등을 황제 폐하께서 하나하나 몸소 자랑하신 탓이었다.

하지만 마법의 재능은 그런 것들과는 완전히 달랐다. 그야말로 축복이라고밖에 할 수 없는, 신이 내려주는 재능.

제국의 막내 황녀가 마법에 재능 있다는 사실이 처음 알려졌을 때, 모두가 크게 술렁였을 정도였다.

"거기다 좋은 스승님까지 만났으니, 정말이지 사자의 등에 날개를 단 격이 아닙니까."

황녀님을 띄우며 슬쩍 수석마법사에게도 기름칠하는 말을 해주었다. 하지만 어째서인지 스승이라는 말이 나오자마자, 수석마법사는 조금 민망한 표정이 되었다.

"황녀님께서 워낙 총명하신지라……."

오히려 저가 황녀님께 수업이라도 받는 것처럼 부끄러워하며 손을 내저었다.

그 모습에 일리오사 후작은 속으로 의아해하다가 결론을 내렸다.

아아, 수석마법사께선 자신감이 많이 부족하신 게로군!

마법사들은 이기적이고 거만하다 들었는데, 전부 그렇지는 않은 모양이었다. 자신감 부족한 수석마법사를 애석히 바라보며, 일리오사 후작은 괜히 그의 실력을 더 열심히 칭찬해주었다.

◦◦◦❧◦◦◦

바넷이 챙겨준 사과잼 쿠키를 한 바구니 끌어안고, 에니샤는 귀궁길에 올랐다.

"환대해주어서 고맙네, 일리오사 후작."

작은 황녀님이 의젓하게 하는 말에 일리오사 후작은 광대가 하늘로 솟을 만큼 활짝 웃었다.

에니샤는 후작 뒤에서 드레스 자락만 쥐어뜯고 있는 바넷에게도 인사를 해주었다.

"다음에 또 놀러 올게."

"예, 황녀님."

하지만 바넷의 얼굴은 여전히 어두웠다. 아까 다과회 때만 하여도 무척 싱글벙글하였는데 말이다.

에니샤는 눈을 깜빡이다 한마디 덧붙였다.

"아니면 황녀궁으로 놀러 와도 좋고. 내가 초대할 테니까."

"……!"

깜깜하던 얼굴이 삽시간에 환해졌다.

바넷이 양손을 꼭 움켜쥐며 말했다.

"네……! 기다리겠습니다, 황녀님!"

눈에서 별이 쏟아질 것 같은 모습에 에니샤는 소리 내어 웃은 후, 델 하르인과 함께 다시 이동마법진을 이용하여 후작가를 떠났다.

그리고 잠시 후, 사람들로 시끌벅적한 제도의 번화가에서 한 발짝 벗어난 어두운 골목길. 은은한 빛이 어둠을 밀어내고, 두 인영이 살며시 모습을 드러내었다. 막 일리오사 후작가에서 다과회를 끝마치고 귀궁길에 올랐던 에니샤와 델 하르인이었다. 그러나 두 사람은 황궁 대신, 골목길 깊숙한 구석으로 향했다.

성공적인 이동을 확인하자마자, 델 하르인은 에니샤를 바닥에 내려놓으며 말했다.

"황녀님, 팔을……."

혹여나 누가 골목길 안쪽을 들여다볼까 초조해하는 그의 말에 에니샤는 곧장 긴 소매를 걷어 올렸다. 팔뚝에 미리 그려놓았던 마법진이 있었다.

델 하르인이 마법진 위에 손을 얹고 마력을 불어넣었다. 그러자 에니샤의 황금빛 머리카락이 점차 어두워지더니 푸르스름한 빛이 도는 검은색으로 변하였다. 주홍색 눈동자는 호수처럼 맑은 파란색이 되었다.

"제대로 되었어?"

확인해달라고 발돋움하자, 델 하르인이 웃으며 다시 에니샤를 안아 들었다.

"예. 둘째 황자님을 닮으셨습니다."

"좋아! 이제 가자."

익숙하게 안겨 든 에니샤가 힘차게 손을 뻗으며 명령하였다. 그러나 델 하르인은 걸음을 옮길 생각을 않고, 주저하며 물었다.

"하온데 황녀님, 대체 어디를 가시려고 이러시는 겁니까? 늙은 이는 위험한 모험을 했다간 심장마비가 올지도 모릅니다."

일단 시키는 대로 하긴 하는데, 많이 불안한 모양이었다.

황궁으로 돌아가자 종용하는 그에게 에니샤는 태연히 말했다.

"그대와 나를 위험하게 할 정도라면, 적어도 보조계 마법사를 하나 이상 포함한 기사단 정도는 되어야겠지."

우리는 걸어 다니는 흉기이니, 오히려 상대방을 걱정해야 한다는 것이 에니샤의 주장이었다. 그게 또 틀린 말은 아닌지라 델 하르인은 한숨만 푹푹 쉬었다.

"정보상을 찾아갈 생각이야."

"저를 시키시면 될 것을, 굳이 황녀님께서 나서지 않으셔도……."

"재밌잖아."

"……."

말문이 막힌 델 하르인에게, 에니샤는 눈매를 축 늘어뜨리며 물었다.

"그동안 황궁에서 갇혀 살았던 내가 가엾지도 않아……?"

피도 눈물도 없다며 눈을 촉촉하게 해 보이자, 델 하르인이 마지막 반항을 하였다.

"하지만 지금 황녀님과 저의 조합은 누가 봐도 수상하지 않습니까!"

그러나 그의 소심한 반항은 한 방에 진압되었다.

"손녀딸이라구 해. 나이도 적당하잖아."

뻔뻔스러운 말에 델 하르인은 기겁하였다.

"어찌 그런 무례를……!"

"괜찮아, 괜찮아."

에니샤는 고양이처럼 그의 어깨에 매달리며 방긋 웃었다.

"그쵸, 할아버지?"

헤헤 웃으며 얼굴을 디밀자, 델 하르인은 끙끙거리다가 결국 항복하였다.

"……정말이지, 황녀님께선……."

졸지에 손녀딸이 생긴 그는 결국 에니샤를 안고 골목길을 벗어났다.

대륙 곳곳을 굴러다니다 아르커스의 대법사가 된 에니샤와 달리, 델 하르인은 열심히 공부와 연구만 하고 살다가 수석마법사가 된 모범생이었다. 그는 정보상을 찾아가는 일이 엄청난 일탈이라도 되는 듯 긴장하였다.

그러거나 말거나, 미리 챙겨온 후드를 폭 뒤집어쓴 에니샤는 델하르인을 이리저리 조종하며 길거리를 돌아다녔다.

제도의 번화가는 과거 에니샤가 대륙을 떠돌던 시절에 찾아왔을 때보다 월등하게 발전해 있었다. 날이 갈수록 번영하는 제국의 위상이 새삼스레 느껴졌다.

……그리고 막내 황녀님의 위상도 말이다.

에니샤는 헛웃음을 지으며 물었다.

"내 초상화 파는 거, 불법이지 않아?"

온 길거리에 금발과 주홍색 눈동자의 아기 그림 천지였다. 절찬리에 판매 중인 막내 황녀님 상품들은 종류도 참으로 다양했다.

막내 황녀님 엽서를 고르는 사람을 흘깃 쳐다보며, 델 하르인이 작게 속닥거렸다.

"그것이……. 워낙 반발이 심하여서, 세 살 초상화까지는 허락하기로 한 모양입니다."

크면서 이목구비가 많이 변하니, 이미 알려진 아기 시절 초상화 정도는 허가한 것이다. 어차피 금지해도 다들 쉬쉬하면서 팔 것이고, 그럴 바에야 적당한 선에서 허락해주는 쪽이 세수라도 얻을 수 있으니 현명한 선택이었다. 왠지 초상화 금지령을 내릴 때 막내 황녀를 자랑할 수단을 잃었다고 슬퍼하던 로드고와 쌍둥이가 떠올랐지만, 에니샤는 너무 넘겨짚지 말자고 생각했다.

델 하르인에게 안긴 채로 이곳저곳 구경하던 에니샤는 잡화상을 발견하곤 손짓했다.

"박하잎 넣은 궐련을 사자."

그러자 델 하르인이 질색하며 말하였다.

"아무리 대법사라 하셔도, 어린아이의 몸이신 것을 잊으시면 안 됩니다."

"내가 피우려는 것 아냐!"

"정말 아닙니까?"

몇 번이나 되묻는 델 하르인을 어렵게 끌고 가서 박하잎 궐련을 구입하였다.

에니샤는 궐련 상자를 열더니 열 개의 궐련 중 하나를 빼내 델 하르인의 주머니에 쑤셔 넣었다. 그리고 궐련이 아홉 개만 남은 것을 확인한 후, 다시 뚜껑을 닫고 쿠키 바구니 위에 상자를 얹어놓았다.

"이제 지금부터가 중요한데……."

오래된 과거인지라, 에니샤는 조금 자신 없는 목소리로 말했다.

"일단 광장으로 가야 해."

광장으로 가니 시야가 탁 트이며 여덟 방향으로 뻗어나가는 길이 보였다. 모든 길은 히페리온으로 통한다는 말을 만들어낸, 제도의 상징과도 같은 '여덟 갈래 광장'이었다.

광장 한가운데서 출발해, 델 하르인은 에니샤가 시키는 대로 충실하게 길을 찾아갔다.

번듯한 길에서 몇 번이나 모퉁이를 돌고, 깊은 곳으로 걸어 들어갔다. 그러자 점차 말끔하게 포장된 도로 대신 흙길이, 반듯한 석재 건물 대신 나무로 지은 허름한 건물들이 길거리에 가득해졌다.

완전히 빈민가에 접어들었다 싶을 즈음, 에니샤는 도끼 그림이 그려진 간판을 발견하곤 손가락질하였다.

"저기 보이는 여관으로. 아까 말해준 것, 기억하지?"

"예에에……."

다 부서진 나무 간판에 그려진 도끼 그림은 빛에 색이 잔뜩 바래 있었다.

델 하르인은 내키지 않는다는 듯 발을 질질 끌며 여관 안으로 들어갔다.

대낮인데도 여관 내부에는 빛이 들지 않아 어둑했다. 낮술을 마시는 용병들 몇 명이 나무탁자에 아무렇게나 퍼질러져 있었다.

"……."

한쪽 뺨에 커다란 흉터가 있는 우락부락한 여관 주인이 인사도 않고 불량한 눈으로 델 하르인과 에니샤를 훑어보았다.

둘 다 이런 곳에 어울리지 않는 곱상한 차림새라 그런 모양이었다.

델 하르인도 굳이 말을 붙이지 않고, 곧장 그에게 퀄런 상자를 내밀었다.

상자에 들어 있는 박하잎 퀄런이 아홉 개임을 확인한 여관 주인은 고개를 끄덕이며 상자를 돌려주었다.

에니샤는 상자를 다시 쿠키 바구니 위에 얹어놓았다.

여관 주인이 에니샤를 힐끗 보았다가 불퉁하게 말했다.

"그녀는 잠깐 자리를 비웠소. 곧 올 텐데 기다릴 거요?"

"그러겠네."

델 하르인의 점잖은 대답에 여관 주인은 한쪽 눈썹을 스윽 치켜 올렸다가 말했다.

"따라오시오."

그가 먼저 계단을 올라갔다.

델 하르인은 에니샤의 후드가 젖혀지지 않게 조심하며 그를 따라갔다.

여관 주인이 안내한 곳은 2층 가장 구석진 방이었다. 박하향이 짙게 밴 방 안에 두 사람을 밀어 넣고, 여관 주인은 아무 말도 없이 휙 나가버렸다.

문이 닫힌 뒤, 델 하르인이 낮게 불만을 터뜨렸다.

"저, 무례한……!"

하지만 에니샤는 개의치 않고 델 하르인의 품에서 폴짝 뛰어내렸다.

그녀의 방은 기억에서 거의 변하지 않았다. 한쪽 벽면을 커다랗게 차지한 대륙 지도에는 빼곡한 표시와 메모가 가득했다. 낡은 책상에는 알아볼 수 없을 만큼 심각한 악필로 휘갈겨놓은 종이가 가득했고, 책장과 바닥, 기다란 안락의자에는 각종 서적과 술병들이 아무렇게나 나뒹굴었다. 책의 종류는 여전히 두서없었다. 역사서, 실용서, 철학서……. 가벼운 통속소설까지.

에니샤는 책을 한쪽으로 치워내곤 의자에 앉았다. 태평한 에니샤와 달리 델 하르인은 초조해하며 방 안을 이리저리 걸어 다녔다.

얼마 지나지 않아 문 너머로 흥얼거리는 콧노래와 함께 발걸음 소리가 들려왔다. 그리고 문이 쾅 소리와 함께 열렸다.

"안녕하십니까아!"

기운차게 등장한 이는 기다란 로브를 입은 젊은 여자였다. 하나로 높게 올려 묶은 붉은 머리카락이 탱글탱글하게 흔들렸다.

그녀는 방 안의 노인과 꼬마를 보곤 잠시 멈칫하였다가, 이내 씨익 웃었다.

"오늘 손님은 좀 특별하네요."

흥얼거리며 문을 닫은 그녀는 에니샤가 껴안고 있던 쿠키 바구니에서 궐련 상자를 집어 들었다. 그리고 박하잎 궐련의 냄새를 킁킁거리며 맡고선 황홀해하다가, 어린 에니샤를 보고는 조금 아쉬운 표정을 지으며 상자를 로브 안쪽에 집어넣었다.

"레시나입니다."

그녀가 델 하르인에게 악수를 청하였다.

"……델이라 하오."

누가 봐도 가명 같은 이름을 대며, 델 하르인이 손을 맞잡았다.

위아래로 붕붕 흔들며 악수한 레시나가 에니샤를 턱짓하였다.

"저기 귀여운 꼬마아가씨는?"

아무것도 모른다는 표정으로 눈만 깜빡이는 에니샤 앞에서 델 하르인이 어렵사리 입을 뗐다.

"손……."

그는 잠시 말을 멈추고 숨을 들이마셨다가, 벌게진 얼굴로 말했다.

"손녀딸이오……."

에니샤는 델 하르인이 거짓말에 소질이 없음을 깨달았다. 다음에 나쁜 짓 하는 교육이라도 좀 시켜야 할 것 같았다.

"그래요? 뭐……."

레시나는 딱히 상관없다는 표정으로 말했다.

"원하는 정보는?"

"스칸샤의 하크만에 관한 것이오."

"아하."

레시나가 에니샤를 쳐다보며 무언가를 고민하듯 손가락으로 콧잔등을 살살 긁더니, 묘한 미소와 함께 입을 열었다.

"일단…… 간단한 것부터 말씀드릴게요."

긴 안락의자 위의 책들을 아무렇게나 바닥으로 쓸어낸 그녀는 델 하르인에게 자리를 권하며 말했다.

"지금으로부터 5년 전, 스칸샤의 왕자가 광증을 앓았다는 말이 있어요. 어느 정도 수준인지는 모르겠지만, 미쳐버렸다는 소문이 자자하였는데…….."

레시나는 푹신한 의자가 움푹 꺼질 만큼 깊숙이 앉으며 고개를 절레절레 저었다.

"1년여 만에 그런 말이 싹 사라지고, 대신 성격이 완전히 변하였죠."

작문과 독서를 즐기고, 날벌레 하나 죽이지 못하던 심약한 왕자가 눈앞에서 사람이 산 채로 고문당하는 모습을 보면서 웃음을 터뜨리게 되었다는 것이다. 영혼이 뒤바뀌었나 싶을 만큼 엄청난 변화였다.

그러나 잔인하고 패도적인 성정이야말로 스칸샤가 원하던 왕의 미덕이었다. 그는 거친 스칸샤인들을 순식간에 매료시켰고, 결국 수많은 형제를 제치고 하크만이 되었다.

"열일곱에 하크만이 되어서, 3년 동안 스칸샤를 서부의 패자로 만들어놓은 거예요. 감히 히페리온의 막내 황녀에게 청혼을 넣을 정도로!"

레시나는 저가 말해놓곤 재밌어서 팔걸이를 내려치며 깔깔 웃음을 터뜨렸다. 물론 그녀 혼자 웃었고, 델 하르인은 따라 웃기는커녕 막내 황녀라는 말이 나왔을 때부터 누가 봐도 수상하게 몸을 움찔거렸다.

에니샤는 티 나지 않게 델 하르인의 팔뚝을 살짝 꼬집었다. 다행히 레시나는 웃느라 보지 못한 듯했다.

뒤늦게 정신 차린 델 하르인이 헛기침하며 말했다.

"하크만에 대해 더 자세히 이야기해줄 수 있소?"

"에이, 공짜로요?"

"당연히 대가를 지불하겠소."

"돈은 됐고……."

레시나가 으음, 하고 생각하는 척하더니 말했다.

"아! 오늘 내가 해결해야 할 의뢰가 있는데, 그걸 도와주면 좋겠네요."

"의뢰……?"

"절대 나쁜 일은 아니고, 오히려 정의의 사도라고 해야 할까."

레시나가 맡은 의뢰는 노예상에게 납치된 아이를 찾아오는 것이었다. 의뢰인은 평범한 농민인데, 아이를 찾기 위해 농사지을 땅까지 팔아 돈을 마련하였다.

"너무 슬픈 이야기죠? 우리가 힘을 합쳐서 아이를 찾아줘야 할 것 같죠?"

"허나 무슨 수로……."

델 하르인의 중얼거림에 흑흑 우는 시늉을 하던 레시나가 입술을 삐죽 내밀며 말했다.

"어르신, 마법사잖아요?"

"……."

그녀가 맞힌 것이 별로 놀랍진 않았다. 솔직히 델 하르인은 누가 봐도 마법사처럼 생겼기 때문이었다.

에니샤가 수락하라고 옆구리를 찌르는 동안, 레시나는 조잘조잘 델 하르인을 설득했다.

"하크만에 대한 정보는 쉽게 얻을 수 없어요. 서부 쪽 분위기가 워낙 흉흉해서, 다들 입을 잘 안 열거든요. 어르신한테 밑지는 거래는 절대 아니에요. 오히려 내가 손해를 보면 보았지."

아까부터 옆구리가 너덜너덜해지도록 찔리던 델 하르인은 무척 하기 싫다는 표정으로 수락하였다.

"……알겠소."

"좋아요, 거래 성사!"

무르기 전에 잽싸게 쾅쾅 결정을 내려버린 레시나가 신이 나서 자리를 박차고 일어났다.

그녀는 무언가를 찾는답시고 제 책상 위를 전부 헤집으며 말했다.

"아참, 그리고 오늘 의뢰를 함께할 사람이 한 명 더 있어요. 내 동료인데, 나이는 조금 어리지만 실력은 확실하거든요. 곧 올 텐데……."

그러자 기다렸다는 듯이 자박자박 발소리가 들렸다. 일정하게 들려오는 발걸음소리는 단정하였다. 똑똑, 두 번의 노크가 이어졌다.

"들어와!"

레시나의 말에 문이 달칵 열렸다.

그녀가 즐겁게 말하였다.

"소개할게요, 제 동료인……."

에니샤는 문을 열고 들어온 사람과 눈이 딱 마주쳤다. 그리고 에니샤도, 레시나의 동료도 그대로 굳어버렸다.

침묵의 시선 교환 속에서, 레시나만이 명랑하게 외쳤다.

"······카힐이에요!"

여태껏 뜻밖의 장소에서 카힐을 만난 게 한두 번이 아니었다. 그는 매번 에니샤를 깜짝 놀라게 만들었지만, 이번엔 정말 기절할 뻔했다.

에니샤와 카힐은 서로 넋 놓고 상대방을 쳐다보았다.

카힐은 은회색 머리카락과 청회색 눈동자를 하고 있었다. 에니샤도 평소와 다른 모습을 하고 있었지만, 카힐은 단박에 알아본 듯했다.

"뭐야? 왜 그래? 아는 사이?"

레시나가 흥미 가득한 눈으로 에니샤와 카힐을 번갈아 보았다.

"아닙니다."

카힐이 딱 잘라 답하였지만, 그녀는 흐흥 콧소리를 내며 물었다.

"그럼 왜 그렇게 쳐다봐?"

솔직히 누가 봐도 수상한 눈빛이었다.

당장이라도 묶어놓고 추궁할 기세의 레시나에게, 카힐은 고개를 옆으로 살짝 돌리며 나직이 답했다.

"······귀여워서 그랬습니다."

카힐의 대답에 모두 할 말을 잃어버렸다.

멍한 표정을 짓고 있던 레시나가 이내 방이 떠나갈 듯이 우하하 웃음을 터뜨렸다.

"뭐야, 카힐! 너 지금 수줍어하는 거야?"

이런 모습은 처음 봤다며, 레시나는 눈물까지 찔끔거리면서 미친 듯이 웃어댔다.

"원래 이렇게 깜찍한 행동을 하는 놈이 아니거든요. 꼬마아가씨가 귀엽기는 한가 보네."

델 하르인만 돌아가는 상황을 모르고 어리둥절한 표정이었다. 자드카르의 왕자를 못 알아본 탓이었다.

동요하던 것도 잠시, 카힐은 언제 그랬냐는 듯 무표정한 얼굴로 변하였다. 에니샤가 연무장에서 보았던 차갑고 싸늘한 카힐이었다.

"의뢰나 말씀해주십시오."

"아아, 오늘 의뢰는 이분들이랑 같이 할 거야."

"······어린아이도 말입니까?"

"그럼!"

레시나는 음흉한 미소와 함께 말했다.

"여기 꼬마아가씨가 대활약할 거야."

"······?"

처음 듣는 이야기였다. 에니샤와 델 하르인은 동시에 레시나를 쳐다보았다. 레시나가 살살 웃으며 말했다.

"노예 경매장에 잠입해야 하는데, 물건을 출품하면 들어가기 쉽거든요."

그리고 에니샤는 델 하르인과 카힐 두 사람을 말리기 위해 초인적인 힘을 발휘해야 했다. 너무 열 받아서 수염을 푸들거리는 델 하르인의 소맷자락을 잡아당기고, 한기가 흘러나오기 시작하는 카힐에게도 필사적인 눈짓을 보냈다. 그녀가 의뢰를 도와주는 것 정도로 정보를 팔 리가 없어서 조금 이상하다 했더니, 역시나 이런 함정이 있었다.

생각해보니 옛날 대법사 시절에 처음 만났을 때도, 저런 식으로 행동해서 된통 당했다.

에니샤는 입을 삐죽 내밀며 생각했다.

여전하다, 진짜…….

레시나는 저 때문에 난리 난 꼴을 보고서도 되레 당당하게 말하였다.

"출품만 한다니까, 출품만! 의뢰 해결하면서 경매 올라가기 전에 같이 빼돌릴 거고! 꼬마아가씨는 절대 안전할 테니까 걱정 마요. 나도 그 정도 양심은 있어요."

양심 있는 사람은 애초에 이런 제안을 하지 않겠지만, 레시나는 그렇게 말했다.

에니샤는 옆에서 다시 열심히 델 하르인의 옆구리를 찔렀다.

굳이 여기까지 레시나를 찾아온 이유는, 이번 한 번뿐만 아니라 앞으로도 종종 이용해먹기 위해서였다.

레시나가 이렇게 나오는 것은 수상한 의뢰인들이 어떤 인물인지 확인하고 시험하려는 목적도 분명 있을 터였다.

무리를 해서라도 신뢰의 첫 단추를 끼워놓는 것이 좋았다. 그리고 이쪽에서도 레시나를 시험해볼 필요가 있었다.

에니샤가 옆구리를 서른 번쯤 찌르고 나서야, 델 하르인은 하는 수 없이 답하였다.

"……알겠소."

"잘 생각하셨어요, 어르신. 그럼 어떻게 진행할지 설명을 해드리자면……."

"레시나."

카힐이 그녀의 말을 자르고 나섰다.

"아이는 잠시 데리고 나가 있겠습니다."

레시나의 눈썹이 치켜올라갔다. 네가 언제부터 그런 것에 신경 썼냐는 표정이었다. 그러나 어린애 앞에서 노예로 팔아버리니 어쩌니 하는 이야기를 하는 게 좋지 않은 건 사실이었다.

"그래, 뭐……."

레시나가 아무래도 좋다는 듯 고개를 끄덕였다.

에니샤가 폴짝 의자에서 내려서자, 이제 반쯤 포기한 델 하르인은 그저 조심하시라는 말만 하였다.

카힐이 쿠키바구니를 끌어안은 에니샤를 물끄러미 바라보았다. 색소 옅은 청회색 눈동자가 곧게 에니샤를 향하고, 모양 좋은 입술이 느릿하게 벌어졌다.

"……이리 와."

살짝 가라앉은 목소리였다.

에니샤는 잠시 멈칫하였다. 제게 반말을 하는 카힐이 낯설었다. 그러나 그는 아무렇지 않게 에니샤를 기다릴 뿐이었다.

타박타박 걸어서 다가가자, 카힐은 자연스럽게 에니샤의 어깨에 손을 올려 제 품에 바짝 붙였다.

바깥으로 나온 둘은 말없이 복도를 걸었다.

카힐은 레시나의 방과 반대편 끝에 위치한 방으로 향했다.

작은 방은 흔한 여관처럼 낡은 침대와 탁자가 놓인 단출한 생김새였다. 방문을 닫자마자, 카힐이 한숨과 함께 입을 열었다.

"황녀님……."

그 한마디에 하고 싶은 말들이 전부 담겨 있는 듯하였다.

에니샤는 쓰고 있던 후드를 벗고선, 쿠키바구니를 옆에 내려놓았다. 그리고 사정을 설명하는 대신 그의 소매를 잡아당겼다.

카힐은 말없이 다리를 굽혀 앉아 에니샤와 눈높이를 맞추었다.

에니샤는 인상을 찌푸리며 손으로 그의 뺨을 감싸 쥐었다.

"다쳤어?"

카힐의 뺨에는 거뭇한 멍이 들어 있었다.

그는 곧장 답하지 않고 사륵 눈을 감았다. 주인의 손길을 즐기는 강아지처럼, 에니샤의 손에 느릿하게 얼굴을 부비적거렸다. 촘촘한 은회색 속눈썹이 손바닥을 간질였다.

조금 느슨하게 풀어진 목소리로 카힐이 속삭였다.

"……별거 아닙니다."

분명 누구한테 얻어맞은 상처인데, 말해주기 곤란한 모양이었다. 그래도 거의 다 나아가는지 부기는 없고 색만 남은 멍이었다.

에니샤는 상처에 대해서는 더 묻지 않고, 대신 다른 질문을 하였다.

"너는 왜 여기 있어."

"저는……."

카힐이 잠시 말을 고르듯 망설이다가 천천히 답하였다.

"제가 있을 곳을 만들고 있습니다."

"……."

힘쓰지 말라고 잔소리하려 했던 에니샤는 말문이 막혔다. 그리고 에니샤가 입을 열기 전에, 카힐은 질문으로 반격하였다.

"황녀님께서는 어찌하여 이런 위험한 곳에 계십니까."

카힐의 시선이 매서웠다. 쉬이 물러날 것 같지 않은 분위기에, 에니샤는 눈동자를 도록도록 굴렸다.

"그…… 수석마법사랑 같이 왔는데……."

사실 에니샤도 할 말 없기는 마찬가지였다. 정보가 필요하단 건 구실이고, 솔직하게 말하면 황궁에 갇혀 있기 싫었다.

격무로 정신없던 대법사 시절에도 이렇게 지내진 않았다. 5년간 창살 없는 감옥 생활을 하였으니, 슬슬 답답해서 못 견딜 때도 되었다. 그러나 카힐이 이런 사정을 알 리가 없었다.

"이런 곳에 황녀님을 모시고 오다니……."

그는 조용히 분노를 씹어 삼켰다.

카힐은 수석마법사가 멋모르는 황녀님한테 위험한 정보상 같은 걸 가르쳐줬다고 생각하는 모양이었다. 진실은 반대이지만 기왕 이렇게 된 것, 에니샤는 적당히 거짓말하기로 하였다.

"내가 부탁했어."

"황녀님!"

"하크만에 대해 알아보려고."

솔직히 순진한 카힐 하나 속여먹는 것 정도는 에니샤에겐 일도 아니었다. 에니샤는 괜히 먼 곳을 아련하게 쳐다보며 입을 열었다.

"그가 나에게 청혼을 하였다고 해서……."

"……."

카힐의 표정이 조금 어두워졌다.

하크만이 막내 황녀에게 청혼했다는 소문이 하도 자자하여, 그 또한 알고 있는 모양이었다. 에니샤는 슬픈 듯 눈을 내리깔며 조그맣게 말을 이어갔다.

"그런데 아버지도, 오라버니도 내게 아무 말도 해주시지 않고……."

뭐라 말할까 생각하느라 자연스럽게 말이 느려지고, 더듬거려졌다.

"이러다가 정말 아무것도 모르고…… 덜컥 결혼을 하게 되는 건 아닐까, 겁이 나서……."

괜히 소매로 눈가를 훔치며 훌쩍거리는 시늉을 하자, 카힐은 그때부터 크게 당황하기 시작했다.

"황녀님, 폐하와 황자님께선 그러실 분들이 아닙니다. 울지 마시고……!"

"하지만…… 흐잉……."

연기에 심취한 에니샤가 카힐의 품에 고개를 묻고 훌쩍거리자, 카힐은 그대로 석상이 되었다.

그때부터 카힐은 에니샤를 어르고 달래느라 더 캐물어보질 못했다. 그리고 잠시 후 레시나가 데리러 왔을 때, 두 사람은 함께 나란히 앉아서 사과잼 쿠키를 바삭바삭 나눠 먹고 있었다.

히페리온 황실을 모시는 세 기사단 중에서, 달을 이어받은 황족에게 전해지는 이엘타 기사단은 조금 특별하였다.

제국 외부에서 타국과 전쟁을 치르며 히페리온을 지키는 쿠테른, 아할든과 달리, 이엘타는 제국 내부에서 벌어지는 일들을 해결하였다. 주로 법으로 처벌하기 힘든 범죄를 단속하거나 빠르고 긴밀한 처리를 요하는 일들이었다. 달그림자처럼 조용히 움직여 제국을 수호하는 것이 이엘타였다. 그런 의미에서 로시엘 황자의 예민한 성정은 이엘타의 주인을 맡기에 제격이었다.

둘째 황자 로시엘은 시끄러운 것을 질색하였다. 로시엘 앞에서 빽빽 소리 지르고도 유일하게 무사했던 사람은 막내 황녀뿐이었다. 에니샤가 우는 소리는 귀청이 떨어져나가도 그저 좋다고 웃는 로시엘이지만, 그 외에 다른 소음에는 가차 없었다.

"경매장처럼 시끄러운 곳은 딱 질색인데……."

나직이 속삭이는 말에 보고를 올리던 이엘타의 기사단장이 조용히 고개를 숙였다.

로시엘이 의자에 반듯하게 앉은 채로 보고서를 빠르게 훑으며 질문하였다.

"오늘 경매에 참석하는 것은 확실하고?"

"예, 그렇습니다."

"하아……."

로시엘이 고운 눈썹을 잔뜩 찌푸렸다. 주로 어린아이를 납치하는 노예상인데, 고위 귀족이 뒤를 봐주고 있는지 수사가 제대로 진척되질 않았다. 오늘 노예 경매에 노예상과 그 뒤를 봐주는 귀족까지 참석한다 하여, 이엘타가 경매장을 급습할 예정이었다.

하지만 로시엘은 오늘따라 유난히 기분이 좋지 않았다. 에니샤가 혼자서 쏙 외출해버린 탓이었다.

같이 가자고 그렇게 졸랐는데…….

머릿속에서 '이제 오라버니들 따윈 필요 없어요!' 같은 말을 하는 에니샤를 상상하니 절로 가슴이 미어져왔다.

로시엘은 흐트러진 머리카락을 천천히 쓸어 넘겼다. 그리고 저조한 기분이 역력히 드러나는 목소리로 명령하였다.

"내가 직접 경매에 참석하겠다. 그대는 나와 함께 경매장에 들어가고, 나머지 인원과 병사들은 외부에 대기시키도록."

"예, 황자님."

냉랭한 명령에 공손히 고개 숙여 답하며, 이엘타의 기사단장은 생각하였다. 아무래도 오늘 여러 사람 죽어 나갈 모양이라고 말이다.

⤳⧳⤷

"아유, 귀여워!"

경매장으로 향하는 마차 안에서, 레시나는 연신 감탄사를 터뜨렸다.

입고 있던 드레스가 너무 고급이라, 에니샤는 허름한 옷으로 갈아입고 장신구도 전부 빼놓았다. 하지만 낡고 수수한 차림새를 하여도 타고난 외모가 어디 가지는 않았다.

인형처럼 귀여운 에니샤를 뜯어 살피던 그녀가 흐음, 하고 조금 아쉬운 듯한 눈으로 말했다.

"금발이면 좋았을 텐데. 그랬으면 황녀님이랑 느낌이 비슷해서 꽤 괜찮았을 것 같단 말이지……."

황녀님이라는 말에 델 하르인이 또다시 티 나게 움찔거렸으나, 레시나는 에니샤를 쳐다보느라 보지 못했다.

그녀는 가발이라도 씌울까 고민하며 에니샤를 이리저리 만지작거렸다.

함부로 머리카락을 만져대는 레시나의 손을 붙잡아 떼어낸 것은 카힐이었다.

"레시나. 제가 대신 경매에 나가겠습니다."

"얘가 오늘따라 왜 이래?"

레시나는 한마디 쏘아붙이면서도 카힐을 위아래로 훑어보았다.

카힐은 키가 크고 체구가 단단했다. 단정하고 예쁜 외모이지만, 뺨에 물든 커다란 멍이 흠이었다. 거기다 나이에 맞지 않게 무심해 보이는 눈빛은 가끔씩 섬뜩한 느낌이 들었다.

"넌 오늘 열릴 경매랑은 안 어울려. 나중에 검투노예 뽑는 경매가 있으면 나가든지."

깔깔 웃은 레시나가 에니샤를 다정하게 쓰다듬으며 말했다.

"자아, 꼬마아가씨는 몰락한 귀족가에서 빚 대신 팔려온 아이라는 설정이야."

에니샤는 그녀의 말에 대강 고개를 끄덕였다.

"그리고 이름은⋯⋯."

레시나가 잠시 물끄러미 쳐다보다가, 씩 웃었다.

"에니샤로 하자!"

황녀님과 나이대도 비슷하니 딱이라며, 레시나는 몹시 즐거워했다.

막내 황녀님이 대인기를 끌면서, 제국에서 에니샤라는 이름이 크게 유행한지라 부자연스러운 일은 아니긴 하지만⋯⋯.

"네 이름은 지금부터 에니샤야. 알았지?"

진짜 에니샤는 이런 상황이 조금 난감하긴 하였다.

괜히 새롭게 가명 쓰는 것보다야 나은 것도 같고⋯⋯ 아닌 것도 같고⋯⋯.

에니샤가 에니샤 흉내를 내는 기묘한 상황 속에서, 마차는 어느새 목적지에 도착하였다.

경매 이전부터, 레시나는 노예상과 미리 안면을 터놓고 경매장에 꾸준히 들락날락해왔다. 오늘은 평소와 다르게 판매할 물건을 가져왔기에, 그녀는 출입을 담당하는 경비원과 이야기를 나누기 위해 잠시 마차를 떠났다.

"금방 올 테니 기다리고 있어요!"

이 세 사람이 서로 엄청난 비밀을 공유하고 있다는 사실을 모르고 말이다.

레시나가 마차 문을 닫고 나가자마자, 델 하르인이 하고 싶은 말이 아주아주 많은 표정으로 에니샤를 쳐다보았다.

에니샤는 그가 쓸데없는 소릴 하기 전에 잽싸게 선수 쳤다.

"이쪽은 내 친구예요, 할아버지."

"예……?"

공식 황궁 외출이 처음인 황녀님께 용병 친구가 있다니, 말도 안 되는 소리였다. 하지만 지금 자세한 설명을 해주기엔 시간이 없었다.

"나중에 얘기해줄게요. 그것보다……."

에니샤는 델 하르인과 카힐을 꼭 붙잡고 빠르게 속닥속닥하였다.

아슬아슬하게 말을 끝맺는 순간, 레시나가 돌아왔다.

"카힐, 에니샤 데리고 와. 어르신은 직원들한테 안내 부탁해놨으니 함께 가시구요."

노예상은 새로운 얼굴을 불쑥 데리고 오는 걸 좋아하지 않기에, 델 하르인이 다른 쪽으로 빠지는 것은 미리 협의한 사항이었다.

카힐은 먼저 마차에서 내리고, 조심스레 에니샤를 안아 들었다.

에니샤도 자연스럽게 그에게 안겼다. 어딜 가든 안겨서 다니는 습관이 들어버린 탓에, 아무런 위화감을 느끼지 못했다. 레시나가 카힐을 보며 피식피식 웃는 걸 발견하기 전까지는 말이다.

노예 경매가 벌어지는 경매장은 겉으로 보기엔 번듯한 극장이었다. 반원형의 계단식 극장은 장식도 아름다워서, 노예 경매보단 가극이나 연극 같은 고상한 공연이 훨씬 어울릴 것 같았다.

직원의 안내를 받아서 으슥하고 깊숙한 곳까지 들어가니, 제복을 입은 경비원 두 명이 지키고 선 방이 보였다. 당당하게 문을 열고 들어간 레시나가 십년지기를 만난 듯이 반갑게 외쳤다.

"그리시앙!"

뱃살이 퉁퉁한 중년 남자가 레시나를 맞이해주었다.

몇 마디 대화를 나누기가 무섭게, 그의 시선은 에니샤를 향했다.

"저것인가?"

그리시앙이 흥미 가득한 눈빛을 해 보이자, 레시나가 까닥까닥 손짓했다.

카힐은 내키지 않는 듯, 에니샤를 천천히 바닥에 내려주었다.

"확실히 훌륭해. 자신 있어 할 만하군."

에니샤를 요모조모 뜯어본 그리시앙은 레시나를 폭풍같이 칭찬하면서, 구석에 서 있던 직원에게 눈짓을 보냈다. 그러자 직원이 에니샤에게 낮게 속삭였다.

"따라오너라."

에니샤는 마지막으로 카힐을 돌아보았다가, 홀로 직원을 따라갔다.

지하로 내려가는 계단을 한참 걸어서 도착한 곳은 작은 방이었다. 방 안은 거울과 의자, 그리고 옷을 걸 수 있는 가구 몇 점을 제외하면 휑했다. 특이한 점은 가늘고 기다란 쇠사슬이 달린 기둥이 하나 있다는 것이었다.

직원은 익숙한 솜씨로 쇠사슬을 끌어다가, 에니샤의 손목에 수갑을 채웠다.

"얌전히 있어. 도망치면 서로 힘드니까."

수갑을 찬 에니샤가 울지도, 소리 지르지도 않고 멀뚱멀뚱하게 서 있자, 직원은 잠시 눈살을 찌푸리며 중얼거렸다.

"특이하네……."

그러나 곧 방문을 닫고 나가버렸다.

직원이 나가자마자, 방 안에 서늘한 기운이 감돌았다. 작은 눈송이가 시야에 어른거린다 싶은 순간, 카힐이 스륵 모습을 드러내었다.

"……."

카힐은 수갑을 찬 에니샤가 멀뚱히 저를 올려다보는 모습에 어금니를 꾹 깨물었다. 그의 눈 위로 차가운 분노가 일렁였다.

에니샤는 그를 달래주는 대신에 잊고 있었던 것을 말했다.

"너 저번에 전투마법사 팔이랑 다리 부러뜨렸지."

카힐은 시선을 피했다.

"……아닙니다."

"아니긴 뭐가 아냐."

"……죄송합니다."

"이번에도 그럴 거야?"

"……."

"사람 팔다리는 함부로 부러뜨리면 안 돼."

"……노력하겠습니다."

이럴 때는 '노력하겠습니다'가 아니라 '알겠습니다'가 나와야 하는 거 아닐까? 아니, 생각해보면 그 전에 이런 대화를 하는 것 자체가 어이없는 일이었다. 하여간 좌우법사랑 하는 짓이 똑같았다. 에니샤 앞에선 꼬리 내린 강아지처럼 불쌍한 척을 하지만, 뒤에서는 제멋대로 구는 것이 꼭 그랬다.

이 나쁜 늑대모피 같으니…….

에니샤는 그에게 더 주의를 주는 대신, 아까 하였던 말을 재차
상기시켰다.

"내가 말한 것, 잊지 않았지?"

"잊지 않았습니다. 하지만……."

카힐은 쇠사슬을 붙잡고서 만지작거리다, 제 손에 한 바퀴 휘감
았다. 잘각잘각한 쇳소리가 들려왔다. 그가 쇠사슬을 잡아당기자
에니샤의 손목은 그대로 딸려갔다.

카힐이 아랫입술을 깨물었다가, 천천히 쇠사슬을 놓으며 말하
였다.

"걱정됩니다."

에니샤는 픽 웃으며 되물었다.

"내가?"

일전이야 마력제어구를 차고 있었지만, 지금은 아니었다. 아무
리 마력이 하찮다 하여도, 대법사는 대법사였다. 그때 제 눈앞에서
저를 지켜내는 모습을 보았으면서도 걱정이 되는 모양이었다.

에니샤는 가볍게 손가락을 움직였다. 하느작거리는 움직임을 따
라 금빛이 피어올랐다. 천천히 허공 속으로 빛을 흩어 보낸 에니샤
가 카힐을 바라보았다. 그러나 에니샤의 힘자랑은 전혀 효과가 없
었다.

카힐이 나직한 한숨과 함께 질문하였다.

"그래도 걱정된다고 하면, 화를 내실 겁니까?"

그럴 리가.

과잉보호는 대법사 시절부터 익숙하게 받아왔던 것이었다.

에니샤는 아무렇지 않다는 듯 고개를 내저었다. 그러나 카힐은 그것을 다른 뜻으로 받아들인 것 같았다.

그의 얼굴 위로 어두움이 덧씌워졌다.

"……조금 더 가까워지고 싶습니다."

중얼거리는 열망에는 대상이 없었으나, 무엇을 가리키는지는 알 만하였다. 이만하면 충분히 가까이 두고 아끼는 것인데, 뭘 모르는 모양이었다. 여기서 더 가까워지면 카힐은 어느 날 밤 의문의 죽음을 맞이할지도 몰랐다. 하지만 오해를 풀어주기도 전에, 바깥에서 인기척이 느껴졌다.

이야기는 다음으로 미루고, 에니샤는 얼른 카힐에게 가라고 손짓하였다.

그는 마지막으로 에니샤의 얼굴을 물끄러미 바라보다가, 이내 조용히 사라졌다.

방 안으로 들이닥친 사람들은 오늘 경매를 위해 에니샤를 단장할 이들이었다.

시중 받는 것은 늘 하던 일인지라, 에니샤는 익숙하게 치장을 받았다. 익숙해도 너무 익숙하게 구니 오히려 꾸며주는 이들이 당황하는 눈치였다.

치장을 시작하고 얼마 뒤, 그리시앙이 직접 방으로 찾아왔다.

"오오……!"

인형처럼 보송하게 단장한 에니샤를 보며 그리시앙은 눈을 부릅떴다. 여태 수많은 미형의 노예를 보아왔지만, 이 정도로 예쁘고 귀여운 아이는 처음이었다. 게다가 아이답지 않게 고고한 분위기는 당장이라도 앞에 무릎 꿇고 여왕님! 하고 외쳐야 할 것 같은 느낌이었다.

그리시앙은 생각했다.

이건 진짜다……!

오늘 경매장의 역사를 새로 쓰게 되리라는 강한 직감과 함께, 그리시앙은 에니샤를 치장하는 이들을 더욱 닦달하였다.

"거금을 들인 물건이다. 오늘 경매의 꽃이니, 최선을 다해 단장시키도록!"

"예, 주인님."

모두가 분주하게 움직이는 가운데, 그리시앙이 흡족하게 말했다.

"이리 꾸며놓으니 더욱 황녀님을 닮았군."

그야 본인이니 닮은 정도가 아니겠지만, 에니샤는 조용히 눈만 깜빡였다.

그리시앙이 얌전한 에니샤를 만족스레 쳐다보며 말했다.

"너무 걱정하지 말거라. 너 정도면 자식 없는 귀족 집안의 양녀로 들어가게 될 테니까."

혹여나 노예가 되더라도, 보통 노예와 달리 귀한 취급을 받게 될 거라며 열변을 토하던 그리시앙이 흥분한 목소리로 말했다.

"나 같아도 너 정도면 손에 물 하나 안 묻히도록 집 안에 모셔놓고, 온갖 귀한 것을 둘러주고 맛있는 음식을 먹여서 확대해버리겠지……!"

그가 두 눈을 질끈 감으며 소리쳤다.

"크훗……. 확대해버릴 거라구……! 아동 확대……!"

쾌감에 차서 푸들거리는 그리시앙을 바라보며, 에니샤는 생각했다.

……이거, 다른 의미로 변태 같은데?

❦

황녀님은 처음부터 모든 것을 알고 있었다.

— 레시나는 나를 배신할 거야. 아마 출품으로 끝나지 않고 경매에 올라가게 되겠지.

영민한 빛을 머금고 반짝이는 눈동자 아래, 작은 입술이 가만가만 움직였다.

— 그녀를 그냥 보내줘. 나는 큰 소란이 없도록 낙찰받은 후 경매장에서 벗어나는 시점에 구해주도록 하고. 아, 붙잡혔다는 아이 찾는 것도 잊지 말아.

그리고 레시나는 정확히 황녀님이 예상한 대로 움직였다.

"꺄하! 대박이다, 대박!"

금화가 가득 든 주머니를 흔들며 레시나가 소리 질렀다.

카힐은 조용히 그녀 앞에 납치되었던 아이를 내려놓았다. 쓸데 없는 시간 낭비를 줄이기 위해 기절시킨 탓에, 아이는 시체처럼 축 늘어져 있었다. 오늘 경매에 출품될 예정이었던 아이는 곱게 단장되어 있었다. 황녀님과 비슷한 나이의 여자아이였다.

의뢰를 달성하였지만, 레시나는 돈주머니만 끌어안고 전혀 움직

❧ 379 ❧

일 기미가 없었다.

"에니샤를 찾으러 가겠습니다."

카힐의 말에도 그녀는 픽 웃기만 하였다.

품에서 궐련 상자를 꺼낸 레시나는 익숙한 솜씨로 손가락을 튕겼다. 손끝에 솟아오른 불로 담뱃불을 붙인 그녀가 연기를 후 뱉어냈다.

"그러지 마, 카힐."

"그 어르신, 마법사이지 않습니까. 귀한 집 아이 같던데 보복이 들어올지도 모릅니다."

"뭐 어쩔 거야? 도망쳐버리면 끝인데. 너한테도 돈 나눠줄게."

사방에 번지는 박하향 속에서 그녀가 웃으며 말했다.

"딱 봐도 수상하잖아. 그 꼬마아가씨 암만 봐도 어린애 같지 않아. 내가 봤을 때는……."

말끝을 늘이던 레시나가 눈을 가늘게 떴다.

"할아버지랑 손녀가 아니라, 고용주와 하인 정도로 보이던데?"

"……."

상대를 꿰뚫어본 것은 황녀님만이 아니었다.

레시나가 침묵하는 카힐의 어깨를 두드리며 말했다.

"겉모습에 홀리지 말렴. 대륙에는 기이한 일들이 넘쳐나니까."

카힐은 엷게 한숨을 내쉬었다. 레시나의 말처럼, 황녀님은 겉으로 보이는 귀여운 외모와 달리 속을 짐작할 수 없었다. 황녀님에겐 단순히 히페리온 황족의 영특함을 넘어선 그 이상의 무언가가 있었다. 그녀는 항상 모든 것을 아는 듯하였고, 일견 권태로워 보이기까지 하였다. 황녀님은 카힐 앞에서 굳이 그것을 숨기려 들지 않았고, 저 또한 캐묻지 않았다. 그리고 이번에도, 황녀님은 저를 꿰뚫어본 레시나보다 한 발짝 더 앞서있었다.

— 하지만 레시나가 단순히 돈 욕심 때문이 아니라, 내 정체를 의심하여 그리 행동했다면…….

카힐은 천천히 힘을 풀었다. 익숙한 냉기와 함께 뾰족한 얼음송곳을 만들어내며, 황녀님의 말을 떠올렸다.

— 도망가지 못하도록 적당히 협박해서 붙잡아놔.

얼음송곳을 본 레시나가 어이없다는 듯이 하, 웃음을 터뜨렸다.

"설마 날 공격하려는 거니? 겨우 오늘 처음 만난 어린애 때문에?"

퀼런 끄트머리를 잘근잘근 씹은 레시나가 여유롭게 손가락을 튕겼다.

"얌전히 있는 게 좋을걸, 카힐."

딱딱 소리와 함께 붉은 빛이 번쩍였다가 사라졌다.

"넌 아직 나한테 안 돼. 괜히 힘 빼지 말고 쉽게, 쉽게……."

하지만 자신감 넘치던 레시나의 목소리는 점차 잦아들었다.

툭, 그녀의 손에 들려 있던 퀼런이 바닥으로 추락하였다. 커다랗게 부릅뜬 눈 속에서 잘게 흔들리는 동공이 보였다.

레시나가 떨리는 입술을 열었다.

"너……."

황녀님을 지켜주고 싶었다. 보호받는 게 아니라, 그녀 앞을 막아설 수 있는 사람이 되고 싶었다. 그러니까 카힐은 더 노력할 생각이었다.

"이건……. 이럴 수가……."

정신없이 혼잣말을 주워 삼키던 레시나가 몸을 움츠렸다. 겨우 열도 안 되는 숫자였던 얼음송곳은 어느새 수십, 수백의 숫자에 달하였다. 방 안을 빼곡하게, 그리고 촘촘하게 메워나가는 얼음송곳의 끝은 모두 레시나를 향하고 있었다.

누구도 빠져나갈 수 없을 얼음감옥 속에서, 카힐은 천천히 숨을 뱉어냈다. 하얀 입김이 허공을 부유하였다.

레시나와 함께 수많은 의뢰를 하였지만, 제 힘을 끝까지 드러낸 적은 단 한 번도 없었다. 언제나 절반, 혹은 그 이하로 감추어왔을 뿐이었다. 바야흐로, 카힐은 가장 밑바닥의 본모습을 드러내었다.

레시나가 허탈한 웃음을 터뜨리며 중얼거렸다.

"한 방 먹었네……."

카힐은 그녀에게 무표정하게 대꾸했다.

"얌전히 있어줘야겠습니다, 레시나."

❧⚘❧

에니샤는 거울을 들여다보았다. 그곳엔 인형처럼 예쁘장하게 꾸며진 아이가 수갑을 찬 채로 서 있었다. 곧 있으면 에니샤는 경매에 올라가게 될 것이었다.

예상대로 레시나는 거하게 뒤통수를 때렸다. 과거에 만났을 때도 그렇게 행동하였으니, 이번에도 그러리라 짐작하고 있었다. 알면서도 맞아준 이유는 저 또한 그녀를 시험해보기 위해서였다. 아직 약삭빠르게 잔머리 굴리는 눈치와 제 몸 사리는 실력이 녹슬지 않았는지 말이다. 다만 카힐이 제대로 하고 있는지 걱정이었다.

에니샤는 직원의 손에 이끌려 어두컴컴한 무대 뒤편에 대기하였다.

저와 비슷한 꼴을 한 아이들이 보였다. 무덤덤한 에니샤와 달리 전부 새파랗게 질려서 간신히 울음을 참고 있었다. 몇몇은 약을 먹인 듯, 눈을 감고 죽은 듯이 늘어져 있기도 하였다. 끔찍한 광경이었지만, 대륙 곳곳을 돌아다니며 온갖 기형적이고 변태적인 경매장들을 보았던 에니샤에게 이 정도 경매장은 아주 건전하게 느껴졌다.

이 중에 또 납치당한 아이가 있을까.

가난한 집에서 돈을 받고 팔아버린 경우는 돌아갈 곳이 없지만, 불법으로 납치당한 아이는 구제할 가능성이 있었다.

일전에 로드고의 집무실에서 노예상을 소탕하는 내용에 관한 서류를 본 바가 있었다. 그렇다면 황실에서도 주시하는 사건일 터. 약간 소동을 일으켜도 마무리만 잘한다면 괜찮을 것 같았다. 델 하르인에게 공을 돌리면, 자신이 개입한 사실은 감출 수 있을지도 모르고 말이다.

에니샤는 차분하게 생각을 이어나가며 얌전히 차례를 기다렸다.

울먹이는 아이들이 하나씩 끌려나가고, 전부 사라졌다. 그리고 가장 마지막이 에니샤였다.

수갑이 잡아당겨졌다. 다소 거친 직원의 손길에 입을 삐죽 내밀었다가, 갑자기 휘해진 시야에 눈을 질끈 감았다.

우렁찬 목소리가 들려왔다.

"오늘 경매의 꽃! 무려 히페리온의 세 번째 별을 닮은 여아입니다!"

무대 한가운데로 끌려 나온 에니샤는 눈을 찌푸렸다. 얼굴 절반을 덮은 색색의 가면들이 객석 어둠 속에서 저를 내려다보고 있었다. 기괴하기까지 한 장면이었으나, 에니샤가 눈을 찌푸린 이유는 그것 때문이 아니었다. 시선이 느껴졌다. 무척 짙고 음습하여서 도저히 모른 척할 수 없는⋯⋯ 집요한 시선.

사회자가 옆에서 무어라 떠들어대는 동안, 에니샤는 찬찬히 객석을 살폈다.

입찰을 위한 작은 나무 팻말을 만지작거리는 귀족들, 혹은 그들의 대리인. 유흥을 위해서 참가한 이들 사이에서 느껴지는 이질적인 시선을 찾기 위해 정신을 바짝 집중하였다. 하지만 시선의 주인을 찾아내기도 전에, 에니샤는 다른 누군가와 눈이 마주쳤다. 그리고 시선이고 나발이고, 죄다 까맣게 잊어버리고 말았다. 관객석에 로시엘이 앉아 있었다.

❦

몹시 기분 나빠하던 것과 달리, 막상 황궁 밖으로 나온 로시엘은 이것저것 하면서 잘 돌아다녔다. 경매가 열리는 시간 전까지, 제도의 여덟 갈래 광장을 돌아다니며 막내 황녀님 기념상품들을 구입하였다. 얼굴이 그려진 것은 전부 최대 세 살 때까지의 외모밖에 없었고, 나머지는 막내 황녀님과 관련한 추상적인 상품들뿐이었다. 관광객이나 일반 제국민들을 상대로 한 것이니 물품의 질은 그리 좋지 못했다. 황궁에 가면 이보다 더 값지고 귀한 것들이 산처럼 쌓이고 널려 있음에도, 로시엘은 탐욕을 버리지 못했다.

"이건 발상이 제법 괜찮아. 기념일 달력이라……."

로시엘이 막 가판에서 집어든 것은 에니샤와 관련된 기념일을 표시해놓은 달력이었다.

이엘타의 기사단장은 그런 로시엘을 만류하기는커녕, 열심히 과소비를 부추겼다.

"셋 정도 구입하는 것이 옳을 듯합니다. 보관용, 감상용, 실제로 쓰는 용도, 이렇게 말입니다."

"흐음. 나쁘지 않은 의견이야."

로시엘은 상인에게서 달력을 여섯 개나 구입하였다. 헬라드가 제 것도 사다달라고 징징거린 것을 잊지 않은 구매였다.

"가, 감사하압니다……."

상인은 지진이라도 난 것처럼 온몸을 덜덜 떨며 포장한 달력을 내밀었다. 얼굴을 전부 가리고 감추었는데도, 히페리온 황족 특유의 기운 때문인지 항상 이런 식이었다. 그나마 황족들에게 익숙한 황궁 사람들조차 가끔 거품 물고 쓰러지는데, 아무런 수련을 하지 않았고 면역조차 없는 일반인이 두려워하는 것은 당연한 일이었다.

저를 어려워하고 무서워하는 사람들의 태도는 익숙했기에, 로시엘은 고개를 까닥여 기사단장이 대신 물건을 받도록 하였다.

그의 양손에는 오늘 로시엘이 고심하여 구입한 물건들이 이미 가득 들려 있었다.

경매 시간이 가까워졌음을 확인한 로시엘은 마지막으로 매의 눈을 하고서 광장을 훑어보며 말했다.

"아쉽지만 이 정도만 할까."

웬만큼 마음에 드는 것은 전부 구입하였으니 슬슬 움직여야 했다.

구입한 물건들을 황궁으로 보내놓고, 로시엘과 이엘타 기사단장은 경매장으로 향했다.

번듯한 경매장 건물을 보며 로시엘이 입매를 비틀었다.

대낮이라 외부의 불이 전부 꺼져 있지만, 부지런히 드나드는 마차는 숨길 수가 없었다. 한낮의 비밀 경매라니, 갈수록 머리 굴리는 재간이 늘어나는구나 싶었다.

오늘 여기 있는 놈들은 전부 성하게 내보내지 않으리라.

로시엘은 가면으로 얼굴을 가리고 미리 매수해둔 입장권을 경비원에게 내밀었다.

내부는 극장과 흡사해서 마치 가극을 관람하러 온 듯한 기분이었다.

뒷줄의 좌석에 앉으니 매끄러운 탁자 위에 입찰을 위한 나무 팻말 여러 개와 시종을 부르기 위한 작은 누름쇠가 놓인 것이 보였다.

푹신한 의자에 등을 깊게 기댄 로시엘이 피식피식 웃었다. 불법 경매 주제에 꽤나 구색을 갖춘 꼴이 우스웠다.

"경매는 끝까지 지켜보도록 하지. 입찰받은 놈들도 죄다 함께 잡아넣을 수 있게."

옆자리에 앉은 기사단장에게 낮게 말하자 그가 고개를 끄덕였다.

새까만 반가면을 똑바르게 고쳐 쓰며, 로시엘은 경매를 구경하였다.

사회자가 시끄럽게 떠드는 것을 제하고 다른 소음은 관객석의 손님들이 낮게 속삭이는 소리뿐이라, 생각보다 견딜 만하였다. 하나씩 팔려나가는 어린아이들을 보며 경매가 끝나기를 기다리던 때였다.

여태까지와 달리 사회자가 특히 호들갑을 떨며 마지막 아이를 소개하였다. 황녀를 닮았다는 소개말에 로시엘은 비웃음을 감추지 않았다. 허나 귀한 물건임은 사실인지, 시작가와 입찰 단위부터 남달랐다.

"1,000부터 시작하겠습니다. 단위는 100입니다."

기존의 열 배를 부르는 물건이 얼마나 대단한가 싶어서, 로시엘은 호기심을 가지고 무대를 자세히 내려다보았다.

올망졸망한 생김새의 여자아이였다. 검은 머리카락에 푸른 눈동자, 조명 아래 하얗게 빛나는 깨끗한 피부를 가진······.

옆에서 기사단장이 신기하단 듯이 중얼거렸다.

"정말 황녀님을 닮았습니다."

기사단장은 쓸데없는 말을 안 하는 자임에도 저리 입을 열 만큼 아이는 에니샤와 비슷하였다. 그러나 겨우 색을 바꾼 정도로 감출 수 있을 리가 없었다. 당연하다면 당연하게도, 로시엘은 단박에 알아보았다. 로시엘의 손에 들려 있던 나무 팻말이 반 토막으로 부러졌다.

옆에 있던 기사단장이 깜짝 놀라 로시엘을 돌아보았다.

"지금 올라온 아이……."

로시엘은 소리 지르지 않기 위해, 잠시 말을 멈추고 숨을 들이마셨다. 그리고 미친놈처럼 눈을 번뜩이며 말했다.

"당장 사."

◆◆◆◆◆

미쳤다. 진짜 미쳤다.

아무리 가면을 쓰고 있다지만, 로시엘을 몰라볼 수는 없었다. 그가 대번에 자신을 알아본 것처럼 말이다.

에니샤는 필사적으로 시선을 바닥에 고정하였다. 한 번만 더 눈이 마주쳤다간 로시엘이 당장이라도 무대 위에 뛰어내릴 것 같았다.

노예상들이 어린아이들을 납치하는 사건이 빈번하여 로드고에게까지 서류가 올라갔다. 밑에서 해결이 안 되는 일이면 로시엘이 이엘타 기사단을 이끌고 직접 나서기도 하는데, 그게 하필 오늘이었던 것이다. 재수가 없으면 뒤로 넘어져도 코가 깨진다더니, 딱 그 짝이었다.

내가 마력을 봉인 당하면서 운도 같이 봉인 당한 게 틀림없어…….

에니샤는 속으로 피눈물을 흘렸다.

바닥만 죽어라 쳐다보고 있으니, 옆에 있던 직원이 에니샤의 턱을 움켜쥐고 얼굴을 강제로 들어올렸다.

"고개 들어."

무례한 행동에 화나는 것보다 직원의 안부가 걱정되었다.

아저씨, 이러지 마! 당신 손이 잘릴 거라구!

속으로 애타게 외쳤지만 들릴 리가 없었다.

에니샤가 어찌하질 못하고 발만 동동 구르는 동안, 입찰 경쟁은 하늘로 치솟고 있었다. 그 모습이 전부 불 속으로 뛰어드는 부나방들처럼 보였다. 로시엘이 직접 나선 이상, 여기 있는 사람들은 다 죽었다고 봐야 했다. 그리고 로시엘은 거침없이 입찰가를 올려나가고 있었다.

"8,000……. 네, 8,000 나왔습니다."

사회자가 말을 더듬었다. 방금 입찰가가 4,000이었는데, 로시엘이 단박에 곱절을 올려버린 것이었다.

상식을 넘어선 입찰에 좌중이 싸하게 가라앉고, 에니샤는 공포에 떨었다.

이러다 로시엘한테 팔려 가면 그냥 끝이다.

도망치는 데 도움이 될 만한 마법이 뭐가 있나 재빠르게 머릿속으로 수식 계산에 들어가는데, 누군가 새롭게 입찰하였다.

"9,000 나왔습니다."

에니샤는 새로운 입찰자를 바라보았다. 한 줌의 빛도 들지 않는 듯한 새까만 머리카락을 가진, 하얀 가면을 쓴 남자였다. 아까 느꼈던 집요한 시선의 주인이었다. 그의 눈동자 위로 언뜻 붉은 빛이 스치는 듯하였으나, 조명 때문인 듯도 했다. 남자는 그 뒤로 로시엘이 입찰하는 족족 따라붙으며 가격을 올려갔다. 그리고 로시엘이 5만을 부르는 순간이었다. 남자가 들어 올린 나무 팻말에 사회자의 눈이 튀어나올 듯이 붉거졌다.

"10만…… 나왔습니다."

로시엘이 화사하게 미소 지었다. 제대로 열 받았다는 증거였다. 만개하는 꽃처럼 피어나는 미소에 에니샤는 속으로 망했다고 연신 탄식하였다.

사회자가 로시엘 쪽을 흘금거렸으나, 로시엘은 입찰하지 않았다.

"세 번 호가하고 마무리하겠습니다. 10만, 10만, 10만……. 낙찰 되었습니다."

그간 팔렸던 노예 가격들의 최고가를 갱신한 금액이었다.

사회자가 황급히 낙찰 짓고 마무리하는 동안, 에니샤는 마법을 사용할 준비를 했다. 제국의 둘째 황자님께서 돈이 부족해 저러지는 않을 터였다. 원하신다면 금화 10만 개는 무슨, 100만, 1,000만 개도 가져와 뿌릴 수 있는 사람이었다. 로시엘이 입찰을 그만둔 이유는 단순했다. 무의미한 경쟁을 지속할 인내심이 떨어진 것이었다.

경매가 종료되고, 에니샤가 무대 뒤로 다시 끌려가는 순간. 로시엘이 나무 팻말을 집어던지며 소리 질렀다.

"잡아!!!"

어수선하던 극장 안에서 날카로운 목소리가 울렸다.

짧다면 짧은 막내 황녀의 다섯 해 인생을 걸고 맹세컨대, 로시엘이 저만큼 크게 소리 지르는 모습은 처음이었다.

에니샤는 잽싸게 저를 잡고 있던 직원의 무릎 뒤쪽을 걷어찼다. 그리고 냅다 뛰기 시작했다. 뒤편에서 검을 뽑는 쇳소리와 군홧발 소리, 그리고 비명 소리가 뒤섞여 들려왔으나 절대 뒤돌아보지 않왔다.

에니샤는 수갑의 사슬을 끊어낸 후, 남은 마력 전부를 긁어모아 발에 가속을 걸었다. 금빛 마력이 눈부시게 번쩍였지만 누구도 신경 쓰지 않았다. 갑작스럽게 들이닥친 기사단에 무대 뒤편도 아수라장인 탓이었다.

마법을 건 덕분에, 에니샤는 빠르게 그곳을 벗어나 복도로 탈출할 수 있었다.

델 하르인과 합류하기로 약속한 장소는 경매장 밖이었다. 낙찰된 후에 경매장 밖으로 나오면, 카힐과 함께 추적하여 에니샤를 구해주는 것이 작전 초안이었다. 두 번째, 세 번째 작전도 있긴 했지만 그중에서 경매장을 나가지 못하는 작전은 없었다. 그러나 로시엘이 들이닥친 지금, 밖으로 나갈 수 있을지 의문이었다.

수많은 방들이 늘어선 복도를 달리다 보니 벌써 마력이 떨어져 갔다. 아직 마력이 부족한 탓에, 마법진을 그리지 않는 이상 마법을 오래 유지할 수가 없었다.

잠시 등 뒤를 확인한 에니샤는 막 모퉁이를 도는 병사들을 발견하곤 사색이 되었다. 반대편은 막다른 길이었다.

이러다 잡히겠어……!

금방이라도 뒷덜미가 낚아 채일 듯한 오싹함에 눈앞마저 캄캄해졌다.

남은 마력을 계산하여 새로운 돌파구를 만들어내려던 때였다. 하얀 손이 시야에 들어왔다.

손은 부드럽게 에니샤의 허리를 붙잡아선 제게로 끌어당겨졌다.

획 들린 몸이 누군가의 품에 안겼다.

에니샤를 안아 든 사람은 바로 옆방 문을 열고선, 느긋하게 안으로 들어섰다.

"!!"

에니샤는 문이 닫히고 나서야 뒤늦게 자신을 붙잡은 손을 떨쳐 냈다.

그때 병사들이 복도를 지나는 소리가 들렸다. 모든 방을 하나씩 수색하는데, 이상하게 에니샤가 있는 방은 건드리지 않았다. 마치 존재하지도 않는 것처럼 문조차 열어보질 않는 것이다.

혹시 들킬까, 숨도 제대로 못 쉬고 있던 에니샤는 뒤늦게 후아, 호흡을 뱉어내었다.

방 안의 모습이 눈에 들어왔다. 잘 쓰이지 않는 곳인 듯, 기다란 흰 천으로 가구들을 덮어놓았다. 텁텁한 먼지 냄새가 폐부로 밀려들었다. 그리고 손의 주인······.

하얀 반가면을 쓴 장신의 남자가 그림 같은 웃음을 지었다. 남자는 제국식 의복 차림이었으나, 맞지 않은 옷을 입은 것처럼 어딘가 어색했다. 가면 뒤에서 금색의 눈동자가 빛났다. 에니샤는 그것이 경매장에서 저를 집요하게 파헤치던 시선임을 알아챘다. 여기까지 따라붙을 줄은 몰랐다.

변태 보듯 쳐다보는데, 남자의 손이 가만히 다가왔다.

"도움이 필요한 것 같아서 그리하였는데······."

모양 좋은 손가락이 열심히 달리느라 흐트러진 에니샤의 머리카락을 쓸어 넘겼다. 그의 입매가 시원스럽게 휘어지더니, 달콤한 목소리가 흘러나왔다.

"화났어?"

너무 익어서 짓무르기 직전의 과일처럼 단 목소리였다. 왜인지
모르게 몸서리가 쳐졌다. 에니샤는 인상을 찌푸리며 그의 손을 쳐
냈다.

날카로운 행동에도 남자는 그저 웃기만 할 뿐이었다.

그가 눈웃음치며 말했다.

"너무 그러지 마. 오랜만에 봤잖아, 우리."

남자는 혼자서 제멋대로 떠들어댔다.

"못 본 사이 귀여워졌다. 너무 귀여워. 예전에도 예쁘고 귀여웠지
만, 지금은 한 손에 쏙 들어와서 주머니에 넣을 수 있을 것 같아."

희미한 열기마저 어린 말들을 듣고 있자니, 일단 변태는 맞는 것
같았다. 물론 에니샤는 이런 남자를 만난 적이 없었다. 성인 남성을
만날 일이래야 히페리온 귀족들이나 황궁 시종들밖에 없는데, 이
정도로 인상적이면 기억하지 못할 리가 없었다. 그리고 막내 황녀
임을 아는 자라면 이런 식으로 행동하지 못했다.

다른 사람과 착각한 것일까?

하지만 그러기엔 에니샤는 제 외모가 아주 특별하다는 사실을
잘 알고 있었다.

머릿속으로 여러 가정을 세우는 동안, 남자가 가면을 벗었다. 가
면을 벗는 손길을 따라 검은색의 긴 머리카락이 하느작거렸다. 빚
은 듯이 조화로운 이목구비 중에서 정점으로 빛나는 것은, 길게 찢
어진 눈매에 담긴 금색 눈동자였다. 아름다운 눈동자였으나, 흰자

위가 드러난 삼백안 탓인지 기묘한 오싹함이 느껴졌다. 열심히 남자의 외모를 뜯어본 에니샤의 최종 감상은 결국 모르는 사람이라는 것이었다. 그리고 위험한 남자라는 것도……

그는 엮이지 말아야 할 자였다.

"사람 잘못 봤어."

무심한 척 대꾸하고서, 곧장 뒤돌아서서 문을 열었다. 그러나 한 뼘을 채 열기도 전에, 뒤에서 뻗어 나온 기다란 팔에 문은 다시 닫혀버렸다.

문을 짚은 남자가 에니샤를 내려다보았다. 가득히 드리우는 그림자에 사방이 어둑해졌다.

에니샤는 천천히 그를 올려다보았다. 시선이 마주치자, 남자가 뱀과 같이 미소 지으며 말했다.

"날 잊었구나."

일단 한번 들어나 보자 싶어서, 에니샤는 솔직하게 말해주었다.

"나는 네가 누군지 모르겠어."

원래 어린애들은 몇 달 안 보면 얼굴 잊고 그런다며 덧붙이자, 남자가 즐겁게 웃었다. 그는 에니샤와 말을 주고받는다는 것만으로도 무척 기뻐 보였다.

"나를 모른다고? 서운한걸."

에니샤는 문을 단단하게 짚은 그의 팔뚝을 밀어내며 말했다.

"제대로 얘기할 것 아니면 비켜. 어중간하게 찔러대지 말고."

하지만 남자의 팔뚝은 꿈쩍도 하질 않았다.

그가 한숨을 뱉었다.

"나는 당신이 보고 싶었는데……."

숨결에서 달달한 향내가 확 풍겼다. 분명 좋은 냄새이건만, 에니샤는 알 수 없는 불쾌감을 느꼈다. 먹잇감을 유혹하는 것처럼 느껴진 탓일지도 몰랐다.

남자가 문을 쓸어내리며 느리게 주저앉았다.

"그립고, 또 그리워서…… 아무것도 없는 어둠 속에서도 몇 번이나 당신의 얼굴을, 목소리를, 그리고 모든 것을 곱씹고 생각하였는데."

남자의 시선은 점점 낮아지고, 또 낮아져서 마침내 에니샤와 나란해졌다.

문을 짚은 손은 이제 에니샤의 어깨 위에 걸쳐져 있었다.

"그렇게 깨끗이 모른 척해버리면 너무 서운하잖아."

그가 손가락으로 에니샤의 머리카락을 어루만졌다.

"……!!"

남자의 손끝이 닿은 곳부터, 마치 물감을 씻어내듯 검은색이 사라져갔다. 얼마 지나지 않아 눈부신 황금빛이 일렁였다. 손짓 한 번에 델 하르인의 마법을 파훼한 것이다.

원래대로 돌아온 머리카락을 확인한 에니샤의 목덜미에 소름이 돋아났다.

남자가 황홀한 눈을 하고서 금빛 머리카락을 쓸어내렸다. 머리카락을 손에 움켜쥐는 남자의 눈빛이 위험스레 일렁였다.

"정말 나를 모르겠어?"

그는 아주 맛있는 음식을 눈앞에 둔 것처럼, 제 입술을 진득하게 핥으며 속삭였다.

"잘 생각해봐……. 대법사."

대법사라는 말을 듣는 순간, 온몸의 피가 차게 식는 듯했다.

에니샤의 눈빛이 순식간에 싸하게 가라앉았다. 방금까지 그나마
어린아이처럼 동글동글하던 눈매가 대번에 사납게 치켜올라갔다.

"……너 누구야."

남자는 말없이 느릿하게 눈을 감았다. 그가 다시 눈을 떴을 때,
금색 눈동자는 홍옥을 박아 넣은 것처럼 새빨갛게 변해 있었다.

남자는 다정한 목소리로 말하였다.

"아직도 모른다고 하면, 정말 서운한데."

낡고 해진 악몽이 떠올랐다. 에니샤는 존재해선 안 될 자의 이름
을 불렀다.

"아바르티아……."

제 이름을 들은 남자는 행복하게 웃었다. 그가 아주 오래된 해후
를 나누듯이 속삭였다.

"보고 싶었어."

⤞⬥⤝

정령과 달리, 악령들은 힘으로 서열을 정하고 계급을 나누었다.

수많은 싸움 끝에, 악령들은 저들 중에서 가장 높고 강한 일곱
존재를 정하여 군주라 칭하였다. 각기 교만, 질투, 분노, 나태, 탐욕,
식탐, 색욕을 상징하는 일곱 군주는 악령을 소환하는 마법사들에

겐 경계의 대상이었다. 일곱 군주는 그 어떤 악령보다도 강한 힘을 가지고 있지만, 그만큼 소환의 대가가 크며 복종의 계약을 맺을 수 있다는 보장이 없기 때문이다.

강한 힘을 가진 군주는 되레 소환자를 복종시켜 저가 주인이 되는 계약을 맺기도 하였다. 함부로 힘을 탐내다 영혼과 육체를 빼앗길 수도 있는 것이다. 그러나 두려워해야 하는 줄 알면서도, 마법사들의 호기심은 끝이 없었다.

끝없는 진리를 탐구해나가던 마법사는 결국 영혼을 바치고 악령의 군주를 소환하는 데 성공했다. 군주를 소환한 마법사는 자신이 복종의 계약을 맺을 힘까지는 없다는 것을 알고 있었다. 그리하여 다른 마법사들의 도움을 받아, 소환까지만 성공하고 악령의 군주를 다시 되돌려 보낼 생각이었다. 하지만 아무도 예상하지 못한 것이 하나 있었으니.

마법사가 소환한 악령은 과거의 일곱 군주가 아니었다. 그것은 유일한 군주, 탐욕의 아바르티아였다.

아바르티아는 끝없는 욕심 끝에 나머지 여섯 군주를 잡아먹고 유일한 군주가 되었다. 그의 탐욕은 저가 살던 세계를 넘어, 인간들의 대륙까지 뻗어나갔다. 불쌍한 마법사의 소환에 재깍 달려온 것도 그 때문이었다. 군주 하나도 버거운데, 배 속에 여섯의 힘을 잡아넣은 아바르티아를 통제할 수 있을 리가 없었다.

그는 소환을 위해 모여 있던 열 명의 마법사 전원을 그 자리에서 죽여버렸다. 살육의 맛을 본 아바르티아는 힘을 주체하지 못하고 날뛰기 시작했고, 그가 지나간 길에는 피와 죽음만이 남았다. 그때

나선 것이 당시 막 대법사의 자리에 올랐던 에니샤였다.

에니샤가 아바르티아를 찾아냈을 때, 그는 산 채로 사람을 뜯어 먹고 있었다.

— 아바르티아.

제 이름을 부르는 소리에, 아바르티아는 새빨간 눈을 번뜩이며 돌아보았다. 여태껏 맡아본 적 없는 맛있는 냄새에 붉은 눈동자가 황홀함으로 흐려졌다.

— 뭘까, 이 맛있어 보이는 계집은?

강대한 마력을 가진 에니샤는 참으로 탐나는 영혼이었다.

입맛을 다시며 홀린 듯이 다가오는 아바르티아에게, 에니샤는 담담히 마법진을 그리며 말하였다.

— 널 지옥으로 되돌려 보낼 대법사님이시다.

그날부터 3일 밤낮 동안 아바르티아와 전투를 벌였다. 그리고 그 사흘 내내 아바르티아는 온갖 변태적인 소리를 지껄이며 에니샤를 힘들게 하였다.

— 머리부터 발끝까지 죄다 남김없이 집어삼켜 버릴 거야, 대법사.

— 그런 말은 이기고 나서 하도록.

— 하…… 네 피에서 달콤한 맛이 나…….

— 닥쳐, 변태야.

그와의 전투는 치열한 접전이었다. 하지만 최후의 순간, 아슬아슬하게 승기를 잡아낸 것은 에니샤였다. 방심한 찰나를 노려 퍼부은 전투마법은 아바르티아를 패배시켰다.

에니샤는 승리하였으나, 그를 죽이지도, 원래의 세계로 돌려보내지도 못했다. 꼬박 3일을 이어온 전투에 모든 마력을 소진한 탓이었다. 대신 마지막 힘을 끌어 모아 아바르티아를 봉인하는 데는 성공하였다. 절대 파훼할 수 없는 봉인이었다. 그럼에도 풀린 이유는, 대법사이던 에니샤가 모든 마력이 봉인되고 제국의 황녀로 환생한 탓이리라.

아바르티아가 풀려난 것까지는 이해가 되었다. 하지만 어떻게 이곳까지 찾아와서 단숨에 저를 알아보았을까. 마치 모든 것을 알고, 오랫동안 기다려왔던 것처럼 말이다.

에니샤는 물끄러미 눈앞의 아바르티아를 바라보았다.

그의 눈동자는 어느새 다시 금색으로 돌아와 있었다. 어깨를 만지작대는 손가락은 길고 단단했으며, 각진 턱과 불룩한 울대는 선명했다. 완연한 성인 남자의 모습이었다.

어느 가엾은 인간을 꼬여내서 영혼을 잡아먹고, 육체를 차지한 것일까.

봉인에서 풀려난 아바르티아는 새로운 계약자를 찾으며 모든 힘을 되찾은 듯하였다. 그에게서 불어오는 기운이 무겁고 거대했다.

궁금한 것이야 많지만, 그가 제대로 답해줄 리 없었다. 저를 보며 군침 흘리는 악령에게 에니샤는 단 한 가지만을 물었다.

"내게 복수라도 할 생각이야?"

"그럴 리가."

아바르티아는 낮게 웃으며 양손을 들어 보였다. 해칠 의사가 없다고 알려주는 모습이었다. 그러나 바짝 붙은 거리를 떨어트리진 않았다.

"원래대로 돌아올 때까지 기다렸다가 조금씩 아껴서 먹어야지. 물론 지금 먹으면 그건 또 그것대로 별미겠지만, 난 참을성이 좋으니까……."

아바르티아가 아쉬운 듯 입맛을 다시다가, 앉아 있던 몸을 쭉 일으켰다. 순식간에 높아진 그가 에니샤를 내려다보며 말했다.

"그래도 오늘은 널 만났으니 됐어."

너를 낙찰받지 못한 것이 조금 아쉬울 뿐이라며 웃어 보이는 모습에, 에니샤는 머리가 지끈거리는 기분이었다.

대법사 시절 자신을 괴롭혔던 최고의 골칫덩이를 이렇게 다시 만날 줄이야. 에니샤는 짜증을 숨기지 않은 채 말했다.

"기왕 자유의 몸이 되셨으니, 원래 있던 곳으로 돌아가는 건 어때?"

"너를 놔두고 어떻게 그래."

아바르티아가 허리에 손을 쑥 집어넣더니, 에니샤를 달랑 들어 올렸다.

그는 에니샤를 품에 소중히 끌어안고서 속살거렸다.

"아니면 이대로 나랑 같이 갈래? 내가 제법 괜찮은 인간의 몸을 차지했거든. 대법사도 만족할 거야."

커다란 뱀이 몸을 서서히 조여 오는 기분이었다.

에니샤는 그의 이마를 손바닥으로 꾹 눌러서 밀어내며 말했다.

"내려놔. 그리고 나도 장난 아니거든?"

"알아. 히페리온의 세 번째 별, 제국의 막내 황녀님."

"……."

빙글빙글 웃으며 받아치는 아바르티아의 면상을 한 대 치고 싶다는 생각이 들었다. 하지만 생각을 실천으로 옮기기 직전에, 복도를 맹렬하게 달려오는 소리가 들렸다. 그리고 쾅, 소리와 함께 문이 열렸다. 희미하게 우지끈 하는 소리도 들린 것으로 보아, 경첩이 떨어져나간 듯했다.

기울어진 원목 문을 박차고 들어온 사람은 카힐이었다.

"……!!"

카힐은 에니샤를 부르지도 못하고 바짝 얼어붙었다.

그의 눈이 천천히 방 안의 상황을 살폈다. 금빛 머리카락이 온통 드러난 채로, 낯선 남자의 품에 안겨 있는 에니샤. 카힐이 분노하기에는 충분한 조건이었다.

일순 굳었던 카힐의 눈이 새파랗게 타올랐다. 방 안 가득히 냉기가 번져나가며, 그의 발밑에서 얼음이 버적버적 얼어붙어 갔다. 섬뜩한 쩌적 소리와 함께 허공에 얼음송곳이 생겨나기 시작했다. 빠르게 불어나는 얼음송곳의 숫자에, 에니샤는 얼른 카힐을 불렀다.

"카힐!"

에니샤가 다급히 부르는 소리에, 카힐은 그나마 정신을 붙잡았다.

"황녀님……."

카힐이 애타는 목소리로 불러왔다. 그는 연신 초조한 눈으로 아바르티아에게 붙잡힌 에니샤를 바라보았다.

"나 괜찮아. 그러니까 가만히 있어."

정말 괜찮아.

한 번 더 되뇌듯 말하니, 카힐이 천천히 힘을 거두었다. 그러나 눈빛에 가득한 분노는 가시지 않은 채였다. 기회만 있다면 언제든지 아바르티아를 공격하리라.

하지만 그렇게 내버려둘 수는 없었다. 혹여나 아바르티아가 진심으로 나설 경우, 아직 카힐은 그를 막아낼 힘이 없었다. 그리고 마력이 봉인된 에니샤 또한 카힐을 지켜줄 수 없었다.

"흐음……."

아바르티아가 옅은 침음을 흘렸다. 카힐을 바라보던 그의 눈매가 가늘어졌다.

금안 위로 붉은 기운이 감도는 것을 본 에니샤는 곧장 낮게 경고하였다.

"쓸데없는 짓거리 하지 마, 아바르티아."

카힐에게서 시선을 떼어낸 아바르티아가 천천히 에니샤를 돌아보았다. 그가 옅게 웃으며 되물었다.

"……무엇을?"

"그는 이미 정령의 계약자이니 네가 먹을 수도 없어. 그러니까 건드리지 마."

경고를 들은 아바르티아는 어째서인지 좀 더 심기가 불편해진 듯한 표정으로 입을 열었다.

"내가 나머지 여섯 군주를 잡아먹은 것, 알고 있지? 인비디아도 내 속에 들어 있으니……."

여기서 그 말이 왜 나오는지, 별 쓸데없는 소리를 다 한다 싶었다. 대충 상대해주고 빨리 보내버릴 생각에 아무 대답이나 내뱉으려던 때였다. 시야 가득히 웃음기를 머금은 금색 눈동자가 들어차더니, 입술에 말캉한 감촉이 닿았다. 짧은 접촉은 쪽 소리와 함께 금세 떨어져나갔다.

아바르티아가 한쪽 입매를 비틀며 말했다.

"나는 질투가 심하다고."

에니샤는 잠시 멍하니 눈을 깜빡였다가, 똑같이 한쪽 입매를 비틀었다.

"……이 변태 새끼가."

그리고 망설임 없이 그의 뺨을 후려갈겼다.

짝 소리가 울려 퍼지는 동시에, 카힐의 얼음송곳이 아바르티아에게 쏟아졌다.

"황녀님!!!"

카힐이 소리 지르며 달려들었다. 하지만 아바르티아는 몇 걸음 뒤로 물러나는 것만으로 가뿐하게 얼음송곳을 피해냈다.

목표물을 잃은 얼음송곳들은 후두둑 소리와 함께 바닥에 촘촘히 꽂혀 들었다. 그러나 완전히 실패한 것만은 아니었다.

"……."

아바르티아는 눈살을 찌푸렸다. 그의 소매 끝자락이 살짝 찢어져 있었다.

에니샤는 아바르티아가 한눈파는 순간을 놓치지 않고 그의 품에서 뛰어내렸고, 카힐은 곧장 에니샤를 낚아채어 제 뒤로 숨겼다.

어쩌다 보니 카힐 뒤에 숨게 된 에니샤는 얼떨결에 카힐의 옷자락을 붙잡았다.

잔뜩 경계하는 카힐을 보며 아바르티아가 비뚜름하게 웃었다.

"좋은 개를 두었네."

웃는 낯짝을 보니 방금 있었던 일이 다시 떠올랐다.

이 미친놈이…… 키스를…….

입술만 잠깐 맞닿고 떨어져나갔으나, 명백한 키스였다. 뺨을 때렸음에도 화가 풀리지 않았다. 마력만 있었으면 이번에야말로 이놈을 조각조각 내서 지옥 가장 깊은 곳에 박아버렸을 텐데…….

분노로 씩씩거리는 에니샤에게 아바르티아는 여유롭게 말했다.

"오늘은 이쯤 할까. 우리 조만간 보게 될 테니까."

"내가 네놈을?"

"그래."

아바르티아가 손을 내저으며 진득하게 속삭였다.

"다시 만날 때까지, 얌전히 날 기다리고 있도록."

그의 손가락이 매듭짓듯 다물리자, 허공에서 무언가 와르르 쏟아졌다.

에니샤는 반사적으로 눈을 질끈 감았다. 그러다 보드랍게 토독토독 몸을 두드리는 감각에 천천히 눈을 떠보았다.

"이게 뭐야……."

입에서 절로 기가 찬 웃음이 터져 나왔다.

아바르티아는 사라지고 없었다. 대신 방 안 가득히 붉은 장미꽃이 떨어져 있었다.

줄기가 죄다 엉망으로 잘려나가고 꽃송이만 남은 장미꽃은 아름답기보단 기괴했다. 하얀 천으로 덮인 가구 위에 핏방울처럼 점점이 수놓인 장미 꽃송이들을 보며, 에니샤는 작게 입술을 깨물었다.

"카힐."

"……황녀님."

조금 갈라진 목소리의 대답이 들려왔다.

아까부터 오싹하게 한기가 돌았다. 카힐은 간신히 감정을 누르고 있는 듯했다. 에니샤가 생각했던 것보다도 훨씬 화가 난 얼굴이었다. 옅은 청회색 눈동자가 복잡한 빛으로 일렁였다. 그때 델 하르인과 레시나가 뒤늦게 방 안으로 뛰어 들어왔다.

사방이 장미로 뒤덮인 꼴에 놀라는 것도 잠시, 레시나가 욕설을 내뱉었다.

"미친……."

에니샤의 금빛 머리카락을 본 탓이었다. 주홍색 눈동자까지 확인한 후에는, 아예 바닥에 주저앉아버렸다. 넋이 나간 듯 혼자서 무어라 중얼중얼하였지만, 아무도 레시나를 신경 쓸 여유가 없었다.

카힐이 말없이 걸치고 있던 겉옷을 벗어서 에니샤의 머리카락을 가려주었다.

델 하르인이 허둥지둥 다가와 말했다.

"괜찮으십니까? 황녀님께 걸어놓은 마법이 파훼되어서…… 둘째 황자님께 꼼짝없이 걸리신 줄 알았습니다."

내일 아침 황성 앞에 목만 내걸리는 줄 알았다며, 델 하르인은 창백한 얼굴로 식은땀을 삐질삐질 흘렸다.

옷을 뒤집어쓰고 얼굴만 쏙 내놓은 에니샤가 고개를 내저으며 답했다.

"그건 아닌데…… 그보다 더 심각한 일이야."

"예? 혹시 대륙이 멸망하는 겁니까?"

로시엘 황자한테 걸리는 것보다 심각한 일이면 그것밖에 없다는, 아주 확고한 질문이었다.

"아마 비슷할지도……. 일단 나중에 이야기하고, 우선 황궁으로 돌아가자. 오라버니가 언제 들이닥칠지 몰라."

애매한 대답만 흘린 뒤, 에니샤는 카힐을 바라보았다. 그는 아까부터 조용히 입을 다문 채 침묵하고 있었다.

냉기가 흐르는 얼굴을 보고 있노라니 에니샤도 머리가 복잡해졌다. 좀 변태같이 굴어서 그렇지, 결론적으로 아바르티아가 원하는 것은 마력을 가진 영혼이었다.

대법사 시절 에니샤의 영혼은 풍성한 마력을 가지다 못해 넘쳐흘렀다. 악령으로서 헤아릴 수 없는 세월을 살아왔던 아바르티아조차 한눈에 반하였을 정도로 말이다. 3일 밤낮으로 전투를 벌이는 동안, 그는 에니샤에게 수없이 구애 활동을 펼쳤다. 자신과 계약해서 영혼을 달라고 어찌나 집요하게 들러붙던지, 지금 생각해도 징그러웠다. 어쨌든 아바르티아는 탐욕의 군주답게 욕심이 많았고, 자신이 가져야겠다고 마음먹은 에니샤의 영혼에 강한 소유욕을 느꼈다. 별 같잖은 키스까지 해댄 이유는 분명 카힐이 보라고 그런 것이리라.

우스운 노릇이었으나, 다른 한편으로는 신기했다. 그런 짓거리를 벌였다는 것은 아바르티아가 카힐을 경쟁자로 봤다는 뜻이었다. 아직 제 힘을 제대로 다루는 방법조차 모르는 어린 카힐을 상대로 말이다. 어쩌면 아바르티아는 에니샤가 알지 못하는 먼 미래를 내다보았을지도 몰랐다.

어디까지 성장할 수 있을까…….

에니샤는 카힐을 가만히 올려다보다가 입을 열었다.

"오늘 일은 나중에 설명해줄게."

"……아닙니다."

무뚝뚝하게 답하는 카힐의 손끝이 잘게 떨렸다. 아직 채 가시지 못한 분노의 흔적이었다.

에니샤는 일부러 다른 화제를 꺼내며 말을 돌렸다.

"레시나를 붙잡아줘서 고마워. 많이 힘들었어?"

그제야 카힐의 눈매에 희미한 웃음이 스쳤다.

그가 나직한 목소리로 대답하였다.

"조금 고생했을 뿐입니다."

말은 조금이라고 하지만, 레시나를 붙잡아두는 일이 쉬웠을 리가 없었다.

혹여나 그녀에게 어디 맞은 곳은 없나 살펴보는데, 구석에 있던 레시나가 기막혀하는 소리가 들려왔다.

"저게 미쳤나……. 고생은 무슨……."

레시나는 사람 죽이려고 해놓고선 힘들었던 척을 해댄다며 열심히 욕하다가 에니샤와 눈이 마주치자 입을 뚝 다물었다.

눈치를 살피는 그녀에게 에니샤는 가만히 웃어 보였다.

"우리는 황궁으로 돌아갈 거야, 레시나. 이엘타에서 수사가 들어

가면 분명 너를 추적할 텐데…… 잘 도망칠 수 있지?"

레시나가 발끈하여 대꾸했다.

"속 편한 소리 하고 있네. 뭘 어떻게 도망쳐? 나도 내일 아침쯤 황성 정문에 목만 내걸려 있겠지."

배 째라는 식으로 나오는 무례한 언행에 델 하르인이 불만스레 헛기침하였다. 황녀라는 신분도 밝혀졌겠다, 예를 갖추라는 소리였다. 하지만 정작 에니샤는 화를 내는 대신 생긋 웃었다.

"네 원래 모습으로 돌아가면 되잖아."

레시나가 멍한 눈으로 에니샤를 보다가, 입을 쩍 벌렸다.

그녀가 얼굴을 와락 일그러뜨렸다.

"설마 처음부터 다 알아보고 온 거……겁니까?"

뒤늦게 더듬거리며 존대를 붙이는 그녀에게 에니샤는 대답 대신 의뭉스러운 미소를 보내주었다.

"으아아아!!"

빽 소리를 지른 레시나가 뭐 밟았다며 혼자 손으로 가슴을 쥐어뜯고, 바닥을 내려치고 하면서 난리를 부렸다. 그러다 혼잣말을 중얼거리며 비틀비틀 일어났다.

"맙소사……. 내가 드디어 천벌을 받나……."

레시나는 헝클어진 머리를 대강 쓸어 넘기곤, 중지와 엄지를 세 번 딱딱딱 하고 맞부딪쳤다.

그녀의 전신에서 타오르는 듯한 연기가 피어올랐다. 회색 연기는 점점 짙어지다가, 레시나를 까맣게 감추는 순간 씻은 듯이 사라졌다. 그리고 그곳엔 조금 전까지 젊다 못해 어리게까지 보이던 아가씨 대신, 초로의 여인이 서 있었다. 주름진 피부와 다소 색이 희끗한 머리카락, 조금 굽은 어깨는 완전히 다른 사람이었다.

"후우……."

그녀는 굉장히 마음에 들지 않는다는 듯 얼굴을 한껏 찌푸렸다가, 궐련을 하나 꺼내 입에 물었다.

딱 소리와 함께 궐련 끝에 불을 붙인 레시나가 연기를 길게 뱉었다. 박하향을 가득 뿌려놓으며 한참 에니샤를 노려본 후에야, 그녀는 눈꺼풀이 축 처진 눈매를 치켜올리며 말했다.

"자세한 이야기는 다음 만남에서 듣겠습니다, 황녀님."

그 말을 끝으로 붉은 빛이 번쩍하더니, 레시나의 몸이 순식간에 사라졌다.

델 하르인이 휘둥그런 눈을 하고서 얼떨떨하게 되물었다.

"뭡니까, 저 여자……?"

에니샤는 그에게 심드렁하게 답했다.

"뭐긴 뭐야, 마법사지."

로시엘은 경매장을 다 뒤집어엎었다. 이엘타 기사단과 병사들을 죄다 동원해서 경매장 지붕 꼭대기부터 지하 밑바닥까지 샅샅이 쓸었다. 그러나 에니샤는 온데간데없었다.

열 받아서 경매장에 손님으로 온 자들까지 죄다 붙잡아 들였으나, 흔적조차 찾을 수 없었다. 더 열 받는 일은 아까 낙찰 경쟁을 벌이던 놈 또한 깨끗하게 사라졌다는 것이었다.

경매장을 다 털어도 에니샤가 나오지 않자, 로시엘은 이엘타에게 뒤처리를 맡겨 놓고 황급히 귀궁하였다. 그리고 손에 검을 든 채, 곧장 황녀궁으로 향하였다.

피 묻은 검을 들고 빠르게 걸음을 옮기는 둘째 황자의 모습에 황녀궁 시녀들이 기겁하며 바닥에 주저앉았다. 그러거나 말거나, 로시엘은 눈매를 가느다랗게 좁히고서 황녀궁 구석구석을 샅샅이 살폈다. 귀여운 발소리가 들려온 것은 그때였다.

"로시엘 오라버니!"

에니샤가 도도도 달려와선 로시엘의 다리를 와락 끌어안았다.

"……에니샤."

한 박자 늦게 답한 로시엘은 들고 있던 검을 아무렇게나 내던지고, 에니샤를 양손으로 번쩍 들어올렸다.

허공에 떠오른 에니샤가 눈을 동글하게 뜨고서 저를 바라보았다. 편한 실내복 차림의 에니샤는 방금까지 방에서 굴러다닌 듯 느긋하기 짝이 없었다. 미친놈처럼 황녀궁으로 달려온 저가 바보처럼 느껴질 정도로 말이다.

에니샤는 로시엘의 심각한 얼굴을 보고선 고개를 갸웃거리며 물었다.

"무슨 일 있어요? 다녀왔다는 인사를 안 해서 그런 거예요?"

하지만 이따 다 같이 저녁 식사할 거니까 인사하지 않은 거라며, 에니샤는 볼을 부풀렸다.

품에 끌어안자, 에니샤는 작은 손을 꼬물꼬물 뻗어서 땀에 젖은

머리카락을 쓸어주었다. 로시엘은 그런 에니샤를 물끄러미 들여다
보다가 물었다.

"……오늘 외출은 어땠어?"

"재밌었어요! 하지만……."

에니샤가 아무것도 모른다는 천진난만한 얼굴로 배시시 웃으며
말했다.

"다음엔 오라버니들이랑도 같이 나가보고 싶어요."

윽, 귀여워…….

로시엘은 끄응 앓는 소리를 내었다가, 한숨을 푹 내쉬었다. 깨달
음을 얻은 탓이었다. 에니샤가 거짓말을 하든 말든, 자신은 이 귀엽
고 깜찍한 어린 여동생을 추궁할 수 없었다. 그래서 로시엘은 그냥
에니샤의 이마에 뽀뽀를 해주고선, 보드랍게 속닥였다.

"안으로 들어가자, 에니샤. 같이 저녁 먹어야지."

좋다고 까르륵 웃는 에니샤를 품에 폭 끌어안고서, 로시엘은 여
유롭게 생각하기로 하였다. 급할 이유는 없었다. 굳이 에니샤가 아
니더라도, 오늘 사건에 대해 물어볼 놈들을 한가득 잡아놓았으니
말이다.

2권에서 계속

막내 황녀님 1

초판 1쇄 발행 2020년 3월 5일
초판 3쇄 발행 2022년 1월 17일

지은이 사하

펴낸이 김문식 최민석

총괄 임승규

기획편집 이수민 김소정 박소호
　　　　　김재원 이혜미 조연수

제작 제이오

펴낸곳 (주)해피북스투유

출판등록 2016년 12월 12일 제2016-000343호

주소 서울시 성북구 종암로 63, 5층 (종암동)

전화 02)336-1203

팩스 02)336-1209

© 사하, 2020

ISBN 979-11-6479-064-7 (04810)
　　　 979-11-6479-063-0 (세트)